Three Nights of Sin
by Anne Mallory

甘い囁《ささや》きは罪な夜に

アン・マロリー
岡本千晶［訳］

ライムブックス

甘い囁きは罪な夜に

主要登場人物

マリエッタ・ウィンターズ……弟を救うために奔走する貴族の娘
ガブリエル・ノーブル……ロンドンで活躍する問題解決請負人
ケネス（ケニー）・ウィンターズ……マリエッタの弟。殺人容疑で勾留中
マーク・ウィンターズ……マリエッタの兄。ウィンターズ家の当主
ジェレミー・ノーブル……ガブリエルの弟。大学生
ジョン・アルクロフト……ガブリエルの幼なじみ
アーサー・ドレスデン……ボウ・ストリートの捕り手
デントリー卿……ノーブル兄弟の父親が執事として仕えていた家の当主
メリッサンド・デントリー……デントリー卿の妻

1

ロンドン、一八二五年

ガス灯のぼんやりした明かりに照らされ、ライオンがくわえている真鍮の丸い取っ手がかすかに光った。その上から獰猛な黄色い目がじろりとこちらを見下ろしている。おまえにそんな度胸があるのかどうか疑わしいとばかりに。マリエッタ・ウィンターズは金属の取っ手にかけた震える指をぐっと丸め、思い切って扉をノックした。

身が引き締まるような夜気が肌を切る。欲しくもなかったいまいましいショールを肩にしっかりと巻き直し、マリエッタは扉に耳を押し当てた。

何も聞こえない。

ライオンの目をのぞき込み、ごくりとつばを飲み込み、もう一度ノッカーで扉を叩く。

夜の闇に静寂が響き、マリエッタの絶望に応えてくれるのは気まぐれな風ばかり。がらんとした玄関とだれもいない家——捜し回った結果がこれ？　また扉が閉ざされてしまう。ケニーはついにとどめを刺されてしまう。

だめ。そんなふうに考えてはいけない。

かすかな震えを感じ、マリエッタは動揺した。緊張とストレスと不安のせいだろう。もう何日も眠れずにいる。このごろは食事は日に二回、まともな物は食べておらず、ひとかたまりのパンでしのいできた。兄のマークは、わが家の困窮ぶりはだれにも知られていないのだ、と言って聞かず、自分が競馬に着ていく新しい外套と、ケニーの新しいブーツと、マリエッタのショールに食費を当ててしまったのだ。

やることがまったくばかげている。

それでもマリエッタはあれ以来ずっと口をつぐんでいた。兄と言い争いはしていない。兄と姉の喧嘩が原因で、弟のケニーは家から逃げ出していったのだから……。

震えはますますひどくなっていく。なんとか持ちこたえなければ。と思ったそのとき、震えのリズムが乱れ、マリエッタははっとして頭を上げた。足音だ。自分の体が震えているんじゃない。だれかが一瞬、立ち止まった。足音はだんだん近づいてくる。男性用のブーツが大理石の床を力強く踏みつける重たい足音。

マリエッタは体をまっすぐに起こし、頭を下げ、激しく高鳴る鼓動を静めようとした。

オーク材の扉の反対側で足音が止まった。お願い、ああ、お願いだから、彼がいてくれますように。彼女にはもう行くところがなかった。ほかの扉はすべて閉ざされてしまったから。

扉が音もなく開いた。

突然強い光を浴び、マリエッタは目を細めた。大柄な男性が扉に寄りかかっている。こうこうと輝く玄関の明かりに背後から照らされ、彼の姿がくっきりと浮かび上がった。

「何か？」

その声は太くてかすれていた。それにいら立っている。だから挨拶の言葉もない。といっても、それを期待していたわけでもなかった。きちんとした女性は夜のこんな時間に人様の家を訪ねたりはしない。ロックウッドは朝になったら手紙を送って面会の段取りをつけなさいと言ったが、そんな悠長に待っている余裕はなかった。明るい時間帯ではやじ馬の目を絶対に避けられない。それに、ロックウッドからこの謎めいた男の話を聞いたおかげで一縷《いちる》の望みが生まれたのに、眠ったせいでそれをふいにするなど、とても耐えられなかったのだ。

「ミスター・ノーブルにお話があります」もっとしっかりした、落ち着いた声が出せたらよかったのに。

現れた男性はマリエッタの背後に目をやり、通りをざっと見渡してから彼女に視線を戻した。目鼻立ちを確かめたいと思ったが、彼の顔は陰になっていて輪郭しかわからない。「お茶のお誘いにしては、少々妙な時間ですね」

マリエッタは巾着型の手提げ袋《レティキュール》を握りしめた。「ええ。ですが、大至急ミスター・ノーブルにお話があるのです」ここでつばを飲み込んだ。「お願いします」

「ミスター・ノーブルはこんな時間に来客は受けつけません。朝になったら出直してください」声は相変わらずかすれていたが、先ほどまで感じられたいら立ちは弱まり、深みのある、歯切れのいい響きに変わっていた。

かつてマリエッタには大きなプライドがあった。とても高く揺るぎないプライドがあり、それだけで何でも切り抜けられると思っていた。だが、ひっきりなしに痛む胃といい、絶望感といい、ケニーの運命といい、それは間違いだと思い知らされたのだ。彼女はレティキュールの中をいじり回し、二時間前に押し込んできたカードを探り当てた。「お願いします。朝、出直してくるわけにはいかないのです。お願いですから。これを……」と言ってカードを差し出す。何でもするわ。中に入れてもらえるなら何でも……。

男は陰になった目でしばらくじろじろこちらを見ていた。長い指が前に伸びてきて、カードをつかむ。マリエッタはしぶしぶ手を離した。この人が、この執事がカードをふたつに引き裂いてしまうかもしれないけれど、一か八か渡してみよう。男はおざなりにカードをちらっと見て裏返し、小指と薬指で挟んでまたひっくり返した。彼にとっては遊びでも、このカードは弟の命も同然だった。男の目が闇を貫いて彼女の目をじっと見ている。マリエッタは顎を上げた。プライドを踏みにじられようと決意は変わらない。ミスター・ノーブルに会ってみせる。

男の態度が変わったように思えたが、暗くてどこがどう変わったのかわからない。やがて男が一歩後ろに下がった。マリエッタは短い祈りを捧げ、扉をするりと抜けて中に入った。

本当に美しい玄関だ。ここは高級住宅街のメイフェア。だから驚くことでもないけれど、金と紺とマホガニー色の日よけは洗練されていて、さりげない品のよさがある。ミスター・ノーブルは豊かさを上手に誇示できるたぐいの人物だ。それは疑いようもない。

振り向いて何か言おうとしたとき、マリエッタは口をぽかんと開けていたことに気づき、慌てて閉じた。

「中で待たせていただき、感謝いたします」手が震えないようにレティキュールをぎゅっとつかむ。真夜中に見知らぬ人の情けにすがるぐらいで心を乱されたりはしないわ、とばかりに……。

この男性は長身で、なかなかがっしりしていた。乱れてはいるものの、ぜいたくな仕立ての衣服により、たくましい肩が強調されている。が、パッドが入っている形跡は見当たらない。彼はマリエッタが見慣れている男性よりもずいぶん身軽な服装をしていた。上着、ベスト、クラヴァットなど身に着けていたであろうものは脱いでいて、襟が開いた白いシャツと黒いズボンだけを品よく着こなしている。最初は拳闘家のようだと思ったが、実際にはもっとほっそりしている。といっても決して痩せているわけではない。マリエッタはつばを飲み込み、心の中で第一印象を正確に言い直した。彼はとてもがっしりしている。

それに顔は……。熱いものが波のように押し寄せ、髪の根元から足の先まで愛撫していく。鮮やかな緑の瞳と、その上に伸びている刷毛で描いたような黒いまつ毛。この目を見れば、たいていの女性は参ってしまうだろう。しかし彼を美しいと言う女性はひとりもいないはず。美しいと呼ぶには頬骨があまりにも際立っているし、顎のラインがあまりにも力強い。

思わず引き込まれる顔。印象的、いや官能的だ。この世のものとは思えない、雄々しい美しさが彼にはある。

しかし左の眉が皮肉っぽくカーブを描いていた。それに首をかしげている。うんざりした表情からして、自分の容貌がどんな反応を引き起こすか、ちゃんとわかっているのだろう。

黒い眉の片方がいっそう吊り上がる。

マリエッタは目をしばたたいた。彼を露骨に見ていたと気づき、顔が真っ赤になる。

「ミスター・ノーブルにお話があるのです。遅い時間であることは承知しておりますが……」

この男性の足元には、おそらく毎日のように女性がひざまずいているのだろう。しかし、そう思ったところで、きまり悪さは取り除けないし、絶望を鎮めることもできない。彼が看守を魅了してケニーを釈放させてくれるとか、ケニーとかかわりがある人間をだれかれ構わず苦しめる群衆の暴挙を止めてくれるというなら話は別だが、そうでないなら、この人の美しさは、わたしにはほとんど役に立たない。

不可解な緑の瞳が品定めをするようにこちらを見ている。彼と視線を合わせると、思わず頬が熱くなった。引き下がるものですか。ノーブルは最後の頼みの綱。最後の砦。わたしに残されたわずかな希望。

男は片手で合図をし、くるりと向きを変えると、マリエッタを中に入れてくれた大切なカードを二本の指で軽く挟んだまま廊下を大またで歩いていった。彼女は一瞬ためらったが、すぐにあとをついていった。

案内されたのは薄暗い書斎だった。炉では火がぱちぱち燃えている。奥行きのあるマホガニーの机には紙が散らばり、乱雑に積まれた本や書類で表面が見えなくなっていた。男がカードをはじき飛ばし、それはたちまち机の書類の山に飲み込まれた。

男は手で椅子を示したのち、何も言わずに再び廊下へ姿を消した。

マリエッタはワイン色の椅子の端にためらいがちに腰を下ろした。ひょっとして、あの人は親戚？　変わり者の近侍？　だらしのない格好をしていても、着ている物の仕立ては上等だった。でもやっぱり、彼の気取った態度は執事を思わせる。椅子を示したときの様子もそう。玄関で、ついてきなさいとばかりに合図をしたときの態度もそう。歩き方はまるで周囲に溶け込もうとしているかのようだったが、その試みは惜しくも目的を達してはいなかった。いくら頑張ったところでむだな努力。あの容貌では周囲に溶け込めまい。あの体つき、あの立ち居振る舞いではまず無理だ。

その美しい男性が再び書斎に入ってきたかと思うと、床から天井まである書棚から分厚い書物をひったくるようにつかみ、机の向こう側に回った。今にも崩れそうな本の山にどさりと置かれたのは『デブレット貴族名鑑』。彼はチョコレート色の大きな革椅子に腰を下ろし、わずかにのぞく机の表面を指でこつこつ叩いた。

「さて、こんな時間に訪ねてこなければならないほど差し迫った用とは何でしょう、ミス……？」

マリエッタは一瞬、何も言えなかった。「ミスター・ノーブルにお話があるのですが」

「ならば、おめでとう。あなたの目的は果たされた。お見送りをいたしましょうか？」彼はマリエッタを射るように見つめながら、背後の扉を手で示した。椅子に収まっている体はだるそうだが、表情と首のかしげ方を見ると、とてもそうは思えない。威圧的で、それでいて自堕落な感じがする。

マリエッタは肩をこわばらせた。「あなたがミスター・ノーブル？」

「いかにも」

彼が正式に認めたという事実と、異常なほど鮮やかで鋭い緑の瞳に宿る表情を前に、マリエッタは息をのんだ。彼が先ほどまで見せていた気取った態度が急にばかばかしく思えてきた。あれは、自分が衝動的にふくらませてしまった空想だった。話に聞いていたとおり、目の前に座っている男性は情け容赦がなく、いかにもやり手という感じがする。

だが、心の中で何かが反発している。「でも、あなた、玄関に出てこられたでしょう。それに、その格好」マリエッタは手をひらつかせ、黒いズボンの上で少ししわになっている、ゆったりした飾り気のない白いシャツを示した。

彼は眉を吊り上げ、中途半端に輪になった針金を手に取って指に巻きだした。「真夜中なんですよ。執事もいるし、従僕もふたりおりますが、いずれもわたしの用事で出払っています。わたしも憶測で言わせてもらうなら――」

とうの昔にピンからずれてくしゃくしゃになったマリエッタの髪に目をやると、そこを通り越して、ぎゅっと握られた手、つぶれたレティキュール、泥で汚れたドレスの裾へと視線を下ろしていく。「あなたの身なりは洗濯女の二歩手前といった感じだ。けれども、あなたの態度がそうではないことを物語っている。毅然と頭を上げている様子からして、行儀作法は身についているようだ。しかし名門の出身だからといって――」ここでもう一度、彼女に目を走らせた。「……図星でしょう？　わたしから洗濯女よりも多くの好意を得られるわけではない。実際にはその逆だったという場合がしょっちゅうです。何と言っても、洗濯女はこの世の役に立つしかるべき役割を手に入れていますからね」

マリエッタは突然、激しい欲求を覚えた。破れたドレスのポケットには、手に入れたピストルを隠しており、自分がそれで何ができるか彼に証明してやりたくなったのだ。

「どういうわけで、このカードに出くわしたんですか？」彼は取り散らかった机からカードを引っ張り出し、人差し指と中指で挟んで、ぞんざいにくるくる回した。「ロックウッドのカードだ。彼があなたに渡したんでしょうね」

「どうしてそれを……？」カードには持ち主を確認できるしるしは何もない。ロックウッドがこれを持っていたことを示す証拠はなにもない。金箔は使われていたが、簡素な字体で〝ミスター・ノーブル〟と記されているだけだ。

「あなたの名前は？」彼は答える代わりに質問した。

彼の目はいら立ちの色をなみなみと湛えていたが、そこにわずかながら、マリエッタにかすかな希望を与えるほかの表情が見受けられた。好奇心だ。

マリエッタは咳払いをした。このかすかな希望をしっかりとつかまえておきたい。でも名前は言いたくない。ドレスの裾にはつばが乾いてこびりついているし、背中や膝の部分にはトマトのしみを洗いこすった跡があるし、名前を言えば自分がどんな目に遭ったのか連想させてしまう。

「マリエッタ・ウィンターズです」

彼が目を細め、カードをつまんでいる指先が白くなるほど手に力を込めた。「なるほど。ではミス・ウィンターズ、あなたはこんな時間にわたしの書斎で何をしておられるのかな？」

「助けが必要なのです」

「みんな必要としているんじゃないですかね」彼は散らかった机の上にカードを放り投げ、関心がなさそうに再び指に針金を巻きだした。が、鋭い目を向けている。「なぜ、わたしのところに？」

「あなたがそういう困っている人たちを助けたことがあるとうかがったものですから」マリエッタは内なる力を総動員し、絶望が顔に出ないよう努めた。

「実に興味深い」

喉が締めつけられる。「ミスター・ロックウッドの思い違いだったのでしょうか？　あなたを訪ねてきたわたしは、貴重な時間をむだにしたのでしょうか？」

一瞬にして望みが絶たれた。わずかな希望がかすんでいく。希望があると思ったわたしがばかだった――希望はとうの昔にわたしを見捨てたじゃないの。

それでもマリエッタは顔をしっかり上げた。決意が分別を凌駕しようとしている。必死に餌を探すしぶといネズミだ。そして彼は、猛禽のごとくこちらをじっと見つめている。玄関の扉を開けてからというもの、捕食動物よろしく獲物を品定めするのをやめようとしない。これはいろいろな意味で気力を喪失させる。もしマリエッタがさほど強情ではなかったら、プライドを傷つけられ、その場で彼の目の鋭さに屈していたかもしれない。

彼が首をかしげた。「ロックウッドからわたしのやり方は聞いているでしょうが、依頼主が上流階級の人間の場合、わたしはめったに慈善活動は行わない」

口調は穏やかだった。妙に落ち着いていると言ってもいい。とはいえ、その裏に一貫して傲慢な響きが感じられる。マリエッタは持てる威厳のへりにしがみついた。「費用は一万ポンドとうかがいました」

「そのとおり」

「あるいは……」マリエッタはごくりと喉を鳴らした。ここが危険なところ。「あなたの頼みごと、望みを三つかなえる」

彼はずっと針金を巻きつけている。「わたしがどういった頼みごとをするかという説明は？」

「ありませんでした」マリエッタは小声で言った。

彼は一瞬、腹黒そうににやりと笑った。「でかしたぞ、ロックウッド」

そういえば、ガブリエル・ノーブルの話をしていたとき、ロックウッドの顔には、どことなくおびえた表情が浮かんでいた。マリエッタ、慎重にな、相手は公爵たちを震え上がらせるような男だ。もし、ほかに手段があれば……。

正面の空間を支配している男性に目をやる。傲慢で冷酷な男。ほかに手段があれば……でも実際にはない。わたしは一文無し。法律は味方をしてくれない。社交界からはつまはじきにされている。ロックウッドはそんなわたしを哀れに思ってくれたのだが、それはもっぱら、両家の長きにわたるきずなのおかげだった。

ガブリエル・ノーブル……彼は助ける代わりに、最後までわたしをあくせく働かせるつもりなのだろう。わたしに残されたプライドをへし折るつもりだ。この冷ややかなエメラルドグリーンの目を見ればわかる。

でもロックウッドはきっぱりと言った。わたしを助けられる人物がいるとすれば、それはノーブルだと。ほかに打つ手はない。

「二日前の晩、わたしの弟が夜警に捕まりました」ケニーを救うつもりなら選択の余地はない。それ以来ずっと、夜も眠らず助けを求めて走り回っている。今の自分をしゃんと立たせているのは、不安と卑屈な意地だけだ。「警察は弟に殺人の嫌疑をかけています。ある警官は――」マリエッタはつばを飲み込んだ。「急いで裁判をすませるつもりだと言っていました」目の焦点が合わず、仕方なく下を向く。「弟を絞首刑にする気なのです」

「ミドルセックスの殺人鬼」

マリエッタは急に顔を上げた。「弟は犯人ではありません！」

「しかし、警察は殺人の罪で弟さんを吊し首にするつもりでいる。違いますか？」

ドレスの膝頭の上にある、トマトをぶつけられたときの色あせたしみが光を放った気がした。マリエッタはぎゅっと目を閉じた。

「わたしの仲間うちでは、噂はすぐに伝わるんですよ」彼の声はなめらかで、よどみがなかったが、冷ややかであることに変わりはなかった。「それに、噂を耳にしていなかったとしても、あなたが現れたタイミングと名字との関係を決定づけるのは、まったく難しいことではありません」

「では……ご存じで――」

「つまり弟さんはケネス・ウィンターズ。どうやらそのようですね?」

「弟は殺人犯ではありません」マリエッタは唇を真一文字に結んだ。

「それについては、わたしには何もわかりません」

沈黙が石のように居座っている。ノーブルには石を転がす気などさらさらなく、苔がつくまで放っておくつもりらしい。

でも、まだ引き受けないとは言っていない。「助けていただけますか?」

「あなたが弟さんの無実を証明するのを? それとも、地元の人間とのいざこざを避けるのを、でしょうか?」ノーブルは彼女のドレスを身振りで示した。

「弟の無実を証明するのを助けていただきたいのです。ご理解いただきたいのですが――」

一度は消えかけたかすかな希望が再び光を放つのがわかり、マリエッタは身を乗り出した。

「ケニーにあんなことができたはずありません。弟は人を傷つけたりしません」

「そういうせりふを口にした人間をほかにも知っています。ジャッカル並みに悪いことをしている連中ですよ」ノーブルは針金を巻き続けている。まるで彼女がちっぽけな蚊で、退屈すぎて叩き落とす気にもなれないかのように。「捕り手を雇ったらいいでしょう？　あるいは探偵を雇って弟さんの疑惑を晴らすとか？　そのほうがずっと安くすむ。保証しますよ」

マリエッタは彼の無関心ぶりに怒りを覚え、深い絶望以外の何かを感じた。

「法廷弁護士への支払いで、お金は底を突いてしまいます」もったいないことをしたのではないかしら？　あの弁護士の事務所を訪ねたら、玄関でジンのにおいがした。でもマークは、この弁護士は信頼できるから大丈夫だと断言し、わたしも今回に限り、おとなしくしていた。マークも弟を助けたいと思っている。残されたお金の使い道として、あれがいちばん賢明だったことを願うばかりだ。「そんなわけで、ミスター・ロックウッドは、助けてくれる人がいるとすればあなただろうとおっしゃったのです。それで、お支払いとして、あなたの望みをかなえるというお話ですが――」

「何度も言うようですが、捕り手か探偵のほうがずっと安くすむ。あらゆる点で」ノーブルは針金を巻き続けている。終わりのない針金を……。「わたしがどういったたぐいのことを望むと思っておられるのですか？」

「わかりません……」マリエッタは小声で言った。何だってあり得る。それはロックウッドがノーブルとの契約条件を言いにくそうに繰り返したと同時に悟った。

でも選択の余地はない。弟は犯してもいない罪で縛り首にされようとしているのだから。

警察にこれ以上捜査をするつもりがないのは明らかだ。彼らは大衆の気持ちを静めたがっている。例の犯罪について罰すべき人間を必要としている。しかも早急に。裁判は見世物と化すのだろう。正義はなされたと大衆を満足させるべく、大茶番劇となるはずだ。そしてケニーは——若くて、愚かな、最愛のケニーは——処刑されてしまうのだろう。だれも何もしてくれないに決まっているし、大衆はこれで満足する。憎き殺人鬼の生ける身代わり人形を縛り首にできるのだから、さぞかし満足だろう。

わたしはノーブルを必要としている。けれどもロックウッドからは、助けを求めるなら、魂を売り渡すのもいとわないと確信を持ててからにすべきだとしつこく言われていた。ノーブルが望んだことを断る者はいない。たとえそれが何であろうと。

「わたしは人を殺したり、傷つけたりはいたしません」

彼の目に面白がっている表情が垣間見えたが、すぐに消えてしまった。彼が再び身を乗り出す。美しい緑の目はまるで氷のかけら。さっきより体が大きく見える。「いいですか、わたしが望んだら、あなたはそれに従う」

焼けつくような眼差しで目を見つめられては息をするのも難しい。

マリエッタの顔にどんな表情が浮かんだにしろ、彼はきっと満足したのだろう。というのも、くつろいだ様子で椅子に座り直したから。彼女の心臓が緊張して一〇回鼓動を打つあいだ、彼はじろじろこちらを見つめ、首を少しかしげた。「とはいえ、そのような行為が必要になるとは思えません。しかし、条件を定めようなどと考えてはいけませんよ。条件をつけられるのはわたしだけです。いいですね？」

今後に関する彼の言葉が新たな緊張を生んだにもかかわらず、先ほどから胃を締めつけていた緊張が解けていく。助けてあげようと言っているように聞こえる。わたしを助けてくれる人がいる。「つまり、弟が釈放されるようにしてくださるのですね？」

ノーブルがさらに首を傾け、真っ黒な髪がはらりと額にかかった。「わたしがあなたの依頼を引き受け、弟さんが無実であるなら釈放されるでしょう。無実でなければ釈放されない。それでも、わたしの望みをかなえる義務を負っていることに変わりはないのですよ。あなたが望もうと望むまいと」

不安はなかなか消えなかったにもかかわらず、マリエッタの心に激しい怒りがわき上がった。「あなたが弟の無実を認めてくれるほど公平かどうか、わかるわけないじゃありませんか。有罪だと断言して、報酬を受け取ったほうがお得ですもの」

ノーブルは平然と肩をすくめた。まるで夕食の献立を話し合っているかのように。「それもいいですね。しかし、ロックウッドにもきっと言われたでしょうが、わたしは評判どおりの人間です。もし依頼人にそのようなことをしたら、はたして多くの人がわたしの力を利用するでしょうか？」

彼がまぶたを半分閉じた瞬間マリエッタはぞくっとした。ロックウッドは、ノーブルなら任せて大丈夫だと言った。彼は依頼された仕事を必ずやり遂げると。

「あなたの依頼を引き受けた場合、わたしのやり方には文句をつけないでいただきたい。必要とあらば、あなたにも手を貸していただきます。わたしの言うとおりにしてもらいますからね。わたしの言うことは何でもです」

彼の目が探るようにマリエッタを見た。寒気が駆け抜ける。彼の言葉と眼差しに挟み撃ちにされ、体が熱くなったり寒くなったりしている。意思とは裏腹に、胸の鼓動が速まった。

「マリエッタ・ウィンターズ、問題はあなたが条件を受け入れるかどうか、でしょう?」

2

ノーブルは、マリエッタがその場で答えを出すことを許さず、家に帰した。

興味はそそられますよ、ミス・ウィンターズ。しかし、もっと詳しく調べてからでなければ、あなたが依頼されているような事件は引き受けない。それに、あなたにはご自身で決断する時間が必要だ。この仕事が達成されれば、基本的にあなたはわたしのものになる。いったん取引に応じれば、もう撤回はできない。昼に使いの者をやりますから答えを託してください。夕方にはお返事いたします。

別れ際にそんなことを言われても、不安を取り除くたしにはならなかった。その晩、マリエッタは何度も寝返りを打った。時計が規則正しく時を刻む音を聞きながら、暗闇に少しずつ広がっていく夜明けの光を眺めながら、人をあざけるような、愁いを帯びた鮮やかな緑の瞳を思い出しながら。

命令口調で魂を売り渡せと要求する完璧な形の唇を思い出しながら。

ペンを手に取ると、便箋にインクのしみがついた。

親愛なるミスター・ノーブル

評判を維持するにはそのような振る舞いが要求されるにしろ、あなたは無礼で傲慢な人だとわかりました。それでも、あなたが都合よく明言を避けておられる条件を受け入れたく存じます。

便箋を丸めてぽいと放る。朝日の陰になったくずかごの周りには、すでに五枚の便箋が転がっており、六枚目はそのわきに落下した。

親愛なるミスター・ノーブル

選択の余地はないに等しいのですね。弟の命が懸かっているのです。あなたがはっきりしない言い方でほのめかしておられる脅しに屈しましょう。

七枚目を丸める。

親愛なるミスター・ノーブル

ぐずぐずしていれば、それだけ弟の状況は悪くなります。確かにあなたは傲慢で――。

八枚目が、墓穴のようなくずかごの底にすとんと落ちた。手紙の文面を短くしておかなくてはいけないのはわかりきっている。

親愛なるミスター・ノーブル

条件に応じます。

お返事、お待ちしております。


マリエッタはサインをし、手紙の封をした。

正午、扉をノックする音がして、使いの者がやってきたことがわかった。そういえば、ノーブルには住所を教えていなかったのに……。

臨時で雇っている執事は玄関のそばでためらって……というより身をすくめており、マリエッタは代わりに扉を開けた。

「人殺し！」

「恥を知れ！」

使いの少年が慌てて中に入り、マリエッタは勢いよく扉を閉めて、通りから聞こえる罵声をさえぎった。ちゃりんとガラスが割れる音がし、客間の窓にまた何かぶつけられたことがわかった。客間は目立つ位置にあるので、人びとが物を投げればたいてい命中する。マリエッタが手紙を渡すと、少年はぴょこんと頭を下げ、今度は彼のほうが手を差し出した。

マリエッタはその手をじっと見つめた。「これは？」

「あなた宛のお手紙です」

彼女は少し震える手で手紙をつかんだ。「ありがとう。裏口を使ってもいいわよ、もしそうしたければ……」

「ありがとうございます」少年はお辞儀をし、廊下を歩いていった。

マリエッタは、相変わらずそこに立ち尽くしている執事を――おそらく少年との会話の微妙な雰囲気を読み取ることに没頭していたのだろう――きっとにらみ、自分の部屋に戻った。

手紙の文面は短かった。文字は斜めに傾き、優美に渦を巻いている。ノーブルは八時にやってくるらしく、それまでは家から出るなとのこと。外でキャベツが丸ごとれんがにぶつかったと思われるどすんという音が鳴り響いたにもかかわらず、マリエッタは命令調の文章を見てむかっときた。

夕方までに考え直さなくてはいけない。しかし、日中は長く感じられ、条件に応じる意思をいっそう強めただけだった。通りでは人びとがやじを飛ばし、腐った野菜が飛んできて家の壁にぶつかり、客間のガラスが割れて飛び散っている。大家《おおや》が戻ってきたら卒倒するだろう。国外へ旅行中だったのは好都合だ。そうでなければ、とっくに追い出されていた可能性が高い。

八時まで待つのはとても耐えがたかった。マークは昼過ぎに起きてきたが、頭痛用の強壮剤を飲み干し、気分が悪いと言って、すぐに背中を丸めてベッドに戻っていった。ジンとワインのせいだ。マリエッタはメイドのひとりが忍び足で兄の部屋に入っていく音を耳にしていた。だから、その数時間後に再び酔いつぶれている兄と、ベッドのわきに転がっている空き瓶を見てもこれっぽっちも驚かなかった。

時計が八時を打ち、扉をノックする音がした。と同時に感じたのは、不安よりもほっとした気持ちだった。わたしには何かすることが必要。何でもいい。

「こんばんは。ミス・ウィンターズに会いにまいりました」なめらかな低い声。

「どちら様でしょうか？」

執事の問いかけにも返事はない。マリエッタが角を回ったちょうどそのとき、平然と執事を見つめているノーブルと、執事の不安げな表情が目に入った。

「あとはわたしがお相手するわ。ありがとう、イェーツ」

執事は少し後ろに下がったものの、話が聞こえる位置に留まっている。マリエッタは部屋の一隅にある小さな書斎のほうを手で示したが、ノーブルは頭を下げただけで、玄関から外へ引き返していった。家の前に止めてある馬車に向かって歩いていく彼を、マリエッタは慌てて追いかけた。素早く通りを見渡すと、ありがたいことに、このときに限って、往来には人がいなかった。

「どこへ行くのですか？」

ふたりが近づいていくと、御者が馬車の扉を開いた。これといった特徴のない馬車だ。頑丈そうだが目立たない。

「少し走りましょう」

ノーブルが片手を差し出した。マリエッタは一瞬ためらい、左右にちらっと目を走らせた。すぐ近くに人の姿は見当たらないし、選択の余地がないのははっきりしている。そう思った彼女は手袋をはめた彼の指をつかみ、馬車に乗せてもらうことにした。

内装はなかなか素敵だった。高級そうなビロード張りの座席、革の吊り手、豪華なクッション。薄明かりは射していたが、日よけは下ろされ、ガスランプの柔らかな光が室内の隅や狭い透き間に影を投げている。

「夜の八時に馬車で公園を走ろうと思ってらっしゃるの？」

ノーブルは扉を閉め、マリエッタの向かいに座った。腰を落ち着けると、揺れる影で顔が見え隠れした。「お宅の執事をはじめ、召使たちにわたしたちの話をひとつ残らず分析されたくないと思いましてね」

マリエッタは唇をぎゅっと結んだが、弁解は難しかった。彼が言ったことは真実以外の何ものでもない。

「うちの者を疑っているのですか？」

ノーブルが手袋を脱いでいく。指を一本一本、根元から先端まで愛撫するような仕草が物憂げで官能的だ。

「そのとおり」

「うたぐり深いのね」

「わたしは用心深い男なのです。交渉を進める前に、ご兄弟と話をしておくべきかもしれませんね」

彼が言う兄弟とはケニーのことではないとすぐにわかった。

「マークは気分がすぐれませんの」

ノーブルはけだるそうに手袋を引っ張って指からはずした。「それは残念」

曲がり角にさしかかり、馬車が軽く揺れた。

「弟を助けてくださるかどうか八時までに決めるとおっしゃったでしょう」マリエッタは顎を上げ、最後に残ったプライドにしがみついた。「決められたのですか?」

「わたしの条件を受け入れたということですね? 迷いはありませんか?」

ランプの光を浴び、黒い髪とまつ毛の下でふたつの目がきらきら輝いている。まるで、悪魔と取引しているかのようだ。マリエッタの髪の生え際にうっすらと汗が光った。「選択の余地はないも等しいじゃありませんか。あれば、あなたを捜し出したりはしません。それに、わたしに何をしてほしいのか、あなたはほとんど説明をしてくださいませんでした」

「人聞きの悪い言い方をしないでください、ミス・ウィンターズ」

「では、適切な言い方で説明してください、ミスター・ノーブル。あなたと取引するのは、とても安全なこととは思えませんので」

ノーブルは豪華なビロードの座席に深々ともたれた。「ガブリエルと呼んでもらったほうがいい」あなたがそんなことをしないのはわかっていますよ、とばかりに口元を引きつらせる。

「ミスター・ノーブルとお呼びしたいと存じます」歯切れよく言い返せたものの、それを除けばあらゆる面でマリエッタは無力だった。うわべだけの主導権だろうと失わないよう最後まで戦わなくてはいけない。

「わたしはガブリエルと呼んでいただきたく存じます」あざけるような口調はやがて、なめらかではあったが、厳しい口調に変わった。「ふたりで酒場や街に出かけた場合、あなたにうっかり秘密をばらされては、とても十分な調査はできそうにない」

酒場？　ふたりで？　わたしがばらす？　マリエッタは唇を噛み、その部分を一瞬、聞かなかったことにした。「街の人はひとり残らず、あなたの名前を知っているとでも？」

「わたしの名前は、ある種の集団にはなじみがないわけじゃない。だから、あなたはわたしを雇おうとしている。違いますか？」

「顔も知られているのでしょう？　とても忘れられるような容貌ではありませんものね」辛辣な皮肉を言ってしまい、驚いている自分がいる。助けてくれる人がいるという安心感から、不必要に喧嘩腰になってしまった。

「ハンサムと呼んでくださるのですか？　これはこれは、マリエッタ・ウィンターズ、わたしの顔は赤くなっているに違いない」彼は声を低め、革の手袋をゆっくりと指に滑らせながらもてあそんでいる。

マリエッタは頰がかっと熱くなった。「意見を曲げるつもりはございません」

「心配は要りませんよ。わたしはたいてい変装をして出かけます。まあ、万人向けの楽なやり方ですがね」

ノーブルは怠惰な姿勢のままクッションにもたれているが、馬車の中にこれまでとは違う緊張感が漂ってきた。手袋はしばらくのあいだ彼の手からぶら下がっていた。マリエッタはその緊張感を心に留めておいた。それが重要なことなのかどうかよくわからないけれど、もしかすると、あとで有利に利用できるかもしれない。

「それで、あなたがロビン・フッドになりすまして出かけているあいだ、わたしと兄は何をすればよろしいの？」彼がさっき言ったことは、きっと冗談に決まっている……。

「もちろん、あなたはわたしと一緒に出かけるんです」ノーブルはマリエッタをじっと見つめ、口元に笑みを浮かべた。「おそらく、わたしの女として。うん、この件は考えれば考えるほど興味を引かれますね」

「何とおっしゃいました？　正しく聞き取れていないと思うのですが」彼が面白がっていると気づき、安堵といら立ちがわき上がった。ひどい男。腹ぺこの魚を餌でおびき寄せている。

「それは疑わしい。聴力はまったく問題なさそうですよ。あなたには、当然わたしと同行していただきます」ノーブルはぶら下がっている手袋に気づき、にやにや笑ったが、先ほど彼

の目に見受けられた楽しげな表情は、再び冷ややかな用心深い表情に変わってしまった。「わたし
「本気でおっしゃってるの？」マリエッタはしばらく彼をただ見つめていた。「わたしをかをからかっていじめているだけなんじゃありません？」

「一ペンスも払うつもりがないのなら、わたしひとりですべての仕事をこなすとは思ってお
られませんよね？」

「報酬として、あなたの望みをかなえてさしあげるつもりでおります。何をさせられるのか、ちっともわからないですけど。あなたは十分な対価を得られると思いますわ」マリエッタは毅然とした口調で言った。

「一万ポンド支払う依頼人は、ただ黙って見ていればいい。ですが、あなたの場合は、積極的にかかわってもらうことになるんです。絶望にパニックが重なるのは好ましくない。あなたの願いが実現する日が来たら、報酬としてわたしの望みをかなえる覚悟をきちんと決めてもらわねばなりません」緑の瞳が暗い危険な表情に変わった。

　ケニーを解放する任務に積極的にかかわるのがいやだとは思っていない。それどころか、主導権を握っていたいのなら、そのほうがいいに決まっている。でも彼が何をほのめかしているのかと思うと……。

「ではミスター・ノ、ノ、ノーブル、それはどんなたぐいの望みになりますの？　こそこそ隠れて盗みをするとか？」

　とげとげしいし、すぐむきになるし、高慢。ときどき、自分が結婚していないのはちっと

も不思議ではないと思ってしまう。マリエッタは顎を上げ、相手をやりこめてやろうと覚悟を決めた。

「盗みについて触れた覚えはないのだが……。でもえらいぞマリエッタ、自分から言いだしてくれるとは」ノーブルはわざとらしく褒めた。

「そのときが来たら、三つの望みをかなえてさしあげます。あなたの仕事ぶりに満足しさえすれば」マリエッタは歯を食いしばり、必死にプライドを保ちながら横柄な態度を見せようとした。「あなたは自分のことを、願いをかなえる、おとぎ話の妖精か何かだと思ってらっしゃるんでしょう?」

ノーブルの口元にかすかな笑みが浮かんだ。「わたしをそのように見なしたいのなら、どうぞご自由に」彼は小さくお辞儀をしてみせた。「ただし、あなたにどう奉仕してもらうか、決めるのはわたしです。それと、三つの望みは必ずかなえてもらいます。わたしが依頼人を満足させられなかったことはありませんから」

あざけるような笑みが皮肉っぽい官能的な表情に変わり、マリエッタは強く直感した——彼はこの表情が異性にどう作用するかちゃんとわかっている。彼女は身震いし、居ずまいを正した。

「たいした自信だこと。あなたが責任を果たしてくれさえすれば、わたしは自分の責任を果たします」

「ミス・ウィンターズ、いきなり、態度が堂々としてきましたね」長い指が形のいい顎をなである。「そこまで変わるとは驚きだ」

「緊張していたのです。最初のうちは」それに絶望的な気持ちだった。本当はどちらの感情も相変わらずだったのだが。

「まったくの別人と言っても差し支えないほどの変わりようだ。さて、これをどう解釈すればいいものやら」ノーブルの声がだんだん物憂げになっていく。「つまり、さっきは緊張していたが、もうそうではない?」

マリエッタは答えることができず、顎をさらにぐいと上げた。

ノーブルの物憂げな様子は、現れたときと同様たちまち消えていった。彼が身を乗り出すと、その場の空気と緊張感が混ざり合って、ぴりぴりした雰囲気になっていく。マリエッタはビロードの座席に体を押しつけた。彼との距離は少なくとも六〇センチはあったが、それが突然、数センチほどに感じられたのだ。

「わたしを怖がっているのかな、マリエッタ・ウィンターズ?」ノーブルがささやいた。その口調は脅し半分、からかい半分といった感じだ。馬車の中は暗さが増し、影が長くなっている。

マリエッタは感じてもいない平静を装った。「怖がる理由があるのかしら?」

ノーブルが上体をかがめてランプの光の外へ出ると、目の色が鮮やかな緑から黒に変わった。「十分あるでしょう」

マリエッタの唇が開き、思考が停止した。違う、違う、わたしは無力なんかじゃない。氷凍りついた思考を働かせるべく、頭の中でハンマーを振り上げる。

ノーブルが座席の背にもたれかかると、彼の目は光を受け、再び驚くべき緑に変わった。あまりにも鮮やかで本物とは思えない。彼は何事もなかったかのように、柔らかそうな革の手袋を引っ張り続けている。

「わたしと行動をともにするとして、反対する人はいないでしょうね？　兄上はどうですか？　社交界のお仲間は？　あなたは社交界から追いやられたつもりかもしれませんが、ご家族はその端っこにしつこくしがみついている」

いったい、どうしてわたしの家族のことを知っているの？　「マークは何も言わないでしょう。社交界の知人に関しては……もう、どうでもいいんです」

「社交界のつながりは、特に上流階級の場合、非常に重要だ。こんなに早ばやとわたしにうそをついてはいけませんよ」彼が笑っている。あざけっている。目を閉じて、そっけない態度で。

「ケニーが逮捕され、わたしがあなたを訪ねていったせいで、社交界の知人との縁はもう切れたと言って間違いないでしょうね」マリエッタは目をそらした。日よけが上がっていればいいのに。そうすれば、通り過ぎていく景色をただ見つめていられるのに。「昨日も今日も招待状は一通も受け取っておりません。おとといは二通だけ届きましたが、おそらく送り主は早朝のニュースをまだ耳にしていなくて、招待を取り消す間もなく手紙が送られてしまったのでしょう」

「出番を待っている求婚者もいない？」

「おりません」目の前にいる彼のような男性にこんなことを白状するなんて、ぞっとする。

ノーブルの目がマリエッタを吟味している。心の奥底を見抜かれてしまうのではないかしら？　彼女は不安になった。「評判は傷つくでしょうが、あなたならこの嵐を乗り切れる。しかし、わたしと一緒に仕事をすれば、この先、あなたと同じ階級の男性から求婚される見込みはゼロになるかもしれない」

「わかっております」と認めたものの、思ったほど力強い言い方にはならなかった。

マリエッタは安定した自分の家庭を持つことに憧れていた。次の食事や住む家の心配をしなくてすむ家庭を持ちたかったが、両親の死後、そんな現実離れした空想は胸の奥にしまっておかなければならないと学んだのだ。少なくなる一方の知人の中に望むような男性は見当たらず、残っていた男性はすべて、自らの毒舌でさっさとはねつけてしまった。

マークはあと一年、妹を手元に置いておくことにした。自分たちより低い階級の人間と妹が結婚するのは耐えられず、商人や実業家との縁談は頑として許さなかった——といっても商人や実業家に知り合いがいたわけでもない。それに、今となっては商人でさえ、ミドルセックスの殺人鬼と近い関係にある人間の世話はごめんだろう。

「ケネスとは距離を置くこともできる」

マリエッタは目をぎゅっと閉じ、首を横に振った。

「しようと思えばできるでしょうね」小声で言う。「でも、弟の命より自分の結婚を心配するとしたら、わたしはさもしい人間ということになります」

ノーブルは首をかしげた。「まあ、そのうちわかる」

マリエッタは身をこわばらせた。またしても怒りで顔が曇り、不安と絶望がその向こうに消え去っていく。「あなたはきっと、とんでもなく意地悪な人なのね、ミスター・ノーブル。そこまで反感を買うことをした覚えはありません」

ノーブルは物憂げに革の手袋を引っ張りながらマリエッタをじっと見つめた。射るような、慎重に吟味するような眼差しで。「弟さんの部屋を拝見し、所持品を詳しく調べる必要がありますね」

「どうぞご自由に。明日なら――」

「いや、今すぐ行きましょう。あなたは荷物をまとめてください。夜のこの時間なら人につけられる可能性は低い」ノーブルは馬車を軽く叩いた。

「荷物をまとめる？　何をおっしゃっているの？」

「あなたにはそばにいてもらう必要があるんです」馬車が方向転換をし、ノーブルはかがめていた体を伸ばした。座席に深く腰かけてすっと背筋を伸ばし、人を興奮させる顔と冷ややかな目でマリエッタを見下ろした。「わたしの別宅に移ってもらわないといけません。あまり人目を引かず、好きに行き来ができる場所、ということです」

「な、何ですって？」マリエッタは早口で言った。「あなたの家に泊まるということ？」

「マリエッタ、問題はないと言ったばかりだ。自分の評判については気にしていないのだから――」

「気にしていないとは言ってません」マリエッタは怒って言った。「必要なことはいたします。でも、あなたが求めていることはとても必要とは思えません」

ノーブルは、指の部分を一本ずつ引っ張って手袋をはめた。「では、あなたは夜いつでも人目を引くことなく家を出られるのですね？　どんな格好をしていても？　外をぶらついても、だれからも何も言われず、いっさい気づかれないのですね？　素晴らしい」

マリエッタの脳裏に、その場にまったくそぐわない服を着て、ゴールデン・スクエア（ソーホーにある広場）を歩いていく自分の姿が不意に浮かんだ。昨日も今日も、あそこで腐った野菜を投げつけられたのだ。もし、けしからぬ服装を見られたら、今度は何を投げられるのだろう？

「その家はどちらにあるのですか？　どなたか一緒に連れていかれるのかしら？」

彼は手袋に包まれた指を一本ずつ伸ばした。「イーストエンドの近くです。その界隈で多くの時間を過ごすことになるでしょう。あそこで二件の殺人が起きてからというもの、弟さんはクラーケンウェルの殺し屋と呼ばれ、噂の的になっている。まずはあそこを調べるべきだ。そう思いませんか？」

あざけるような口調がしゃくにさわる。「それで仕事をされる別宅にはどんな部下がいらっしゃるの？」

「部下？　そんなものはおりません。わたしたちふたりだけですよ」

マリエッタは口をぽかんと開けた。何か言おうとするものの、何も出てこない。

「あなたは運がいい。ちょうど依頼をひとつ片づけたところなので、わたしはこの仕事に専念できる。それに……この事件には興味を引かれている。さあ、荷物をまとめましょう」

「あなたしかいない家に泊まるわけにはまいりません」ばかげた返事をしてしまった。評判はすっかり傷つき、結婚できる見込みはなさそうだという話をしたばかりだというのに。とにかく、喧嘩っ早い性格が失われていないことだけは確かだ。

馬車の扉が開く。

「大丈夫ですよ。痩せすぎで茶色い髪の女性は趣味じゃありませんから。つまり、あなたにはわたしのことを心配する理由がない」

ノーブルはマリエッタを一瞥《いちべつ》しただけで馬車から出ていき、彼女がまだわずかながら持ち合わせていた虚栄心を傷つけた。

「あなたって、とんでもなく無礼でひどい人ね」マリエッタはそう言って、あとから馬車を降りた。ノーブルが歩道を上り始める。「どうしてあなたに従っているのか、自分でもさっぱりわかりませんわ。わたしを安心させることは何ひとつしてくださっていないのに」

ノーブルが立ち止まって振り向いた。自尊心を傷つけられ、怒りやいら立ちが浮かんでいるかと思いきや、驚いたことに、マリエッタが目にしたのは楽しげな表情だった。「わからない？」

ノーブルは前に進み、マリエッタを包囲するように周りを回り始めた。シャツのカフスが彼女の袖をかすめ、背中のくぼみを覆う布地をかすめていく。「でもわたしが人一倍ひどい男だろうが、やっぱり従うことにした、というわけですね？」

耳の上で彼がささやく声がする。

「なぜなら、あなたにはほかに行くべきところがなく、信頼する友人ロックウッドがわたしを信用していいと言ったからだ。マリエッタ、違いますか？」

彼の官能的な声がするほうへ、全身の毛が逆立った。マリエッタは歯を食いしばってその感覚に抵抗した。「ミスター・ノーブル、わたし、あなたのことが好きではないみたいです」

彼は穏やかに笑った。マリエッタはぞくぞくする感覚を追い出そうと、一方の手でうなじをなでた。

「構いませんよ、ミス・ウィンターズ」その声は低く魅惑的だったが、冷酷な響きが潜んでいた。「契約さえ履行してもらえれば、ちっとも構わない。さあ、行きましょう」

3

執事と従僕がガブリエル・ノーブルをひと目見て何も言わずに通したとき、マリエッタは少しいらいらした。おそらくこのふたりは、ノーブルが金持ちの伊達男で、彼女のスカートをまくり上げにきた、あるいはまくり上げてきたところなのだ、もしそうなら、今度ばかりは給金を払ってもらえるかもしれないと期待しているのだろう。召使たちもばかではない。この家は差し迫った状況にあるとわかっている。

食事がパンと水だけになり、料理人が解雇されれば、それが何を意味するのか連想するのは難しいことではない。召使たちが残れる限り残ってくれたのは驚きだった。マークは言葉巧みに約束をし、うそをつくのがうまいのだ。

男の召使たちは、マリエッタがこの謎めいた男性のためにスカートをまくり上げるだろうと期待しているが、戸口でうろついているふたりのメイドは、そのうつろな表情から判断すれば、どう見ても、代わりに自分のスカートをまくり上げたいと思っている。執事はマリエッタが出かけるとすぐ、ほかの三人を呼び集めたに違いない。そして、彼女が持ち帰るであろうゴシップを待ち構えていたのだろう。

「お嬢様？」

マリエッタに向けられた言葉ではあったが、メイドのジェニーの目はノーブルから決して離れなかった。

「ジェニー、旅行かばんを持ってきてちょうだい」

「かしこまりました」とろんとした目が標的を見据えている。「どこへ行くにしろ、旅行が楽しみですわ」

マリエッタはもうひとりのメイド、カーラを観察した。ノーブルが露骨に一階の間取りを眺め回すと、カーラは貪欲な眼差しで彼を追い、傾けた頭から尻の曲線に至るまで、彼のすべてを目に収めた。そして、見えない力に引き寄せられるかのように、無意識とも思える足取りで彼のほうに一歩近づいた。

これでマリエッタの心は決まった。メイドをひとり連れていこうと思っていたが、またこんな場面に対処するはめになるぐらいなら、ドレスのホックは全部自分で留めるほうがまし、もしくはドレスを後ろ前に着るほうがましだ。それに、メイドはどちらもマリエッタに忠実ではなかった。連れていけばノーブルとのあいだでクッションの役割を果たしてくれると思ったものの、負の側面を打ち消すほどのいい考えとは言えない。

「いいえ、ついてこなくて結構よ。旅行かばんを持ってきて」

ノーブルは訳知り顔でマリエッタをちらりと見た。いら立ちに似た表情も見受けられたが、彼女は初めて、それは自分に向けられたのではないと悟った。「弟さんの部屋を見せてください」

マリエッタは先に立って二階へ上がった。ケニーの部屋はとても散らかっている。この中にある物を探し出せたためしがない。もっとも、ノーブルの書斎から判断するに、彼はこの状態に共感を覚えるかもしれない、という気がした。

彼は部屋をぶらぶら歩き回り、物を手に取っては調べ、ことあるごとにうなずいたり、鼻歌を歌ったりしている。緊張した雰囲気の中、鼻歌が聞こえてくるのはどうもしっくりこない。

「荷造りをしてきます。ひとりで大丈夫ですよね？　マークの邪魔はなさらないで。大変な夜を、というより一日を過ごしたあとで起こされると、兄は……愛想が悪いので」

「愛想が悪い？」ノーブルの鋭い目が、マリエッタをじっと見つめて何かを探っている。そして、目的のものを見つけたに違いない。というのも、肩から緊張を解き、彼女を追い払うように手をひらつかせたからだ。「評判の悪い兄上を困らせないようにしましょう」

廊下に立って耳をそばだてていたふたりのメイドが、マリエッタに続いて彼女の部屋に入ってきた。

「お嬢様、あの方はどなたですか？」

マリエッタは顔をしかめた。「ただの男の人よ」ジェニーが抱えているかばんを取り上げる。ジェニーは夢見心地でぼうっとしており、自ら進んではかばんを手渡せそうになかった。

カーラのほうは、いつだってジェニーよりでしゃばっている。肘で同僚を押しのけて前に進み出ると、気取った様子でマリエッタを軽蔑の眼差しで見つめた。社交界からの誘いが途絶え、隣人が一家に背を向けてからというもの、カーラはそういう態度を取るようになっていた。そして、今や召使の中でいちばんいい思いをしている。ひとつ一ペンスで、だれかれ構わずゴシップを売って歩いているからだ。

わからないでもない。マリエッタも心のどこかではそう思っていた。召使たちは何カ月も給金をもらっていない。つらくてひもじいせいか、近ごろでは腹いせをするようになり、テーブルに勝手に食べ物を並べたりしていた。しかし、理解できる一方で、もうひとりの自分は、さんたんたる結果を招いている一因が彼らにあることに、何にも増して憤りを感じていた。

「あの方と何をなさってるんですか?」カーラが尋ねた。

「荷造りよ。手伝ってくれるの?」マリエッタは腕いっぱいに抱えた衣類をかばんに放り込んだ。たくさんあるわけではないが、念入りに荷造りをしないと、ドレスはかさばってしまう。

カーラはかばんのへりに指を走らせた。「お名前は何とおっしゃるんです?」

「名前だなんて、礼儀をわきまえなさい」マリエッタは下着用のたんすからもうひとつかみ衣類を取り出した。予備のシュミーズとスリップ、それにストッキングを二組。ジェニーはぼうっとしたまま、うろうろしていたが、衣類をたたんで、しまう手伝いを始めた。カーラは相変わらずこちらをじっと観察している。マリエッタは人に見られることに嫌気がさしてきた。
「手伝う気がないなら、出ていってちょうだい」
カーラはにやにや笑い、気取った足取りで出ていった。
「申し訳ございません、お嬢様。カーラはどうしちゃったんでしょう？」カーラのスカート
が戸口から見えなくなると、ジェニーが言った。
「ありがとう、ジェニー」マリエッタはもうひとりのメイドを見た。この子はいつだって優
しい。おつむは足りないけれど、気立ては優しい。「手伝ってもらえて助かるわ」
「当然ですわ、お嬢様。よろしければ、必要な物をお詰めしますが」
「ええ、そうしてもらえるとうれしいわね」
ジェニーは、マリエッタが香水やピン、盛装用のドレスや装身具をしまってある続き部屋
に入っていった。
廊下からこそこそ話す声が聞こえ、マリエッタは振り向いた。扉まで進み、顔をのぞかせ
てちらっと見ると、男の召使がふたり、忙しそうなふりをしながら廊下をうろついていた。
「やるべきことがあるんじゃないの？」
ふたりはそれぞれ、マリエッタをじっと見つめている。ひとりはにやにやしながら。もう
ひとりは偉そうな態度で。かつて彼女が持ち合わせていたであろう権威はもう消えてしまっ
たのだ。ウィンターズ家は、ありとあらゆる面でにっちもさっちもいかなくなっている。
マリエッタは背筋をぴんと伸ばした。「予備のランプと、わたしのパラソルを持ってきて」

ふたりともいつまでも彼女をじろじろ見ていたが、ようやく向きを変え、階段を下りていった。あの目つきからして、また戻ってくるおそれがある。マリエッタは震える息を吸い込んだ。かつての暮らしは終わりを告げた。両親が亡くなって以来、それは過去のものとなり、今や完全に扉を閉じてしまった。わたしは召使と同等だ。しかも全員と。あるいは、そうなる日も近いと言うべきか。

片手を胸に当てる。心臓が二度と元には戻らないと思われるほど激しく鼓動している。

またこそこそ話す声が聞こえてきた。マリエッタは忍び足で廊下を進み、ケニーの部屋の外までできたところで足を止めた。

「申し上げたとおりですわ。あなたのお役に立つためにまいりました。必要なことは何でもお手伝いいたします」強調された部分を聞かなかったことにするのは難しかった。カーラは声を潜めたが、それでも、その場にいるかのように話が聞こえてくる。「貴重品のありかはすべてわかっております。皆さん、いい物には高いお金を払ってくださるんですよ。でも、あなたからは一ペニーだっていただくつもりはございません」

メイドが何をただで与えようとしているかほのめかすのを耳にして、マリエッタは平静ではいられなかった。召使たちが、ケニー本人はおまけだと言わんばかりに、彼の持ち物をあさって売りさばいていたという事実もこたえた。肌がむずがゆくなり、怒りといら立ちがゆっくりと燃え上がる。確かに、召使たちがスキャンダルをねたに小遣い稼ぎをしていることは知っていたけれど、それだけだと思っていた。まさか盗みまでして懐を肥やしていたなんて……。頭がかっかして、考えがまとまらない。

「これまでいくつ売ったんだい？　それと、何を売ったのかね？」ノーブルが尋ねた。その声は魅惑的で、おだててもっと聞き出そうとするような響きを帯びている。

「こまごました物です。懐中時計をひとつ、ハンカチを一枚、クラヴァットを数本。あなたに差し上げる物とは比べものになりませんわ。日記が隠してあったんです。ミドルセックスの殺人鬼が心の奥底で考えていたことがすべて書かれています」

どうにもならない怒りで自分の頬が濡れているのがわかる。マリエッタは部屋に乗り込んでいきたかった。メイドをつかんで揺さぶり、盗みを働く手を締めつけて二度と使えないようにしてやりたかった。何の権利があってこんなまねをするのかと詰問したかった。

しかし、最後に残ったわずかばかりの分別でそれを思いとどまった。自分にはケニーの日記のありかがわからないのだから、今、踏み込んでも何にもならない。でも、あの汚らわしい女が日記を取り出したらすぐ、彼女を揺さぶってやる。振り落とす物がなくなるまで。

「それはぜひ見てみたいな。彼が隠している物なら何でもいい。きみは確かに知恵がある」

ノーブルの声は太くて音楽的だ。聞く者を魅了する。彼の言葉が戸口から出てまとわりついてきた。怒りがこみ上げ、マリエッタは心ひそかに、その言葉にナイフを突き刺した。

メイドがくすくす笑っている。ノーブルを畏れ敬う気持ちと興奮が聞き取れる。彼のほうに身を傾け、有頂天になり、もっと認めてもらうためなら何でもしようとしている様子がうかがえる。

「こっちです」

何かが床をこする音がする。たぶんナイトテーブルだろう。

「おせっかいなお姉様に見つけられたくない物は、全部ここに隠しているんですよ」

マリエッタは廊下に置かれた時計の振り子をじっと見つめた。まるで絶え間ない動きを見ていれば事態が好転するかのように、泣かずにすむ可能性が高くなるかのように。

「彼は姉上のことをどう思っているのだろう？」

「たぶん、みんなが思っていることと同じでしょう。お嬢様は地味で、貧相で、言葉がきつい方なのです。いまだに独身なのも不思議ではありませんわ」

何かが床に落ち、かたんと音がした。マリエッタは相変わらず時計を見つめており、振り子はただひたすら、はっきりした音で刻々と時を告げている。

「はい、どうぞ」衣擦れの音と、手のひらに本が置かれる重たい音がした。

彼はケニーの日記をどうするつもりなのだろう？召使たちと同様、人に売ってしまうのではないか、という取りとめのない考えが頭をよぎる。ノーブルのことは何も知らないし、彼がその名に恥じない行動をする人だと思える根拠は何ひとつ与えられていない。自分の召使がケニーの物を売って稼いでいるとしたら、どうすれば赤の他人がさらに悪いことをするのを止められるというのだろう？

「中を読んだのかい？」

マリエッタは気を失いそうになり、目をぎゅっと閉じた。この数週間で始終つきまとうようになった感覚が、またしても襲ってきたのだ。わたしはノーブルにあらゆるものを手にする手段を与えてしまった。自暴自棄になって、家族の不利になりかねない材料を彼に与えてしまった。いったい何をやってるの?

「いいえ。わたしは字が読めませんので。でも、ほかにできることがたくさんあるんですよ。もっと役に立つことがね」

「きっとそのとおりなんだろうな。きみはとても勤勉みたいだから」

カーラがくすくす笑った。たぶん勤勉がどういう意味かもわかっていないのだろう、とマリエッタは少々意地悪なことを考えた。しばらく何の音もしなかったが、ほどなくしてカーラがうめいた。息の交じった低い声。最高の快楽を味わった女性が発する声だ。マリエッタの全身の毛が逆立ち、胃がむかむかした。

「さあ、いい子だから、ほかの物も集めてもらえるかな?」

「はい、ただいま」

物が引きずられたり、ぶつかったりする音がやかましく聞こえてきた。カーラはずっとくすくす笑っている。耳障りな音。馬車の車輪と軸の留め金がこすれているみたいな音だ。

「ああ、これは素晴らしい。それもいいね。カーラ、きみは本当に天からの贈り物だ」

例の馬車の車輪が今度はぎざぎざの岩をこすった。「あなたのためなら何でもいたします。ええ、何でも」

もう我慢できない。マリエッタは忍び足で廊下をいったん戻り、それから足を踏み鳴らして再び来た道を進んだ。馬車の車輪のような耳障りな笑い声がぴたりとやむ。マリエッタは顔に作り笑いを張りつけ、戸口に立った。「あらカーラ、ここにいたのね。下で男性陣を手伝ってあげて。わたしのパラソルを探しているところだから。どうも見つからないらしいのよ」

パラソルは装身具用の戸棚に入っており、荷造りしてもらうのを待っている。カーラはひどく怒った顔をして口を開いたが、ノーブルが先手を打った。「パラソルは立派な女性の必需品ですからね」口調は何気ないが、彼はマリエッタから目を離さない。探るようにじっと見つめている。

カーラは悪意に満ちた目でマリエッタをにらんでから、再びノーブルのほうを向いた。すっかりご機嫌な顔で。「パラソルを取ってきましたら、また戻ってまいります」

ノーブルがほほ笑んだ。あの物憂げな笑みを浮かべると、彼は満足しきった雄猫のように見える。カーラの反応から判断すれば、女性があの笑みにやられて彼をなでたくなるのは明らかだ。それにマリエッタ自身、同じ衝動に駆られて指がむずむずしてくるのを認めざるを得なかった。

彼女は指を丸め、肌を傷つけるほど強く手を握りしめた。

カーラはマリエッタには目もくれず、大またで部屋を出ていった。メイドが階段を下りていく足音が聞こえてくる。

「あなたって人は」マリエッタは彼に指を突きつけた。あまりにも腹が立って、指が震えていようがどうでもよかった。

「わたしのことでしょうか？」ノーブルはあざけるように言った。「あなたのために弟さんの日記を手に入れてあげた男ですが」そして、彼女の足元に日記を放った。

マリエッタはひざまずき、革の表紙に手を置いた。怒りと不安は蒸気のように消え去ったが、代わりに混乱と疑念に襲われている。「何ですって？」

「マリエッタ、まさか、立ち聞きなんてしていないなどと言うつもりじゃないでしょうね？」

わけがわからず、ノーブルをじっと見つめる。不意にどっと疲れを感じた。怒りといった確たる理由もなく、これまでの七〇時間が一気にのしかかってきて、勝負をしようにもカードを持っていることができない。もうへとへとだ。それに、ここにいる男はこれでもかというほどわたしをいらいらさせる。何も考えず、でたらめにカードをめくっているらしく、ときどき一番下のカードを勢いよく抜き取って、山を崩してしまう。

「それで、あなたはこれが欲しいのですね？」ノーブルの口調には何やらよこしまな響きが混じっていた。「それとも、忠実なるメイドがいちばん高い値段でこれを売れるよう、ここに置いておきましょうか？」

わたしに腹を立てているの？　どうしてそんな権利があるわけ？　彼は至るところで策略を駆使する人間だ。マリエッタの心に再び激しい怒りがこみ上げてきた。「あなたの努力をむだにしたくありませんわ。あの子を抱いて情報をすべて聞きだせるよう、ここに残っていただくべきかもしれませんね」

「これは驚いた、わたしに体で奉仕させようとは」ばかにするような声だったが、危険な響きが隠れている。引き込まれてしまいそうな危険な渦のような響きが。

「ご自分の力でうまくやってらっしゃるようですから」

「お褒めをいただき、ありがとうございます」

「褒めたんじゃありません」力をこめて言葉を口にしなければならず、唇が裂けてしまいそうだった。「非難したのです」

「非難。なんて陳腐な言葉だ。あなたがわたしに助けを求めたのですよ、ミス・ウィンターズ」

マリエッタは爪が手のひらに食い込むほど左手を力いっぱい握りしめた。日記を手に取り、床にしゃがんだまま彼のほうに振ってみせる。「カーラとふたりでいるところにわたしが踏み込んでこなかったら、これを渡すつもりはなかったんじゃありません?」

「信用していただいていると思っておりましたが」彼の声は平然としている。

「まったく信用しておりません。あなたには、この家で罪深い行為にふけっていただくほうが危険は少ないでしょうね」

突然ノーブルがマリエッタの前にしゃがみ込んだ。あまりの素早さに、彼女は反応できなかった。彼が日記の革表紙に親指を走らせ、その指先が彼女の指を軽くかすめた。

「それは残念だ、マリエッタ」彼の声が波打つ夜の海のように低く響いている。「わたしを信用しなければ、弟さんは縛り首になる。それでも必ず、あなたはわたしに奉仕することになるのですよ。三つの奉仕をしていただく。罪深い夜を三回過ごすというのはどうかな？」

ノーブルはマリエッタの手のわきに指先を滑らせてから手を離した。今まで出会った中でだれよりも危険な男性が目の前にうずくまっている。彼の言動によって引き起こされ、生み出される自らの反応にマリエッタはおののいていた。

「日記を渡すつもりがあったのかどうか教えてください」マリエッタはほかにどうすることもできず、ささやくように訊いた。

ノーブルが身を乗り出し、彼の唇と彼女の唇との距離はわずか数センチとなった。「何を根拠に、わたしが答えると思っているのですか？」彼もささやくように返したが、声には官能的な響きがこもっていた。

そのとき階段を上ってくる足音がした。マリエッタは凍りつき、ノーブルがどいてくれるのを待った。彼は動かない。足音はどんどん近づいてくる。そして、階段のいちばん上までたどり着いた。

ノーブルの口元がゆがみ、笑みが浮かんだ。顔がすぐそばにあるから、唇の細かいしわまで見ることができる。マリエッタは彼を押しのけ、日記を胸に抱えて立ち上がった。

「パラソルは見つかりませんでした」

マリエッタは振り向きもせず、カーラの言葉を聞き流した。「カーラ、こちらのミスター……こちらの紳士に飲み物をお持ちして。きっと喜んでくださるわ」

押し殺したようなうめきが聞こえ、足音は再び遠ざかっていった。

「かわいそうに。あなたはいつもこんなふうに召使たちをこき使っているのですか？」

マリエッタは日記をつかんだ手にいっそう力をこめた。彼の声はなめらかで、からかうような響きがある。傲慢そうに首をかしげ、相変わらずしゃがんだまま、前髪の向こうからこちらをじっと見上げている。緑の瞳は疲れきった表情を浮かべているが、ありとあらゆることを期待させる……。

「もしそうだとしたら？　きっと、あなたがまた彼女をなだめて満足させてあげるのでしょう。あなたがなさっているのはそういうことなんですよね？」

「マリエッタ、わたしは自分の仕事はすべて立派にやってのけます」彼は両手をついて体をそらし、長い脚を前に伸ばした。「あなたの興味を引く〝おつとめ〟がほかにもあったのですか？」

体中の毛穴から官能と謎がにじみ出て、渦を巻いている。

「いいえ」

「それは残念だ」ノーブルが首をかしげた。人をばかにしたような仕草だ。

「痩せすぎで茶色い髪の女性は趣味じゃないのかと思っていましたけど？」

「そのとおり。しかし、毒へビの扱いは得意だと自負しております」

マリエッタは身をこわばらせた。「あなたは、そういう態度で、まんまとその場をやり過ごすのね？」

ノーブルはにやりと残忍な笑みを浮かべた。「常に」

「残念だこと」マリエッタは向きを変え、戸口から出ていった。これ以上、ノーブルと同じ部屋にいられる自信がない。彼を殺してしまいそうだ。いや、もっと悪いことをしでかすかも。たとえば、彼の目と仕草のとりこになってしまうとか……。

自室に戻ると、ジェニーが荷物の点検をしてもらおうと、たくさんの物を並べているところだった。マリエッタはメイドが自分を見上げ、さらにその先に視線を向ける様子を観察した。ジェニーの目はとろんとしている。

「荷造りは終わったんでしょうね？」背後であのいまいましい声がした。メイドが急に口をぽかんと開けたのは、彼が現れたからだ。

マリエッタは宝石類の入ったポーチをかばんの隅に押し込んだ。「カーラをかまってあげたらいかが？　あの子は注目されると、すごくわくわくするみたいですから」

「傷ついたぞ、マリエッタ。本当に」

「ええ、きっとそうなんでしょう」近ごろのわたしは相手構わず傷つける才能に恵まれているらしい。真っ先にわたしを気遣ってくれる人がいたっていいじゃないの。マリエッタは目を閉じた。ばかみたい。こんな惨めなことばかり考えていたら、神経衰弱になってしまう。

「持ち物はそれだけですか？」

「不愉快なことをおっしゃるつもりなら、どこかほかで待っていていただくほうがいいのですが」

ノーブルが黒いドレスの端をつまみあげ、マリエッタはその手をぴしゃりと払いのけた。

彼は口笛を吹き、再びドレスに触れた。「実にしゃれている。あなたが今、着ておられるドレスに勝るものはほとんどなかろうと思っていましたよ」

「わたしは喪に服しているのです」

「ご両親が亡くなられたのは二年前でしょう」

マリエッタは、またしても知識をひけらかす彼をきっと見上げた。「どうしてそれをご存じなの？」

「わたしにはいろいろなことがわかるんですよ。たとえば、あなたがいつうそをついたとか」

喪に服す期間を二年にまで長引かせたのはやりすぎだったが、新しいドレスを買う余裕はないし、古いドレスを仕立て直せば、たとえ流行遅れでも、今のところ、どうにかやっていけるだろう。それに、暗い色のドレスは何かとわたしを守ってくれる。ばかばかしくて姑息な方法だけれど、こんなドレスを着ていれば、女性ならではの手練手管が欠けていることについて責任を負わなくてすむ。

マリエッタはそこで一連の思考を停止させた。世間体を気にするマークのことを思い出したのだ。

「そんなこと、あなたにはわからないでしょう」ノーブルの手を押しのけ、ドレスをたたむ。

「これなしでは生きられないと思える美しいドレスはどれかと悩んでおられるのかもしれな

いが、あまり待たせないでください」

人をばかにした言い方だ。つい反撃したくなったが、彼の言葉にこめられた真実と、眼差しに宿る真剣な表情を読み取り、マリエッタは私物に目を向けた。ドレスは代えが利くが、個人の財産はそうはいかない。

召使たちは当てにならないし、マークもじきに暴徒を遠ざけておくことができなくなるだろう。街の人たちは報復をしたがっている。認めるのはしゃくだが、形見の品やもっと高価な貴重品を保管する場所としては、ノーブルの家のほうが安全だ。彼を信用してはいけないのかもしれない。でも、心の奥底では――うんざりするような、わけのわからない怒りの陰では――ノーブルには彼なりのおきてがあり、彼がそれを破ることはあるまいとわかっている。

当の腹立たしい男は、マリエッタが荷物をまとめているあいだ、部屋をうろつき、くすくす笑っているジェニーに笑みを投げかけ、カーラをたびたび階下へ使いに出した。

ジェニーが最後のトランクを取りに部屋から出ていった。ノーブルは、世界は自分のものだと言わんばかりにクッションにもたれた。「召使たちが弟さんの持ち物を売っていたことは、前から知っていたんですか？」

マリエッタは唇をきつく結んだ。「いいえ」

とにかく兄に知らせておかなくては。マリエッタはペンを取り、急いでメモを書いた。それから、こっそりマークの部屋に入っていき、兄の手にメモを握らせた。こうしておけば召使たちに見つかる可能性は低くなる。この二年間で初めて、兄が酔いつぶれていてよかったと思えた。今は兄の相手ができるかどうかわからなかったし、兄とノーブルはまったくそりが合わないだろうと痛感したからだ。

わが家の経済的苦境を部外者に知られるとなれば、マークはとても腹を立てるだろう。ケニーを助けるためといえども、そのような事情を外に漏らすのはいやがるはずだ。だからこそ、マリエッタは兄には何も告げず、この任務に乗り出したのだった。

自分の部屋に戻って見渡してみると、大事な物はほとんど荷造りがすんでいた。マリエッタがノーブルに向かってうなずき、ふたりは先ほど乗ってきた紋章のない馬車にトランクやかばんを運び込んだ。

ふと見ると、召使たちがこちらの様子をじっと見つめていた。三人が鋭い視線で、ひとりがとろんとした目で。馬車は、そんな必要があるのかと思わせるほど何度も角を曲がった。まるで円を描いて走っているかのようで、マリエッタは、追跡者をまこうとしているのかしらと考えざるを得なかった。しかしノーブルは御者と一緒に馬車のてっぺんにいるため、だれにも訊くことができない。二〇分後、馬車はぱっとしない通りへ乗り入れた。

ガス灯が明るく照らしているとはいえ、その路地にはすたれた雰囲気があった。立ち並ぶ家の内部に明かりは灯っていない。まるで人が住んでいないかのようで、地味な玄関が何もない空間に蓋をしている。からっぽの箱がずらりと並んでいるといった感じだ。

マリエッタが窓越しに見守る中、ノーブルはさりげない優雅な身のこなしで、ひらりと馬車から飛び下りた。それから扉を開け、いちばん重たそうなトランクをふたつ抱えて玄関のほうへ歩いていった。取り残されたマリエッタはだれにも手を貸してもらえぬまま馬車を降り、ぷりぷりしながらノーブルのあとを追った。

　玄関の扉が開き、がっしりした年配の女性の姿が目に入ったので、マリエッタはほっと胸をなで下ろした。話が聞こえるところまで近づくと、ノーブルが女性に、準備はすべて整っているかと尋ねていた。

「ええ、大丈夫ですよ、ミスター・ノーブル。急ぎのメモはちゃんと受け取りました。食料品室も肉の貯蔵室もいっぱいにしておきましたからね。いつもの栄養満点のシチューはコンロのそばに置いてあります。まだ温かいはずですよ。前回使った物は全部、片づけておきました。明日から毎朝、こちらのお嬢さんのお手伝いに寄らせていただきましょう」

「ありがとう、ミセス・ロゼール」ノーブルの声は豊かで温かみがあり、マリエッタに話しかけるときの冷たいあざけるような響きや、メイドに対して使った空々しい官能的な響きはまったく感じられなかった。

　融通の利かない女家長といった感じのミセス・ロゼールが女学生のごとく顔を赤らめる。この人もしょせんは女なのかと思うと、マリエッタはなんとなく腹が立ち、足をとんと踏み鳴らした。

　ミセス・ロゼールはマリエッタにざっと目を走らせると、彼女の周りを回り、飾り気のない靴に注目してから念入りに顔を点検した。

「悪くありませんねえ。すごく人目を引くわけじゃなし。そこが強みですよ」

「わたしもそう思ってね。月並みな顔なら、必要に応じて手を加えればいいし、注目されずにすむ」ノーブルの口元が満足げに優美な曲線を描いた。彼はマリエッタをわざと挑発しながらにやにや笑っている。マリエッタはひっぱたいてやりたくて手がむずむずした。

「クラリスを寄こして、いつものように着る物を作らせましょうか？」ミセス・ロゼールが尋ねた。

「ああ、助かるよ。ありがとう」

ミセス・ロゼールは目を細めてマリエッタを見た。「ちょっと背が高いかしら」

「歯もお見せしましょうか？」マリエッタは歯をむいた。

「それに、かんしゃく持ち」ミセス・ロゼールはけしからんと言わんばかりに眉をひそめた。

「ミスター・ノーブルに生意気を言っちゃいけませんよ、お嬢さん。この方が何をなさってきたかご存じないんだろうけど――」

「ありがとう、ミセス・ロゼール。クラリスに伝えてもらえればありがたい」ノーブルは玄関の階段に置いておいたトランクを持ち上げた。「ご主人によろしく」

ミセス・ロゼールが彼の前腕を軽く叩いた。「ええ、伝えますよ。では、また明日」それから、戒めるようにマリエッタをにらみつけ、外に出て扉をばたんと閉めた。

その音ががらんとした玄関に響き渡る。そこには植木鉢用の台もなければ、テーブルもなく、洋服掛けや敷物もなかった。マリエッタが持ってきたトランクとかばん、それに彼女とノーブルがいるだけだ。

「着る物って？　何の話をしていたのですか？　クラリスってどなたなの？」

ノーブルは階段の一段目で足を止めた。「お針子です。クラリスがあなたにぴったり合った服を何着かしつらえてくれますよ。やるべきことをするには、とてもそんな格好で歩き回ってもらうわけにはいかないのでね」そして、マリエッタのドレスを当てつけがましく見た。

「こちらへどうぞ」

マリエッタは器用な手つきでトランクのひとつを運びながら、玄関と同様、敷物のない階段を上り、二階の家具の少ない部屋へ移動した。見たところ、その先にもう二部屋あるらしい。

「あなたの部屋はここ。わたしの部屋は廊下の先です。必要な物はすべてそろっているはずですよ」ノーブルがトランクを下ろす。「食べる物もキッチンに十分、用意してあります。朝、着替えを手伝ってもらう必要があるなら、必ず八時から九時のあいだに起きてください。ミセス・ロゼールが毎朝その時間に、あなたを手伝う必要があるかどうか見に寄ってくれますから。その時間を逃したら、わたしが手伝わざるを得ない」彼の顔にみだらな笑みが浮かぶ。「とにかく、八時には起きていただきたいですね」

「ほかの人がこの家にいるのは、その時間帯だけということ？」

「召使はひとりもいません。だから、朝は勝手にやっていただきたい。わたしがここに召使を置かないのはごく単純な理由からです。つまり、わたしたちが何をしているかわかっている人間は、少なければ少ないほど都合がいい。召使は他者を知るための貴重な情報源になるんですよ。わたしも、いざ自分のこととなったら、それを肝に銘じておかなくてはならない」彼はまたしても、当てつけがましく、ちらっとマリエッタを見た。

「では、ミセス・ロゼールは？」

「彼女は召使ではありません」

「でも、どうしてあの人が信頼できるとわかるのですか？」

「わたしが信頼しているからです。では、おやすみなさい。ああ、そうだ、下でシチューを少し召し上がってください。飢え死にしまう前にね」

ノーブルはそう言って扉から出ていった。寒くて、ほとんど空っぽの見慣れない部屋に、マリエッタの持ち物がめいっぱい詰まったトランクを三つと、かばんをひとつ残して。敷物を敷いていない廊下の先で、かちっと扉が閉まる音が響いた。

マリエッタはベッドに腰を下ろした。マットレスはふかふかしているものの、羽根布団は快適とは言えない。下宿屋より少しましなだけ。まるで借間暮らしだ。苦境にあるウィンターズ家は、ここしばらくそちらの方向へ傾きつつあった。マリエッタはそうなることを恐れていたのだが、今やわが身に降りかかってきた。

お腹がぐうと鳴った。でもプライドが空腹に逆らっている。キッチンへは行きたくない。階下へ下りていけば、ノーブルが足音を耳にし、澄ました顔でひとり悦に入るのだろう。

またお腹が鳴った。一〇分待とう。そうすれば、彼は眠りにつき、わたしのプライドも救われるかもしれない。一〇分一秒したら、プライドなど崩れ去るだろうけど。マリエッタはひとつ目のトランクに注目し、ふたを開けた。こまごました装身具や手紙、ロケット、押し花が入っている。

少女のころに作った〝希望をかなえるメダル〟に指で軽く触れてみる。勇敢でハンサムな男性がやってきて、わたしの悩みごとを解決してくれますようにと祈って作ったメダルだ。当時の悩みごとは、家をこっそり抜け出して池に遊びに行き、手をすりむいたり、ドレスの裾を泥だらけにしたせいで罰を受けるといったことだった。でも長いあいだ目を向けずにいたら、悩みはますます深刻な内容になっていた。顔も名前もわからない男性が飛び込んできてわたしを救ってくれるだなんて、もうこれ以上、期待してはいられない。自分で自分を救うしかないのだろう。

結婚できる見込みは、田舎の邸宅《カントリーハウス》と同様、消滅した。永遠に。でも今はくよくよしたところで、何の足しにもならない。わたしは生き延びてみせる。

マリエッタはケニーの手紙に指を走らせた。彼がイートン校の一年生だったときに書いてくれた手紙だ。それを胸に押し当て、目を閉じる。きっとやれる。わたしはケニーを救ってみせる。

手紙と誓いを強く握りしめ、忍び足でキッチンに下りていった。そしてシチューを皿によそい、素晴らしく美味しい料理をむさぼるように食べ、目を曇らせている涙を無視した。

4

　翌朝キッチンへ入っていくと、パンの焼けるにおいと新鮮なハーブの香りが迎えてくれた。マリエッタはほっとして、もう少しで階段をひとつ抜かしてしまうところだった。ミセス・ロゼールに着替えを手伝ってもらい、またこの人が食事の用意をしておいてくれたのならいいのにと期待してやってきたのだ。ゆうべのシチューがとても美味しかったから。

　マリエッタは戸口でためらった。ノーブルが傷だらけのテーブルの上で書類をめくりながら、紅茶をちびちび飲んでいた。カップのふちから細い湯気がゆらゆら立ち上っている。

　この男性の肉体的な存在感にまたしてもあ然とし、マリエッタは一瞬、動けなくなった。よけいなことを言うとか、相手をにらみつけるとか、無謀なまねはするまいと心に決め、前に進む。彼が顔も上げずに身振りでティーポットを示すと、マリエッタはうなずいて感謝の意を表した。紅茶をめいっぱい注ぎ、カップで手を温める。

「面白いんですか？」カップを持った手で書類の山を示す。「相当な分量の資料ですね」今朝は愛想よくしようと心に決めていた。

　ノーブルがページをめくるのをやめて彼女を見つめ、片方の目に髪がはらりとかかった。

「弟さんの事件に関する記録ですよ。大半はわけのわからない法律用語だ。だが、弟さんを捕まえたアーチボルド・ペナーとかいう男が懸奨金を請求している」

マリエッタは身をこわばらせ、書類に手を伸ばした。意外にも、ノーブルはおとなしく書類を渡してくれた。

最後のページまでめくってみると、アーチボルド・ペナーの住所が載っていた。クラーケンウェルの近くだ。

ノーブルが紅茶をお代わりした。「ミスター・ペナーを訪ねてみますか?」カップから立ち上る湯気が緑の瞳の周囲で渦を巻き、空中へ散っていく。その向こうから、彼がこちらをじっと見つめていた。悪魔が、おまえは復讐がしたいのかと尋ねている。

マリエッタは開いているページに目をやった。ほかの行はことごとくかすみ、ぱりっとした羊皮紙の上で住所の部分だけがくっきりと浮き出て見える。

「ええ」と小声で答える。ケニーを監獄送りにしたのはこの男。この男の証言がケニーを死に追いやるかもしれないのだ。

そのとき、指で顎をくいっと持ち上げられた。わずか数センチのところに、むっつりした、とてもハンサムな顔があり、罪深い唇が言葉を紡いだ。「だったら、復讐のことは忘れたほうがいい。今すぐ」彼が顎の下を指でたどり、悪魔のような表情が落ち着いた顔つきへと変わっていく。「さもなければ、あなたをその扉から一歩も出すわけにはいかない」

マリエッタは危うくひるむところだった。彼は、何を隠そうが暴いてやるだけさ、と言っているのだろう。きっとそうに違いない。一瞬、そっけない返事をしそうになったが、マリエッタは出かかった言葉を飲み込んだ。ノーブルは、きみが考えていることはお見通しだとばかりに口元に笑みを浮かべた。悪魔はわたしの気持ちをもてあそんでいる。おかげで口をつぐんでいるのがますます難しくなっていく。

ノーブルが立ち上がってオーブンからひとかたまりのパンを取り出すと、ローズマリーとディルの香りが漂ってきた。パンをふた切れ取り分け、それぞれにバターを分厚く塗る。彼は一枚をマリエッタの前に置き、再び腰を下ろして、椅子の後ろ脚に体重をかけて背中をそらした。

「いずれ慣れるでしょう」その声は太くて旋律的だった。

マリエッタはバターを塗ったほかほかのパンから顔を上げ、彼の目を見た。「何にです？」

「わたしの忠告に耳を貸すことに」

ノーブルがにやにや笑い、マリエッタは溶けて柔らかくなっていくバターのかたまりに意識を集中させた。「こんなこと、慣れるとは思えません」

上品にパンをふたつに裂いて口に運ぶと、真ん中の柔らかい部分が舌に触れた。マリエッタは、キッチンで紛れもない才能を発揮してくれたミセス・ロゼールのことを考えた。

「遅かれ早かれ、みんな従うようになる。さっさと受け入れれば、その分、楽になれるんですよ」ノーブルは椅子の後ろ脚でバランスを取りながら、木の肘掛けを指でこつこつ叩いた。

マリエッタはふわふわのごちそうを飲み込んだ。「あなたは鼻持ちならない人ね」

「そして、あなたは文句なしに楽しい人だ」

そんなあざけりを聞くまでもなく、彼の意見は間違っているとわかる。それに、ゆうべの出来事から判断するに、楽しい人なものか、というのが家の者たちが抱いている主たる見解と思って間違いなさそうだ。

「ご兄弟の面倒を見るようになって、どれくらいになるんですか？」

テーブルにパンくずが落ち、マリエッタは大げさな仕草でそれを払った。唐突に変わった話題は、これは簡単には却下できそうになかった。

「何をおっしゃっているのかわかりません」

「ゆうべ、おたくの召使からうかがった話が少々ありましてね。今朝、さらにいくつか情報を仕入れました。何人かの債権者から聞いた話も含めて」

まさか、こんなに早くあの人たちに近づくなんて。マリエッタは心ひそかに召使たちを呪った。彼らは自分たちが知っている秘密を何もかもしゃべってしまうだろう。でも、わたしはびた一文持っていないのだから、手を打とうにもできることはないに等しい。ノーブルはカーラと親しくなったのかしら？

マリエッタの指がパンの両端に食い込んでいく。「万事うまくいっています」

「ええ、あなたの兄上は事態を見事に掌握しておられるようだ」ノーブルは椅子をさらに後ろまで揺らした。

そのままひっくり返ってしまえばいいのに。「両親が亡くなってから、兄は苦労をしてきたのです」

そう、両親の死がわたしたちの転換期ではなかったかしら？　わたしもノーブルと同じことを兄に言った。嫌味な言い方もほぼ同じ。でも彼が嫌味を口にするとなれば話は別だ。彼が兄を非難しているとなれば同じとは言えない。

椅子の前脚が床石にかたんと当たる。「あなたは精神的にまいったり、酔っ払って人事不省に陥ったりしているふうには見えませんが」ノーブルはパンをもう一枚切り取りながら、穏やかな声で言った。

「わたしにはマークのような重圧はありませんから」

心の中の何かが、こんなの不公平だと言って泣きじゃくっている。これは、わたしが自ら課している不公平。わたしは兄とまったく同じ重圧を感じている。それどころか、自分が感じている重圧のほうがひどいと思うこともある。というのも、家族の今の状況をどうにかしようにも、女性であるわたしには何ひとつ、じかに手を下せることがない。わたしは無力。

マリエッタは背筋をしゃんと伸ばした。無力なままでいるのはもうたくさん。

ノーブルは彼女を見つめ、バターを塗ったパンを平らげた。「うむ。あなたには兄上のような重圧はない。なるほど。それを聞いて安心しました」

彼にも自分にもいらいらしながら、マリエッタはきっぱりとうなずいた。

ノーブルはしばらく彼女を見つめていたが、やがてパンをもうふた切れ切り、バターを塗り、一枚を彼女の前に、もう一枚を自分の前にぽんと置いた。

「わたしの知るところでは、アーチボルド・ペナーは酒場に入り浸っている男です。片手間に夜警の仕事もしていますが、イーストサイドで婦人向けの帽子屋や洋服屋を営んでいます。人相からすると考えられませんがね。クラリスが彼にまつわる噂を聞いているかもしれない」

彼はクラリスからも、カーラのときと同じやり方で情報を入手したのかしら?

勝手口で音がし、マリエッタは注意を引かれた。すると女性がひとり、へとへとに疲れた様子で部屋に飛び込んできた。縮れた茶色の髪、優しそうな目。両腕いっぱいに服を抱えている。

「ノーブル様! 大急ぎで来たのですが……」

「大丈夫だよ、クラリス」マリエッタはまた同じことに気づいた。わたしに話しかけるときよりも、声が豊かで温かみがある。彼は立ち上がり、クラリスの荷物を持ってやった。

クラリスはノーブルに礼を言い、今度はマリエッタを見てお辞儀をした。「おはようございます、お嬢様」

ノーブルがふたりを引き合わせ、マリエッタは小声で挨拶をした。クラリスがノーブルと世間話をしているあいだ、マリエッタはこの女性を観察せずにはいられなかった。人なつっこい顔をしているが、彼と話しているときの目には、かなりはっきりと崇拝の色が浮かんでいる。すごいわね。ここにも彼にべたぼれの女性がひとり。

マリエッタのふたりのメイドを相手にしたときと比べると、クラリスに対するノーブルの態度はずっと思いやりがあるし、優しい。カーラと話していたとき、彼は超然とした表情を保っていたが、だからこそカーラはいっそう、そそられたのだろう。というのも、彼女は挑戦を生きがいにしている人だから。クラリスの前では、彼はひたすら親しげな笑みを浮かべている。

そのほほ笑みで彼の顔つきは見違えるように変わった。悪賢さも皮肉っぽさも感じられず、本当ににこやかにほほ笑んでいる。マリエッタはやっとのことで、つばをごくりと飲み込んで顔をそむけ、彼を見つめるのをやめた。

「ミス・ウィンターズにぴったり合う服を何着か用意してもらえるかな？　ごく普通のもので大丈夫だろう」

クラリスがぴょこんとお辞儀をし、ノーブルのあとから扉のほうに歩いていく。マリエッタはパンの残りを急いで頰張り、黙ってついていった。

「アーチボルド・ペナーという男を知っているかい？」ノーブルがクラリスに尋ねた。

「イーストエンドにいくつかお店を持っている方です。たいがい愛想よくしてらっしゃいます。売り子さんたちがお気に入りみたいですけど、女の子をいじめるごろつきってわけじゃありません。悪党だという噂は聞きませんね。でも、かなりお酒がお好きなようです」

「クラリス、いつもながらきみがいてくれてとても助かるよ」

マリエッタはお針子の頰が赤く染まるのを目にし、ため息を嚙み殺した。

「ミス・ウィンターズに、売り子さんみたいな格好をさせたいのですか？」

「その手のものがいいだろう。それから、助手用の服もひとそろい必要だ。襟ぐりの広い、肌がちょっと見えるものがいいかもしれない」

ノーブルはマリエッタの部屋の戸口にふたりを残して去っていき、クラリスは仕事に取りかかった。

マリエッタは興味津々でクラリスを見守った。「ミスター・ノーブルとは、よく一緒に仕事をするの？」

クラリスはうなずき、ピンを留めた。「ノーブル様とお仕事をされるのは、これが初めてですか？　お見かけしたことがございませんが」

「ええ、初めてよ」

「さてと、こちらのお衣装もすべて、あとでなさるお仕事のお役に立ちますよ。体重が増えすぎない限り大丈夫です。でも五キロ、一〇キロ増えたらもうだめってわけじゃありませんからね」クラリスにじろじろ見られ、マリエッタは言いたいことを我慢した。「もっとも、お嬢様の場合、背丈がおありですから、増えた分の体重は、まんべんなくつくことになるでしょう」クラリスが陽気に言った。

「ミスター・ノーブルは、餌食になる人間に少し肉をつけておきたいみたいね」

クラリスは顔をしかめてマリエッタを見上げた。茶色の眉をひそめ、ミセス・ロゼールとまったく同じように、驚くほど敵対的な態度を見せたが、眉はすぐに平らになった。「忘れてました。これが最初のお仕事でしたね。ノーブル様が問題を解決した途端、お嬢様の態度も変わるでしょう。皆さんそうです。望もうが、望むまいが」

マリエッタは目を細めた。「そんなこと、わたしには理解できないわ。わたしが理解しているのは、あの人の意図がときどきよくわからなくなるということ。あの人には逆らってはいけないということ」

「逆らってはいけません」お針子は真剣な顔を向けた。「あの方の忠告は、気に留めておくのが賢明でしょう。気難しいところもあるかもしれませんが、とても公平な方です。お嬢様を公平に扱ってくださいますよ」

公平に扱ってくれるですって？　まるで、ほかの男性が皆、わたしを公平に扱ってくれたかのように、あの人もそうしてくれると信頼しきっていなければいけないのね。二〇もの笑顔を持ち、女性ひとりひとりを違う笑顔で誘惑する男。彼が発散しているのは性的本能と欲望以外の何ものでもなく、それを都合よく利用するすべをちゃんと心得ている。そうとわかっていながら、わたしはここにいる。

「クラリス、こうやって服を用意してあげた女性は何人ぐらいいるの？」

「かなり」クラリスは少々、慎重な言い方をした。

素晴らしい。あの顔とほほ笑みにつられて、彼の寝室の扉を女性がひっきりなしに通っていったのだろう。まるで果てしなく続くイートン校のパレードのように。

「じゃあ、男性は？」ミスター・ロックウッドからノーブルのところへ行けと言われたのだから、顧客名簿には当然、男性も多少載っているのだろう。「男性も着る物を用意してもらえるの？」

「ええ、そうです。わたしの兄は腕のいい仕立て屋なんですよ。家業なんです。数年前、ノーブル様はわたしたちを助けてくださいました。それに、仕立ての依頼をされるときは、もちろん大奮発してくださいます」

その言葉は、マリエッタのふたつの疑問に答えていた。

家業について、ノーブルが堂々とした文句のつけようのない素晴らしい人だということについて、クラリスはさらにしゃべり続けた。作業を終えたときにはもう昼近くになっていたが、最高に着やすい召使用の服が二着、売り子用の衣装が一式、社交界のご婦人方が見たら卒倒しそうなドレスが二着仕上がった。どの服もマリエッタの体にほぼぴったり合わせてあるか、前からあつらえてあったかのようにピンで器用に留めてある。やるわね、クラリス。

作業がすべて終了し、マリエッタはクラリスのあとから再びキッチンへ入っていった。

「すんだのかい？」

ノーブルは相変わらずテーブルに向かっており、周りには書類、インクの染みがついたナプキンや羊皮紙がところ狭しと広がっている。

「はい。お直しが必要なものが残っておりますので、またあとでお持ちします」

ノーブルはうなずき、再び書類を読み始めた。クラリスはこれをまったく普通のことと思っているらしく、マリエッタに手を振って出ていった。

しばらく待ってみたものの、ノーブルは顔を上げない。

「クラリスは元気のいい子ね」

「ええ。鍋にシチューが入っていますよ」ノーブルは上の空でコンロを指差した。

彼が顎をかき、羊皮紙の隅に何か書き留める様子をじっと見つめる。彼のような人が、大まじめな顔で熱心に何かしている姿を目にするのは、とても妙な感じがする。

マリエッタはため息をついた。取りとめもなく彼のことばかり考えているような……。腹立たしい。それから、自分でシチューをよそった。「あなたも召し上がる?」

「いや、もうすませたので」

マリエッタは再びテーブルに着き、パンをちぎった。「何を読んでらっしゃるの?」

ノーブルは羽根ペンで書類をとんとん叩き、濃いまつ毛越しに彼女を見上げた。「ご依頼の件に関するすべての資料です。あなたが雇った法廷弁護士のことや、その人物が明言したことが書かれていますね。弟さんは判事や陪審員から出される質問にはすべて答え、自ら供述を行わなければならず、法廷弁護士はそれを妨げたり、答えを誘導したりしてはならないんですよ。たとえあなたの弁護士が何を約束したとしても。この資料によれば――」彼は書類を掲げた。「できもしないことが約束されている。完全にだまされていますね。金は返してもらったらいい」

ちぎったパンがシチューの皿に落ちる。「でもマークが――」

「本当のことですよ」

マリエッタはうつむき、震える指でパンを拾い上げた。殺してやる……。マークはあの弁護士が何もかも解決してくれると言ったし、弁護士本人もそう請け合ってわたしを安心させたくせに。法律の制度をしっかり調べている暇はなかった。兄は気づいていないけれど、内職で忙しかったから。少しでも臨時収入を得るため、あちこちでこまごました仕事をしていたから。わたしにとって法律の問題は、債務者監獄行きを免れること以外、たいして重要ではなかったのだ。

「金曜日に話をつけに行き、それから弟さんに新しい弁護士を見つけましょう」ノーブルが言った。

いいえ、今日行くべきかもしれない。

マリエッタの心を読んだのか、ノーブルは茶化すような目で彼女をちらりと見た。「わたしの情報源によると、あなたの弁護士は仕事で街を出ています。戻ってくるのは金曜日。あなたの金は取り戻しますよ。この手の弁護士は前にも相手にしたことがありますから」彼は眉根を寄せ、目の前の書類に再び集中した。

マリエッタはうなずき、今夜、自分で法律書を読んでみようと心に決めた。ガブリエル・ノーブルの言っていることだってうのみにするべきではない。

「法廷弁護士よりもっと大事なことがあります。弟さんがどういう経緯で女性の死体を見下ろして立っていたのか明らかにしなくてはなりません。コールドバス・フィールズ監獄の中に入れてもらえるよう働きかけているところですが、あと一日、二日かかるかもしれない」

ノーブルはマリエッタのほうを見もせず、開いているページのどこかに印をつけた。よかった、胸の鼓動が静まっている。

「今日、あなたにはアーチボルド・ペナーの気をそらす役をしてもらいます。そうすれば、あの晩のことについて、できるだけ多くの話を引き出せるでしょう。少なくとも第三者の視点から見た話が聞ける。復讐心を燃やすのではなく、色っぽくしてもらわないと困りますよ。必要な情報を得るためです。弟さんの話はまたあとで聞けますからね」

心臓が再びどきどきし始めた。ノーブルはまだ弟の無実を信じていない。それは彼の声の調子でわかる。でも、コールドバス・フィールズに入れてもらってケニーに会うことができたら、ノーブルをすっかり許せるはず。

「ありがとうございます」

ノーブルは顔を上げ、例の不自然なほど鮮やかな目で、しばらくのあいだマリエッタをただ見つめていたが、やがて書類に目を戻した。「とにかく、ペナーの気をそらしてください」

アーチボルド・ペナーは二度目のノックで現れた。四角張った男だ。かっちりしすぎている。まるで四角を描き、その中に肩から腰までぴったり押し込んだかのような体つきだ。髪は茶色がかったブロンド、目は茶色で、特に鋭いわけではないが、きらきら輝いている。

「ミスター・ペナー?」ノーブルが尋ねた。穏やかな笑みを浮かべており、目深にかぶった縁なし帽のせいで顔がいくぶん陰になり、表情が和らいで見える。

「ええ、そうですが」

ノーブルは片手を差し出した。「『タイムズ』のナサニエル・アップホルトです。あなたがミドルセックスの殺人鬼を捕まえたときのお話を記事にしたいと思いまして」

ペナーはがっしりした肩を得意げにそらした。両頰をぽっと赤らめながら、差し出された手を力いっぱい握った。「さあ、どうぞどうぞ」

マリエッタはノーブルのあとから中に入った。ペナーの家の第一印象は……几帳面。数々の物が枠で囲んだように完璧に配置されている。よけいな色や様式はいっさい存在しない。幾何学的だ。もう一度室内を見てみた。四角い。すべてがかっちりと、四角く並んでいる。まるでペナー自身のように。「こちらは助手のミス・クライン。彼女のことは気にしないでください。助手というより、目の保養に連れてきましたので」ノーブルは芝居がかった声でささやいた。

マリエッタは怒るべきか、面白がるべきかわからなかった。それに、彼は何を考えているのだろう? ナサニエル・アップホルトは実在する新聞記者だ。でも、ノーブルは事の重大さがわかっていないらしく、平然とした様子でインク壺と羽根ペンと紙を取り出した。

ペナーは彼女をちらりと見て唇をなめた。「結構、結構」

襟ぐりの深いドレスを着てきたので、売り子好きの男性から振り向かれるのも当然と、マリエッタは驚きもしなかった。ノーブルにもらった化粧品のおかげで顔はびっくりするほど見違えた。とびきりの美女に変身したわけではないが、とげとげしい部分が和らぎ、多少なりとも生き生きした表情が戻ってきたように思える。目が大きくなって、アーモンド形に近づき、頬と唇は輝きを増し、目の下のくまや青白い顔色もおしろいで明るくなった。

「表彰状をいただきましてね」ペナーは媚びるような目でマリエッタを見た。「正真正銘、立派なロンドン市民ということで」

マリエッタは口をぽかんと開けないよう努めた。確かに書斎の壁には、夜警隊長が走り書きをした紙が額に入って飾られている。彼らは実際、ろくに裁判もせず、ケニーを有罪にしようとしているのだ。

「それに懸賞金もいただきました。あんな山賊みたいな人相書きでも、ちゃんと捕まえたんです」

額に入ったびらを見ると、むさ苦しいひげを生やした男の、はっきりしない似顔絵が描かれていた。ケニーの赤ん坊のような頬とは似ても似つかない。そして、殺人犯を捕まえた者には五〇ポンドを与えると書かれていた。

「その金はいいことに使おうと思っています。これも載せて構いませんよ」ペナーは、宙に浮いたように止まっているノーブルの羽根ペンを指差した。

「いいことって?」ノーブルに警告するようににちらりとにらまれたが、マリエッタは訊かずにはいられなかった。

「ああ、それはいろいろだ。酒場の連中に一、二杯おごるのは確かだな」

ノーブルは、これ以上質問を続けたら殺してやると言わんばかりの目を向けた。

「ところで、ミドルセックスの殺人鬼をこの手で捕まえた、と思ったとき、あなたはどちらにいらしたんですか?」ノーブルの口調には、おだてと好奇心の両方が感じられた。

ペナーが身を乗り出した。「行きつけの酒場にいました。白い雄ジカ《ホワイト・スタッグ》という店です。頭をすっきりさせようと思って、ちょっと外に出たんですけどね。仲間とどんちゃんやってたもんで。まあ、それはともかく、だれかの声がしたんです。助けを呼んでました。で、わたしは麗しのレディを助けるべく、角を曲がって駆けつけたんですが、時すでに遅し」ペナーはうなだれた。「あいつはすでに女性を殺していた」

「どうしてわかるんです?」

「死体の前でかがみ込んでたんですよ! 血まみれで。あいつと目が合ったんだ。あれは悪魔の目だ! すぐにやつの仕業だとわかりました。それで、わーっと叫んで、体当たりしたというわけで」

ノーブルは眉を吊り上げた。「体当たりした? あなたはとても勇気がある」

ペナーは得意になってさらに続けた。「やつを逃がすわけにはいかなかった。体力にはかなり自信があるんです。人を押さえつけるすべは心得ている。こぶしの扱い方もね」

またしても媚を含んだ視線を向けられた。マリエッタは力なくほほ笑み、ペナーの体つきに目をやった。痩せてひょろっとしているケニーは、おおかた巨大な斧を振りかざされた若い苗木のように倒れてしまったのだろう。

「彼は何か言いましたか? 自分は無実だと言おうとしましたか? 逃げようとしましたか?」ノーブルが訊いた。

「あの野郎、ぎょっとして口もきけないみたいでした。なんで体当たりされたのかわからないって感じでね。まるで、女を殺すのは罪じゃないだろうと言わんばかりだ」ペナーはうんざりした顔でこぶしを握りしめた。

マリエッタはノーブルと顔を見合わせ、彼の瞳に宿る気遣うような表情を目にしてうれしくなった。

「それから、どうなりました？」

「夜警がやってきました。ホワイト・スタッグを巡回している夜警は五人ほどおるのですが、そのうちのひとりが当番で店にいたんですよ」

「ケニ……その山賊みたいな男を捕まえた夜警は酔っていたのですか？」マリエッタが尋ねた。

ノーブルが唇をぎゅっと結び、ペナーが勢いよく彼女のほうに顔を向けた。

「必要以上に酔っちゃいませんよ。お嬢さん、いったい何をおっしゃりたいんです？」

ノーブルがペンの羽根の部分で自分の脚を叩いた。顔にはこう書いてある。自力でうまくごまかすんだぞ。

「つまり、その……とても危険なお仕事のようなので。その夜警が少し酔った状態で勤務していたとすれば、あなたは殺人犯を取り押さえるのに倍の労力が必要だったでしょうね」

最善を尽くしてごまかしたとは言い切れなかったけれど、マリエッタが様子をうかがっていると、ペナーは彼女の言葉を都合よく解釈したらしく、うなずき方に力がこもっていった。

「ええ。わたしは自分の仕事をしたまでです」ペナーは彼女の近くまで身を乗り出してきた。「後始末のしかたは心得てますのでね」

彼は再び媚びるような表情を見せた。自分は魅力に欠けると嘆いていたころのマリエッタには、考えもつかなかった反応だ。

「素晴らしいですわ」

ノーブルはもう一度警告するようにちらりとこちらを見たが、もうにらんではおらず、紙に目を戻して書き込み続けた。それから、ペナーの表彰状、ホワイト・スタッグ、体当たりをしたあとの経緯についてもういくつか質問をしたものの、ペナーの答えに注目すべき点は見当たらなかった。彼は慈善家ぶった、ただのおせっかいだ。あの晩に限ってはおせっかいなど焼いてくれなければよかったのにと、マリエッタは心から思った。

「もっと知りたいことがあれば、また助手さんをよこしてください。必要なことは全部、お伝えするようにいたしますよ」ペナーはにっこり笑った。「わたしは英雄ですからね」

マリエッタは返事の代わりに無理やり笑みを浮かべた。前に一度、きみは結婚したら立派な女主人になれると言われたことがあった。辛辣なものの言い方をおおいに生かせる、というわけだ。年齢、体格ともに自分の三倍もある男性からそんなふうにからかわれ、あのときはいやでたまらなかった。もし、本当にやけになって、そのような道をたどるとしても、アーチボルド・ペナー以外の男性を選ぶだろう。ケニーを破滅させた男など願い下げだ。

ふたりはペナーの家をあとにした。マリエッタはずっと黙っていたが、家からかなり離れたところでようやく口を開いた。

「ナサニエル・アップホルトになりすますなんて、何を考えてらっしゃるの？　自分の記事が新聞に載っていないとわかったら、ミスター・ペナーはどうするかしら？」

ノーブルは涼しい顔をしている。「ああ、記事は『タイムズ』に載りますよ」

「え？　どうして？」

「今朝、ナサニエルと話をつけましてね。彼は喜んでアーチボルド・ペナーに取材する仕事を託してくれました」

マリエッタは口をぽかんと開けた。「ナサニエル・アップホルトと話をつけた？」

「ええ、急使を使って」

「それを全部、わたしが起きる前にすませたとおっしゃるの？」

「みんながみんな、怠け者になれるわけじゃないんですよ」ノーブルは体のわきで腕をぶらぶら振りながら歩いている。「上流階級の人間は大差がない。昼まで寝て、夜をむだに過ごす」

マリエッタは目を細めた。「わたしは夜をむだに過ごしてはおりません」

「本当に？　では、夜は何をしておられるのかな？」

「社交行事に出かけます。パーティとか劇場の特別公演とか。音楽会へ行くこともあります。あるいは慈善事業」彼女は満足げに最後のひとつをつけ加えた。

「そういうことであれば、先ほどのむだな意見は撤回せねばなりませんね」

「むだにしているのではありません。生き残っていくための努力をしているのです」マリエッタは歯を食いしばって言った。

「なるほど。社交界で生き残るため、というわけですね？」

「おっしゃるとおり」

「それは、とてもやりがいのあることに違いない」

「あなたといると、いらいらするわ、ミスター・ノーブル」

「そんなことを言われたら、わたしだって心が痛みますよ、ミス・ウィンターズ」

ノーブルは、歩道を通りかかったふたりの女性に向かって帽子をちょっと持ち上げた。マリエッタが振り返って見ると、女性たちはものすごい勢いでひそひそ言葉を交わしながら、目を大きく見開いて彼をじっと見つめており、代わるがわる無邪気にくすくす笑いを続けていた。

「そんなこと、しなくてもいいでしょう？」

「歩くこと？」

「あの人たちに色目を使うことです」

「帽子を持ち上げただけですよ。礼儀正しくしてはいけないとおっしゃるんですか？」

「今はそうかもしれません。いらいらするのを通り越して、あなたを嫌いになりそうです」

「ええ、わたしもあなたを気に入っているとは言えませんね」

ノーブルが物憂げににやりと笑い、マリエッタの心臓の鼓動はもう二段階速まった。こんなふうになってしまう自分にも腹が立ってしかたがない。

5

マリエッタはこの上ない喜びに浸って目を閉じ、やがて満足した猫のようにゆっくりと目を開けた。ハーブの香り、顔にかかる温かい湯気の感触……。キッチンの棚に置かれているタオルのトマトのような赤から、木々のあいだから射し込む日光の、スイセンのような黄色に至るまで、さまざまな色がはっきりと見えてきた。色彩と楽観主義が存在する世界が戻ってきた。

朝食には欠かせなくなったローズマリーとディル入りのパンで、皿に残ったシチューをぬぐう。お腹いっぱい食べられる日々が続き、ようやく体に丸みが戻りつつあった。頭の回転も速くなっている。これまでは錆びた貸し馬車のように動きが鈍かったが、今は油をたっぷり差した軽四輪馬車《フェートン》といったところだ。いらいらしていた気持ちも落ち着きを取り戻していた。だが、どうやらノーブルは彼女の気分を逆なでしてやろうと思っているらしい。

顔を上げると、面白がっているような目がこちらをじっと見ていた。マリエッタが目をしばたたくと、鮮やかな緑の瞳に再び影が差し、傲慢な視線が向けられた。力強い自信と男らしさを絵に描いたような人物が、がらくたで散らかった傷だらけのテーブルの上に身を乗り出している。すらりとした手の親指と人差し指で、硬いが砕けやすい、完璧な形をしたクルミを挟んで回転させながら。

マリエッタは化粧着の合わせ目をぐっと引き寄せた。服で体を締めつけている修道女のように。

ノーブルが化粧着に視線を落とすと、服を一枚脱がされた気がして恥ずかしくなった。

「今日はコールドバス・フィールズへ行きましょう。あなたには召使の格好をしてもらう必要がある」

マリエッタは服をつかんだまま姿勢を正した。「行くのですか？　本当に？」頭がくらくらする。ケニー……。

「ええ、あなたの支度ができしだい」ノーブルはマリエッタに目を走らせ、髪の毛から化粧着の帯に至るまで、すべてを視界に収めた。「着替えの手伝いはいらないはずです」彼の笑みが貪欲な表情に変わったが、目には相変わらず暗い影が差している。「わたしに手伝ってほしいのなら、もちろん話は別ですが」

「その必要はありません」ほかでもないノーブルのこの視線が妙な効果をもたらした。肌が熱くなり、体の内側で低く単調な音が鳴り響く。マリエッタは歯を食いしばり、彼の崇拝者の仲間入りはするものかと抵抗を続けた。

彼がドレスの作りに詳しいことに関しては、マリエッタは得に何も言わなかった。クラリスは前にも同じようなやり方で服を作ったと言っていた。ノーブルはこの手の仕事を長いあいだ続けながら、おそらく複数の女性を着替えの煩わしさから解放してきたのだろう。確かに彼の言うとおりだ。あるドレスは三つの部分からできていて、前と両わきにつなぎ目があった。あれならひとりで着替えができる。ミセス・ロゼールは食事の用意をしに来て、今日はもうお役ごめんになったに違いない。

マリエッタは階段を駆け上がった。ケニーに会いに行かなくちゃ。

かなりの距離があるにもかかわらず、コールドバスフィールズまで歩いて行くとわかったが、マリエッタは驚きもしなかった。ここ数日、ふたりはほぼどこへ行くにも徒歩で出かけている。ノーブルは歩いているほうがずっと楽しいようだ。いや、ひょっとすると、歩かせれば彼女が腹を立てると思っているのかもしれない。それどころか、マリエッタは体を動かすことを楽しんでいたが、彼に悟られぬよう、あいまいな表情を保っていた。ノーブルは歩くリズムに合わせてクルミを放り上げながら、常にマリエッタを観察しているかに見える。すべての駒を敵に握られている勝負では、できるだけ本音を隠しておくべきだ。

目的地に近づき、マリエッタは身震いした。そこが監獄でなければ、気持ちのいいテラスハウスが並ぶまともな場所に思えたかもしれないが、窓はまばらで格子がはまっており、飾り気もない。おかげで、ばかでかい建物は気味の悪い要塞と化していた。心ある人たちが通りの反対側に植えた花々も、雰囲気を明るくする助けにはまるでなっていなかった。

ずんぐりしたひげづらの男がひとり、歩道の外側に立っており、ふたりを見ると、突然向きを変え、足を引きずりながら中へ入っていった。マリエッタはノーブルに目を向けたが、彼は男の妙な行動には何も反応しなかった。男が歩いていった道をたどって監獄の中に入ると、角を曲がっていく男の黒いシャツが目に入った。

ノーブルが奇妙な小男のあとをつけ、マリエッタがノーブルのあとからついていく。看守や治安判事が雑談を交わしたり、囚人を移動させたりしながらふたりを追い越していった。だれもふたりの存在に疑問を抱いていないようだ。それはふたりが目的を持って行動しているせいなのか、何かほかに理由があるのか、マリエッタにはわからなかった。

二本の廊下が三手に分かれ、大勢いた人たちも小さな集団に分かれていく。やがて、広い廊下が狭まってひんやりとした通路に変わると、人もまばらになった。四つ目の廊下を曲がり、マリエッタは固唾をのんだ。目に入ってきたのは例の奇妙な男。わし鼻に毛深い眉、苦虫を嚙みつぶしたような顔をした男は、どっしりした鉄の扉に寄りかかっていた。ほかにはだれもいない。

「看守が見回りに行ってるあいだの三〇分だけだ」男の声はしわがれている。「なぜここにいると訊いてくるやつはいないだろう。鍵を持ってる人間しか中に入れないからな。でも、もし何か言ってくるやつがいたら、おれがなんとかしてやるよ。角を三つ曲がったところにある、真ん中の独房だ」

男にはひどい訛《なま》りがあったが、マリエッタにはどこの訛りなのかわからなかった。

「ありがとう、オスカー。これでふたつ目の望みがかなえられることになるな」ノーブルの声はなめらかで、気取りがない。

「ああ、そうだよ」マリエッタは、小男の顔に表れた喧嘩っ早そうな表情を見て驚いた。「バーサのやつ、おれの尻を叩き回すんだ」男がうなった。「三つ目を果たすなら、早いに越したことはねえ」

「バーサも気の毒にな。例の猫の件で、まだわたしに腹を立てているのか？」

男がぶつぶつ文句を言い始め、はっきりは聞こえなかったが「絶対に許しちゃくれん」とか「脚をもぎ取られるところだった」といった言葉がマリエッタの耳に入ってきた。

「子猫が欲しいなら、うちの近所に譲ってくれる人がいるとバーサに伝えてくれ」ノーブルの顔と声は辛辣な喜びに満ちていた。

「あんたときたら、厄介なことばかり持ちかけてくれるぜ。けっ、子猫がなんだ。おれが食ってやる」男は腹立たしげに言い、鍵を開けて扉を開いた。

ノーブルはマリエッタにウインクをして――ウインクをした！――中に入った。マリエッタはしばし無言でノーブルを見つめていた。が、やがてわれに返り、オスカーのほうを向いた。小男は目を細めている。何かを判断するように。相手がノーブルなら見せたであろう、とげのある好意はすっかり消え失せていた。唇を結び、彼女をいつまでもじっと見つめているが、ひと言もしゃべらない。

「何か？」こちらを見つめる男の様子に感じられる何かが、まるで石をどけると見つかる不快なもののように、マリエッタを落ち着かない気持ちにさせた。

「面倒なことになる。おれにはもうわかってるよ」

「何とおっしゃいました？」

「さあ、もう行きな」男はよそよそしい顔で、扉のほうを身振りで示した。「三〇分だけだ。一分たりとも過ぎちゃならんからな」

マリエッタは扉の向こうに足を踏み入れたが、男が何を言いたかったのか訊こうと思い、振り向いた。だが男は目の前で扉をばたんと閉めて鍵をかけてしまい、マリエッタは目をしばたたいた。

床をとんとん踏み鳴らす音で振り返ると、ノーブルの完璧な形をした眉がすっと上がった。「午前中ずっと、ここでぐずぐずしているつもりですか？　それとも、われわれの獲物を見つけにいきますか？」

オスカーの振る舞いに困惑しつつ、マリエッタはノーブルのほうに素早く近づいた。「弟は獲物ではありません。ひどい人ね」

ノーブルは胸に手を当ててお辞儀をした。「あなたの言葉は、わたしの壊れやすい、冷えた心を温めてくれる」再び手をわきに下ろすと、どこからともなくクルミが現れ、彼はそれを指で挟んで再び回し始めた。人をばかにしたような眉がまた吊り上がる。「姫、獲物を探しにまいりましょうか」

彼はすたすた前へ進み、最初の角を曲がった。マリエッタは左右に目を走らせ、そのとき初めて独房が並んでいることに気づいた。ノーブルが戻ってきて再び視界に入ると、マリエッタは彼に全神経を集中させた。なんて憎たらしい男なんだろう。汚らしい、ごつごつした手が牢獄の格子をつかみ、続いて、垢で黒ずんだ、ぼろぼろの袖が目に入った。生気のない目がこちらをじっと見返している。

「あんたの獲物になってやるよ、べっぴんさん」格子の透き間から、かぎ爪のような手が伸びてきた。マリエッタが動く間もなく、何かが飛んできて鉄格子にぴしっと当たり、手が暗い独房の中に消えていく。そしてクルミがひとつ、通路の隅に転がっていき、やがて動きを止めた。

振り返ったが、ノーブルの姿はどこにもない。マリエッタは慌てて廊下を進み、角を曲がって彼を見つけると、ほっとして再びその背中に目の焦点を合わせた。衣類の裾は、肩から腰、脚にかけての動きに見事に同調してこすれ合っており、マリエッタは歩きながら彼に意識を集中させた。独房や囚人のぞっとする有様を目にするぐらいなら、憎たらしい男を見ているほうがまし。ケニーがどんな格好をしていて、何をしているか考えるほうがいい。

最後の角を曲がると、ケニーの姿が目に入った。その区域には彼しかいない。ほかの区域と同様、暗くわびしい場所ではあったが、生気のないヘカトンケイル（ギリシア神話に登場する巨人。五〇の頭と一〇〇の手を持つ）の目がこちらを見つめているという環境でないことだけは確かだ。ケニーはひどく情けない様子で、ぼんやりと靴の留め金をつついていた。

「ケニー！」

ケニーが勢いよく顔を上げ、前に飛び出して鉄格子をつかんだ。一方の肩から破れたシャツが垂れているせいか、いっそう痩せこけて、ひょろ長く見える。

「マリエッタ！」姉が鉄格子越しに弟を抱きしめようとすると、ケニーは彼女をぐっとつかんだ。「待ってたよ！　やっと解放しに来てくれたんだね！　惨めな毎日だった。靴が台無しだ。髪もくしゃくしゃだし」

ケニーは一方の手で髪を触り、もう片方の手でマリエッタをずっとつかんでいた。「頭にこぶができていて、まだずきずきする。どこかの物好きがぼくを殴ったんだ！」マリエッタは何か言おうとしたが、弟の口からは次から次へと言葉があふれてくる。まるで一週間、だれとも話していなかったかのようだ。「通りの真ん中で体当たりしてきてさ。ああ、来てくれて助かったよ。鍵はどこ？」

「ええっと……」マリエッタは絡みつく弟の腕と、鉄格子から逃れた。「ケニー、それがちょっと厄介なのよ」

「ああ、わかってるさ！　やつらは一週間もぼくをここに閉じ込めてる！　食事はお粗末だし、ネズミがいるんだ！　ネズミだぜ！　ゆうべは、ぼくのパンを盗もうとしたネズミを見た」ケニーは独房の片隅に目を走らせ、ほかの囚人たちと同じように鉄格子をつかんで、いっそう体を近づけてきた。「それと、ミドルセックスの殺人鬼がこの監獄のどこかにいるらしい。寝ているあいだに、やつに殺されたらどうする？　看守は四六時中、ぼそぼそ、そいつの話ばかりしている。おかげで、ぼくの食事を出し忘れることさえあったんだ」ケニーの腹が鳴った。「そろそろ捕まえたっていいころだとは思っていたけど、そいつのせいでぼくの食事が減らされるのは認めるわけにいかないよ」

ケニーは言いたいことを一気に吐き出し、深く息をついている。マリエッタは、そんな弟の顔をしっかりと見た。頭がどうかしてしまったわけではなさそうだ。「ケニー、自分がなぜここにいるのかわかっていないのね？」

ケニーは片手をひらつかせた。「警察はぼくがだれかを殺したと思ってる。まったく。まるでぼくが血を見ても平気な人間みたいにさ」彼は身震いした。「遅かれ早かれ警察も自分たちの間違いに気づくだろうってことはわかってたよ。それにしても一週間だ！　けしからんなんてもんじゃない。鍵はどこなんだい？」

ケニーがあまりにも期待に満ちた顔をしているものだから、マリエッタはまばたきをすることしかできなかった。鉄格子の向こうから伸びてきた手が彼女の腕をつかむ。「マリエッタ？」

どうしてそうなったのかわからなかったが、マリエッタは突然、ケニーから解放された。弟は痛そうに自分の指を握っている。ノーブルの手がマリエッタの腕から下ろされたものの、彼女はそこに手が置かれていたことに気づいてさえいなかった。

「痛いなあ。なんで、こんなことをする？　あんた、だれなんだ？」ケニーは清潔かどうか疑わしい指をしゃぶりながら尋ねた。

「きみにとって、それはたいした問題じゃない。監獄送りになった理由について、きみがそこまで何も知らないだなんて、わたしたちが信じるとでも思っているのか？」ノーブルが尋ねた。

ケニーは途方に暮れているらしい。かわいそうに、この子は昔から決して飲み込みがいいとは言えなかった。「ぼくは間違って逮捕されたんだ。それで、マリエッタが助けに来てくれたんだろう？」

弟の顔は希望にあふれている。それを打ち砕きたくはない……。

「そう、姉上はきみを助けに来た」ノーブルが言い、マリエッタを驚かせた。「だが、きみは助かって当然、というわけにはいかないようだ」

ケニーが目を見開いた。姉のわたしとは違い、弟はいつだってすぐに友達ができてしまう人から好かれる子なのに、こんな目に遭うなんて……。「ぼくはあの女性《ひと》を殺してない。ぼくがやったなんて、だれも信じないはずだ」

「警察は、きみがあの女性を殺したと思っているだけじゃない。ほかのふたりの女性も殺したと思っている」

ケニーは抜群に頭の回転が速いとは言えないかもしれないが、救いようのないばかではない。理解が恐怖へと変わっていく。「ぼくがミドルセックスの殺人鬼だと思っているのか？」

マリエッタはケニーに触れようとし、ノーブルが少し移動したことに気づいた。「ケニー、あなたは本当に大変なことになっているのよ。気づいていなかったの？」

ケニーが唇を噛んだ。「ぼくをほかの囚人から遠ざけているとは思ったけど。看守はほとんどぼくを避けてる。ぼくにあんなことができると本当に思ってるんだろうか？　ほかの人たちも――」彼は声を落とした。「みんな、知ってるのか？」

マリエッタはごくりと喉を鳴らした。「ええ」

「そんな」ケニーがつぶやいた。姉が口にしたひと言に、彼女が言わなかったあらゆる事情を読み取ったことは明らかだ。

マリエッタは、自分が履いている丈夫そうな上靴《スリッパ》をじっと見下ろした。「ケニー、あなたに手を貸してもらわないといけないの。それがあなたを釈放する唯一の手段だから」

「法廷弁護士を手配してくれたんだろう？」

マリエッタは唇をぎゅっと結んだ。「ええ。でもこの手の事件ではほとんど役に立たない人なの」

自分で誓ったとおり、法律書を読んでみたけれど、ノーブルの言ったとおりだった。ああ、いまいましい。

「でも、もしそうだとしたら、いったい――」

「手始めに、こちらの質問に答えてもらおうか」ノーブルの口調は冷ややかだったが、初めて会った晩ほどよそよそしい感じはしない。「逮捕されたとき、ホワイト・スタッグのそばで何をしていたんだい？」

ケニーがいぶかしげに姉をちらりと見た。弟の顔は頬がこけ、茶色の目の下にはくまができている。ミセス・ロゼールの栄養満点のシチューを食べる前のわたしを鏡で見ているようだ、とマリエッタは思った。もっとも、彼女と違って、弟は大きな目のおかげで、こっけいなくらい無邪気に見える。陪審も同じように思ってくれるのではないかしら。漠然とした希望を抱き、心が躍る。そして弟に向かって、大丈夫よとばかりにうなずいてみせた。

ケニーが汚れた髪を手ですいて逆立てた。「マークとマリエッタがまた喧嘩をしていたから、家を出るしかなかったんだ」

マリエッタは唇を噛んだ。炎のように燃え上がった希望がたちまち罪悪感へと変わっていく。

「しばらく歩いて、酒場を何軒かのぞいてみたけど、どこもそれほどにぎわっていなかったし、愛想よくしてくれそうな人もあまりいなかった。だから東《イースト》に向かったんだ。金は何ペンスか持ってた」ケニーはおどおどしながらマリエッタを見た。マークは――そんな余裕はないのに――わが家の〝はした金〟を着る物を新調するのに使ってしまい、そもそもそれが喧嘩を始めた原因のひとつだったのだ。

「わいわいにぎわっている酒場が一軒あったんだ。一ブロック離れていてもわかったよ。申し分なさそうだったから、そっちへ向かって歩いていった。店まであと三歩もないところまで来たら、大きな音が聞こえたんだ。金属で石を叩いているみたいな音だった。それから、だれかが〝あなたは！〟と叫んで、不気味な悲鳴が聞こえてきた。猫の鳴き声みたいな金切り声」

ケニーは目をぎゅっと閉じた。「ぼくはぐるっと回って、音がしたほうに歩いていった。そうしたら、そこに女性が倒れていた。その瞬間、目の前が真っ暗になったんだ。目が覚めると、ぼくは血だまりの中にいて、頭にグレープフルーツ大のこぶができていた」

「その女性と一緒にいた人間は見なかったのか?」

「見なかった。そいつがぼくを殴り倒したに違いない。目が覚めたら頭が死ぬほど痛くて、ずっとうめきっぱなしだった。それから、死体が目に入ったんだ」ケニーは身震いした。「そこに横たわっていた。ぼくのすぐ横に」

一瞬ためらい、目を大きく見開くケニー。「ああ、なんてことだ」だれかに再び殴られたような顔をしている。「ミドルセックスの殺人鬼か」

「どれくらい気を失っていたと思う?」

「さあ……」ケニーが頭をかき、髪の一部分がぺしゃんこになると同時に、別の部分が逆立った。「たぶん二〇分ぐらいじゃないかな? 家を出たのが一〇時ごろで、ぼくを牢屋に入れた看守が、今一一時半だと言ったのを聞いたから」

「それで、死体を見たあと、きみはどうしたんだ?」ノーブルが尋ねた。

「女性の腕に触ってみた。すごく……冷たくて……。どうすればいいのかわからなかった。ただそこに座って彼女を見下ろしていたんだ。そのとき、例の男がものすごい勢いで路地を走ってきて、ぼくに体当たりした。こっちの言い分なんか、いっさい聞く耳持たずで、ずっと怒鳴っていた。で、二〇分と経たないうちに、ぼくはここにいたというわけさ。このむさくるしい部屋に押し込まれた」ケニーはわらを一本、蹴飛ばした。「ぼくはミドルセックスの殺人鬼だと思われている。信じられない。それに、あの場所にやつがいたのかと思うと……。ぼくは何をされてもおかしくなかったんだ」ケニーはわなわなと身を震わせた。

「今のところ、やつの犠牲者はすべて女性だ。きみがやつの好みにぴったり合っていたとは思えんな。たとえ、そんなシャツを着ていたとしても」ノーブルが言った。

ケニーは困惑顔で、派手にひだ飾りのついたシャツを見下ろした。最新流行の装いだ。少なくとも、汚れて血にまみれ、破れてしまう前は。マリエッタは心ひそかにノーブルの意見に同意した。

「あんた、何者なんだ？」ケニーは本当に混乱した様子でノーブルに尋ねた。

「きみを助けるために姉上が雇った男だ」

「雇った？」ケニーが彼女を見る。「マリエッタ？」

「心配しなくていいのよ、ケニー」マリエッタは明るく笑ってみせた。「手はずはすべて整えたから」

弟の頭の中で歯車が回っているのが目に見えるようだ。真っ白だった顔が怒りで赤くなっていく。彼は鉄格子をぐっと握りしめた。それからノーブルをちらりと眺めると、憤りが再び混乱へと変わっていった。わたしはノーブルが相手にするような体つきはしていない……。それはだれの目にも明らか。

「どうやって？」

「あなたが想像しているような方法じゃないわ。大丈夫よ」意図したよりも少々辛辣な言い方になってしまった。自分がより動揺しているのは、弟に姉は身を売ったと思われたせいなのか、ノーブルが姉を買うわけがないと思われたせいなのかわからない。

マリエッタは思い切ってノーブルに目を走らせた。彼の顔は傲慢そうでよそよそしい。表情には何の変化も見当たらない。

「じゃあ、どうやって――」

「もう質問には答えてもらっただろう」

ケニーは音が聞こえそうなほど勢いよく口を閉じた。

ノーブルは目を細めて彼をじっと見ている。「さあ、言い忘れていることを話してもらおうか」

マリエッタがケニーに目をやると、彼は自分の靴を見下ろした。「ケニー?」

彼はずっと足をもぞもぞ動かしており、留め金が鉄格子に当たってかたかた鳴り、わらが舞い上がっている。

ノーブルはマリエッタのほうに顔を向けた。「マリエッタ、角の向こうで待っていたほうがいいのでは?」

死体だ。ノーブルは死体のことを訊きたいのだろう。マリエッタは喉をごくりと鳴らした。

「ここにいます。話はひとつ残らず聞きたいので。ケニーに比べれば、おそらくわたしのほうがキッチンで多くの血を見てきました」

ノーブルは目を細め、貫くようにこちらを見ている。探るような視線だ。「いいでしょう」彼が弟のほうを向く。「女性はどんな顔をしていた?」

「わからない」ケニーはうつむいたまま、小声で言った。

「どういうことだ？」

ケニーは身震いした。「血まみれだったんだ。顔は見分けがつかなかった。でも、ぼくより年上に思えたな。何を根拠にそう思ったのかはわからないけど。ドレスのせい？　髪の毛かな？　やっぱりわからない」

「身元を確認できるものは何もなかったのか？」

「なかった」ケニーは二、三度、素早く息をした。「彼女……めった切りにされていて……」

キッチンであろうがなかろうが、マリエッタはそんな場面を想像したくなかった。新聞に載っていたそれ以前の犠牲者の記事は、きっと好ましくない部分を割愛してあったのだろう。それでもぞっとする話に思えたけれど。

マリエッタは弟の両手を握りしめた。「わたしがここから出してあげるから」

「マークは？」

マリエッタは手にいっそう力をこめた。「このままおとなしくしているのよ。看守たちの反感を買わないようにね」

懐中時計を見ているノーブルの姿を視界の片隅でとらえたが、弟から顔をそむけることができない。

「出る時間だ。もう三〇分経った」

マリエッタは必死で手を握っている。

置かれた手に動くよう促される。

「さあ」背中に手が添えられ、マリエッタは弟と握り合ったままの手を見下ろした。再び、背中に手を下ろすと、一〇〇〇艘の船が肩にのしかかってきたような重みを感じた。自分の
「マリエッタ」ケニーがおびえた不安げな声でささやいた。

「もう行かないと」ノーブルのなめらかな太い声が促す。

「マリエッタ？」ケニーが言った。が、何を尋ねているのかわからない。


その手に導かれるまま扉のほうへ向かったが、視線はケニーと絡み合ったままだ。

「ケニー」マリエッタは小声で言った。

角を曲がるとき、弟の顔に浮かんでいた表情が頭に焼きついた。心細そうでもあり、期待するようでもあり、情けない、無邪気な表情をしていた。

マリエッタはただひたすらノーブルのあとをついていき、鍵のかかった扉までやってきた。ノーブルがノックをすると、鍵がはずされ、オスカーのむっつりした顔が視界に入ってきた。

「やっと来たか」

オスカーのあとについて独房区域の外に出たあと、ノーブルが不可解な視線を投げてきたが、ショックと絶望に打ちのめされていたマリエッタはうつろな表情を返しただけだった。

「今から検死法廷に行ってみましょう」ノーブルが言った。「弟さんが思い出せなかったことがわかるかどうか確かめます」マリエッタに話しかける声は、前よりもほんの少しだけ温かみが増している。

ふたりの前を行くオスカーが首を横に振り、肩越しに言った。「たいして役に立たんだろうよ。死体は焼いちまったからな」

ノーブルは廊下の真ん中で足を止めた。「何だって？」

オスカーはむっつりした顔でうなずいた。「検死をして、すぐに処分したんだ。あんなに
早く燃やしてしまうのを見たのは初めてさ」

ノーブルは目を細めた。「どうも怪しい」

「いいや、たぶん世間をおとなしくさせておこうとしただけだろう」

「世間が何を見て騒ぐっていうんだ？　一般の人間が目にするようなことじゃない」

「まあな。だが、事を長引かせれば、それだけ状況は悪化する。何もかも、できるだけ早く
片づけてしまえば、大衆は忘れてくれるってわけさ」

ケニーの裁判をさっさとすませようとしているのと一緒だ。

「フランクはまだ同じ建物で働いているのか？」

「ああ。裁判所の二階だ。やつはもうやるべき仕事は終わらせたと思ったがね」

「終わってるよ。だからといって、旧友を訪ねてはいけないということにはなるまい」

ノーブルは魅力的な笑みを浮かべたが、オスカーはぶつぶつ文句を言っただけだった。

「取引が終了したら、おれのところへは訪ねてくれるなよ」

その後、ふと気づくと、マリエッタはコールドバス・フィールズを背にして外の歩道に立
っていた。ノーブルとオスカーが言葉少なに暗号のような会話を交わしているのはぼんやり

とわかったが、話は耳に入っていなかった。意識を集中することができない。頭が再びものすごい速さで回転し始めている。

「あの子のうめき声よ」マリエッタが唐突に言い、ノーブルは彼女をじっと見つめた。「わからないの？　ペナーが耳にしたのはケニーの声だったのよ。被害者の声じゃない。被害者はとっくに死んでいたんですもの」

ノーブルはしばらく黙っていた。「ペナーの話と一致するという点では同意しましょう。だが腑に落ちない点がある。犯人はなぜ弟さんをあそこに残していったのか？」

マリエッタはいらいらして両手を上げた。「たぶん自分の身代わりが必要だったのでしょう」

「その可能性はあります」

「まだ弟がやったと思ってらっしゃるの？」

時が刻々と過ぎていく。

「いいえ」

マリエッタの肩に載っていた艦隊は半分が下ろされ、重苦しさは五〇〇艘分になった。

「ありがとうございます」

「納得させなければいけない相手はわたしではありません」

「失礼ですが、わたしの意見は違います。今日ここに来る前、あなたが弟の有罪を確信していたことははっきりしているでしょう」

「何も確信していなかったことははっきりしています。もちろん弟さんの無実もです。あなたはそれに対して異議を唱えたわけだ」

「違います」

「つまらないことでいらいらするのはよくないですよ」ノーブルが首をかしげた。

マリエッタは息が詰まった。「いらいらなんてしていません」

ノーブルは反対側に首を傾けた。ふたりはそのまま歩き続け、やがて彼のポケットからは別のクルミが現れた。「たぶん、やつはその女性をつけていたんでしょう」

「何ですって？」マリエッタは弟との会話を頭の中で再現した。「殺人犯が最初から彼女を狙っていたと思ってらっしゃるの？」

「弟さんは、女性が〝あなたは！〟と言ったのを聞いている。だとすれば、おそらく犯行はすべて狙いを定めて行われたのだろう、と考えられます」

「頭のいかれた男が、行き当たりばったりで女性を襲ったのではなくて？」

ノーブルは指に挟んだクルミを回しながら肩をすくめた。「夜警たちは、この事件はすべて行きずりの犯行だと考えています。世間の大半も同様です。この数週間、わたしはあまりにも忙しくて、一連の事件に注意を払っている暇がありませんでした」

「でも今は、犠牲になった女性たちは狙われて殺されたと思ってらっしゃるのね？」なるほど。それならつじつまが合う。

ノーブルは再び肩をすくめた。「何を考えればいいかわかりませんが、今日は推理のヒントをたくさんもらえました」不可解な目つきでマリエッタを見ると、引き続き指でクルミをくるくる回した。

マリエッタは彼の言葉に対し、何を言えばいいのかわからなかったし、みぞおちで渦巻いている気持ちにどう反応すればいいのかわからなかった。ふたりは家路につき、マリエッタはノーブルと並んでゆっくりと歩いた。歩道でうっとり彼を眺める女性のそばを通り過ぎるたびに歯ぎしりをしながら。

6

ガブリエル・ノーブルは新たに書類を一〇枚抜き出し、革の肩掛けかばんに押し込んだ。念入りな準備が悪い結果をもたらすことはめったにない。

そのとき、床の上で何かがしゅっと動いた。かすかな空気の流れ。羽根ペンを手に取り、素早く頭を上げて、髪を横に流す。若いころ訓練されたおかげで、人の姿を目にする前から気配を耳で感じ取る力が身についたのだ。常に警戒を怠らない力が。

その後のさまざまな出来事が、彼にそうした状態を維持させたのだ。

戸口にマリエッタが現れた。髪が少し乱れているようだ。「おはようございます」彼女がつぶやいた。

羽根ペンをもてあそびながら振り向き、挨拶を返したものの、意図したほどなめらかな声が出せず、ペンが軸の上でぐらついている。マリエッタが食べ物を載せた皿を持って正面に腰を下ろし、ガブリエルは彼女が食べる様子を見守った。食事をしているときはいつもそうなのだが、顔つきが情熱的な表情へと変わっていく。こんないい食事にまたありつけるかどうかわからないと言わんばかりに。

初めてこの表情を目にしたとき、ガブリエルは一瞬、身動きがとれなくなった。手に持ったまま羽根ペンが宙に浮き、インクが紙の上に垂れてしまった。彼女が顔を上げて目が合い、ようやく動けるようになったのだ。

不思議だな、本当に。かなり地味な女性なのに。茶色の髪、茶色の瞳、今日はドレスも茶色だ。顔は人並み。化粧、服の色、光の当たり方しだいで、印象は強くもなれば弱くもなるだろう。頬骨、唇、目の形はいい。大ざっぱに言えばかわいいが、美人ではない。単に身体的特徴から判断すれば、周囲に完璧に溶け込むにはうってつけの人材だ。どんな課題を与えても役に立ってくれるだろう。

しかし、彼女の目に宿る負けん気は別の一面を伝えている。初めて見たときからそうだった。彼女には手を焼くことになるだろう。今もこれからもずっと。

「食べ終わったらすぐ、例の弁護士のところへ行きますよ」

マリエッタが一瞬、動きを止め、顔を上げる。「そのあと行くところはあります？　この格好で大丈夫かしら？」と言って、地味な茶色のモスリンをつまむ。

「問題ないでしょう。必要なら、いつでも着替えに戻ってくればいい」

マリエッタはうなずき、再び食べ始めた。

手を焼かされることは確かだろうが、彼女の負けん気には、多少なりとも感心せずにはいられない。彼女は貴族の身分にある人間としては最大限の手を尽くして、この一週間を乗り切った。

彼女の身分……。ガブリエルは目を細めて羽根ペンをもうひと回転させた。たとえ世間からつまはじきにされていようが、家族が白い目で見られていようが、彼女は上流社会の一員であり、その階層の人間で信用できる者はほとんどいない。女性であればなおさらだ。

マリエッタが食事を終えた。「待ちきれないわ。ミスター・ハッケンステイにわたしが思っていることをちゃんと――」

「あなたは弁護士と話をしてはいけない」ちょうどいい具合に落ち着いた声が出せた。

彼女が急に頭を上げた。「何とおっしゃいました？　わたしは、あのペテン師にありとあらゆることを言ってやらなくてはいけないのです。あの人はわたしたちをだましました。ケニーの境遇を利用したのです。ジンびたりで、犯罪とも言えるほど無能で、大酒飲みの酔っ払いで――」

「その恨み言のリストがいかに素晴らしくとも、弁護士と話してはだめです」

「絶対に話をします。ウィンターーズ家の人間を利用して、ただですまそうだなんて、だれであれ許しません」肩をそらし、顎を突き出している。

上流階級の女性であっても、マリエッタには兄弟への忠誠心のほうが大事なのだ。

「そんなふうに脅されたら、確かに背筋がぞっとする。あなたには手持ちの金がたっぷりあるし、支援してくれる人脈も豊富ですからね」彼は嫌味を言いながら羽根ペンをもてあそび、ついに二回転させることに成功した。

彼女の顔全体が赤くなった。「ほかの方法でも復讐はできます。マークは鼻持ちならない人かもしれませんが、わたしの兄ですし、そのうち大人になります。それにケニーはまだほんの子供なんです」

「子供と言ったって一八だ」

「あの子は子供なんです」マリエッタはことさら強調して言った。

本人に会っているガブリエルは、異議を唱えないことにした。ケニーはこれからだんだん強い人間になっていくだろう。まだ若いし、しっかり教え導く者がいれば、ずいぶん変わるはずだ。しかしマークは……。

「では、マークはそのうち大人になるとおっしゃるんですね？　いったいそれはいつの話ですか？」

「もうすぐです」言い方はしっかりしていたが、目元がほんの少し引きつっている。

「そんなこと、真顔で言うもんじゃありません。兄上はわたしより年上だ。だとすれば、わたしももうすぐ大人になれることを願うばかりですよ」

マリエッタが目をしばたたく。ガブリエルは、鏡を見たいという愚かな衝動と戦った。まさか、わたしは突然、年寄りみたいな顔になっているんじゃあるまいな？

ガブリエルは身を乗り出し、彼女の目が丸くなり、胸の鼓動が速まる様子をじっと見つめた。男としての満足感がどっとこみ上げてくる。「わたしはケニーの年にはもう、知恵を絞ってどうにか自分で食べていた。骨の折れる仕事をし、寝る間も惜しんで働き、危険な事業もやった」不安と決断が絶えずついて回る日々。「新しいブーツを買う余裕がないどころか、それ以上の苦労に耐えなければならなかった。かわいそうなケニー、かわいそうなマーク……ですか?」彼にしては珍しく、痛烈な言い方で自分の話を持ち出した。

この世で生き残り、成功していくために必要な努力をしようとしない者に、ガブリエルはほとんど敬意を払っていない。彼をかき立ててきたような激しい野望は、だれもが必要とするわけではない。あの野望に導かれた結果、自分の家系において貴族の肩書きを持たない者としては、おそらくロンドンでいちばんの金持ちになれたのではないだろうか。しかも、すべて一〇年足らずで稼ぎ出したのだ。おかげで人生を変える力を得た。だが、やる気がなければ、人は自分の人生を変えることはできない。

マーク・ウィンターズは人の金を搾り取る男。

ケニー・ウィンターズは野心に欠ける男。

マリエッタ・ウィンターズは……。ガブリエルは彼女が本当はどんな人物なのか、相変わらず結論を下そうとしていた。

「よくそんなことが言えますね。ケニーは実際にかわいそうなんです! 投獄されて、公正な裁判も受けさせてもらえない可能性が高いんですからね」

彼女が怒ると、ためらいがちに咲き始めたバラのように頰が明るく染まった。

ガブリエルは彼女のことを考えていた頭を切り替えた。「だからこそ、あの法廷弁護士と、このごたごたの片をつける必要があるんです。で、その役はわたしに任せてもらいます」

「でも――」

「この件で、わたしの意向に逆らおうというんですか？」優しさをにじませながらも容赦なく言い放ち、マリエッタがテーブルのへりをぐっとつかんで頬をますます赤く染める様子を見守った。

マリエッタはバラ色が似合う。たとえ口元が引きつったままこわばっているとしても。ガブリエルはぼんやりと考えた。わたしはこの顔がバラ色に染まるのを見たいがために、彼女を困らせているのだろうか？

「いつ出かけるんですか？」彼女が嚙みつくように言った。

「もう出発します。歩いて三〇分かかりますからね」

マリエッタが髪を後ろになでつけながら顔の表情を和らげる。ガブリエルはその様子をじっと見つめた。なかなかいい。そう結論を下すことにしよう。彼女はわたしが課した試験にほとんど合格した。口のきき方はとげとげしいが、その分、頭も切れる。それに、多少気難しいところのある女性に反感を覚えたことは一度もない。頭にくるのは鼻につくほど優しい女性だ。マリエッタの場合、表情を素早く見て取るすべを心得ていれば、自分がどう思われているか常に把握していられる。というのも、彼女は表情を隠す前に、ほんの一瞬、感情をすべて顔に出してしまうからだ。

マリエッタに関しては、扱いに苦労するわりに得るものが少ないと判明するかもしれないが、このまま様子を見ることにしよう。試験も続行だ。彼女には何かある。目のせいか。幻滅しているようでもあり、興奮しているようでもあり……。この目に興味をそそられる。

ふたりは明るい春の陽射しの中へ踏み出した。歩いて出かけるには最高の日だ。太陽は暖かで、バターのような黄色い穏やかな光が彼の顔を愛撫している。あたりにはそよ風が漂い、周囲の庭から花粉が舞って空中に浮遊した。やがて花粉は風の流れをとらえ、勢いよく押し流されていく。

通りすがりの人がくしゃみをした。

「ハッケンステイのような人のことはよくわかっているとおっしゃったわね？」マリエッタが尋ねた。そのとき、騒々しい女性の一団がくすくす笑いながら通り過ぎ、彼女がしかめっつらをするのがわかった。

ガブリエルの口元から頬骨にかけて、ゆっくりと笑みが広がっていく。

ハッケンステイには、ガブリエル・ノーブルとして交渉しようと思っていたので、持ち上げるべき帽子はかぶってこなかったが、彼は通りかかった女性ひとりひとりに会釈し、笑いかけることは忘れなかった。マリエッタはレモンを口に入れたような顔をしている。

「そのとおり。ロンドンにはそういう輩《やから》がうじゃうじゃいますからね」

「人のお金をだまし取る無能な法廷弁護士が、どうしてそんなにのさばっていられるのかしら？」

「いや、全部が全部、法廷弁護士というわけじゃない。会計士、商人、貴族に地主階級《ジェントリー》。他人のことなどお構いなしで機に乗ずる連中は、ひとつの分野に限って存在するわけではありません」

マリエッタがまつ毛の下から怒りの眼差しを向けてきた。どうやら、兄のマークをぺてん師と呼んで許されるのはわたしだけだ、と言いたいらしい。

「あなたはオスカーのために何をしてあげたの？」

かすかな動揺が背筋を駆け下りる。「どうしてそんなことを訊くんです？」

「あの人はいらいらしていて、偏屈そうに見えましたけど、それと同時に、あなたを心から嫌っているような感じはしませんでした。あなたは、わたしの前で例の三つの望みを振りかざしてらっしゃるけど、わたしは政府や秘密の機関で働いている人間ではありません。お役に立てるようなコネはないんです」

「あなたは上流階級に属する人だ。コネなら数え切れないほどあるでしょう」

彼女は目をそむけ、右側に並ぶテラスハウスを見つめた。「もうありません」

上流階級がどういうものかはわかっている。上流階級のすべてを知るべく、育てられたのだ。「それと、コネを利用するためにあなたが必要だとは、ひと言も言っていませんよ」

マリエッタが突然こちらを向いた。「その件について、はっきりさせましょう、ミスター・ノーブル。わたしには何の用もないのでしょう。それはよくわかっています」

「面白い。つまり、あなたはすべてを理解しているらしい。わたしが何をしてもらいたいと思うか、ちゃんとわかっている」

彼女の目が怒りできらりと光った。「そうじゃないとわかっているくせに」

「しかし、〝わたしには何の用もない、それはよくわかっている〟と言ったばかりじゃないですか」

「まあ、いちばんけがらわしい連想は除外しましたけど。あなたがハーレムを用意していて、自分が立ち寄ったときにはいつでも喜んで奉仕してもらえるようにしているのは明らかです」彼女はあいまいな仕草で、同じ道を歩いている人たちのほうを手で示した。「あなたに当てこすりを言われたって、わたしがそんなことをする必要があるとはとても思えません」

ガブリエルの胸に妙なさざ波が広がっていく。〝けがらわしい〟などという言葉を使われ、面目を丸つぶれにされたのだから、ひどく憤慨してもおかしくないはずなのに。自分はどう思っているのだろう？　面白がっているのか？　上流階級のレディの前で、これほど笑いだしそうな気分になったのは久しぶりだ。

「なるほど。わたしのハーレムの女性たちに知らせておこう。自分たちの地位を侵害する者が現れるのではないかと心配する必要はない、とね」

「笑いごとではありません」

「ああ、絶対笑いごとではない」

さざ波がわき立ち、ガブリエルは大声で笑いだした。マリエッタが立ち止まり、腰に手を当てて彼をにらみつけた。がく然とした表情が、不本意ながらも面白がっているような表情へと変わっていく。だが、急に彼の左側に視線を転じると、目つきが再びきつくなった。ガブリエルは、自分を見上げて口をぽかんと開けている若い女性のほうを振り向いた。笑いだしたときと同様、唐突に笑うのをやめると、マリエッタをその場に残し、首をかしげて再び歩きだした。追いつきたければ勝手に追いつけばいいとばかりに。

一分もすると、マリエッタがむっとしていることに気づき、ガブリエルは速度をゆるめた。彼女は歩く場所や速度について、絶対に文句を言わなかった。あれこれ言うのをわざと避けているのはわかっている。何かを証明してやろうと思っているのだろう。そのもくろみはうまくいっている。これで彼女の性格について、ふたつ以上のことがはっきりした。どれを取っても彼の期待を裏切るものではなかった。

「それで、オスカーに何をしてあげたの？」

ガブリエルは質問を切り抜ける方法を見つけようとして、しばらく黙っていた。無視してしまうこともできるが、彼女をからかってやるほうが選択肢としては心引かれる。

なぜマリエッタとやり合いたくなるのか？　それはもうひとつの謎だった。あえてそうする必要がある状況でもない限り、普段の彼はそれほど人をいらいらさせるような男ではない。さらに言えば、上流階級の女性から仕事の依頼を受けることはめったにない。そのような身分の女性をひどく嫌っているため、彼女たちがどれほどの報酬やコネをもたらしてくれようが、依頼を引き受ける価値はなかったのだ。

マリエッタは相変わらず、彼が五歩で進むところを六歩でついてくる。彼女の長い脚をもってしても大変らしい。「あの人も最近、夜警と問題を起こして困っていたのかしら？」

「オスカーが警察沙汰を避ける必要に迫られているとでも思ってるんですか？　彼は監獄で働いているんですよ」話題を変えるか、彼女を怒らせる方法を見つけるかしなければいけないな。

マリエッタが肩をすくめた。「あなたを挑発してしゃべらせようと思っただけです」

「それと、何を根拠にわたしが最近オスカーを助けたと思うんです？」

「だって、あの人は今もあなたに借りがあります」それはわかりきっていると言わんばかりの口ぶりだ。

ガブリエルは笑みを浮かべそうになったが、ぐっとこらえた。よし、うまくいった。「わたしが毎日、コールドバス・フィールズへ乗り込んでいかなきゃいけないと思っているんですか？　選択肢を幅広く、たくさん持っていることで、コネは価値あるものになる。わたしの望みは、かなえられるまでに何年もかかることがあるんですよ」

マリエッタが急に足を止めた。もう隣を歩いてはいない。ガブリエルがまたしても必死で笑いをこらえながら振り返ると、彼女は歩道で立ち尽くしていた。

「何年も？」マリエッタは首を絞められたような声を出した。「わたしは何年もあなたに借りがあるままかもしれないとおっしゃるの？」

「もちろん。ほんの数週間のお勤めで、わたしから解放されると思ったんですか？」

首を絞めている手に力が加わったのか、彼女の喉から不可解な音が漏れた。

ガブリエルはふたりの距離を詰め、身をかがめた。彼女がうつろな目をしているのがわかると満足し、少し近すぎるぐらいのところで足を止めた。彼女の胸の動きが大きくなり、首の脈が速まるほど近くで。

「マリエッタ、それはだめだ。絶対に」ささやきながら、もう数センチ前に出たので、ふたりのつまさきが軽く触れ合った。「あなたはこれから長きにわたり、わたしに仕えることになる。でも心配は要らない。わたしがすぐに鍛えてあげますよ」

ガブリエルはマリエッタの手首に触れ、体をいっそう前に倒した。彼女の鼓動に意識を集中し、胸が前にも増して大きく上下する様子をじっと見ている。「あなたのためにハーレムで最高の地位を取っておいてあげましょう。罪深い夜を三回過ごすという例の条件は、果たされるまでにかなり長い時間を要するかもしれない」

マリエッタが息をのむのがわかり、喉が震えて唇が開くのが目に入った。ガブリエルはこの反応に引きつけられ、さらに近づいた。何をすれば彼女が完全に主導権を譲り渡してくれるのか見極めたい。ほかのことは何でも許してやろうというわけではない。だが主導権を譲ってくれる女性は絶対的な存在だ。一六のときからそうだった。

思い出したくもない、過去のさまざまな思いがよみがえる。彼は自らを暗雲で覆い隠し、その思いを無理やり誘惑の手段に変えた。頭をかがめ、息がかかるかかからないかの位置に唇をもっていくと、彼が接近したせいなのか、これから起こりうることを考えたせいなのか、マリエッタの脈がさらに速まった。どうすれば彼女にキスできるのか。どうすれば彼女をなでることができるのか。どうすれば、彼女に自分の名を忘れさせるほどのことをこの指でしてやれるのか。

マリエッタがほんの少し頭を後ろに倒した。

　ガブリエルはバイオリンのごとく女性を操ることができる。物憂げな子守唄を奏でることも、激しいスケルツォを奏でるのも思いのままだ。それは彼が何よりも磨きをかけてきた才能であり、何よりもいやでたまらない才能でもあった。たいていの女性はすぐに落ちる。誘惑をするのに必要なのはこの顔だけだ。褒め言葉、あるいはお世辞を必要とする女性もいる。こちらもわかりやすい。本当に口説きがいがあるのは、特別な調弦を必要とする女性だ。糸巻《ペグ》を回し、正しい弦をはじき、正確なリズムで弓を引く。

　マリエッタには何が必要なんだ？　ただキスをすればいいのか？　それとも愛撫か？　いや違う。単純な手段で彼女を誘惑することはできるだろうが、本当の意味で言いなりにさせるのはなかなか難しいだろう、という気がする。

　マリエッタから離れると、通りと家々が再び視界に入ってきた。馬車の車輪、馬のひづめ、叫び声やののしり声といった往来のざわめきと、通り過ぎていく歩行者の足音が混ざり合っている。言われたことの意味がわかってきたのか、彼女の目の表情が徐々に変わっていく。長くて白い喉が下からバラ色に染まっていき、頬まで赤くなった。ふたりは真っ昼間に、にぎやかな地域の中心に立っており、彼女は自分がどこにいるのかすっかり忘れていたようだ。

　ノーブルは一六のときに、常に主導権を握っていようと心に誓った。二年かかったものの、それ以来、一度も失敗はしていない。

　難しかろうがなかろうが、マリエッタは手の届くところにいる。

法廷弁護士の事務所は、テムズ川南岸の波止場近くの、今にも倒れそうな建物が立ち並ぶ区域にあった。

マリエッタはノーブルのあとについて建物の中に入った。そのときもまだ、歩道での出来事に猛烈に腹が立っており、燃えるような怒りをかろうじて抑えつけていた。おまけにこの一五分間、ノーブルはマリエッタの激しい怒りを見てにやにや笑っており、それが彼女の怒りの炎をさらにかき立てた。

ノーブルが廊下を曲がったので、マリエッタは彼が着ている仕立てのいい上着の肘をつかんだ。「弁護士の事務所はあっちです」と言って、逆の方向を示す。

「いや、こっちだ」

ノーブルは右側にある扉をノックもせずに押し開け、中に入っていった。この前あの法廷弁護士に会ったのはこの部屋ではなかったのに、彼はそこにいた。痩せこけていて、濃い口ひげをはやしているハッケンステイは、不格好な机の向こう側でよろよろしながら立ち上がった。ブリキの箱が音を立てて倒れ、彼は慌てて机の上に転がり出た分厚い札束と小銭を箱の中に押し戻してふたをしっかり閉め、震える手をその上に載せた。

「ミスター・ハッケンステイですね。ミスター・ウィンターズとミス・ウィンターズの代理人としてお邪魔しますよ」

弁護士の目に警戒の色がよぎったが、マリエッタの姿をとらえると、その表情はへつらうような表情に取って代わられた。ジンびたりの卑劣でいやな男。前に来たときも好感は持てなかったが、今もやっぱり気に入らない。

ハッケンステイが答えないので、ノーブルは言葉を続けた。「わたしが理解しているところでは、ウィンターズ家の方々は、事務弁護士を通す代わりに、直接あなたを雇った。ミスター・ウィンターズから二〇〇ポンド、ミス・ウィンターズから一〇〇ポンドを受け取ったという話は事実ですか？」

本当はなかったはずのお金だ。借りられるお金はすべて借りた。使えるお金はすべて使った。それに一度だけ、マークはギャンブルで幸運に恵まれた。一〇〇ポンド勝ったのだ。もしこの法廷弁護士にすぐ支払っていなかったら、兄は次の晩にはもうあのお金を確実に失っていただろう。わが家ではお金が長居をしてくれたためしがない。

ハッケンステイがひょいと頭を下げた。「ええ、支払いとして」

マリエッタは口を開いたが、ノーブルに先を越された。「何の支払いですか？」

「相談料、それに弟さんと一緒に出廷するための費用ですよ。わたしは最後まで弟さんのお力になるつもりですから」ハッケンステイは得意げに胸をふくらませ、ケニーをどう弁護するかについて、専門用語を意味もなくくどくど並べ立て、早口でしゃべりまくった。

「相談料は通常、いくらなんですか？」ノーブルは室内を見渡し、黒ずんだカーテン、色あせた敷物、壁に飾られた場違いの絵に目を留めた。それから、マリエッタをちらりと見て、こんな男を選ぶなんて何を考えていたんだと言わんばかりに片眉を吊り上げた。

マリエッタは首を横に振り、こっちの事務所には来たことがなかったんですもの、と身振りで伝えようとした。ハッケンステイはこの建物のどこか別の場所にある部屋を来客用の事務所として使っていたに違いない。あの部屋はここよりもはるかにましだった。前に来たときも二の足を踏んだけれど、あのとき、この事務所を見ていたら、三の足を踏んでいただろう。

ハッケンステイが不安そうに唇をなめた。「また別の仕事をしてもらいたいということですか？」

「いいえ。料金を教えていただく必要があるんですよ」ノーブルはよどみのない、なめらかな声で言った。

「それは仕事によりますな。ウィンターズさんの場合、料金をすべてまとめさせていただきました。お支払いいただいていない金額がまだ二〇〇ポンド残っております」ハッケンステイが穏やかに、とがめるような目つきでマリエッタのほうを見た。不愉快で役立たずな男。

「まさか」

ハッケンステイはノーブルのほうに視線を戻した。ショックで顔つきが鋭くなっている。

「まさかとは？　どういうことです？」

「この件に関し、あなたがなさったお仕事を拝見したいと思いましてね」

ハッケンステイがつばを飲み込んだ。「い、今、資料が手元にありませんので……」

「ミスター・ケネス・ウィンターズをどうやって助けるおつもりなんですか？」ノーブルは手持ちぶさたに、ハッケンステイの机から折りたたんである紙を持ち上げた。弁護士は手を伸ばしてそれを奪い返し、きちんと伸ばしてもとの位置に戻した。

「先ほど申し上げたとおり、裁判の際に同席し、弁護をするつもりです」

「ご家族が見守られている中で?」ノーブルはガラス玉をひとつ、つまみ上げた。

ハッケンステイはこのガラス玉もひったくって取り戻そうとしたが、ノーブルは気づかないふりをして、それをじっくりと見た。弁護士はいらいらした顔をしていたが、やがてマリエッタのほうに目を移し、首を横に振った。もじゃもじゃした口ひげの下で唇をゆがめ、見せかけの同情を示している。「残念ながら、ご家族は裁判をご覧になることができないのですよ。しかし、弁論がすんだら、ご家族には必ず内容をお伝えするようにいたします」再び手を伸ばしてガラス玉を取り戻そうとしたが、またつかみそこなった。「それを返していただけますかな?」

ノーブルはガラス玉を空中に放った。きらめく光が短く弧を描き、ハッケンステイがガラス玉を胸で受け止めた。先ほどよりもいっそうろたえた顔をしている。

「なるほど」ノーブルは書類の上に漫然と指を漂わせている。「つまり実際には、あなたが法廷で弟さんを本当に助けてくださるかどうか、ご家族は知るすべがないというわけだ」

「わたしは最後まで弟さんの力になるつもりです! 判事と陪審に彼は無実だと納得させてみせます」弁護士はガラス玉をぎゅっと握りしめた。

「あくまでもそうおっしゃるなら、ここは単刀直入にいきましょう」ノーブルは動きを止め、マリエッタのほうを向いた。「さて、ミス・ウィンターズ、このまま一五分もするとどうなるか、ミスター・ハッケンステイに説明してあげてください」

驚きが猛烈な勢いで体を駆け抜けていく。わたしにしゃべらせてくれるなんて、どういう心境の変化なの？　ノーブルの気が変わらないうちに話さなくちゃ。「あなたが提示した契約とやらはばかげています。あなたが口にした約束と同様にね。わたしたちは悲しみに暮れて絶望しているというのに、あんなふうに人の弱みにつけこむなんて、ひどい人だわ。ミスター・ハッケンステイ、お金は全額返していただきます。今すぐ。耳をそろえて」

「いいですか、お嬢さん、弟さんの弁護には、依頼料というものが必要なんですよ」生え際に汗がたまっている。

心の奥からわき上がる激しい怒りが体を駆け抜ける。「ミスター・ハッケンステイ、わたし、法律書を読みましたの。重罪の裁判の場合、法廷弁護士はあなたが約束なさったようなことはできないのです。わたしはもう、先週あなたを訪ねたときほどばかではありません。今すぐ、お金を返してください。さもないと、わたしは……わたし、わたしたちは、あなたを後悔させることになりますからね」

ノーブルが笑いかけた。感じのいい笑みではなかったが、感じの悪さは自分に向けられているのではないと、なぜかマリエッタにはわかっていた。弁護士に言ったことを彼がよしとしてくれたこともわかっている。

背後で扉が開いた。マリエッタは、ノーブルが緊張し、ポケットに手をやって振り返るのを見た。彼女はピストルを持ち歩くのをやめていた。ノーブルの家に移ってからというもの、やじを飛ばしてくる群衆から身を守らなくてはと気をもむことがなくなっていたからだ。ひょっとすると、それは賢い判断ではなかったのかもしれない。

「おい、いったい何事だ?」

「ミスター・タネット、いいところに――」ハッケンステイは痩せこけた体を起こし、背筋をぴんと伸ばした。「この人たちが、われわれをだまそうとしておりまして」

ノーブルがマリエッタから一歩離れ、彼女をちらりと見た。あまりにも真剣な眼差しだったので、彼女も一歩、後ずさりをした。

タネットが目を細める。「そうなのか?」

「こちらにおられる、おたくの下級弁護士さんが、ウィンターズ家の方々から三〇〇ポンドだまし取ろうとしているんですよ」ノーブルはかなり物憂げな雰囲気で言った。緊張の跡はすっかりぬぐいさられている。「人のことをぺてん師呼ばわりできるような方とはとても思えませんね」

タネットがノーブルに一歩近づいた。マリエッタは壁の近くにいるので、どちらの弁護士からもすぐさま手を出されることはないだろう。ノーブルが無理やり彼女を後ろに下がらせた目的はそれだったのかという気がした。

「わたしは、ぺ、ぺ、ぺてん師ではない」ハッケンステイが叫んだ。

「三〇〇ポンド返していただけるなら、あなたが下級だったため、依頼人への説明が不十分だったということで、大目に見ましょう。あの契約は違法です。法廷弁護士なんだから、当然おわかりですよね。金を返す以外に、あなにできることはないんですよ。返さないとおっしゃるなら、この件は、すぐさま捕り手に託されることになる」

タネットの横顔が突然、視界に入ってきた。「ウィンターズ家か。なるほど。わたしは、あなたのおっしゃるとおりだとは思いませんが、ミスター……」

ノーブルはまばたきもせず、ただじっと相手を見つめている。タネットは口をぎゅっと結び、ノーブルの言葉を待たずに続けた。

「ミスター・ウィンターズは経済的に窮地に陥っておられる。おそらく、それを世間に広めてほしいとは思われないでしょうなあ。それに、かわいそうな弟さんは監獄の中だ。これがかなり複雑なスキャンダルであることは想像できましょう」

これ以上スキャンダルを起こすぐらいなら、マークはさっさとお金をあきらめてしまうだろう。マリエッタは唇を噛んだ。

「ミスター・タネット、あなたのその口ぶり、なんとなく脅されているような気がするのですが……」ノーブルは、相手の答えにはろくに興味がないような訊き方をした。

タネットは片眉をひそめてみせた。自分は特別賢いのだと言わんばかりに。「そう思ってもらっても構いませんよ」

「なるほど。では、わたしは脅しを働く人間が嫌いなのだとお伝えしておくのが公平でしょうね。いや、実を言うと、むしろ憎んでいるのですよ」ノーブルの声は暗く、不気味だった。

彼が大きく前へ進むと、タネットが上着のポケットに手をやった。ノーブルはその手がポケットの中に入る前に手首をつかんだ。「あんたの部下に引き出しから手を離せと言ったほうがいいんじゃないのか？　さもないと、わたしは誤ってあんたを撃ってしまう恐れがある」

マリエッタは目をしばたたき、ノーブルのもう片方の手に握られたピストルがタネットのわき腹に押しつけられているさまを見た。

「ハッケンステイ」タネットは甲高い、うわずった声を出した。

「マリエッタ、いい子だから、引き出しからミスター・ハッケンステイのピストルを取ってくれないか？　おそらくこけおどしだとは思うが」マリエッタは前に進みかけたが、ノーブルの落ち着き払った声が続き、足を止めた。「ああ、そうだ、ハッケンステイ、彼女のほうに移動してくれ。そうしたら、まずタネットを楽にしてやり、そのあとおまえの説得に取りかかるとしよう。どっちもてこずりそうだ」

ハッケンステイはせき立てられるように、できるだけ机から離れた。マリエッタは三人の男に目を走らせ、机の向こうに回ってピストルを取り出した。ノーブルが素早く、ぐいと頭を上げて合図をしたので、彼女は再びもとの位置に戻った。

ノーブルにひねられたタネットの手はポケットから離れ、体の後ろに持っていかれた。

「タネット、おたくの弁護士さんと交渉してもいいと思っていたんだが、あんたはミス・ウインターズのような何の罪もない人たちの弱みにつけ込み、脅したくてたまらないらしい。となれば、あんたとの取引に関し、わたしが取れる手段の範囲は挟まったと言わざるを得ない」

「おまえの正体を突き止めてやる」

「ぞっとすることを言ってくれるじゃないか。本当はな、あんたは最初からよく学んでおくべきだったんだ。一流の脅迫者の思いどおりにさせたからには、あんたはもう二流にも戻れないんだよ」

ノーブルの妙な言い方にはためらいが感じられたが、マリエッタにはどういうことか整理する時間がほとんどなかった。

「おまえは何者なんだ？」タネットが歯を食いしばりながら言った。痛がっているのは一目瞭然だ。

「それはたいした問題じゃない。あんたが問題にすべきは、わたしがどんな手を打つかということだ」ノーブルは前かがみになり、タネットに何やら耳打ちした。相手が顔面蒼白になる。「よく考えてみるんだな。あんたがウィンターズ家に負っている三〇〇ポンドは返してもらう。タネット、あんたが約束を果たしたかどうか、また確認しに来てやるから安心しろ」

タネットはハッケンステイに素早くうなずいてみせた。「小切手を切ってやれ」痩せこけた男が動かずにいると、怒鳴りつけた。「早くしろ！」

ほかの三人が見守る中、ハッケンステイがブリキの箱をつかみ、震える手で用紙を取り出して必要な事柄を書き留めた。

「マリエッタ、お願いできるかな？」

彼女は手に入れた小切手をレティキュールにしまい込んだ。バッグに三〇〇ポンドが入っているのかと思うと、とても妙な気分だった。

「では、おふたりとも、そういうことで。わたしたちはこれで失礼させていただきます。そろそろ新しい仕事を始めるか、さもなければ法律の教科書を読み直してもいいころかもしれませんね」

ノーブルに合図され、マリエッタは慌てて事務所から出た。先ほどガラス玉をつかんでいたミスター・ハッケンステイのさるまねのように、レティキュールをわしづかみにして胸に押し当てた。手には奪ったピストルがぎゅっと握られている。

ノーブルが仕返しをされる危険にさらされることなく、どうやって事務所を出てきたのかわからなかったが、彼は左右の手に一丁ずつピストルを持って現れ、マリエッタを肘でそっとつついて建物の扉のほうへ促した。

歩道へ出るやいなや、ノーブルは三丁のピストルをしまい、急ぎ足で歩きだした。それから二度方向転換をし、三ブロック離れたところまで来て、ようやく速度をゆるめた。彼が後ろを振り返るのがわかったが、マリエッタの心は凍りついていた。彼が歩幅を狭めると、雑踏と、テムズ川付近のにぎやかな区域の光景がたちまち彼女の目の前に戻ってきた。ふたりはブラックフライアーズ橋にさしかかっており、マリエッタの心の中で何かが波のように走り抜けていった。

「あなたは、あの人たちを銃で脅した。わたしも銃で脅していたような気がする。わたしたち、お金を取り戻したのよね。あの人たち、本当に返してくれた」マリエッタは心もとない足取りでもう一歩進んだ。「なんだかわたし、すごく……わくわくする」

ノーブルの目は皮肉な表情をしている。「今ごろ感激してるのか。だからといって、ばかなまねはしないでくれよ」

しかし、そんな皮肉を言われても、マリエッタを意気消沈させることはできなかった。小切手を現金に換え、家に向かって歩いていたときも、自分が何をしているかろくにわかっていない有様だった。家……。本当のわが家など持つことはないかに思える。けれども、少なくともあの家にはローズマリーとディル入りのパンと素晴らしいシチューがある。それに、彼女が被った不正を正してくれる男性がいる。それは、これまでの一週間と比べれば、ずっとよいことに思われた。

家に寄って急いで食事をすませてから、ふたりは別の区域へ向かった。マリエッタはふくらはぎが少しずきずきしていた。たくさん歩くことには慣れたものの、今日ふたりはロンドンの中心部を端から端まですたすた歩いてきたのだ。

マリエッタはノーブルに続いて地味な建物に入り、廊下を進んで〝記録係〟と札が出ている扉までやってきた。ノーブルが扉を押して中に入ると、大きな眼鏡をかけたひょろっとした男性が顔を上げた。

「ミスター・ノーブル！」

「ごきげんよう、アンソニー。今、忙しいかな？」

アンソニーは書類をわきにどけ、両手を広げた。「何かご用ですか？」

「ミドルセックスの殺人事件に関する情報が欲しくてね」

アンソニーはマリエッタに鋭い視線を向け、すぐにノーブルのほうに向き直った。「わかりました。情報といってもあまりないんですけどね。このあたりの人たちは皆、まさかとびっくりしていました。世間は警察が犯人を勾留したと思っているわけで、ほとんどの人はほっとしていましたね」

「そうだと思ったよ。きみは何を知っているんだ？　この前にも容疑者はいたのか？」

アンソニーは机の前にある二脚の椅子を身振りで示し、オーク材の机の表面をペンでこつこつ叩いた。「三人いました。まず、一番目の犠牲者の夫が疑われましたが、二〇人の目撃者によってアリバイが証明されました。妻が殺されたころ、仕事関係のある会合に出席していたんです。容疑はたちまち、会合に出席していなかった共同経営者のほうへ移りました。ところが、次の犠牲者が出た時期と合わず、その方面の調査は行き詰まりました。共同経営者はコーンウォールにいたそうで、その話は信頼できるものでした。その教区には尋問はされたものの、拘束されていない男がふたりいます。ジョシュア・ドーキンズと宿無しのごろつきです。ドーキンズは、調べてみたくなる人物かもしれませんね。捕り手たちは皆、そいつを警戒していますよ。疑わしい人物ということになっています」

「その教区にふたりも容疑者がいたのなら、どうして、わたしの……。どうしてケネス・ウインターズと同じ扱いを受けなかったのですか？」マリエッタは訊かずにはいられなかった。

今回、ノーブルは彼女をにらみはしなかったものの、表情にはため息に近いものが感じられた。アンソニーが値踏みするような視線を向けてきた。といっても、その目はやはり人懐っこい。威圧的なところはなく、そのような雰囲気に隠されてはいるが、頭が切れる人物という印象だ。

「三度目ということで、警察も前回よりずっと必死になっていたのでしょう」

ノーブルに片手で続けるように合図され、アンソニーはマリエッタの反応を待たずにしゃべりだした。「二番目の犠牲者は身元がわかりませんし、一番目の犠牲者との関連を示すものは何も確認できませんでした。遺体を発見した教区のパトロール隊が、次の日、辞めてしまったんです。現場はぞっとするほど凄惨だったそうで」

「だから二番目の犠牲者は身元がわからないんだな？」

アンソニーがうなずいた。「検死法廷に似顔絵がありますよ。遺体をきれいにしたあと描かれたものです。それをご覧になって、写しがもらえるかどうか確認してみたらいいでしょう。ひとり目とふたり目の似顔絵があるはずです」

「三人目は？」

「それも、きっとあるでしょう。遺体は急いで処分してしまったそうですから」

「怪しいな」

アンソニーが首をかしげた。「というより、ぞっとしたのでしょう」

「ひとり目の犠牲者はだれだったんだ?」

「ミセス・アマンダ・シンクレア」

マリエッタは、なんとなく聞き覚えのある名前だと思った。「シンクレア? あのご夫妻は結婚されたばかりだったのではありませんか? 突然のことでしたでしょう? ヘレフォードシャーで結婚予告が公示されることはめったになかったですものね? 彼女は田園地方《カントリーサイド》からロンドンに戻ってきたところではなかったですか?」

「そのようですね。捜査は一部、ヘレフォードシャーでも行われました」

ノーブルはアンソニーの机に載っている新聞に目を通している。「ひょっとすると、そこに手がかりがあるのかもしれない。彼女の旧姓は?」

アンソニーが首を横に振る。「調べればすぐにわかりますが、今ぱっと思い出せません。わかったら手紙でお知らせしますよ」

「アーサー・ドレスデンはまだこの事件を担当しているのか?」

アンソニーがにやりとした。「ええ」

「まだお目にかかったことはないが、評判は聞いている」

「いちばんの新入りにもかかわらず、捕り手仲間に大打撃を与えています。とにかく貪欲で。あの男には気をつけてください。やつはパトロール隊や夜警と折り合いが悪いですからね。役立たずだと思っているんですよ」

「役立たずな場合もあるが、思っていることを相手に知らせるのは得策ではないな」

「これで、ドレスデンがどんな人物かおわかりでしょう」

「いかにも」

ノーブルが立ち上がり、マリエッタも一緒に立ち上がった。「ありがとう、アンソニー。今日のことと犠牲者の名前は、最初の支払いと考えてくれ」

アンソニーがうなずいた。「幸運を祈ります、ミス・ウィンターズ。きっとミスター・ノーブルがあっという間に弟さんを監獄から出してくれますよ」

マリエッタはぼう然としてアンソニーを見た。ノーブルが彼女の肘をつかみ、廊下へと導いていく。やがて彼は手を下ろしたが、マリエッタはまだその跡が感じられるような気がした。

「どうしてわかったのかしら？」

「アンソニーは賢いんだ。それに、きみは特にもの怖じする様子も見せていなかった。さあ、行こう」

「彼に何かしてあげたのですか？」

「ああ」

「あなたの望みはそれほど悪いものではなさそうですね」

ノーブルの顔にゆっくりと笑みが広がった。「そう思ってもらえるのはありがたい。だがマリエッタ……」彼が身をかがめ、髪を耳にかけてくれた。手がかすめた場所はどこもかしこもひりひりする。「わたしがどんな望みを用意しているか、きみは何もわかっちゃいない」

7

うーん……。マリエッタは思わずうなった。スープやシチューはもう食べ飽きていてもおかしくないはずなのに、やっぱり、たまらなく美味しい……。

玄関の扉をノックする音がした。ノーブルは出る気がないらしく、マリエッタが扉を開けると、ポーチに幼い少年が立っていた。「マリエッタさんにメッセージです」

下の名前を言うなんて妙だと思ったものの、お利口さんね、とめいっぱい少年を褒めてやった。ここに住んでいることをだれかに知られるのは願い下げだ。封蠟が押された手紙を受け取ると、ポケットの中をかき回してコインを一枚取り出し、少年に渡した。少年が帽子をちょっと持ち上げ、マリエッタは扉を閉めた。

斜めに傾いた手書きの文字とワシの封印に指を走らせてみる。それからテーブルに着き、兄の手紙を読むと、たちまち罪悪感で胸が痛んだ。今この瞬間、マークはわたしよりも困っている。美味しいものも食べられず、押しかけてくる群衆をやり過ごしながら暮らしている。兄にはここの住所を知らせると同時に、五〇ポンドを送っておいたのだ。それを食べるものに使ってくれるといいのだけれど。残りの二五〇ポンドも戻ってきていることは、近いうちに知らせざるを得ないだろう。でも、借金を返す間もなく、兄はそのお金を浪費してしまうのではないかしら？

手紙には走り書きが二行。一行目には警察がケニーの裁判の手続きを早めた、二行目には法廷弁護士の事務所がもぬけのからになっていて移転先もわからない、と書かれている。

マリエッタは手紙を指で軽く叩いた。

「何だって？」ノーブルは書き物を続けていて、顔も上げない。

マリエッタは手紙を読み上げた。ノーブルのペンが止まり、羊皮紙の上で浮いている。

「タネットはわたしの忠告に従ったんだな。よかった。きみの兄弟――つまり弟さんのほうについては、裁判を遅らせることが可能かどうか確認する必要がある」

「どうやって？」

ノーブルは書き物に戻った。「頼めそうな友人がいる。その男が今夜、仮装舞踏会を開くんだ。やつは仮装が大好きでね。きわどければ、きわどいほどいい。きみにもふさわしい格好をしてもらわないと困るよ」

彼は顔を上げ、緑の目で品定めするように彼女を見ている。「ドミノ（目元を隠すための仮面）か仮面は持っているのかい？」

マリエッタは手紙を握りしめた。「持っています。でも、あなたがおっしゃるような、いかがわしいものではありません」

ノーブルは手をひらつかせ、また紙に目を戻した。「酒場用の衣装をどれか着ていけば言うことなしだ」

口があんぐり開いてしまった。「どうかしてるんじゃありません？」マリエッタは怒って言った。「友人って、いったいどなたなの？」

「ジョン・アルクロフト」

マリエッタは目をしばたたいた。「ジョン・アルクロフトが開くパーティに、そんな格好で出るわけにはいきません。人に気づかれてしまいます」

「酒場の女の格好をして、仮面をつけていれば大丈夫さ。だれにもわからない」ペンが羊皮紙にかりかり文字を刻んでいく。

「でも——」

ペンの動きが止まる。「いいかい、マリエッタ、だれもきみに気づいたり、正体を見破ったりはしない。本当だ」ノーブルは彼女に目を走らせた。「きみは周りによく溶け込む」

胃が締めつけられた。「地味なことはわかっています。でも、だからといって——」

「きみは地味じゃない。何にでも変身できる人だ」ノーブルは首をかしげた。「状況や、着るものや、髪のまとめ方によって別人のように見える。これは長所だよ」

マリエッタは口を半開きにしたまま、彼をにらんだ。

ノーブルが身を乗り出した。鋭い目を向けながらも、口元がゆがんで笑みが浮かんでいる。

「賭けてもいい。ここに来る前、きみは毎日まったく同じように髪を結っていたはずだ。着る物は黒か茶色だろう？　毎日同じだ。会話で先制攻撃を加えるときは、おそらく毎回同じように首をかしげている。それに、きみのにらみ方や見つめ方。これも同じだ。きみはめったに笑わない。きっと楽しいことがめったにないのだろう。何年もそうだったはずだ」

マリエッタの耳に聞こえてくるのは、スープがぐつぐつ煮える音と、自分の心臓が激しく鼓動する音ばかり。

「黙っているところを見ると、今の賭けには簡単に勝てそうだな。ではマリエッタ、教えてくれ。髪を結い直して目の周りにコール墨を入れ、仮面を着けるとしたら、正直なところ、きみだと気づく人がいると思うかい?」

時が刻々と過ぎていく。マリエッタは身動きが取れなかった。ノーブルは一方の眉をすっと上げると、再び書き物に戻った。

いいえ、正体がばれる可能性はない。上流社会の端っこにいる退屈な人間としても、ミドルセックスの殺人鬼の姉としても。

今まで気づいていなかった。自分の行動がそんなに……わかりやすかったとは。両親が亡くなって少し経ってからずっと、自分を失うのはいやだと思ってきた。もしかすると、極端に走ってしまったのかもしれない。

わたしには、別人として仮装舞踏会に行く自由がある。マリエッタが返事をしようと口を開きかけたそのとき、裏口の扉が勢いよく開いた。

「いい天気だね」

長身の男性が――ノーブルよりもっと背が高い――大またでキッチンに入ってくると、それ以上何も言わずに、すぐさまサイドボードへ向かい、深皿とレードルを手に取った。

ノーブルは顔を上げなかったが、扉が開く直前、彼が緊張する様子をマリエッタは目にしていた。今はただ首を横に振り、ペンを握る手の緊張を解いている。

「ジェレミー、ここで何をしてる？」ノーブルの声はいら立っているけれど……優しい。

ジェレミーがテーブルまでやってきた。年は彼女よりそれほど上ではないだろう。いや、それどころか、若いかもしれないし、何とも言えない。しかし、彼が何者なのかはすぐにはっきりした。この家の主人と同じ頬骨をしている。もっとも、ジェレミーのほうが顔つきがいくらか丸くて、開けっぴろげな表情をしているけれど。それに、ものすごく愛敬がある。ジェレミーは魅力あふれる、少年のようなならず者、かたやノーブルは、よこしまで官能的な不滅の悪魔といった感じだ。

ジェレミーがどすんと腰を下ろし、三人がいびつな三角形を形成する。それから、彼はマリエッタに向かってほほ笑んだ。少しゆがんだ笑みだが、かえって魅力的に見える。「こんにちは。ジェレミー・ノーブルです」

マリエッタも笑みを返す。こういう男性は、あっさり人を魅了してしまうのだろう。「お目にかかれて光栄ですわ、ミスター・ジェレミー・ノーブル。マリエッタ・ウィンターズと申します」

「ミドルセックスの殺人鬼のウィンターズ？」

マリエッタの笑みがこわばった。「まさにそのウィンターズです」

ジェレミーは低く口笛を吹き、兄に顔を向けた。「ぼくに気づかれないようにできると思ったんだろう？」

「そうじゃない」ノーブルは顔を上げなかった。「おまえはケンブリッジをちゃんと卒業すべきだと思ったんだ。ジェレミー、ここで何をしてる？」

「チャーリーが教えてくれたんだ。兄さんがここで新しい事件に取り組んでるって。ちょっと寄って、手伝いが要るかどうか確かめようと思ったのさ」

ノーブルはようやく目を上げた。先ほど声に感じられたいら立ちと優しさが顔に表れている。まるで……変身したかのよう。別世界にいる、手で触れられないものではなく、人間らしく見える。

「だめだ。大学へ戻れ」

「今は休暇中。忘れたのかい？」ジェレミーが楽しげにパンを切る。彼の笑顔は曇ることを知らない。

「だったら、メイフェアで自分の友達にちょっかいを出せばいいだろう」

「それはもう、さんざんやってきた。今度は兄さんを手伝いに来たんだ」

「おまえの助けは要らん」ノーブルが目を細めた。こういう顔のほうが、わたしの知っている彼らしい、とマリエッタは思った。「休暇なら家に帰れ」

冷ややかな口調にマリエッタはぞくっとした。だが、ジェレミーは面白がっているようだ。彼はマリエッタをちらりと見た。「あなたは、こんなことにだまされちゃうんですか？　吹えてるだけですよ」

ジェレミーはスープの皿をパンでぬぐった。「なんで家に帰らなきゃいけないんだ？　このほうが美味いものが食べられる」

「ミセス・ロゼールに作りに来てもらうわけにはいかないのですか？」マリエッタが尋ね、からかい合っている兄弟の邪魔をした。

ジェレミーはマリエッタを見て一瞬、目をぱちぱちさせたが、やがてゆっくりと笑みを浮かべた。兄とそっくりな笑い方だ。ただし、ノーブルの笑みはマリエッタを圧倒するが、ジェレミーの笑みを見ていると、彼の陰謀に加担しているような気分になる。「つまり、それは――」

ノーブルが空いているほうの手を素早く動かし、また書き物を続けた。ジェレミーは面白がっているだけのように見える。

「つまり、何ですの？」

ジェレミーは首を横に振った。「ではミス・ウィンターズ、マリエッタと呼んでも構いませんか？」

マリエッタは自分の眉が勢いよく吊り上がるのがわかった。でもジェレミーはとてもまじめな顔をしているし、人にいやとは言わせない魅力がある。そうね、この兄弟はどちらも厄介だ。ふたりが手を組んで敵と立ち向かう姿を思い浮かべると、ぞっとしてしまう。「ええ」

「よかった。ぼくのことはジェレミーと呼んでください」

「さあ、自己紹介もすんだんだから、自分の用事をしろ、ジェレミー」ノーブルが言った。

彼は何を書いているのだろう？

「とんでもない。こっちのほうがずっと面白そうだ」

ペンを握るノーブルの手に、わずかながら力がこめられた。「今夜はアルクロフトのところへ行こうと思っている。また仮装舞踏会があるんだ。おまえにも招待状が来ている。それがすんだら、おまえとは家で会えるものと期待しているよ」

「今学期は全部〝優〟だったんだ」

ノーブルの口元がほころぶのがわかったが、顔を上げたときには、平然とした表情をしていた。「それぐらい当然だと思ってたさ。さあ、もう行きなさい」

ジェレミーがにっこり笑い、マリエッタに手を振った。「じゃあ、ふたりとも、また夜に」

マリエッタはジェレミーの足音が遠ざかるまで待った。「弟さんがいるとは知らなかったわ」

「もうわかっただろう」ノーブルは書き物を続けている。

「ごきょうだいは、ほかにもいらっしゃるの？」

「いや」

「ご両親は」

「わたしは地獄からはい出てきたわけじゃない。それがきみの訊きたいことなら」

「お元気なのかとお訊きしたんです」

彼が一瞬ためらい、文字を刻んでいたペンが止まる。「今夜、必要なものがほかにないかどうか確認しておいで。要るものがあれば、クラリスに連絡を取る」

「周りの人にだれかれ構わず命令ばかりして、飽きないんですか？」

「ああ」

マリエッタはため息をつき、さっさと二階へ上がった。


最後の羽根をしかるべき位置に差し込み、マリエッタは仮面をつけた。鏡の前でゆっくりひと回りし、いろいろな角度からどう見えるか分析してみる。自分ではないみたい。顔から上はエキゾチックな花か鳥、首から下はみだらな女性に変身してしまった。両方のスタイルが釣り合っているのかどうかよくわからないけれど、できる限りのことはした。それに変身の効果はやはり興味深いものがある。自分がそうなりたいと望めば、わたしは二種類の女性になれるということだ。

マリエッタはキッチンに入っていった。ノーブルが、客間を出たところにある書斎ではなく、ここを仕事場にしているのがおかしかった。閑散とした空間だが、この家はほかの部屋もすべて同様だ。とはいえ、キッチンのテーブルは広さがあるし、彼はあちこちに物を広げるのが好きらしい。

マリエッタが入っていくと、ノーブルは顔を上げ、彼女の全身に目を走らせた。「まあまあだな。出かける準備はできたのかい？」

マリエッタはいら立ち、一方の手で自分の脚を叩いた。「ええ。素晴らしいお世辞をありがとうございます」

ノーブルは視線を合わせて口を開いたが、すぐに閉じてしまった。目には妙な表情が浮かんでいる。それから椅子を引いて立ち上がり、彼女のほうに歩いてきた。「何か足りないな」

マリエッタは両手を腰に持っていった。「何ですか?」

「きみの目は経験不足だ」ノーブルは目を細め、彼女の目をじっと探っている。「衣装を身に着けることはできても、その効果をうまく出すすべがまったくわかっていない」

マリエッタは怒りの栓を開けないよう努力した。「なるほどね」

「マリエッタ、キスをしたことはあるのかい?」

怒りはたちまち消え去り、混乱と緊張が取って代わった。「どうして、あなたがそんなことを気になさるのか、さっぱりわからないわ」

「わたしたちは特に酒場で、ある役をうまく演じきらねばならない。それはきみもわかっているはずだ」

「わかりません」マリエッタは唇を濡らした。不安が脈を打ちながら体中に伝わっていく。

ノーブルが片方の眉をすっと上げた。「酒場がどんなところかきみが知っているなんてことは、期待しないほうがいいだろうな。だが、それも今夜限りだ」

どういう意味かと訊く勇気が出ない。だが彼にはその合図を送るまでもなかったようだ。

ノーブルが身をかがめた。「マリエッタ、人がキスしているところを見たことがあるかい？」

「ええ」

緑の瞳が濃さを増し、いつもより熱を帯びたが、それは優しさからではなく、捕食動物の興奮から生じた熱だった。

「おざなりというか……」

「ああ、そうじゃなくて、本当にキスをしているところを見たことがあるかと訊いたんだ」

あるホームパーティで、メイドと従僕がキスしているのを見たことがあった。ふたりは周りにだれもいないと思っていたのだろう。従僕はメイドを抱き、壁に押しつけていた。あれがノーブルの言う〝本当にキスをしている〟にいちばん近そうだけど。あれはかなり本物らしく見えた。

「あるわ」

ノーブルがゆっくりとほほ笑んだ。「よし。では基本から始めよう」

マリエッタは頭が真っ白になった。「基本？」

「キスの基本だ。最初からキスが得意な人間などまずいない」彼はマリエッタの全身を眺めた。「きみに生まれつき才能があるなら話は別だが」

マリエッタはばかみたいに目をぱちぱちさせた。

ノーブルの手が伸びてきて頬に触れ、彼女の頭をそっと傾けた。「キスをするときは、パズルのピースをつなげるようにすればいい。というより、何につけ、性的なことをする場合はそうだな」マリエッタの頭の中の、運よくまだ真っ白になっていなかった部分が暗くなる。

「唇をすぼめたり、だらしなく開いたままにすべきではない」

ノーブルはマリエッタの手首を持ち上げると、内側を表に向け、自分の唇のすぐ下まで持っていった。

「大事なのは、しっかりと、それでいて優しく押し当てること……」彼の唇が手首に触れ、その下で脈が激しく打っている。マリエッタは喉が詰まった。ノーブルの視線は彼女の目をとらえて放さず、じっと見つめている。「軽くじらすこと……」

わたしの肌に強烈な刈り跡をつけているのは舌なの？　熱いものがその跡をたどり、四方八方へ飛び散っていく。

「全面的に支配すること」ノーブルがしゃべるたびに温かい息が肌をくすぐっていたが、やがてその口は炎を包み込んだように熱くなった。彼に引き寄せられると、マリエッタは頭を後ろに倒し、相手の意のままになった。「気持ちよく服従すること」彼の唇が手首を優しく吸い、解放する。「雰囲気と熱気しだいで、このやり方はどれも効果を発揮する」

このキッチンはちょっと暑いわ……。

「マリエッタ、唇を開いてごらん」

無意識のうちに、彼女は口をかすかに開いていた。

「最初におざなりのキスがどんなものか味わってみる必要はないと思うが、どうかな？」

「な、ないわ」

ノーブルが同感だとばかりにゆっくりうなずき、マリエッタはその動きを目で追った。またしても魔法をかけられたような気がした。法廷弁護士の事務所へ行く途中、彼に魔法をかけられ、立ち尽くしてしまったときと同じように。

ノーブルはマリエッタの目をじっと見据えたまま頭を下げた。彼女はどうすればいいのかわからず、身じろぎもせず突っ立っている。彼の唇が彼女の唇を軽くかすめ、ぞくぞくする感覚が背筋を横切った。初めてのキスはかなりよかった。ノーブルが今の動きを繰り返し、マリエッタはためらいがちに自分の唇で彼の唇に軽く触れた。だが、軽やかな愛撫が続くことはなく、口を彼の口に覆われてしまった。すると、これまでとまったく違う感覚が訪れた。じっとしたままでいたり、だらしなくしてはいけないと言われたけれど、あまり強く押しつけてもいけないらしい。どうすればいいのかさっぱりわからない。ただ、こうして立っているると妙な感じがする。何かが足りないような……。ノーブルの手がうなじに当てられ、そばに寄るよう促された。彼はわたしの唇を開こうとしている……。マリエッタはキスのリズムと動きを感じ取り始めた。

彼の唇の周囲で自分の唇を開いたり閉じたりしようとしているものの、どうも動きがぎこちない。気恥ずかしさが胸を貫いていく。それに頭がくらくらしてきた。

ノーブルが体を引いたとき、マリエッタは彼の目に面白がっているような表情を見て取った。「マリエッタ、息をするのを忘れないように」

「あなたの唇にふさがれているのに、できるわけないでしょう？」

ノーブルはマリエッタの鼻を軽く叩いた。この場にまったくそぐわない仕草だが、今しているることはすべてこの場にそぐわない。「鼻でするんだよ。あるいは、ふたりが離れたときに口で少し吸えばいい」

離れたときに？　わたしたちは唇でつながっていたじゃないの。

「さあ、もう一度やってみよう」

「あなたなんか、大嫌い」

「わかってるさ」彼の目は、きみの言うことなど、これっぽっちも信じていないと語っている。「その気持ちをキスに生かすんだ。復讐してみろ」

ノーブルの目が挑むようにきらめいた。その背後には暗闇が潜んでいる。彼が再び顔を下ろし、唇が重なったが、今度はショックもなく、一度目よりいい気分だとさえ思えた。さっきより自然にできている。鼻で息をしてみたところ、彼が唇を重ねたまま笑っているのがわかり、向こうずねを蹴飛ばしてやりたくなった。

「うーん」ノーブルがマリエッタの唇に向かって言った。「キスのしかたを教えていて、最後にこれほど楽しませてもらったのはいつだったかな」

彼の言葉、彼の口から伝わってくる振動が、マリエッタの唇を震わせた。「こんなこと、しょっちゅうしてらっしゃるの？」ノーブルに向かって尋ねたそのとき、重ねた唇がこすれ合う様子に、彼が教えようとしていることが突然はっきりと理解できた。

「いや、しょっちゅうというわけじゃない」ノーブルがつぶやいた。彼が口を閉じ、マリエッタも今度は相手のリードに従って同じ反応を返した。毛布の下に温めたばかりのれんがを入れたかのように、ぬくもりが体の中を流れていく。このキスをうまくやってのけているなどと勘違いはしていない。でも、さっきよりも自然にこなせている感じがするし、彼も応えてくれている気がする。キスは一段と深みを増し、気がつくと、マリエッタの体はノーブルのほうへじりじりと近づき、彼の体と触れ合い、それ以上の接触を求めていた。

ありとあらゆる不思議な感覚が体の中を流れていき、腹部で渦を巻いている。まるで、先ほどまでそこでひらひら舞っていた蝶という蝶が網に捕らえられ、狭い包みの中で羽を猛烈にばたつかせているかのようだ。

最初は神経がぴんと張り詰めていたけれど、体はこれまでよりもずっとけだるく感じられ、緊張が解けた気がする。決まりの悪さがもやのように頭の上を漂っているものの、今しがたほどはっきり感じているわけではない。彼に触れたくて指が動いたが、強い意志の力だけで、なんとか手を両わきにつけたまま、酒場用の衣装をぎゅっと握りしめた。

「わたしに触れてもいいんだよ、マリエッタ」ノーブルがささやいた。「だが、その場合、当然、逆もまたしかりということになる」

マリエッタはぴくっと身を引いた。触れ合った唇はそのままに、けれども首から下は彼からすっかり離れている。彼がまたくすくす笑うのが感じられたかと思うと、うなじに添えられた手にぐいと引き寄せられた。もう一方の手が腰に回され、ふたりの体はどこもかしこもぴたりと密着することになった。ノーブルの唇が焼きごてのごとくマリエッタの唇を焦がし、物憂げな、探るようなキスから、相手を支配する、有無を言わせぬキスへと変わっていく。

ノーブルが力ずくでマリエッタの唇を開かせ、彼女は手を伸ばして彼の袖をつかんだ。もっと彼を感じたくて体を前に倒すと、歯のあいだから舌が滑り込んできた。衝撃が襲ったものの、次の瞬間、下半身に硬くなったものが押しつけられる感触を覚え、さらに大きな衝撃に飲み込まれた。ノーブルはマリエッタの舌に自分の舌を押しつけ、指でうなじをさすり、きみも同じことをしろとせき立てている。マリエッタはおずおずと彼の舌に自分の舌を押しつけてみた。妙な感覚。それから体がかっと熱くなり、変な気分になってきた。ふたりで体をこすり合わせているせいで、自分の体のありとあらゆる部分が妙な影響を受けている。

今すぐ、彼から離れるべきだ。

しかし、心とは裏腹に、マリエッタはノーブルにすがりつき、リンネルの袖をくしゃっとつかんでいる。

男性は皆、こんなふうにキスをするのかしら？　女性が貞操を失い、結婚もしないまま子供を宿してしまういきさつが、急にわかりかけてきた。そのような事態が起きる理由が。おざなりのキスなら、そのような結果は招かないだろう。でも、こういうキスなら……。

マリエッタは激しくあえぎながら体を引いた。ガブリエル・ノーブルはほほ笑み、彼女のうなじに添えていた手を滑らせ、指先で彼女の肌を焦がしながら喉をたどり、自分の体のわきに下ろした。マリエッタは胴着《ボディス》の上でむき出しになっている肌に片手を押し当てた。こんなに熱くなっていたなんて。ノーブルの目がマリエッタの目を探るように見つめ、満足げな表情が浮かんだ。

「さあ、これで準備は整った」ノーブルはくるりと向きを変えた。マリエッタは彼のあとについて外に出た。まだ頭がぼうっとしていたし、変な気分のままだったけれど。

馬車は、ハノーヴァー・スクエアにある豪奢なテラスハウスの前で止まった。玄関を通って中へ入っていく招待客。屋敷の窓からは赤々と光が漏れている。ノーブルは、今度は馬車から降りるマリエッタに手を貸し、彼女の手を自分の袖に置かせた。彼の上着が高価で上等なものであることは、その手触りで前からわかっていたし、手袋をしてきたおかげで直接触れずにすむのはありがたかった。その方面の刺激はもうごめんだわ、とマリエッタは思った。

ふたりが広間に入ると、ノーブルと似たような黒い服を着た男性がひとり近づいてきた。

「ちょうどきみの弟と話をしていたところでね。美しいお客様をお連れいただいたそうで」ノーブルがほほ笑み、頬骨が仮面を少し押し上げた。「やあ、アルクロフト。今夜のお相手を紹介させてもらおう。ミス・ローズだ。こちらはジョン・アルクロフト」

青い目がいわくありげにマリエッタのほうを向いた。「お目にかかれてうれしいですよ、ミス・ローズ。ガブリエルがわたしのつまらぬ集まりにお相手を連れてきてくれるのは、久しぶりですからね」

マリエッタはどう答えればいいのかわからず、相手が口にした挨拶の言葉をそのまま返した。パーティの主催者ジョン・アルクロフトには、一瞬ではあったが、前にも会ったことがあった。といっても人柄までよく知っているわけではない。

「あとで話がある」ノーブルが言った。

アルクロフトは首をかしげた。「一一時ごろなら抜けられるだろう。それでいいか?」

「ああ、悪いな」

「お安いご用だ。では、ガブリエル、ミス・ローズ、楽しんでいってくれ。一一時にまた」

アルクロフトがふたりを通り越して、またあとからやってきた客を出迎え、ノーブルはマリエッタを導いて屋敷の奥へ入っていった。パーティは宴もたけなわだった。皆踊ったり、おしゃべりをしたりしているし、上流社会の堅苦しいパーティよりも自由な雰囲気に包まれている。それでもマリエッタは知っている人間を何人か見つけた。正体がばれてしまう可能性のある人物が複数いる。

ノーブルの手が背中をなでた。「客のことは考えるな。きみの正体はわかりはしない」

緊張していた背中の筋肉がゆるんだ気がした。確かに彼の言うとおりだ。鏡で見たとき、自分でも、これが自分だとわからなかったほどなのだから。「こういう場は苦ではなさそうですけど、パーティであなたにお会いしたことは一度もありませんね。ダンスはなさるの?」

ノーブルは急にいたずらっぽくほほ笑み、片手を差し出した。「もちろん」

マリエッタをダンスフロアへ引っ張っていき、すでに体勢を整えていた人々の真ん中へそのまま入っていく。なんて無作法な。しかし、どういうわけか非難は受けていない気がする。理由は彼が踊れるからだ。上流社会には三種類の男性がいる。しかたなくダンスをする人。ダンスを楽しんでいるらしく、常に快く応じてくれる人。ダンスを芸術の域にまで高められる人。ガブリエル・ノーブルは間違いなく三番目に属する人だ。

まるで流れる水と踊っているかのよう。流れそのものになったかのよう。弧の描き方、ターンのしかたは毎回正確でセンスが感じられる。このような動きができるパートナーと踊ったことは一度もない。ダンスフロアでこんなふうにターンさせてもらったり、リードしてもらったり、引き立たせてもらったことは一度もない。

ガブリエル・ノーブルのような男性と出会ったことは一度もない。

彼には欠点があるのかしら？　性格的には、もちろんある。彼はたいてい意地悪だ。出会ってから数日が経ち、わたしへの態度は多少柔らかくなったとはいえ、何かにつけぶつけてくる、とげのある言葉は大目に見るわけにはいかない。でも、弟のジェレミーに示す愛情や、一緒に仕事をした人たちの様子は、彼の別の一面を物語っている。

それに、たとえ敵意を持っているとしても、わたしがだれかから傷つけられそうな状況になるたびに――たとえばケニーなり（弟にその可能性があったわけではないけれど）、監獄の囚人なり、例の法廷弁護士なり――彼は的確に行動を起こしてくれた。ノーブルのそばにいれば、守ってもらえるのは疑いの余地がない。

彼はこれみよがしにマリエッタをターンさせながらほほ笑んだ。そのとき、彼女にはわかっていた。わたしは素晴らしい踊り手に見えていることだろう。わたしの踊りはまずまずではあるけれど、わたしを最高の踊り手にしているのはノーブルだ。

再び引き寄せられ、マリエッタは彼の緑の瞳に何かを見た気がした。仮面の向こう側であっても隠しきれない表情だ。先ほどキスをしようとしたときと同じ表情をしている。体中が一気に熱くなったが、ノーブルは彼女を再びターンさせただけだった。

「わたしの質問に答えてくださらないのね」

「どの質問？」彼の体が触れた。

「こういう催しにはよくいらっしゃるの？」

「いや」ノーブルはマリエッタをくるくる回した。「アルクロフトのパーティだけだ。それに彼の仮装舞踏会は最高なんだ。彼がしょっちゅう舞踏会を開くのは、わたしが出席するとわかっているからではないかと思うことがある」

「仲がよろしいのね。あなたは、生まれつき身分のある人を嫌っているのかと思っていました」

手袋越しに、彼の筋肉が上着の下で緊張するのがわかった。「わたしとアルクロフトは昔からの友達なんだ。それに、わたしは上流階級の人間すべてを嫌っているわけじゃない」

「あなたがそうおっしゃるなら、そうなんでしょう」

ノーブルがマリエッタをターンさせた。息が止まる。彼と踊っていると、足がほとんど床に触れない。「ああ、そうだよ」

「どこで、こんな踊り方を習ったの？」

「波止場のそばさ」

マリエッタは見下すそぶりで彼をにらんでやろうとしたが、その瞬間、しがみついてしまった。頬に感じるほてり、ダンスがもたらす興奮が顔に表れているのが自分でもわかり、にらむににらめなくなる。

「母に習った。どうしても知りたいと言うなら」

「お母様とこんなふうに踊ってらしたの？」

「かつて一度だけ、ダンス教室で代役を務める必要に迫られたが、前に習ったことを応用するのは実に簡単だったよ」

「ダンス教室って、どちらの？」

ノーブルがターンをしながら再びマリエッタを引き寄せ、頭を下げたとき、緑の瞳が曇った。マリエッタは息をのみ、あのキスの練習は、本当は今ここでやる必要があるのではと、ばからしいことを考えてしまった。

音楽がやみ、ノーブルはマリエッタの腰に回していた腕を彼女の手の下へ持っていった。何がどうなっているのか気づく間もなく、ノーブルは彼女をエスコートしてダンスフロアを離れた。

賞賛の視線が自分たちに向けられているのがわかる。複数の女性が、貪欲な眼差しでノーブルをじっと見つめている。ここにいるほとんどの人が彼を知っている気がした。ごく普通の仮面を着けているのを除けば、今夜の彼は変装を試みてはいなかった。仮に変装していたとしても、ダンスフロアであのようなターンを披露したのだから、ノーブルを知る人たちの目に彼の正体が一目瞭然だったことは疑いようもない。

ふたりは軽食が置かれている場所で足を止めた。

「ノーブル」甘ったるい声がし、流行のロイヤルブルーのドレスをまとった女性が腰をくねらせ、彼の横にやってきた。「ひと月ぶりねえ。わたしたちを避けてらしたの?」

「ミセス・ダルワース。忙しかったんですよ。ご主人はお元気ですか?」

女性は片手をひらつかせた。「留守よ。いつものことだけど」

「なるほど。こちらはミス・ローズ。ローズ、ミセス・ダルワースだ」

女性はマリエッタにはろくに目もくれず、にっと笑っただけだった。「素敵な方ね。ノーブル、あなたに招待状を出そうと思っていたのよ。お茶会でご婦人方に会っていただくためにね。わたしたち、あなたの基金の後援者になってみようかって話をしているところなの。もちろん正式なお手紙は明日、送らせていただくわ。でも、その前に自分であなたにお知らせしたかったのよ。今日、お宅に寄ってみたけど、執事があなたは留守だって言うし」

「それはすごい。大至急、お返事するようにいたしましょう。皆さん、なんて素晴らしい分別をお持ちなんだ」ノーブルが魅力的な笑みを浮かべ、ミセス・ダルワースもご満悦だ。マリエッタは不思議に思った。どうしてこの人には、彼の目の奥に宿るぎらぎらした光、魅力的な笑みの裏にある激しさが見えないのだろう？　ミセス・ダルワースは彼の巧みな悪知恵にだまされているだけのような気がする。もしかすると、自分が見たいと思うものだけ見ているのかもしれない。

あるいは、彼が見てほしいと思っていることだけ見ているのかも。彼はダンスフロアで上手にターンするのと同様、いとも簡単に女性を操っている。そのことを忘れてはいけない。

「では、近いうちにお会いしましょう。おふたりとも、どうぞ楽しい夜を。根気強く頑張れば期待を裏切られることはないとわかったわ」ミセス・ダルワースが語尾を弾ませ、滑るように去っていく。

あの人はぼかした言い方をしようともしなかった。スタイルがいいし、仮面に隠された顔も美しいのだろう。それはわかっているけれど、あの人はノーブルとはうまくいかない。それがわからないのかしら？

「ああ、絶対にわかるまい。興味をそそられるのは、どうしてきみにそれがわかるのかということだ」

マリエッタが顔を上げると、ノーブルが何かを見極めるような目で、じっとこちらを見つめていた。最後のひと言を声に出していたのだと気づき、だんだん恐ろしくなってきた。

「あなたの目よ」マリエッタは答えた。

その目にたちまち鎧戸が下ろされ、マリエッタは自分をののしった。彼の心が読めるようになってきたところだったのに、その強みをふいにしてしまった。

鎧戸は突然現れたかと思うと、突然下ろされた。そこに今、見て取れるのは、面白がっているような興味深げな表情だ。「うーん。きみが引き続き、正しく推測できるかどうか、ぜひ確かめてみたいものだ。たいていの人間は、自分が見たいと思うものしか見ていないからな」

彼の意見にとやかく言うのはやめておこう。わたしだって大多数の人と変わらない。自分が見たいと思うものを見ていたい。でも、絶望的な日々を送っていると、合理的な見方や注意力が求められる。この数年、そのような日々を送ったおかげで、物事をより深く見るようになったのだ。

「勝負をしようというの？」

「挑戦だ。さあマリエッタ、わたしの挑戦を受けてみたまえ」ノーブルの声は低く、かすれており、官能的で謎めいている。だがマリエッタは、用心深そうな鋭い目に宿る真実を見た。

「受けて立ちます」

喜びと、高まる興味が、用心深さと相まっていく。「だが、あらゆる物事は単独では起こらない。その点をよく覚えておくんだな。挑戦をするかたわら、何かしら発見があったって悪くないだろう。要はきみがどう取り組むかだ」

ノーブルの手がマリエッタの背中を滑り落ち、腰のくびれに添えられた。「きみが、さっき見せてくれた欲望に身を委ねてくれることを期待しているよ」マリエッタの向きを変えさせ、自分のほうに引き寄せる。彼の脚の付け根にヒップがすっぽり納まり、背筋が一気に熱くなる。

　ふたりはかなり注目されている。でも、わたしの正体がわかる人はいるわけがない。マリエッタはそう繰り返し、自分を落ち着かせようとした。わたしは、あまりにも魅力的な男性と一緒にやってきた、どこかの女性にすぎない。

「わたしは弟がちゃんと解放されるようにしたいのです。そうなるように取り組むつもりです」

　彼の唇が耳の後ろをかすめるのがわかり、息をするのも忘れてしまった。「今夜、運がよければ、アルクロフトから裁判を遅らせる方法を教えてもらえるかもしれない。何週間か余裕ができて、ふたりで調査ができるとしたら、きみはどうする？」

　マリエッタはノーブルから離れ、彼と向き合った。怒りで言い返しそうになる。彼の笑みは物憂げで、みだらな感じがするけれど、その眼差しは……用心深く、抜け目がない。いまいましい。この人といると、一生頭痛に悩まされそうだ。

「わたしを試しているのね」

　彼は首をかしげ、マリエッタをじっと見つめた。「かもしれないな」

「だったら、やめてください。わたしは自分の仕事を完璧にやり遂げることができます。それはもう申し上げたでしょう」

　ノーブルは、マリエッタと顔の位置が同じになるまで身をかがめ、体の後ろで手を組んだ。

「マリエッタ、きみが本当に試されるのはこれからだ。さっきはキスのことで、わたしにからかわれたと思っているのかもしれないが、今夜、酒場に出かけたら、きみは変装がばれないようにうまくやらなければいけない。弟さんの運命はそれにかかっている」

マリエッタは顎をつんと上げた。「必要なことは何でもいたします」

ノーブルはまた例のみだらな笑みを浮かべたが、今度は目にも同じ表情が浮かんでいた。

「素晴らしい」


一一時にパーティをこっそり抜け出し、マリエッタはノーブルのあとから調度の整った書斎へ入っていった。壁に沿って書棚が並び、すべてのものがきちんと整頓されている。まさに質実剛健。ノーブルの取り散らかった机とは正反対だ。

アルクロフトは部屋の片隅に立っており、デカンターから三つのクリスタルグラスにかわるがわる液体を注いでいる。

「ミス・ウィンターズでいらっしゃいますね？」

マリエッタはびくっとした。アルクロフトにはノーブルと似たようなところがある。彼は振り向きもしなかった。何事も自分が望んだとおりになると思っているのだろう。だが、そうはならないこともあると予期しているのか、肩を緊張させている。

「どうしてわかったのですか？」マリエッタはノーブルを見た。ノーブルは、そういうことだとばかりにうなずき、まだ訊かれていない質問に答えた。

変装してきたはずなのに、二言三言、言葉を口にしただけで、驚くほどたくさんの人が、わたしがだれだかわかってしまう、というか気づいてしまうらしい。アンソニーもそう。ジェレミーもそう。今度はアルクロフトだ。

「ガブリエルから聞きましてね」アルクロフトは三つのグラスを器用に持って机の上に置き、反対側にある二脚の椅子を手で示した。「どうぞ」

ノーブルは椅子に座ってくつろぎ、仮面をはずしている。アルクロフトはそのときすでに仮面をつけていなかった。マリエッタも椅子に腰を下ろしたが、仮面はつけたままにしておいた。

「それで、具体的にどんな用なんだ?」アルクロフトが尋ねた。

ノーブルはグラスを手に取り、椅子の背にもたれた。「裁判を遅らせる方法が知りたい。もっと時間が必要なんだ」

アルクロフトはうなずき、ノーブルと同様、椅子に深くもたれると、体の前で手を合わせた。「圧力をかけるには議員の力が必要だ。この場合、貴族院の人間のほうがいいだろう。ただ、庶民院の議員でも、影響力のある人物ならなんとかなる」

ノーブルは首を横に振った。「影響力のある議員なら、わたしにとても大きな借りがある人物が貴族院にも庶民院にも二、三人いる。そのうちのだれかに援助を求めようと思えばできるが、それでは、わたしの依頼としてふさわしくない。それに、こちらが借りを作るなんて問題外だ」

アルクロフトがにやりと笑った。「きみは常に優位に立ちたがる。決して借りを作ろうとしない。何も変わってないな。わたしにも借りを返してもらえる人物が内務省にいる。大臣のキャセントンだ。頼んでやろうか？」

ノーブルがうなずき、マデイラ酒のグラスを回しながら、さらに体をリラックスさせた。

「それなら申し分ない。きみはそれでちゃんと借りを返してもらうことになるのか？」

「ああ。それに、はたしてこれは使える恩なんだろうかと思っていたんだ。彼はわたしの大好きな競馬の世界にはコネを持っていないし、影響力を及ぼせる範囲は、わたしよりもきみの世界にずっと近い。はっきり言って、彼と縁を切れるのは結構なことさ。本人はうまく隠しているが、債権者が訪ねてきているんだ。手形を振り出さずに借金を返せるなら、彼は喜んでそうするだろう」

「ニューマーケットの競馬で便宜を図ってもらいたいんだろう？」

アルクロフトは指を軽く打ち合わせた。「わかっているくせに」

「結構だ。どっちみち、今度の祝日にきみの頼みをかなえてやるつもりだったんだ。レースなど興味はないんだがね」

「ろくでなしめ」

「ああ、そうさ。これで願ったりかなったりだろう？」ノーブルは生意気そうににやりと笑い、アルクロフトもにやりと返した。マリエッタは言葉のわからない別の国に入り込んでしまった気がした。

「キャセントンが何と言ったか知らせてくれるだろうな？」

「もちろん」

「この件に関しては、いつもの言い逃れやごまかしはご法度だぞ」

「ああ」アルクロフトは思わせぶりにマリエッタをちらりと見た。「少なくとも、これは面白いことになりそうだ」

マリエッタは、今の状況に面白いことなど何ひとつ見当たらないと思ったし、顔にもそう書いてあったに違いない。

「あなたや弟さんを侮辱しようというのではありませんよ、ミス・ウィンターズ。法やそういったものの執行人を巧みに操り、ガブリエルが弟さんを見事解放してくれるまでの勝負が見ものだということです」アルクロフトは小首をかしげた。「ガブリエルは目の前に置かれた任務は必ずまっとうする。あきらめてはだめですよ」

マリエッタはふたりを交互に見た。「おふたりは知り合ってどれくらいになるのですか?」

アルクロフトは上流社会の一員だ。ノーブルは引けを取っていないように見えるけれど、上流階級の家庭に生まれたのではない。そこまではっきりしている。いくら気の置けない間柄であろうと、ふたりは仕事を通じて出会ったと考えるのがよさそうだ。

「ああ、もう何年のつきあいになるかな? 二〇年か?」

ノーブルがそうだとうなずいたが、マリエッタは見ていなかった。アルクロフトは面白がっているらしい。でもその理由がわからない。

「まったく謎だ、と思っているのでしょう、ミス・ウィンターズ? 謎を探りたいのなら、どうぞご自由に」

マリエッタは自分の右側を見た。ノーブルも同じように面白がっているようだが、微妙に緊張している。

アルクロフトの目つきが変わった。ノーブルがさらに緊張する。マリエッタはこの表情の裏に何が隠れているのか、知りたくてたまらなかった。「わたしがきみをイートン校に入学させてくれとデントリー卿に頼んだ話、したことがあったかな?」

ノーブルが鼻を鳴らした。「あのお涙ちょうだいの場面をまた再現したいんだろう」

「まさか、とんでもない」

ノーブルがわきにある箱形の大きな振り子時計を見た。張り詰めた緊張が、弦をはじいたようにみるみる全身に伝わっていく。「だいぶ時間を取らせてしまったな」立ち上がり、仮面の紐を再び結び始めた。「キャセントンの件は知らせてくれ。例の通りに滞在している」

アルクロフトも立ち上がり、机を回り込んでこちらにやってくると、マリエッタにお辞儀をし、一方の手に仮面をぶら下げたまま、ノーブルと握手をした。「わかった。わたしも今週中に寄らせてもらうかもしれない。確かに、この件ではジェレミーの興奮がうつってしまったな。まずは手紙を送るようにするよ。だが、わたしにできることはほかにもあるかもしれない」

ノーブルがうなずき、ふたりはアルクロフトを残して部屋を出た。

マリエッタの腰に彼が手を回し、ふたりは廊下を進んだ。舞踏室は避け、まっすぐ玄関に向かう。

「さあ、今度はわたしの女になる番だ」

8

マリエッタは馬車の中で仮面をはずした。ガス灯の明かりを頼りに、懐中鏡を見ながらにじんだ目元をぬぐっている。

「コール墨をもっと濃く入れれば完璧だ。愁いがあって、色っぽく見える」向かい側にいるノーブルは、けだるそうに座席の背にもたれた。

マリエッタは頬が熱くなった。愁いがあるとか、色っぽいなどと言われるのは初めてだ。今までの自分であれば、まったくふさわしくない表現だろう。でも、こんなふうに言われると、まんざら悪い気分ではない。胸元の大きく開いたドレスを手でなでつけ、向かいに座る男性に視線を向ける。

彼はすでに労働者の格好に着替えていた。服はぶかぶかで、引きしまったたくましい肩から垂れ下がっているけれど、わざとそういう装いをしている気がする。帽子はこの前とは別のものだ。今日はそれを気取って斜めにかぶっている。こうしておけば、目がほとんど陰になって、瞳の色を隠せるだろう。頬骨がいつもより低くなったように思える。よく注意して見ていなかったけれど、コール墨で何か細工をしたようだ。女性を振り向かせるつもりでいることに変わりはないのだろうが、今日の彼は品の悪い波止場の労働者。世のレディたちから、わたしに絶対話しかけないでときつく言われてしまうたぐいの男に見える。

馬車が角を曲がった。ふたりは親しげに振る舞わなくてはならない。「いいかい、わたしたちは情報を頭に叩き込み、パトロール隊や夜警のうち、だれが好意的でだれがそうではないか見極めるためにここに来た。もし質問をする機会をつかんだり、だれかが殺人犯の話題を切り出したら、一連の事件や犯人にまつわるあらゆる事柄について、きみは夢中になって耳を傾けなければいけない。公開処刑が行われるときは必ず足を運び、その後、自分で自分を慰めている女たちのようにだ」

鏡を握っていた手を膝に落とし、マリエッタはノーブルをじっと見つめた。「何ですって?」

彼は忘れてくれとばかりに手をひらつかせた。「とにかく夢中になっていればいい。あまり頭がいいふりをしないようにするんだな。きみには難しいことはわかっているが」

ノーブルが面白がっているのは一目瞭然だったが、マリエッタは口をつぐみ、彼のほうを見ずに鏡をしまった。話題を変えよう。「アルクロフトもあなたに借りがあるの?」

「いや。もちろん互いに頼みごとはするが、きみのためにしているようなやり方でアルクロフトの仕事をしたことは一度もない。アルクロフトの仕事はただでやる」

「じゃあ、あなたはだれかと友達になったら、ただで仕事をしてあげるの?」

「わたしと友達になれると期待しているのかい、マリエッタ?」やはり彼は面白がっているらしい。答える機会も与えてくれなかった。「アルクロフトは陰謀や噂話を楽しむ男でね。ジェレミーもそうだ。あのふたりはきっと邪魔をしてくる。もし、うるさくまとわりついてきたら、追い払ってしまえばいい。ふたりとも、わたしの仕事のやり方を知っているし、自分もかかわれるよう、精一杯努力をしてくるだろう。まるで、よちよち歩きの幼児が、自分がどこまで歩けるか確かめようとするみたいに。子供じゃあるまいし」

グレヴィル・ストリートとホワイト・スタッグから道を一本隔てたところで馬車は止まった。こんな格好をしているのだから、酒場の前で高そうな馬車から出ていくのはまずいのだろう。ノーブルは御者としばらく話をしていた。

マリエッタは深呼吸をした。

それから、ノーブルがマリエッタの肩に腕を回し、マリエッタがノーブルにもたれかかり、ふたりは角を曲がって酒場を目指した。ケニーが捕まったあの酒場へ。マリエッタの頭に突然、恐ろしい考えが浮かんだ。

「ミスター・ペナーが来ていたらどうするの？」

「今日はウィンザーのある団体が主催する表彰式に出られるよう手配をしてやった。パーティは夜通し続く。今晩は、店が開いてる時間には絶対に戻ってこられない」

一気に安堵がこみ上げる。ノーブルは先の先まで考えていると感心せざるを得ない。そして、あらためて考えた。彼はどうしてこの仕事をしているのだろう？　どうして、お金にならないのに、わたしが依頼したような事件を引き受けているのだろう？　恩を返してもらう時期が来て、将来の地位を得る足掛かりを得られるのだとすれば、無報酬の仕事を受けるのもわかるけれど。わたしの依頼を引き受けたのは、わけがわからない。

店に入ると、人の多さにびっくりした。こんなにたくさんの人がひとつの空間にうまく収まるとは知らなかった。ケニーがここに引き寄せられたのも無理はない。マリエッタが人に押しのけられると、ノーブルは温かい腕でさらにしっかりと彼女を抱き寄せた。

ふたりがあるテーブルの横を通りかかったとき、ちょうどその席が空いたのは、まったくの幸運だった。実際には人目につく位置にあるので、最上の席とは言えなかったが、さまざまな集団がどうつきあっているのか、じっくり見極められる場所だ。部屋の隅からはだいぶ離れていたものの、ありがたいことに壁際だった。ノーブルが二脚ある椅子のひとつを引っ張ってきて、もう一脚の隣に並べ、ふたりは入り口のほうを向いて座った。

ノーブルはマリエッタのほうに身を傾け、彼女の顎を少し持ち上げた。「覚悟はいいかい、マリエッタ?」

マリエッタはごくりと喉を鳴らした。ケニー……。わたしがこんなことをしているのはケニーのため。ここで、わたしの正体に気づく人はだれもいないだろう。それに、わたしにはもう守るべき未来はない。酒場の騒音が、規則正しく鼓動する自分の心臓の音と重なってぼやけていく。鼓動が激しくなるだろうと思っていたけれど、心臓は何かを期待して、ただどきどきしているだけだった。

マリエッタはぎこちなくうなずいた。

「笑ってごらん」ノーブルの指先が顎のラインをたどってうなじに至り、そこから首を回って鎖骨のあたりをなでている。慰めるような軽い触れ方だが、こうしていると、彼のほうにいっそう体を傾けてしまう。

　わたしが〝愁い《スモーキー》があって、色っぽい《センシュアル》〟だなんて、ばかばかしくて笑ってしまいそうだ。それは彼が発散している魅力であることはわかりきっているのだから……。ノーブルの視線に釘づけにされ、目をそらせなくなったマリエッタは、Sのつく言葉をさらに思い浮かべることしかできなかった。ぼう然《スタニング》、性的《セクシャル》、罪深い《シンフル》、強い《ストロング》、不　動《ステッドファースト》……。そのとき突然、ノーブルが軽く笑った。そうでなければ、さらにいろいろな言葉を連想していただろう。

　彼の目が前よりもいたずらっぽい表情に変わった。「これはうかつだった。この格好で、今の触れ方はいけなかったな」

　ノーブルは手をいきなりマリエッタの太ももに移し、脚をなで始めた。飛びのきそうになる彼女の体を指先で押さえ、動かないようにしている。

「ほら、だめだろう。わたしたちは役を演じているんだ。忘れたのかい？」

　彼の指が太ももを上下になでる動作を繰り返し、ドレスの裾がせり上がっていくと、マリエッタの笑みが引きつった。足首が目に入り、理性が反抗する。さらに、ふくらはぎ、膝頭……。彼の指先がドレスの下にももぐり込み、膝のあいだに入っていく。マリエッタは反射的に彼の手をぴしゃりとはたき、ドレスを引き下ろした。

　ノーブルが耳障りな声で笑った。マリエッタの耳には聞きなれない声だった。それにまったく彼らしくない。と思った瞬間、ノーブルは彼女をぐいと引き寄せて激しくキスをし、ぼう然とさせた。先ほどのキスのように、官能的な支配にさりげなく屈したというのではない。このキスはぞんざいで、もっと荒々しくて、さりげなさと呼べるものがまるで欠けている。しかし、役作りの手段としてこんなことをしているのは明らかだとしても、やはり彼の行為は胸をどきどきさせ、頬を熱くさせる。はっきり言って、彼のキスに下手なキスなどあり得ないのだろう。わたしにはたいした経験はないけれど、直感は時としてうそをつかない。

実は、この役柄にはなりきるのがちっとも苦にならない部分がある。

マリエッタが顔を上げると、テーブルの向こう側に女給が立っていた。こんなに早く客の群れを抜けてくるなんて、感心してしまう。女給はマリエッタと同じような格好をしていた。ドレスに体をぎゅうぎゅうに押し込み、豊満な胸がはみ出さんばかりにボディスを押し上げているが、顔つきはきつく、目の周りと口元にはしわがくっきりと刻まれている。

「ご注文は？」

「エールをふたつ。きみのおすすめなら何でもいいよ」ノーブルは気取った表情を浮かべ、閉じかけた目で女給を見ている。

女給は片眉を吊り上げたが、目つきをほんの少し和らげた。まるで、あなたみたいな男に弱いのよと言いたげに。「はい、ただいま」ノーブルにウインクをし、マリエッタにはほとんど目もくれない。

ノーブルは椅子にもたれかかり、マリエッタの背中に回していた腕を広げた。彼がまつ毛の下からみだらな視線を投げかけると、それが見せかけだとわかっていても、マリエッタは肌がかっと熱くなり、つま先を丸めてしまった。先ほどノーブルは馬車の中でこう言ったのだ――わたしは労働者になり、きみが演じる酒場のかわいい女のドレスに手を忍ばせようとする。そして、どうにかこうにかきみを口説く。一、二杯飲めば、その後、きみが外の路地のどこにいようが、だれも知ったこっちゃない。

そんなこと、想像するしかない。

ノーブルがさらに身を寄せてきたので、ふたりの肩が触れ合った。彼の頭は沈み込むようにマリエッタの頭のほうに傾いている。彼はまたあんなことをしようとしているんじゃないでしょうね？　人目にさらされている感じがして落ち着かなかったが、ほんの少しわくわくしている自分にぞっとした。横目で観察すると、常連客の一部がこちらにちらっと目を走らせた。

「何をしているの？」マリエッタがささやいた。「わたしたち、これでもう落ち着いたんでしょう？」

「ほかの客の目につかないようにしているんだ。ただし、こういうことに興奮する助平野郎の目は除いてだが」

「何ですって？」

ノーブルは店の片隅を顎で示した。動き回る人たちのあいだから、体を絡ませている男女が垣間見えた。ふたりの唇はひとつに溶け合い、手が動いている。だが、だれも気にしてはいない。

「わたしたちは、あんなことしていないわ」

ノーブルは無遠慮に笑い、今回は温かみのある豊かな声が響いた。

ほどなく、ふたりの飲み物がやってきた。こんなひどいエールは飲んだことがないと思ったものの、マリエッタはしかたなくちびちびすすった。

ふたりはエールを飲みながら、あれこれささやき合い、常連客を観察した。観察ばかりしすぎたときには、ノーブルは折を見てマリエッタを引き寄せ、われを忘れさせるようなキスをした。

彼の戦略は功を奏したらしい。ふたりは最初こそじろじろ見られたが、それがすんでしまえばもう、ほとんど無視されていた。

この店の客の序列が明らかになってきた。カウンターにたむろする男たちは、何人かの中心人物、すなわちリーダーたちの周りに群がっており、そのすぐわきで、お気に入りと思われる数人の取り巻きが得意げに顎をつんと上げている。ほかの男たちは、リーダーたちの気を引こうと競い合ったり、熱心に耳を傾けたりしている。

テーブル席にいる男たちのすみ分けは、もう少し民主的らしい。いずれにせよ、支配権を握っているのはやはり、カウンターに群がる中心的集団だ。このカウンターこそが、客がじかに質問をすることなく情報を得られる場所であり、そこに陣取る男たちは、いちばん欲しい商品は〝聴衆〟だと言わんばかりの顔をしていた。

それについては、ノーブルの巧みな指で指摘されるまでもなく、マリエッタにも理解できていた。やがて、すでにカウンターに陣取っている一団と似たような格好をした別の集団が割り込んでくると、そこは賞金を狙ってふた組のチームが争うかのような様相を呈した。

ノーブルはマリエッタのほうに身を傾け、首に鼻を押しつけてきた。彼女がびくっとすると、手をつかんで言った。「マリエッタ、緊張しなくていい。カウンターの端のほうにいるふたりの男をよく見てごらん。集団を率いている男のことだ。目立たないようにな。頭を少し後ろに倒して。よし、それでいい」それから、頬を彼女の喉元にこすりつけ、そこをキスでたどっていく。そのあいだ、マリエッタは何も考えることができなかった。首筋の脈を打っているあたりに唇を押しつけられると、視界の中にいる男たちが揺らめいて見えた。「だめだ」彼がささやいた。「目を閉じてはいけない。何が見えるか教えてくれ。声を落として」

「緑の服を着た男が――」息が詰まる。「青い服の男と言い争ってる」

男たちの会話がふたりのほうへかすかに漏れてきた。人が移動し、ざわめきがかすんでいく。店のほかの客も皆、今起きていることにひそかにかかわっていたいと思っているかのように。

「あんたが治安判事に任命されていようと、自分に何ができると思っていようと構わんさ。あの地域を牛耳ってるのはおれたちだ」

「今のはだれが言った?」ノーブルがマリエッタの耳元でささやき、手を彼女のわきに持っていって、親指で胸に軽く触れた。

「緑」マリエッタは絞り出すように言った。

「夜警のくせに、まるで自分の地域を仕切ってるみたいな言い草だな」

胸に触れているノーブルの親指がゆっくりと円を描き始めた。ドレスとコルセットとシュミーズ越しではあったが、これでは薄くて、動き回る指のぬくもりや手のひらの熱を通してしまう。「青……」彼の指が胸の先端をかすめると、言葉が喉に詰まった。

「しっ、静かに」彼は耳の下に唇を寄せてささやいた。「青いやつが言ったんだな。緊張しないで、しっかり見るんだ。ちゃんと聞いているから」

そんなこと、できるとは思えない。あらゆる憤り、娘らしい美徳は酒場の扉から飛び去ってしまった。マリエッタはゆらゆら身をくねらせ、ノーブルにぐったりともたれかかった。かつてサーカスの余興で見た、魔法をかけられたヘビのように。なんとか目を開けていようと頑張っているが、彼の唇が喉、耳の下、顎の下を愛撫していき、彼の手が円を描くにつれ、渦巻く熱が広がっていく。

「マリエッタ、しっかりするんだ」ノーブルの手が胸を滑り落ち、脚のあいだをなでた。マリエッタはぱちっと目を開けた。彼が太ももに手を置き、その触れ方は、この時点ではいちばん罪がなさそうに思えた。

「治安判事なんて、くそ食らえだ。何でもかんでも指揮できると思いやがって。あんたらはホルボーン(ロンドン法曹界の中心地。裁判所の所在地)でおとなしくしてればいいんだ」

「おいサム、夜警の連中が愚痴ってるから聞いてやろうぜ。これじゃあ、あの路上の喧嘩で、哀れな夜警さんたちは何の助けも要らなかったのかと勘違いしてしまうよなあ」マリエッタはかろうじて意識を集中させ、青い服のリーダーが振り返って、取り巻きのひとりにそう伝える様子を見た。

緑の服を着たリーダーは、はた目にもわかるほど気色ばんだ。肩をいからせ、鼻の穴をふくらませている。彼は一歩前に出た。「あの乱闘で力を貸したみたいな言い方だな。あんたらが邪魔をしたんだ。デイヴィーの夜警団が争いを止めていたのに。あんたらが事態を悪化させたんだ」

青い服の男も前に出て、両者の鼻先を隔てる透き間はわずか数センチになった。「おまえらはホルボーンの縄張りに危険なほど近づいている。忘れちゃいないだろうが、あそこはわれわれの管轄だ」

「忘れるわけないだろう？　あんたらが年がら年中、ぐずぐず文句を言ってるからな。まるで縄張りの境界線で巣作りをしているママを恋しがるみたいにさ」緑の服の男が意地悪くにやりと笑う。

「いつまでも自分は有能だと思っていればいい。こっちは引き続き楽しませてもらうよ」青い服の男も、言葉は穏やかだったが、それとは裏腹にこぶしを握りしめている。

「どうかしたのか？」口論に新しい声が加わった。ノーブルの唇が首から離れ、マリエッタは一時的に解放された。ノーブルの髪が彼女の顎をくすぐったかと思うと、彼が新しく入ってきた男をちらりと盗み見た。

背丈は人並みだが、身のこなしのおかげで実際より背が高く見える。男は自分より体格のいい数人の男たちのわきに立った。背は彼らより低くとも、この男にはどこか独特の雰囲気がある。必ずしも感じがいいとは言えないが、それでも堂々としている。

「ほら、おいでなすった」緑の服の男がうめくように言い、夜警仲間とジョッキをぶつけ合った。

「ミドルセックスで重大犯罪が起きるのも無理ないな。酒を飲むのに忙しすぎて、パトロールができないってわけか」新しく入ってきた男が言った。

「おい、あの犯人はもう捕まっただろ。しかも、おれたちの仲間が捕まえたんだ。あんたが捕まえるところは見なかったが、あれはあんたの仕事じゃなかったのかい、捕り手さんよ？あんたはご褒美を集めて回ってるんじゃなかったのか？」緑の夜警はふんぞり返り、体でも相手をあざけっている。

ノーブルの手をつかんでいたマリエッタの手にぐっと力が入り、ノーブルは慰めるように彼女の背中を抱きしめた。つまりふたりは、夜警、治安判事に任命されたパトロール隊、ボウ・ストリートの捕り手でいっぱいになった酒場の中にいる。そして、三者は有利な立場に立とうと画策しているというわけだ。

ノーブルが体を動かし、再び耳元で言った。「これぞ願ったりかなったりだ。緊張しなくていい」

「あいつは運がよかったんだ。もしペナーがどうしても小便がしたいと思わなかったら、犯人を見つけることはなかったんだからな」

「運と呼びたきゃ呼べばいいさ。だがな、捕り手さんよ、栄誉を手にするのはあんたじゃない。それに、パトロール隊もこれであと数日、治安判事のご機嫌取りを続けるはめになってるんだ」緑の服の男が言った。

青い服の男とパトロール隊たちが気色ばむ。

「殺人犯ひとり捕まえたくらいで勝てると思ってるのか？　ボウ・ストリートの力を止められるとでも思ってるのか？」

この捕り手には確かに威厳がある。でもそれは、無理やり押し出している威厳だ。たとえて言うなら、有能な男が常にそれを身をもって証明する必要に迫られている、といったところだろう。

「おっと、〝ボウ・ストリートの力〟ときたもんだ。聞いたか、ジョー？　おれたちは〝ボウ・ストリートの力〟を見せつけられているらしい」緑の服を着た夜警は、青い服のパトロール隊のリーダーに向かってにやにや笑った。

「恐ろしくてがたがた震えちまうな」

「われわれ捕り手の怒りは買わないほうが賢明だぞ」この男は愚か者か危険人物のどちらかだ。どちらなのかは、まだわからないけれど。

「こんな教育のある紳士とご一緒できるなら、いつでも大歓迎だよなあ、みんな？」

状況は一変し、それまでいがみ合っていたふたつの集団は、共同戦線を張るようになっていた。でも一ポンド賭けてもいい。この捕り手が店を出たら、この人たちはまた激しく言い争うのだろう。

「ほら、見てみろよ。あんたには、ああいうお楽しみは絶対に味わえないんだろうなあ。美味いエールと、いい女」マリエッタは、その男が店の片隅にいる男女のほうを指差し、次にまさに、自分とノーブルを指差すのを目の当たりにした。

捕り手はマリエッタをじっと見つめ、目を細めた。ノーブルは彼女の太ももに指をかけ、再びそこをなでると同時に、耳たぶを唇で挟んで引っ張った。

マリエッタは背中をそらしてあえいだ。捕り手が口元をゆがめ、顔をそむける。

「おまえらは、水みたいに薄い酒と梅毒病みの売春婦を楽しめばいい」

もうろうとしていたマリエッタの頭を激しい怒りが貫いた。わたしは売春婦でも梅毒病みでもない。〝いい女〟と言ってくれた緑の男の評価は急上昇。かたや捕り手の評価は地の底まで下落した。

捕り手が給仕の女性を見てせせら笑うと、男たちが怒りだし、大騒ぎになった。

「ベッツイを笑うんじゃない!」

ノーブルがマリエッタの喉に向かってくっくっくっと笑い、温かい息が肌に当たってそこをかすめていくのが感じられた。彼は顔を上げ、椅子に深く座り直し、騒ぎを見物した。マリエッタはグラスをつかみ、エールを素早く数口飲み込んだ。

「ベッツイ、どうなんだ?」捕り手は給仕の女性を上から下までじろじろ見た。おれが欲しいんだろう、と目で語りかけている。

ベッツイは、コール墨を入れた険しい目を細めた。「みんな、こそこそ噂してるよ。あんたのあれはイモムシみたいなんだって。そんなにちっちゃい餌じゃ、病気もなかなか食いつかないね」

マリエッタはエールを噴き出した。ノーブルが背中を叩いてやる中、ベッツイの切り返しに店の客がどっと笑った。

「そう来ると思ったよ。さすがこの店のレディだ」捕り手は奥に移動し、椅子に腰かけた。店内にくまなく目を走らせ、すべての客を評価しながら動きを観察している。マリエッタはだんだん落ち着かない気持ちになってきた。

パトロール隊と捕り手がやってきたせいで、常連客は外へ押し出されていた。

「行こう」ノーブルがマリエッタの耳元で言った。彼女を軽くつついて立ち上がらせ、ふたりは混み合う店内を人を縫って進んだ。それまで座っていた席がたちまち背後に遠ざかっていく。

扉を通り抜ける際、マリエッタは、ふたりを目で追う捕り手の最後の視線をとらえた。

酒場を出るとすぐ、ふたりはありとあらゆる人たちと話をし、それからあちこち歩き回って、街のスリ、パトロール隊、売春婦からも話を聞いた。そのほとんどは何も目撃しておらず、逮捕の場面を見たという者がいくらかいるだけだった。そして、午前一時近くになってようやく、貴重な人物が見つかった。

すきっ歯のデイズという売春婦は、ジンとセックスのにおいをぷんぷんさせながら、ノーブルの全身をじろじろ見た。「ああ、別の男を見たよ。ふたりを見下ろして立ってたんだ。殺された女と、捕まった男をね」

マリエッタは凍りついた。腕は一晩中そうしていたかのように、ノーブルの腕に絡ませたままだ。

「どんな顔をした男だった?」興味津々といった感じの口調だったが、それと同時に彼の声が緊張で震えているのがマリエッタにはわかった。

「よく、思い出せないねえ。でも、髪は黒っぽくて、着ているものも黒っぽかったよ」

「また会ったら、わかると思うかい?」

売春婦がにやりと笑い、歯の透き間からマリエッタのほうに漂ってきたにおいは芳しいどころではなかった。

「たぶん、無理だね。あたしが見た限りのことで言えば、あんただった可能性もあるだろう」

「どうして自分が見たことを夜警に伝えなかったの?」マリエッタが尋ねた。

売春婦はそのとき初めてマリエッタを見て、目を細めた。「おやまあ、お高くとまった言い方だねえ、女王様《ユア・ハイネス》」太ももを叩きながら自分の冗談に笑っている。「そういう気取った態度は改めたほうがいい。まあ、お高くとまった女に金を払う男もいるだろうけどね」

売春婦は再びノーブルを見た。「もう、解放しておくれよ」

ノーブルはマリエッタの腕をきつく握った。彼女の歯切れのいい話し方は何の役にも立たなかったものの、売春婦はすっかり酔っ払っているので気にしていないようだ。マリエッタはもっと穏やかな口調でもう一度、訊いてみた。「どうして夜警に伝えなかったの?」

「あたしが見たのはそれだけ。ほかに何があるっていうんだい?」売春婦はげらげら笑った。「もう仕事に戻らせておくれ。話す以外のことがしたいんじゃなければね」

ノーブルはデイズにコインをやった。ほかの人たちにあげた額よりずっと多い。あの人たちのほうが精神的にまともだったけれど。そして、デイズは足を引きずって去っていった。

「彼女に頼んで、夜警に言ってもらいましょうよ。そうしたら、警察はケニーを釈放するしかなくなるし、少なくとも、彼女の証言を証拠として裁判に提出せざるを得なくなるわ」

去っていくデイズを見守っていたノーブルが振り返った。「ばかなことを言うんじゃない。裁判所に行ってケニーは無罪だと説明したところで信じてもらえないのと一緒で、デイズの話など信じてもくれないさ」

「でも証言してもらったっていいでしょう? 彼女の話はケニーが言っていたことと一致するし――」

ノーブルはマリエッタの腕を放し、向き合って彼女の顎を持ち上げると、頭をそっと傾けさせて目を探るように見た。「いくら弟を釈放してもらいたいがためとはいえ、彼女を確かな情報源だと主張しようだなんてさすがだな。だが、たいていの人間は、デイズのような酔っ払った売春婦の話は信じない。これが二週間前だったら、きみは信じたのか?」

マリエッタは目をしばたたいて彼を見た。「わからない」二週間前なら、売春婦のことなど――酔っ払いだろうが、しらふだろうが――考えたかどうかさえわからない。「事情が違っていたら、わたしが街角に立っていた可能性もあるわ」マリエッタは喉をごくりと鳴らした。「というより、事態が思うように進まなければ、これからだってそうなるかもしれない。もし売春婦になったら、自分の話をだれかに信じてほしいと思うでしょうね」

ガス灯の明かりでノーブルの目は陰になり、その表情を読むことはできなかった。「マリエッタ、きみは――」

「胸を打つ光景だな。ポン引きと恋人《レディ》が一緒に夜の街に立っているとは」

ふたりが振り向くと、先ほどの捕り手が角に立っていた。デイズは慌てて逃げていったに違いない。マリエッタは、ノーブルが身をこわばらせるのがわかった。

捕り手はふたりに交互に目を走らせた。「さっきからずっと見張ってたんだ。例の殺人犯のことで面倒を引き起こすつもりなのか？　迷惑行為のかどで逮捕すべきかな？　それとも、もっと大きなたくらみをあばくべきなのか？」

「あんたには、おれたちを逮捕する理由がないだろう」ノーブルが頭を傾け、目が陰になった。

捕り手が大またでやってくる。「理由など、たいして必要ない」

「ボウ・ストリートの捕り手といえども、証拠は必要だし、あんたにはものすごく必要なんじゃないかと思えるが。そういえば、あんたがこの前、手がけた事件では、ちょっと問題があったんだよな」

捕り手は少し手前で立ち止まり、目を細めた。「わたしは綿密に証拠書類をそろえてすべての事件を立証している。わたしが提出する証拠にはいっさい問題はない」

「あんたは雇われたばかりだというのに、五〇〇人以上逮捕し、手柄を自分のものにしている。違うかな？」

捕り手の目つきが鋭くなり、マリエッタは激しい不安を覚えた。どういうつもり？　ノーブルは大金持ちだけど、ボウ・ストリートの捕り手が相手では面倒なことになるかもしれない。

「どうやらおまえのほうが分がいいようだ」捕り手が言った。「名前は何という？」

「テレンス・ジョーンズと申します。何のお役にも立てませんが」ノーブルは茶化すようにお辞儀をした。

「なるほど、油断のならないやつだ」捕り手は不愉快そうに言った。「なぜ、ミドルセックスの殺人事件に関心がある？」

「連れが興味を持ってるんだ。こいつの好奇心は全部満たしてやろうと思ってね」

マリエッタは無理やりほほ笑んだ。捕り手はうんざりしたような視線を投げ、背を向けたが、くるりと向き直り、彼女を見つめた。

「それで、彼女の名前は？」

鼻持ちならない、いやな男。わたしには直接、訊こうともしない。まるで、女はふたつとまともなことは考えられないと言わんばかりだ。

「コーネリア・ジョーンズ。といってもゆきずりの関係だがね」けだるげな姿勢とずるそうな表情で同じく鼻持ちならない放蕩者を演じているノーブルがにやりとした。

捕り手は目を細め、射るような視線で引き続きマリエッタをじろじろ見た。「それが本当の名前とは思えん。だが、おまえらのどちらにも二度と会うつもりはない。わかったか？」

「もちろんですとも、閣下」

捕り手は身をこわばらせたが、向きを変え、去っていった。

マリエッタはふうっと息を吐き出した。「あの人、わたしの正体に気づいたんじゃないかしら。どうしてかわからないけど、目が何かを語っていたわ」

ノーブルは演技をやめ、背筋を伸ばして目を細めた。「ああ。案の定、アーサー・ドレスデンはまだこの事件に興味を持っている。やつが動いただろうとは思っていたが、自分が解決していない事件をそのまま見逃すことはあり得ないという話はきっと本当だ。これで、われわれの仕事はさらに難しくなったな」

アンソニーが名前を出す前から、マリエッタはドレスデンの噂を聞いていた。彼はしつこい捕り手として知られている。食いついたら絶対に放さない、テリアのような男。どんなことをしてでも、必ず平和と正義をもたらそうとする。融通のきかない捜査官とのことだが、情報を引き出す作戦が強引だとして、当局からたびたびけん責を受けていた。だが、悪者が罰せられ、人びとが救われる限り、目的のためには手段を選ばない捕り手として評判になっている。

　あいつには目をつけられたくない、と思われるたぐいの男。

　しかし、それを言うならノーブルも一緒だろう。ドレスデンは自分の道徳的規範にそぐわないという理由だけで、人を近場の牢獄へぶち込んでしまいたいと思っているようだが、ノーブルは、ほかにもいろいろな面でドレスデンよりはるかに危険な男だ。

　ノーブルが急に首をかしげた。

「何をしているの？」

「何か聞こえた気がしたんだが」彼は頭を横に振った。「何をしているかという点に関して言えば、そういえばさっき、きみがこれから先、夜をどこで終えることになるかという話をしたっけな」

　肌がぞくぞくする感覚が、速まる鼓動と重なった。

　長い指がマリエッタの頬に触れる。「酒場のテーブルの上？　路地の壁に押しつけられているだろうか？　それとも、窓を全開にした馬車で風を受けながら通りを疾走し、最後までわたしに馬乗りになっているとか？」

　マリエッタはつばを飲み込み、さらにもう一度、ごくりと喉を鳴らした。

「うん、どの場面もいいな。いずれにせよ、きみは頭を後ろに倒し、このなめらかな長い首をわたしにさらしている」ノーブルの指が喉のわきをたどっていく。「マリエッタ、きみの目は前よりもずっと愁いと色気が増してきた。表情を作っているというより、内なるものが表に出てきたという感じだ。知識が成熟し、大輪のバラになるとどうなるか、確かめてみないか？」

そのとき、くぐもった叫び声が闇を震わせ、ノーブルはマリエッタを引っ張って背後に隠した。叫び声は暗闇と化した通りから聞こえてくるらしい。マリエッタを背中にぴたりと寄り添わせたまま、彼は前に進んだ。通りに通じる路地までやってきて、ようやく声の主がわかった。

ひょろりとした男が女を脅し、殴った。それが一発目でないことは明らかだ。ガス灯のかすかな明かりで見ると、女の顔の右側は腫れ上がり、傷ができている。

ノーブルが動きだすのがわかった。ボキッといやな音が路地に響き、ひょろ長い男がわめき声を上げた。

ノーブルはそのわきに立ち、相手の腕に触れただけで疫病をうつされてしまったかのように、手をズボンでぬぐっている。「腕はお気の毒だな」

男が体当たりをしてきた。

またしても、ボキッと不自然な音が響き、マリエッタは思わず顔をしかめた。

「もう一度やってみろ。この先、三カ月、おまえが手を使わずに食べるところが見られるかと思うと楽しみだ」ノーブルは男のほうに身をかがめた。攻撃されるほどの距離ではないが、相手を壁のほうに後ずさりさせられる程度には近づいている。「おまえの住所を突き止め、喜んで食べさせてやるよ、ひと口ひと口な」

男は腕を押さえ、よろよろしながら路地から去っていった。足音が遠ざかるとあたりはしんとなった。

「あんなことしちゃいけなかったのに」女が言った。「ユージーンも、今は死ぬほど怖がってるだろうけど、それが治まればかんかんに腹を立てるよ」顎が震えている。

ノーブルはカードを指に挟んで差し出した。「さあ、ここへ行くんだ。ペグに相談してごらん。彼女が力になってくれる」

女はカードをつかんだ。慎重に考えているような目。その表情には何の信頼も見て取れない。それから女は向きを変え、先ほどの男と同じ方向へ姿を消した。

「あの人、行くかしら？」マリエッタは尋ねた。ショックでまだ身動きができなかったが、女の目に宿る表情を見たら、ふと訊いてみたくなったのだ。

「かもしれんな。行く者もいれば、行かない者もいる。だが、人はだれかの助けを必要とするはずだ。さあ、おいで」

ガブリエル・ノーブルが手を伸ばし、マリエッタはその手を取った。

9

一週間後、ノーブルはテーブルの向こうにいる彼女を挑むように見つめていた。

「あなたには任せておけないわ」

「傷つくな。これまでふたりで一緒にやってきたというのに、わたしにはこんな簡単な仕事もできないと、本当に思っているのか？　きみが絶対に開かないだろうと思っていた場所の鍵を、わたしが開けてやったというのに？」

あれから一週間、ふたりはクラーケンウェルおよび周辺地域を訪れて過ごした。聞き込みをし、〝借り〟を返してもらい、もう一度コールドバス・フィールズへ出向き、ケニーと面会した。

弟は絶望で伏し目がちになり、口がへの字にゆがみ、前よりいっそうまいっているように見えた。

アルクロフトのコネと厚意のおかげで、キャセントンが期待に応え、裁判は二週間延期された。つまり残りあと一週間。時間はどんどん減っていく。

「確かに、コールドバス・フィールズへ入れたことはそのひとつね」マリエッタは認めた。

「でも、それとこれとでは話がまったく違うでしょう」

彼の目に楽しげな表情が浮かんでいるのがわかり、マリエッタはうれしかった。ふたりは少し前に、捕り手のアーサー・ドレスデンに再び遭遇したのだが、そのときのノーブルの様子は、あまり快活とは言えなかったのだ。「マリエッタ、召使なしで、わたしがどうやって暮らしていると思っているんだ？」

「そうねえ、ガブリエル」今週に入り、夜はたいがい変装をして出かけ、彼と唇を絡めて過ごしていたのだから、いつまでもミスター・ノーブルと呼ぶのはばかばかしい気がした。

「あなたがなんとかやっているのは、敬愛するクラリスとミセス・ロゼールがうまくやりくりしてくれるおかげだと思いますけど」

「そうなのか？」

「ええ、そうよ」

ガブリエルは椅子にそっくり返り、物憂げにほほ笑んだ。「じゃあ、賭けてもいいんだな？」

挑戦を受けるなんて願ってもないことだ。つらい一日を過ごしたあとだけに、マリエッタには気楽な冗談を続けることがどうしても必要だった。あまりにも惨めなケニーの姿を目のあたりにしてきたあとだけに……。「ええ。あなたが火を使って何を焼けるのか、急に興味がわいてきたわ」

「焼けるかだって？　まあ、いいだろう」

「さあ、白状なさい」マリエッタはあざけるように言った。「あなたの食生活はひどすぎます。わたしはずっと見てきたんですからね。あなたは栄養のある食事をきちんと取らず、お茶や、あの胸が悪くなりそうなコーヒーばかり摂取しています。ミセス・ロゼールのスープとシチューは、実際とても美味しいし、あれがなかったら、あなたは今ごろすっかりしおれてコーヒー豆みたいになっていたでしょうね」

「そうなのか？」

「ええ」マリエッタは力強くうなずいた。「もしかすると、三度の食事はわたしが作るようにするべきかもしれないわ」

「男心を狂喜させるようなことを言ってくれるな」

「わたしのために力を尽くしてくれるつもりなら、あなたは体力を維持しておかないといけないんです」

ガブリエルの椅子の脚がキッチンの床をガタンと鳴らした。彼はマリエッタと触れんばかりに身を乗り出してきた。「マリエッタ、きみのために尽くしてほしいのなら、そう言えばいいじゃないか」

口の片側だけでにやりと笑うガブリエルに見据えられ、マリエッタは頬がかっと熱くなった。「ケニーのために尽くしてほしいの」

「いや、それはいちばん気が進まないな。きみのためでなければ、だれにも尽くさない」ノーブルはまた少し椅子を後ろに傾けた。

マリエッタは鼻を鳴らした。「とても信じられない」

「わたしは引っ張りだこなんだぞ。うそじゃない」

ガブリエルの口調は平然としていた。マリエッタはもう一度、彼についてあれこれ考えた。ガブリエルは必要とあらば、いつだって女性の注目を利用する。でも、直感的にわかってしまった。彼は注目されるのが好きではない。不思議ね。これまで社交界で、おしゃべりな気取り屋には会ったことがあるし、親分気取りの横柄な男、放蕩者、道楽者、おしゃれな伊達男を何人も見てきたけれど、皆、女性からの注目を大いに楽しんでいた気がする。というより、自分は注目されていると、せいぜい横柄な態度を取っているだけに思えた。ガブリエル・ノーブルも確かに横柄な態度を見せるけれど、それは何かほかのものを隠している。何かもっと深いものを。

「じゃあ、話は決まりね」マリエッタは言った。「今夜、あなたが腕試しをして、うまくいかなかった場合、これからはわたしが三度の食事を作ることにしましょう。そうすれば、ミセス・ロゼールに何もかも頼らなくてすむわ。ただ、彼女の美味しいスープとシチューはこれからもごちそうになれたらいいと思うけど」だって、あまりにも美味しくて、あきらめるのは惜しいもの。ただ、わたしがいるところでガブリエルが取っている食事の量から判断するに、あれでは十分とは言えない。「それに、あなたが食事を作ったあとは、掃除もしなきゃいけないかもしれないわね」

本当に口を慎むべきだった。わたしの料理の腕はよくてせいぜい人並み。でもガブリエルは、たいていのことをできすぎなくらいうまくこなしてしまう。これは面白いことになりそうね……。

でも彼の料理の腕が月並みなら話は別。その場合、わたしはそこそこの出来で彼をしのげばいいということになる。

「では、今夜はわたしに料理をさせてくれるんだな？　ミセス・ロゼールに暇を出しても、不満は言わないつもりなんだな？」最後のひと言を口にしたとき、彼の目には何かが宿っていた。その何かが、用心しろと警告を発している。マリエッタはそれを無視した。つらい一日を過ごしたあとだったから、悪気のない冗談を言い合ってすっかりいい気分になっていたのだ。

「どうぞご自由に。やってみたら？」

ガブリエルは椅子から立ち上がった。「何が食べたい？」

マリエッタはテーブルの上で両手を握りしめた。「任せるわ」

「サーモンのワインソース添えはどうかな？」

マリエッタは驚いて目をしばたたいた。彼は向きを変えてサイドボードのほうに歩いていくと、その中からサーモンの分厚い切り身をふた切れ取り出し、タマネギを一方の手からもう一方の手へと器用に放り投げた。

「何ですって？」

「サーモンのワインソース添えは、きみの好みに合うだろうか？」

彼と目を合わせたとき、マリエッタはそこにかすかなきらめきを見た。心はまだ浮き立っていたが、結局、彼の敗北を祝うことになるのかどうか、にわかに確信が持てなくなった。

「そんな料理に挑戦しちゃって、本当に大丈夫なの？　もっと簡単な料理で我慢するわよ」

一貫性に欠けるとは言わないでほしいけれど。

「いや、マリエッタ、そんなのだめだ。きみに我慢させるだなんて」ガブリエルはにやにや笑い、大きな肉切り包丁をつかんで空中に振り上げ、切り身をカットして骨を抜いた。それから、野菜やほかの材料を集め、背の高い調理台に並べた。

彼が生まれながらのナイフの使い手のように材料を刻み始めると、マリエッタは足が勝手に動いてしまい、彼の隣に立って台のへりに片手を滑らせた。

「あなたが食卓であまり食べないのには理由があるのでしょう？」調理人は料理をしながら味見をするのが常。

「いかにも」

「ミセス・ロゼールがあのスープを作っているわけじゃないのね？」かろうじて聞き取れるぐらいのささやき声で尋ねる。

「彼女じゃない」

やっぱり。マリエッタは目を閉じた。なるほど。だからあのときジェレミーは、わたしの勘違いを訂正しそうになったのね。

「きっと、わたしをだしに大笑いしていたんでしょう」

ガブリエルは額に垂れた髪の向こうから横目でマリエッタを見た。「いや。これは人には話していないことなんだ」

「でも、ジェレミーはわたしが知っていると思っていたわ」

「あいつは、学校がある時期はいつも家にいないからな」

マリエッタは首をかしげ、ガブリエルがニンニクをつぶし、エシャロットを刻み、マッシュルームの汚れを取って石づきを除き、四等分にする様子をじっと見つめた。彼は自分の料理の腕前について他人には話していないのに、わたしにはすっかりばらしている。興味深い事実がわかったけれど、とりあえず今は置いておくことにしよう。

「学校に行ったことはないんでしょう？　あなたは学校を出ているような話し方をするし、自分がそうしたいと思えば、一流大学を出た人間のように振る舞っている。でもアルクロフトが、イートン校へ行ってほしかったとか何とか言っていたわよね」

「わたしには最高の教師がついていた。だが、イートンやハロウやチャーターハウスには行かなかった。オックスフォードやケンブリッジにもね」

「でもジェレミーは行っている」

「ああ。だから必ず卒業してもらう」

「自分には行く機会がなかったから、弟さんに行かせたの？」

「あいつには、わたしが手にできなかった数々の機会が待っているからだ」

マリエッタはキッチンを見回し、それから彼の立派な服、まくり上げたと袖と、むき出しになった前腕に目をやった。「仕事がうまくいっていないわけではないでしょう」

彼はロンドンの高級住宅地に屋敷を一軒持っている。それに、わたしの憶測が正しければ、別宅があるこの通りはすべて彼の地所なのだろう。だって、このあたりの建物に出入りをする人をひとりも見たことがないもの。ガブリエル・ノーブルはこの通りを丸ごと所有しているのではないかしら。土地が最も重要な財産《キング》と見なされるこの街で、彼は王国を持っている。

ガブリエルは答えなかった。

マリエッタは自分も何か役に立とうと、ナイフを手に取り、ニンジンを四つに切り分けた。だが、現実的にその挑戦はまったく意味がなかった。自分が毎日むさぼるように食べているあのスープとシチュー――それにパン――を作っているのが彼だとしたら、勝負になるわけがない。ロックウッド家の有名な料理長《シェフ》といえども、腕は彼の半分にもおよばないだろう。

「お金で請け負う仕事で受け取る一万ポンドはどう使っているの？」マリエッタはまた別のニンジンを切りながら尋ねた。

「それはいささか個人的な問題だと思わないか？」ガブリエルは鍋に材料を入れ、マリエッタが切ったニンジンも加えた。

「学歴のことなら、また訊いてもいいのかしら」

「きみが結婚しない理由を訊いてもいいんだろうか？」

「いいわよ」マリエッタはできる限りあっさりと答えた。

「よし。なぜ結婚しないんだい？」

「適齢期に結婚市場が不毛だったからよ。あまり選択肢がなかったの」と、屈託のない声を保つ。「それに、わたしもたいした価値はなかったし」

「なるほど」

「わたしは口のきき方がかなりおかしいの。それってとりわけ扱いにくいし、お上品とは言えないでしょう。わたしたちが子供のころ、両親はよその家庭ほど礼儀作法にうるさくなかったから。両親が亡くなると、わたしたちは喪に服し、喪が明けると……事情が変わってしまって」

「きみのご両親は、競馬にあまりにも多くの時間を費やしていた」ナイフをつかんでいた手に力が入る。「それに賭博もやったし、紳士らしくスポーツの賭け事もやっていたわ。どうしてご存じなの？」

「きみのことは詳しく知っているんだよ、マリエッタ。それに手に負えない兄弟たちのことも」彼は平然とした様子で鍋をかき混ぜている。

「あなたの過去も徹底的に調べなくちゃ」

「やってみればいい。うまくいく可能性だってあるぞ。これまでに、きみほど勤勉な人に出会ったことがはたしてあったかどうか」

マリエッタはニンニクのかたまりをもてあそぶのをやめた。「ほとんどお世辞に聞こえるけど」

「おばのティリーだってきみの半分も勤勉ではなかった。もっとも、おばは窮地に陥ったことなど一度もなかったがね」ガブリエルは鍋をかき回し、横目でいたずらっぽくマリエッタを見た。「わたしたちは、おばをがみがみばあさんと呼んでいたんだ」

マリエッタが口をぽかんと開ける。「あなたって……あなたって人は――」

ガブリエルはくっくっと笑い、ウインクをした。マリエッタの怒りは、鍋から立ち上る湯気のように蒸発し、渦を巻いて消えていった。手練手管でわたしを誘惑するときの彼はじれったい。こんな無邪気にうれしそうな表情を浮かべているときの彼は圧倒されるほど魅力的だ。

「わたしが仕返しをするつもりだとわかっているんでしょう？」穏やかに言ったものの、胸がどきどきしている。

「それぐらい、望むところさ」ガブリエルがにこやかに笑い、マリエッタは彼に近づいてしまわぬよう、調理台の端をしっかりつかんだ。

「あなたなんか、大嫌い」

「それがわかると、いつもほっとするよ」ガブリエルは、炉棚に危なっかしく載っているキッチン用の小さな置時計に目をやった。「晩餐は時間どおり執り行う」

マリエッタは目をしばたたいた。これはちょっとした夜の儀式なのだろう。「殿下の仰せのとおりに」

「陛下と呼んでいただけるかな」

「もちろんでございます、陛下。何かお持ちいたしましょうか？」

「赤ワインをいただければ何より」彼はキャビネットを指差した。

マリエッタはワインのボトルを一本、グラスをふたつ持ってきた。ガブリエルが浅い大皿にサーモンを盛りつけ、生のパセリを散らすころにはもう、ふたりは二杯目のブルゴーニュワインを堪能していた。

食事は素晴らしかった。思わずうなってしまうほど。サーモンは口の中でとろけ、ソースとのバランスも完璧だ。このソースが風味を引き立たせ、さらにそれ以上の何か、もっと深みのある何かを感じさせてくれる。その何かにそそられ、ひと口、またひと口と食が進んでしまう。

マリエッタは料理を頬張る合間に、ワインをひと口飲んだ。ガブリエルは片眉を吊り上げたが、目には楽しげな表情が読み取れ、マリエッタも自然に視線を返した。「料理はどこで習ったの?」

「上流階級の人間が金で雇える、超一流のフランス人シェフのひとりに教わったんだ」

まさかそんな答えが返ってくるとは思わなかった。「料理を教わるのに、シェフを雇ったの?」

「マリエッタ、きみにはもっと分別があるかと思っていた。どれほど富があろうが、わたしは純然たる商人階級だ」ガブルエルはグラスを掲げ、縁越しに彼女を見た。

「あなたが料理を習えるように、どこかの貴婦人がシェフを雇ってくれたとか?」からかうような口調だったにせよ、マリエッタはたちまち、まずいことを言ってしまったと悟り、グラスの脚に添えている彼の指に力が入るさまをじっと見つめた。

　ガブリエルがゆっくりと官能的な笑みを浮かべると、例によって胃のあたりに妙な感じを覚えたが、彼のエメラルドのような緑の目は険しい表情をしていた。「なるほど。やはり、そう考えるのが理にかなっているだろうな。マリエッタ、きみは実に鋭い」

　その声には、先ほどのからかうようなお世辞と違って、さげすむような響きがあった。

「からかおうと思っただけよ」マリエッタは自分の皿を見下ろした。険しい目つきや、あざけるような官能的な笑みは見たくない。「わたしが毎日確実にキッチンのお鍋を目指してしまう理由が、ますますはっきりしてきたわね」笑おうとしたが、無理に取り繕った笑い方になってしまった。

　ガブリエルが女性にすぐ気に入られるのはだれの目にも明らかだし、女性を操るすべを心得ているから、わたしは安易な思い込みをしていた。でも、彼の目に宿る言葉はいつも、真実は違うのだと語っている。それなのに、わたしは分別を働かせる代わりに、彼の言葉を無視することを選んでしまった。

　キッチンの沈黙は破られぬまま、置時計がかちかちと時を刻み、二〇秒が過ぎた。

「キッチンはいつだってわたしのお気に入りの場所だった」ガブリエルの声は前よりも控えめだった。マリエッタは、彼が自分に対して使うようになっていた親愛の情がこもった響きがさっそく消えていることに気づいた。「キッチンは暖かいし、人目につかないところにある。家の主人や客はめったに入ってこないんだ。わたしはよくキッチンを走り回って邪魔をしていたのだが、あるシェフが面倒を見てくれてね。わたしに仕事をさせてくれた」

マリエッタが唇を噛み、ガブリエルは話を続けた。

「わたしに合っている場所だった。シェフになろうかと思ったが、いろいろあって、別のことをするようになった」

「別のことって?」

「あれやこれやさ。人の頼みごとを聞き、見返りをもらう。そして、また新しい〝借り〟を利用する」ガブリエルの視線が押し寄せる。声には前よりも温かみが感じられた。「さて、勝ったのはわたしのほうだな。きみにとって不運だったのは、賭けの条件を決めなかったことだ」彼の目に浮かぶ表情を見たら、マリエッタは急に落ち着かなくなり、胸の中で数々の蝶が舞い上がって抽象的な模様を描いた。

「敗者がお皿を洗うのは当然ね」さらりと言い、蝶たちを押し戻す。

ガブリエルが一方の眉をすっと上げたが、熱を帯びた目は相変わらず光を放っている。

「次回は必ずわたしが条件を決める。だが今回だけは軽い罰で許してあげよう」

ガブリエルが食器を片づけに行き、マリエッタも洗い桶のほうに移動した。彼女が食器をひとつずつ洗っては水きり用の棚に差し込み、彼がふきんを引っ張り出してそれをふく。緊張した雰囲気ながら、ふたりは心地よい静寂に包まれて後片づけを続け、ようやくマリエッタが最後の皿を水切り棚に置いた。

「今夜はどこへ行く予定なの?」彼の答えを期待して、自分が興奮しているのがわかる。ふたりが発見するであろう事実、あるいは、その合間にしなくてはいけないことを期待して……。


「人が聞いたら、きみはロンドンの暗部へ出かけるのを楽しんでいると思うだろうな」

「暗部とは言えないわ。イーストエンドにかろうじて足を踏み入れただけだもの」

「きみのような人にとって、イーストエンドは最悪の悪夢よりもはるかにひどいところに思えるだろう。きみと同じ身分にある人間に言わせれば、メイフェア以外の地域は〝暗部〟になるんだよ」

「メイフェアに大きなお屋敷を持っている人がよく言うわ」

「あの屋敷は昔からずっとわたしのものだったわけじゃない。一方きみは、上流階級らしい優雅な生活に慣れている」

「わたしは仕事もしたし、請求書の支払いをするために、いろいろないかがわしい場所へも出かけたのよ」マリエッタは顎をつんと上げた。

「かもな」ガブリエルは鋭い目を向けた。「だが、いかがわしい場所といったって、おおかた、あの法廷弁護士の事務所と同程度のところだろう？」

「そうよ」

「本当のイーストエンドと同等とは言えないな」ガブリエルはマリエッタをそっとつついてわきに押しのけ、キッチンのどこかで発見したカップを洗い――確か、たくさんあるコーヒーカップのひとつのはず――水切り棚に載せた。「どこで働いてたんだい？」

「ストランド街の近くで、あるお針子に雇ってもらって、針仕事をしたの。その近くにある店で編み物や組み立ての仕事もしたわ」

「きみは勤勉だ」

マリエッタは彼を見つめ、また〝がみがみばあさん〟と呼んでいただいてとても感謝しているわ、と目で語りかけた。そして、棚からふきんと、そこに最後に残っていた彼のカップを手に取った。「わたしの質問に答えていないでしょう。今夜はどこへ行く予定なの？」

「どこへも行かない」

失望が胸を駆け抜ける。「あら」

「がっかりしているのは、事件の調査を進められないからか？　それとも、わたしにキスできそうにないからか？」

危うくカップを落とすところだった。マリエッタはそれを食器棚に戻した。「事件の調査を進められないからよ。ばかなことを言わないで」

「きみはわたしにいつでもキスできるとわかってる」

マリエッタの鼓動は速度を上げた。「ばかなこと言わないで」

ガブリエルは調理台に寄りかかった。「純情ぶるのはよせよ」

「どうして、わたしにキスなんかしてほしいのかしら？」

「キスそのものが楽しくないと思ってるわけじゃないんだろう？」

「そうよ。いえ、そうじゃない！」これでは紐でくくられた子供と一緒。くくりつけられて、いやおうなしに引っ張り回されている。

「混乱させることを言うな。どっちなんだ？」

「キスするのは構わないわ。口の中がものすごく濡れたり、ねばついたりしなければ」

「うーん。濡れたキスは素晴らしいこともあるんだぞ。だが、ねばついたキスについては、今度してあげよう。きみに言わせれば、われわれのキスはさほどねばついてはいなかったわけで、それはよかったと思う」

マリエッタは彼のあざけりを無視しようとした。「でも、キスは見せかけのためにやっているだけよ。必要な情報を得るためにやってるの。ケニーを助けるためよ」

「なるほど。じゃあ、ケニーを助けるためにのみ、キスをしようという気になるんだな？だから、そんなに出かけたがるのかい？　事件の調査を進める一環としてでなければ、わたしにキスできないから？」

「そうよ。いえ、そうじゃない！　わたしは、もっと情報が必要だと思っているだけ」

「今週はホワイト・スタッグに三回行った。そろそろ店の連中はわれわれを常連だと思い始めるだろうな。それに、ドレスデンは間違いなく、われわれの存在に気づいている。きっと、あの店にはやつの情報提供者が複数いるはずだ」

「じゃあ、ほかの店へ行くべきね」

「事件現場近辺にある酒場はすべて行った。ミドルセックス中を歩き回ってきたんだぞ。つまり、今のところ、手がかりはほかの場所にあるということだ。そういえば——」ガブリエルはマリエッタの顎を軽く叩いた。「今日ふたりで話し合っただろう。明日の朝、また別の通りの調査を始めようってことにしたんだ。それを思い出せないなんて、妙だな」

マリエッタは頑として、何ひとつ思い出そうとしなかった。「わたしたち、何か見落としているはずよ」

「そうだな。今夜も歩き回りたい唯一の理由は、そうすればわたしにキスができるからだという点を、きみは見落としている」

マリエッタは顎を上げた。「あなたにキスなんかしたくないわ」

「いいだろう。じゃあ、出かけようか？」

一瞬、不意をつかれた。「出かける？ どこへ行くの？」

「きみが何か見落としていると言ったんだぞ。つまり、なじみの場所をもう一度、訪れる必要があるってことだ。だからそうしよう」

「そ、そうね」マリエッタは髪をなでつけた。彼は何もかも誤解している。わたしは彼にキスなんかしたくない。

「だが、出かける前にきみに教えておきたいことがある」

何が起きているのか気づく間もなく、ガブリエルが唇を重ねてきた。優しく吸い、そっと愛撫する。マリエッタは一瞬、驚いた。彼にキスなんかしたくない。

マリエッタは彼の体に溶け込んだ。わたしは大ばか者……。

これは今までとはまったく違うキス。探るような、問いかけるようなキス。キスを教えているのでも、求めているのでもない。見せかけのキスでもない。何かを問いかけるキスだ。どう反応すればいいのかよくわからない。だから同じようにキスを返した。探るように、問いかけるように。彼はわたしに何を求めているのだろう？　どんなゲームを仕掛けているのだろう？　わたしはそれがいやなのかしら？　それとも、自分もゲームに夢中で先のことが考えられなくなっているのかしら？

わたしの前途は混乱し、真っ暗だ。嵐の前の空のよう。明日の朝どうなっているかすらよくわからない。というより、自分がまだ立っているかどうかも怪しいくらいだ。でもこれは、わたしが人生を味わい、探求するいい機会だ。鳥かごから逃げ出す絶好の機会。自分の運命を支配する機会。たとえわずかな時間でも。

ガブリエルの唇が顎をかすめ、喉を滑り落ちていく。脈を打っているカ所がマリエッタの感じやすい部分であり、彼はそこを発見して、この一週間ずっと攻め続けてきたのだ。彼の口がそこをとらえると、マリエッタは息を漏らしながら反発するように身をそらした。ガブリエルはマリエッタをテーブルに押しつけ、ぐいと引き上げてへりに座らせた。髪に両手を差し入れ、頭を抱き寄せて再びキスをしながら、脚のあいだに自分の脚をそっと押し込み、絶えず熱が伝わっていく部分に体を軽くこすりつけた。

ガブリエルはマリエッタの腕に手をはわせ、膝をつかんで力強く引き寄せると、その脚を自分の腰に絡ませた。ふたりの頬は紅潮し、ともにうっとりするようなうずきに襲われた。

「まだ出かけたいのかい、マリエッタ？」

ガブリエルがそのまま体を揺らし、快感がマリエッタの背筋を駆け上がる。

「いいえ」首の感じやすい部分に唇をしっかり押しつけられ、マリエッタはうめいた。

「だが、きみはこんな素敵なドレスを着ている」吐息交じりのささやきが首筋をかすめていく。「どこかのパブへ出かけ、大勢の客の前できみを味わい尽くすこともできる。それも変装の一環だ。きみは何ひとつ選択しなくていい。これをしてほしいと言う必要はないんだ」

ガブリエルの手がマリエッタの太ももをなで上げる。

「自分を抑える必要もない」

彼の指が尻や腰をなで回し、体のわきを移動していく。

「きみは、何をすべきかわからないからこうなっている、というふりをすることもできる。目的のために耐え忍んでいるふりもできる」

彼は乳房に手を押し当て、乳首に親指を沈めるように円を描いた。マリエッタの全身に一気に熱が広がっていく。

「しかしわたしは、きみが本当はこうしてほしかったのだとわかっている。わたしのシャツの下にあるものを、ぜひ見てみたいと思っていたことも。そのずっと下にあるものも見たいのだろう？　このテーブルに背中を押しつけられたいのだろう？　そして、わたしはといえば、きみの膝を曲げ、きみの中に自分をうずめたい、きみの熱に包まれたいと思っている」

ガブリエルはマリエッタにしゃべらせず、彼女の口をまたキスで封じた。今度はわれを忘れさせるように、支配するように。彼の言葉を耳にしたら、マリエッタの頭にいろいろな光景が浮かんできた。この一週間、絶え間なく想像していた光景が。

「マリエッタ、きみは奪われたいんだろう？　きみをものにできるとすれば、楽しいなんてもんじゃないだろうな」

〝奪われる〟のが楽しいのかどうか、よくわからない。でも、これまでガブリエルがしてくれたことは結局、何でも楽しかった。たとえ、その前にあざけるようなことを言われようと、挑むような目で見られようと。

「テーブルの上でするのはどうかな？　いや、初めてのときはやめておいたほうがいいかもしれない。だが、お決まりのちょっとした厄介な問題を片づけたら、またここで試してみないか？」

ちょっとした厄介な問題。わたしの世界では、純潔がとても重んじられるのに、そんなものは、ほとんど邪魔であるかのような言い方だ。でも、よく考えてみれば、わたしが純潔の乙女でなくなったところで、近ごろではもう問題になりそうにない。

ガブリエルは危険で傲慢な人だけれど、わたしを守ってくれる人でもある。ああ、事が終われば、もうこれっきりと、わたしを追い返すに決まっている。でも直感的にわかる。彼はわたしを傷つけはしないだろう。彼にこれ以上のことを望まない限り。彼に恋をするなんてとんでもない。

「黙っているのは、肯定の意味と解釈すべきなのか？」ガブリエルはマリエッタにキスをした。彼女の下唇を唇で挟んでいつまでも引っ張っていたが、やがて勢いよく解放した。「だが、解釈するのはやめておこう。きみは自分の欲望をはっきり口にする必要がある。一度だけ言えばいい。あとはわたしに任せてくれ」

首筋にキスされ、マリエッタは頭をがくんと後ろに倒した。悪魔のようなキス。魅惑的な言葉。

ガブリエルは体をそらし、たぶらかすような暗い瞳でマリエッタの目を見つめた。「きみはそのすべてを学びたいと思っている。目を見ればわかるさ。キスをするたびに、わたしをじっと見つめるきみの目が欲望で燃えているのがわかる。きみは実に誇らしげにとげをまとっているが、その下に、そういったすべての情熱を隠しているんだ。だからこそいっそう、柔らかでしっとりした部分をあらわにする意欲をかき立てられる」

彼が再びマリエッタの胸に触れ、その先端に向かって指を引き上げた。マリエッタは首に力が入らなくなり、頭をさらに後ろに傾けた。

「きみが知りたがっていることをすべて教えてあげよう」

「あなたはだれにでも、こんなことをするの？」マリエッタがささやいた。焦点を定めようとしても、目がかすんでしまう。

ガブリエルは身をこわばらせたが、すぐに職務にいそしみ始めた。「いや。誇らしげにとげをまとっているのは、きみだけじゃないがね」

「なぜ、わたしにはこんなことをするの？」マリエッタは首を伸ばした。鏡ならちゃんと見たことがある。わたしは目が見えないわけじゃないし、それは彼も同じこと。

「したいからさ」ガブリエルは指でゆるゆると円を描きながら、むき出しになったマリエッタの喉に向かってささやいた。「きみがイエスと言えば続ける。ノーと言えばやめる」

確かにそうだ。彼の言ったことはすべて正しい。わたしは知りたがっている。ものすごく知りたがっている。男性に対して、あらゆることを学びたい。彼がわたしに及ぼしている力を、わたしも手にしたい。男性に対して、こんなふうに感じるのは生まれて初めてだ。それに、こんな男性も初めて……。わたしよりもわたしの体をよく知っているような男性は……。

「きみの意思はどうなんだ、マリエッタ?」

「イエスよ」結局、選択は実に簡単だった。

ガブリエルの目は険しく、勝ち誇った表情をしている。

彼はマリエッタを自分の部屋へ連れていき、ベッドの上掛けの上に寝かせた。マリエッタの肌は熱く燃えていたが、頭は凍りつき、パニックに陥っていた。「キスについて、前に教えたことを覚えているかい? キスにどう反応し、返ってきた反応をどう感じるかについて。あれと同じやり方をすればいい」

マリエッタのドレスとコルセットの留め具をはずしながら、ガブリエルは優しくキスをした。マリエッタもキスを返す。彼に負けないくらい一心不乱にキスをすることで、極度の緊張を反応へと駆り立て、不安を克服しようとしている。激しくキスをし、もっと、もっと、と求めるにつれ、彼が返す反応はどんどん激しくなっていった。

ガブリエルが優しくキスをしながら、ゆっくりと体を引く。どういうわけか、そのときにはもうマリエッタはドレスとコルセットから解放されていた。残っているのはシュミーズのみ。それから、ガブリエルは彼女を引っ張って体を起こさせ、シュミーズを揺すって頭から脱がせた。

目の前に男性美の完璧な見本が座っているというのに、自分は痩せこけたひょろ長い体をさらしている。

マリエッタはとっさに腕を交差させ、裸を隠した。

マリエッタの仕草にガブリエルは片眉を吊り上げ、彼女の一方の腕をぐいと引き下ろした。

彼女はまたすぐに腕を上げ、自分の体を見下ろしてシュミーズをつかもうとした。

「マリエッタ、何をしてるんだ?」

「き、気が変わったの」

ガブリエルは、彼女が下着を着ようとするのを阻止した。「本当に考え直したからなのか? それとも自分の体が気に入らないからなのか?」

マリエッタは顎を上げた。「どこがどう違うっていうの?」

「大違いさ」ガブリエルは彼女の腕を下ろし、下着を取り上げた。「確かに、きみはがりがりだ。もう数週間、三度の食事をきちんと取ったところで、さほど変わりはないだろう。だが、そんなことはどうでもいい。痩せこけたままでいたっていいし、三倍太ったっていい。本当に大事なのははじけるような輝きだ。きみがどう反応するかだ。きみが惜しみなく解き放つ情熱だ」

ガブリエルに腕をなでられ、マリエッタは震えた。

「中身が伴わなければ、体型など意味がない。わたしは、世の人びとが絶世の美女と見なす女性と関係を持つこともできるし、そこにより深いものがあるふりをしようと思えばできる。外見がよければ中身もいいと信じ込むことだってできる。だが、正真正銘の輝きが感じられそうだというのに、代わりのもので我慢するわけがないだろう？　きみはその輝きを秘めているんだよ、マリエッタ。わたしにはわかる。マリエッタ、問題はきみの見た目じゃない。きみが何を見せたいと思うかだ」

うなじの毛を指ですかれ、マリエッタは頭をのけぞらせた。

「きみのはじけんばかりの輝きを見せてくれ。それを感じ、わたしにぶつけてくれ。それが大事なことなんだよ」

いったんは治まっていた熱が再び上昇する。「もし、期待はずれだったらどうするの？」

「そのときは、ふたりでがっかりすることになるだろう。不安を抱いているのは自分だけじゃないとわかれば、きみはもっと満足するのか？」ノーブルはマリエッタの耳を嚙み、彼女を仰向けに寝かせた。「わたしが正気をなくすほどおびえているとわかれば、うれしいだろう？」

ガブリエルが唇を重ね、その手が体をなでおろして震えを和らげてくれると、マリエッタはなぜか彼の言葉が信じられなくなった。

「マリエッタ、わたしはきみを抱く。初めてキスをしたときから、それはわかっていた。きみがあの情熱を解放してくれたときから。必要とあらば、きみをかわいがって、情熱を一滴

それを押しつけてほしい。熱いものを求めていた。

残らず引き出してみせよう」

彼の言葉、彼の手――わたしはヘビで、彼はヘビ使い。「よし」何か硬いものが、それをいちばん欲している場所に押し当てられ、マリエッタはうめきとともに情熱を解き放った。ガブリエルが体を揺らし、マリエッタも体を揺らす。それを押しつけてほしい。熱いものを押しつけてほしい。彼女の体はじっとしていられず、興奮し、名状しがたいものを求めていた。

「それでいい。反応を抑えてはだめだ」穏やかな低い声。「ここにはだれもいない。ふたりきりだ。きみをびしょ濡れにさせたい。このシーツを焼き尽くすほど燃えてほしい」

それがどういうことか、マリエッタはわかっていなかったが、体は理解していたらしい。彼にもっと密着しようと奮闘し、熱を帯びた体が湿り気を帯びてくる。ガブリエルはシャツを脱いでわきに放り出していた。がっしりした形のいい胸が、うっすらと毛に覆われた引き締まった筋肉が、彼女のほうに迫ってきた。

「マリエッタ、きみが何を感じているのか見せてくれ」

ガブリエルが乳首を口に含んで強く吸うと、マリエッタは頭を後ろに倒し、口を開けて声にならない叫びを上げた。ガブリエルは何度も何度もそこをなめ、吸っている。困ってしまうほど体が熱くなり、湿り気がどんどん増していく。

ガブリエルが体をずらしてもう片方の乳房に移ると、マリエッタは彼と完全に密着しようとして背中を弓なりにそらした。乳首が解放されて勢いよく姿を現し、彼は危険な笑みを浮かべてマリエッタを見た。緑の瞳が大胆で、みだらな表情を浮かべている。髪がくしゃくしゃに乱れ、とても魅力的だ。

ガブリエルが立ち上がり、ズボンを脱いだ。完璧な形をしたギリシアの彫像が、飢えた目でじっとこちらを見つめている。彼女はこれまで、こんなに力がわいてくる感覚を味わったことがなかった。それは確かだ。

彼が上掛けをめくると、マリエッタは急いで中にもぐり込んだ。好奇心と不安と力が彼女の体を駆け抜けていく。世のすべてのレディはここでくすくす笑ったり、おろおろしたりするのだろう。彼が隣にもぐり込んできた。「マリエッタ、自分で触れたことはあるかい?」

ガブリエルは彼女の腹部を愛撫し、さらに下のほうへ指を走らせた。

「ここを」彼の手が脚のあいだの毛をなでつけ、一本の指がその下のひだに触れた。マリエッタがびくんと跳ね上がり、体の位置がずれる。そこでは熱い興奮が彼女をいざなっていた。

彼の指がそこを開き、じらすように表面を軽く触っている。マリエッタは身がすくんだ。この感覚は気持ちがいいけれど、何かまったく奇妙な圧迫感がある。

ガブリエルがマリエッタを自分のほうに向かせたので、ふたりは横向きに寝て互いに向き合う形になった。「何をしているか見てごらん。わたしは、きみをその気にさせているところなんだ。何もかも気持ちよく感じられるように、不愉快な気持ちにならないように、きみに準備をさせているんだよ」指が沈み込み、割れ目のすぐ内側を愛撫した。「ふたりの動きがなめらかになるようにね」

マリエッタは、ガブリエルの指の先端が消えていくさまをじっと見守った。固唾をのんでいると、彼は指をほんの少し彼女の中に沈め、体をさらにぴったりと押しつけた。「甘い声を聞かせてくれ。この指が体の別の部分だったらいいのに……。わたしがどれほどそう思っているか、きみにはわかるまい」

　マリエッタはふたりの体に挟まれている、彼の一部分を見た。指よりもずっと太い。おずおずと手を伸ばし、彼をつかむ。すべすべしているけれど、硬い。彼女の中でガブリエルが指を曲げ、何かが勢いよく体を貫いた。マリエッタは彼をきつく握りしめた。

　彼が笑った。だが、いくぶん落ち着きがない。「互いに反応を返すんだ。それでいい。探求を続けるんだ、マリエッタ。興味をそそられるものは何でも遠慮せず触ってごらん」

　マリエッタは彼をなで、自分の手の中で張り詰めていく下腹部をじっと見つめた。ガブリエルは彼女の手に触れ、指先を自分の先端に置かせた。それから、彼女の中に入れた指をもう数センチ深くうずめ、目を閉じて、素早い激しくキスをした。

「見て、感じるんだ」

　マリエッタは彼の先端に置かれた自分の指を見た。ガブリエルは中指と人差し指を合わせ、中をくまなく探っている。硬い指の腹が内側の柔らかい壁をなで、熱い興奮がどんどん増していった。マリエッタが指先で彼の巻き毛とその下の皮膚に触れると、ガブリエルはさらに奥深くまで彼女を探っていく。彼はもう片方の手でマリエッタの手を取って彼女自身を触らせ、その手を導いて彼のものをつかませた。マリエッタは自分の指が何かの表面を滑っていくのがわかり、体がうずいた。

ガブリエルはマリエッタの手で下腹部をすっぽり包ませ、自分の親指で彼女の脚のあいだを何度も刺激した。熱い興奮が駆け抜ける。マリエッタはガブリエルのものを引っ張りながら、彼のほうに体を突き出した。

「しぃっ」彼の声は重々しく、緊張していた。「わかってる。あともう少しだ」

ガブリエルの指は彼女の中に消えて見えなくなっていた。そこで何かしている。躍るように小刻みに揺れ、何かをねじり、切り取っている。切望に駆られ、マリエッタの体内で熱いものが爆発したがっている。

彼は並はずれた踊り手だ。そんなばかげた考えが、不意にマリエッタの頭に浮かんだ。

そのとき、ガブリエルの唇が再び乳房に戻ってきた。マリエッタの体が弧を描く。彼の唇に向かって。彼の指に向かって。下腹部で飛び回っていた蝶たちが激しいスタッカートを刻む。指が引き抜かれ、ガブリエルは両手でマリエッタの顔を挟んだ。

「さあマリエッタ、これできみを抱ける」

マリエッタは身を乗り出し、ガブリエルにキスをした。体が自然と彼のほうに押しつけられている。今ではもう彼を信頼しており、おかげで自分が抱いていたかもしれない、いや抱いていた不安は、きれいさっぱり消え去っていた。その信頼は、ガブリエルのゆっくりした一連の動作と、絶え間なく続けられた睦言《むつごと》がもたらしたものだった。

彼はわたしを傷つけたりはしない。

ふたりは横向きで向き合っており、ガブリエルの両手は相変わらずマリエッタの頬に触れているのに、彼女は巻き毛が軽く押しのけられるのを感じた。「膝をわたしの膝に載せてごらん」

マリエッタは脚をV字型に開き、言われたとおりにした。下を向くと、ガブリエルが自分のほうに体を押しつけてくるのが目に入った。興奮がまた渦を巻く。彼の先端が、先ほどの指と同じように彼女を突き、あの羽ばたきが再び聞こえてきた。

「一度にほんの少しでいいから。できそうだと思ったら、そのたびにわたしを押し返すように突いてほしい」

マリエッタは少し動いてみたが、若干抵抗を感じた。もう一度やってみる。ためらう彼女に、ガブリエルがキスをした。

「とてもなめらかで気持ちがいい。きみは体を順応させる必要がある」ガブリエルはマリエッタの唇に向かってささやいた。

空いているほうの手で彼女の乳首に触れ、先端を指で挟んで軽く引っ張っている。マリエッタは彼に体を預けた。興奮した下腹部が、もっと満足したいと訴えている。彼がまた少し中に入ってきた。

「落ち着いて。しばらくじっとしているんだ」ガブリエルは相変わらず乳房をもてあそんでいる。マリエッタは歯を食いしばり、動かないようにした。彼が少し体を引き、また押し込んできた。激しい思いが波のように頭をよぎる。動きたい。どこかへたどり着きたい。

「半分まで入った。だから――」

マリエッタはガブリエルの頭をつかみ、自分のほうへ引き寄せて思い切りキスをした。乳房に触れるのをやめさせ、彼を自分の中に引き込んでいる。ガブリエルが体を引いたとき、緑の瞳は勝ち誇ったように輝いていた。

ガブリエルがマリエッタを押し倒すように向きを変えた。彼女の上に横たわり、顔を両手で包む。体を引き、少し押し込み、また同じことを繰り返す。奥へ奥へと押し込むごとに、期待していたなめらかな交わりが現実のものとなっていく。マリエッタはベッドの上で足をはわせ、踏ん張れる場所を見つけようとした。体を押し上げるために。これまでに感じたすべての感覚が約束してくれた、熱い興奮へとたどり着くために。

「ずっと突き上げるんだ。それでいい。両脚をわたしに絡ませてごらん。自分の体の言いなりになればいい。ほかのことはすべて忘れるんだ」

ガブリエルが体を引き、ずっと奥まで突いた。マリエッタはがくんと頭を後ろに倒した。あまりの感覚に、太い大きな声でうめいてしまった。この感覚は度を超えていて、恥じらうどころではなかったのだ。今はただ、ほっとしたいと思うばかり。

「マリエッタ、息をするのを忘れちゃだめだ。深く息を吸って。うめけばいい。それでいいんだよ」

ガブリエルが再び突いた。彼のすべてが彼女を貫き、彼女の体が数センチ、ベッドから浮き上がる。マリエッタは脚を絡めたまま、体を前に押し出し、つい先ほどまで彼が愛撫していた場所を密着させようとしている。ガブリエルが体を引いた。そして再び突いたとき、マリエッタは彼を迎えるべく腰を浮かせた。視界の端がかすむ。火打ち石を打ったように火花が散り、自分の口が声にならない叫びを上げるのがわかった。

「ああ、素晴らしい。さあ、おいで」

ガブリエルは何度も何度も突いた。マリエッタは彼の動きに合わせてかろうじて腰を浮かせている。ほかのことはすべてどうでもよくなった。ガブリエルの肩に向かってうめき、あえぎ、彼の腕の中でついにはじけてばらばらになった。そして、蝶たちが部屋の隅々に散らばっていった。

10

　玄関の扉を激しく叩く音で、ガブリエルは突然目が覚めた。時計に目をやると、二本の針は眠たそうに五時を少し回った位置を示していた。あと三〇分は寝ているつもりだったのに。体がだるければ、一時間は起きなかっただろう。

　茶色の髪がするりと腕を伝った。確かにだるい。一日中ベッドで過ごすのがいいかもしれない。ふと見ると、わきにある枕に埋もれている茶色い頭が目に入った。片手を上げ、彼女の背中にそっと触れてみる。これまで自分のベッドに女性を誘ったことは一度もなく、いつも別の場所を選んでいた。それなのに、彼女はごく自然にそこにいるように見える。

　再び扉を激しく叩く音がして、突然、自分がどこにいるのか悟った。ここには玄関に出てくれる執事はいないのだ。また調子が狂ってしまった。

　上掛けをわきにはねのけ、ガウンをつかむ。脳が再び自己主張をし始めると、彼は思った。やってきたのがだれであれ、わたしたちに残された日々が限られていることを理解してほしいものだ。視界の隅でマリエッタが寝返りを打つのがわかり、ガブリエルは部屋から飛び出した。ノックはまだ続いている。

玄関の扉を開けると、自分が雇っている従僕のひとり、ビリーがポーチに立っていた。卒中でも起こさんばかりの顔をしている。ガブリエルは中に入るように身振りで示し、一〇まで数えた。

「ミスター・チャーリーに言われて参りました。これをすぐお渡しするようにと」

ガブリエルは手紙を受け取り、封を開けた。「中に入って、わたしを起こせばよかっただろう」

「急いでいたので、鍵を忘れてしまいまして。ミスター・チャーリーから、これは極めて重要なお知らせだから、ただちにお届けしろと言われたのです。申し訳ございませんでした。もう二度と、このようなことはいたしません」

ガブリエルは、相手をぞっとさせるにはぴったりの文句をぶつぶつ言い始めた。これなら偉大なる執事、チャーリーでもおびえてしまったかもしれない。そのとき、頭がようやく理解した。マリエッタとベッドをともにし、すっかり厄介な事態になってしまったかもしれない、ということを。ビリーはすでにおびえた顔をしており、ガブリエルは彼を脅すのではなく、からかっていじめてやろうと思った。だがそれも手紙の冒頭に目を留めるまでの話だった。

彼は手紙を握りしめた。「馬車で来たのか？」

「はい、家の前に止めてございます」

「よし、ここで待っていてくれ」

ガブリエルは一段抜かしで階段を上った。また殺人が起きた。若いころ訓練されたとおり、眠気を残らず頭から振り払う。これで警察もマリエッタの弟を釈放せざるを得ないだろう。これはいい知らせだ。だが真犯人は相変わらず逃げ回っているし、マリエッタはわたしのもとを去ることになる。これは悪い知らせだ。

ガブリエルは階段を上りきったところで立ち止まった。彼女を起こすべきか、寝かせておくべきか？　現場は陰惨だろう。彼女が見る必要はない。彼は足音を立てないように歩いた。

だが、そんなことをしても意味はなかったようだ。マリエッタはベッドで体を起こしていた。シーツを巻きつけおり、髪が乱れて、とてもそそられる。

「どうしたの？」かすれてはいたが、鋭い声だ。

一瞬、躊躇する。

「ガブリエル？」

「また殺人があった。これから現場へ行ってくる。きみは寝ていればいい。起きる時間までには戻ってくる」

「またって？　ほかのと同じような殺人ということ？」シーツをつかんでいた手がすとんと落ち、胸の一部があらわになった。素晴らしい眺めだ。「寝ていればいいですって？　とんでもない。わたしも一緒に行くわ」

やっぱりな。マリエッタには勇気があるし、それはわたしのお気に入りの長所に数えられるだろう。しかし、それでも……。「気持ちのいいもんじゃないんだぞ。きみの弟が言ったことを思い出してみろ」

マリエッタは身震いしたが、首を横に振った。澄んだ目をして、決然とした表情を浮かべている。「わたしも行きます」

ガブリエルはうなずいた。「じゃあ支度をするんだ。手伝う必要があったら呼んでくれ。あと一〇分で出かける」

ふたりは八分後に家を出た。

通りは霧が立ちこめていて暗かった。早朝の薄闇の中、ガス灯の光が建物や石畳に奇妙な形の影を投げている。

ガブリエルは、馬車の窓から過ぎ去っていく街を見つめているマリエッタを観察した。ゆうべは……面白いことになった。彼女をあざけり、誘惑したと思ったら、自分が仕掛けた罠にはまっていた。

彼女は……面白い人だ。

彼女はわたしを笑わせてくれる。

わたしの前では口を慎むことがない。たいがいの女性は、わたしの意に添うよう一生懸命になるというのに。いや、そうでなかった女性は過去にもいた。だが、大いなる魅力を発揮し、純然たる喜びのために関係を続けたいという欲望を起こさせた女性はひとりもいなかった。それに、マリエッタがほかの多くの女性と同じく欲望で目を大きく見開いたとしても、わたしはその表情を見ていたいと思うだろう。

不思議だ。

御者が縁石に馬車を寄せた。周囲で大勢の人がうろうろしており、道の角で夜警が彼らを近づけないようにしているが、二本の通りが合流し、四方に目を光らせなければいけない場所なので、これはなかなか大変な仕事だった。捕り手のドレスデンが人込みの中を歩き回っている。鋭い目で、ひとりひとりの顔を確認しながら。

「ドレスデンがいる」ガブリエルは馬車の窓を指で叩いた。「外に出れば、きみの正体は間違いなくわかってしまう」

「たぶんもうわかっているだろうって、前に言ってたじゃない」

「正体がばれれば、やつはきみを捕まえようとする」彼女を馬車に閉じ込めておこうか……。

マリエッタは背筋をしゃんと伸ばした。「ケニーの容疑は晴れるのでしょう。あの人にはわたしを捕まえる理由がないわ」

ガブリエルは考えた。弟が自由の身になったら、マリエッタはどうするのだろう？　社交界に戻ろうとするだろうか？　田舎に引っ込むだろうか？　彼女の毒舌を気にしない、あるいは、彼女が主導権を握ろうとしても気にしない若い男を見つけて結婚するだろうか？　わたしはマリエッタとの関係を続けられるのだろうか？　不思議なことに、彼女を手放す気になれない。

これまで何年にもわたり、多くの女性と一緒に仕事をしてきたし、興味を覚えた女性も少しはいた。しかし結局、魅力はしぼんでしまう。毎回そうだった。

マリエッタの魅力は相変わらず強力だ。それはベッドに誘う前からわかっていた。一瞬、正気をなくすかと思うほど恐ろしくなった。

彼女のどんなところが、わたしの心を引きつけてやまないのだろう？　ガブリエルはマリエッタをじっと見つめた。両手を握り合わせ、弟が解放される姿を想像して、そわそわ、わくわくしながら窓の外のやじ馬を眺めている。最高の美女というわけじゃない。だれよりも頭が切れるとか、すらっとしているとか、勇敢だというわけでもない。しかし、彼女はそういった要素を全部ひとまとめにした存在であり、それがわたしにはしっくりくるように思える。まったく恐るべき存在だ。

自分の計画的な人生にマリエッタ・ウィンターズがやってきて、風穴を開けようとは思いもしなかった。

ガブリエルは馬車の扉を押し開けた。何が起こるのか確かめてみよう。もし彼女のほうから来なかったら……彼女を連れてくるまでさ。

マリエッタに手を貸して馬車から降ろし、ふたりは現場へ向かった。ドレスデンはすぐふたりに注目し、目を細めた。ガブリエルは指をぱちんと鳴らし、ビリーについてくるようにと合図をした。馬車の上で御者と一緒にいた若い従僕がそこから飛び降りる。

人込みをかき分け、ガブリエルは地面に残された血の輪郭を見た。だが死体はない。

「おや、女はどこへ行ったんだろうね？　だれか、あの子の名前を知らないかい？」

すぐそばで、年配の女性がガブリエルの訊きたかったことを質問しながらうろうろしており、彼は無言の感謝を送った。

「もう検死法廷に持ってかれたよ。死体はめちゃくちゃで、だれだかわからなかったってさ」

「ほかの事件と一緒じゃないか。あいつらが捕まえた男は人違いだったんだ!」

群集のあいだにひそひそつぶやく声が広がり、マリエッタの姿勢にはほっとした様子が見て取れた。そのとき、ドレスデンが手を叩いた。「実は、それはちょっと違うのだ」

マリエッタが身をこわばらせ、ガブリエルは同じ反応をしないように努力した。

「これは身内による陽動作戦らしい。われわれは尋問のため、ミドルセックスの殺人鬼の兄を連行するつもりだ」捕り手はマリエッタをまっすぐ見据えた。「あの一家は全員怪しい」

ガブリエルは力ずくで動揺を抑えつけた。ドレスデンはばかではない。無実の訴えを断ち、群集にまた新たな選択肢を与えて、問題は掌握されていると思わせてしまえば、警察不審の風潮を食い止められるとわかっているのだ。それに、ドレスデンがこちらに向けたあの残忍な表情から判断するに、今や彼はふたりの正体に気づいており、われわれがしていることを自分への挑戦だと見なしているのだろう。ガブリエルは向きを変え、ビリーに素早く指示を与えた。若い従僕が飛ぶように人込みを縫っていくと、彼はマリエッタを引き寄せた。

「マークが……」

「黙って。検死法廷へ行こう」

ガブリエルはドレスデンから目を離さずにいた。捕り手が群集に向けた暗い笑みは、悪い前兆だった。「それどころか、姉の――」

ガブリエルが御者に突然合図をしたかと思うと、馬たちが暴れてそばにいた群集が悲鳴を上げ、馬車が傾きながら去っていった。あの御者はそのうち給金を上げてやらないといけないな。

皆が混乱して逃げ回っているすきに、ガブリエルはマリエッタを引っ張って群衆の背後を通り抜けた。角を曲がっても、彼女は何も言わなかった。目がうつろで焦点が定まっていない。ガブリエルは彼女の手を握った。そして角をもうひとつ曲がり、今あとにしてきた現場と並行する道を、来た方向へ戻っていった。馬車は時計回りに行けとの合図を受けて、通りの突き当たりで待っていた。

ガブリエルはマリエッタを馬車に乗せ、御者に合図をした。「検死法廷へ。急いでくれ。二〇分ほど先回りできる」

腰を下ろすか下ろさないかのうちに馬車が出発した。

「マーク」マリエッタがつぶやいた。

「彼は大丈夫だろう。もし可能なら、ビリーが家から連れ出してくれる。しっかりしろ」ガブリエルは彼女のどんよりした目の前で指を鳴らした。「これから急いで検死法廷へ行って、何か手がかりが見つかるかどうか確認しようと思う」

マリエッタの目に、ほんの少し気迫が戻ってきた。「一緒に行くわ」

「いいだろう」実のところ、彼女がそう言ってくるかどうか、心配だったのだ。「だが、急ぐ必要がある。あそこにはコネがあるんだ。その人物はもう待機させてある。そこから仕事を開始しよう」

検死法廷の建物に入ったとき、マリエッタはいつもよりずっと堂々としていた。暴徒の怒りで弟も兄も失っていたかもしれない女性とは思えない。

ふたりは中に入っていった。部屋の片隅で、大勢の人が死体を囲んでいる。

「申し訳ありませんが、こちらにお入りいただくことはできません」

ガブリエルは守衛ににっこり笑いかけた。「ナサニエル・アップホルトの助手をしているローリー・カーニーだ」困惑している守衛と大げさに握手をする。「あらかじめ情報を集めておくようにと言われて、先に来たんだがね。きみは、秩序を守る仕事を立派にこなしているんだな」

守衛は少し得意になった。「われわれは全力を尽くしております」

「やじ馬たちがやってくる前に見せてもらっても構わないかな？　そうしてもらえるとすごく助かるんだが」守衛はわいろを受け取るような男には見えなかったが、ズボンの裾がぼろぼろになっていた。一か八かだ。ガブリエルは紙幣を握らせ、守衛と再び握手した。

男は手を握ったまま、しばらく、どうしたものかという顔をしていた。

「邪魔にならないようにするよ。五分でいい」

守衛はあたりを見回し、うなずいた。「五分ですよ」

ガブリエルがまたにっこり笑みを浮かべる。「ありがとう、ご親切に」

そのまま、人が大勢うろうろしているほうへ歩いていく。マリエッタは彼の後ろにぴったりくっついていた。法廷の検死官とパトロール隊と夜警が集まって話をしている。ガブリエルは数名の人物に見覚えがあった。最近の調査で出かけたとき、あるいは前の事件で遭遇した連中だ。そこで、顔はずっと伏せておくことにした。

死体を覆っている布は、ほとんど血に染まっていた。彼は背後の離れた場所にマリエッタを隠した。彼女が見たいなら見ても構わないが、見たくないなら無理にそうしろと言うつもりはない。

ひとりの男が、布から露出している死体の血にまみれた顔をふいており、別の男が記録をつけていた。ふたりが、ああでもないこうでもないと話し合っている。

「両手首に傷がある。二番目の被害者と一緒だな。ほかのふたりは手首の傷がなかった。頭に殴られた跡。喉を切り裂かれている。腹部もだ……」

ガブリエルは彼らの言葉を聞き流していた。だが、湿らせた布が被害者の頬をなでるにつれ、何やら胸騒ぎがした。かすかな不安がよぎる。

頬骨は左右ともに砕けているが、この女の顔にはかなり見覚えがある。茶色の髪はもつれているものの、そこに真珠の髪飾りが刺さっているさまが目に浮かんだ。

「ネックレスに沿って、面白い傷が——」

まさか……。

「——これはエメラルドか？　金を持ってる人間ってことだな」

あり得ない、こんなこと……。

「ネックレスをたどったように傷がついている。あざけっているのか？　金目当ての犯行だろうか？　これは恋人からの贈り物だ。彼女はそれを見せびらかし、人をあざけっていた。ガブリエルが雇った調査員の報告によれば、彼女は一家の金がだんだん減ってきてからも、あれを絶対に手放そうとしなかったらしい。

　額があらわになっている。それに、とがった顎も。布がわきに滑り落ち、あのエメラルドと金のネックレスが、だらんと重たそうに首にかかっているのが見えた。血にまみれ、赤い川底のようなかさぶたの上に載っている。

　そのとき、がたんと音がし、ふと見ると、すぐわきにあった小さなテーブルが、根こそぎにされた木のように倒れていた。

　ここから出なくては。

　ガブリエルはおぼつかない足取りで部屋を出た。隣で具合が悪いのかと尋ねているマリエッタの声もほとんど耳に入らない。

「かわいそうに。こういう場面に対処できないやつもいるよな。そりゃ、もっともだ」だれかが言った。

　あれは、二度と見たくないと思っていたたくさんの顔のひとつ。彼女が死んだことを取り立てて気にしているわけじゃない。わたしは彼女を憎んでいた。あいつらを全員憎んでいた。

しかし、自分の過去とはとっくの昔に決別したんだ。いったい、これはどういうことだ？

「ガブリエル？」マリエッタがささやいた。

彼女の声が遠くから聞こえてくる。だが、片手がこの腕に置かれているし、もう片方の手は腰に回っている。ガブリエルは無理やり目を閉じ、またゆっくりと開けた。かつて訓練したとおりに。感情はいっさい表に出してはいけない。心の動きはいっさい見せてはならない。

彼は姿勢を正した。目の前に階段へと続く廊下が延びている。「二階だ」もつれた思考を完全に支配できるようになるまで、人とのやり取りは短くしておいたほうがいい。

父はどこにいる？　ジェレミーの休暇はいつ始まったんだ？　わたしが雇った調査員はどこへ行った？　もう……もうひと月近く報告を受けていない。そんなばかな……。

そんなばかな。

ただの偶然かもしれない。悪夢かもしれない。ほかの被害者のスケッチを見なくては。

ガブリエルは〈フランクリン・ルイス〉と記された扉をどんどん叩いた。扉が開き、フランクことフランクリンがびっくりした顔をしてわきへどいた。「ミスター・ノーブル。手紙を受け取りましたよ。具合が悪いんですか？」

「そんなことはないよ、フランク。きみに頼みがあるんだ。金は払う」

「とんでもない。お金なんかいただけません！　この前の恩返しだけでは、わたしの借りを返したことにはなりませんからね。ご用件は何でしょう？」

「検死法廷にある被害者のスケッチを手に入れられるかい？」ガブリエルは声に絶望が表れ

ないように、救いがたいほどの恐怖が表れないように努力した。

フランクは考え込んでいるようだ。「どれくらいお貸しすればいいですか?」

「一〇分でいい」

「だったら大丈夫です。問題ないでしょう。ここに持ってきて、気づかれる前に返せばいい。万が一わたしが持ち出せなくても、わたしに借りのある男がいるんですよ。今のうちに行ってきましょう。みんながうろたえているあいだにね。すぐ戻ってきます」

フランクが部屋を出ていき、ガブリエルはマリエッタとふたりきりになった。

「下で何があったの? あなたの肩が邪魔してよく見えなかったのよ。でも、ちらっと目に入ってきたものにはぞっとしたわ」マリエッタは身震いした。「悪い夢を見そう」

「そうだな」上の空で答える。いろいろな考えが渦を巻き、どうしてもつながってくれない。

「ガブリエル?」マリエッタは彼の顎に手をやり、顔を自分のほうに向けさせた。「もう出ましょう。きっと、またあとで来られるわ」

何かが波のように押し寄せ、彼の心を突き抜けていった。「大丈夫だ。ここでやるべきことをやってしまわないと、ドレスデンに待ったをかけられて自由に動けなくなる」

ああ、この忌まわしい疑念が実を結んでしまったら、わたしはどうすればいい?

フランクが息を切らして部屋に入ってきた。「下はとんでもない騒ぎです。やはり割けるのは一〇分ってところですね」

ガブリエルはうなずき、フランクからスケッチを受け取った。一枚目を見ると、冷たい恐怖が腹の中で渦を巻いた。今わかっていることから判断すれば、確かに、この女には見覚えがある。年は取っているが、彼女の顔つきは過去の記憶、悪夢と一致する。ページをめくり、恐怖が凍りつく。彼は紙の端をもてあそんだ。最後のページまでめくりたくない。確認はしたくない。

こちらを見ているマリエッタがちらっと目に入った。

彼はページをめくった。視界の中でスケッチがゆらゆら揺れ、帳面を机に置く。手が震えて紙を床にぶちまけてしまわないように。

女には別の名がある。例の身元がわかっている最初の犠牲者だ。きっと、もうじきアンソニーが手紙で女の旧姓を知らせてくるだろう。アマンダ・フォレスター。突然の結婚だった、とマリエッタが言っていた。あの女たちの消息を追うために雇った男から連絡を受けていてもおかしくなかったのに。だれかが名前を変えたら、それを知らせてもらうために雇ったのに。最初の被害者の旧姓がもっと早くわかっていたら、わたしはどうしていただろう？　捜査が始まる前にわかっていたら？

「なるほど」ガブリエルは無理やり笑みを浮かべた。「ありがとう、フランク。すごく助かったよ」

助かったとも。どこかの墓地で墓標にたまたま自分の名前が刻まれていて、だれかが墓穴を掘るのを手伝ってくれた、といったところだ。

「行こう」彼はマリエッタのほうを見た。「ドレスデンが現れる前にここを出なくては」それから、再びフランクのほうを向き、握手をした。無理にでも冷静さをしっかり保つ。あの女たちを含め、どんな状況にも対処できるよう身に着けたすべだ。「ありがとう。わたしで力になれることがあったら何でも知らせてくれ」

フランクはにこっとし、スケッチを集めた。「どういたしまして、ミスター・ノーブル。あなたのためなら、いつでもお手伝いしますからね。わたしの仕事にかかわることであればなおさらです。わたしたちを助けるためにしてくださっていることには感謝しております。わたしたちは、あなたのことを〝保護者〟とお呼びしているんですよ」

保護者か。わたしの過去が周知の事実となっても、まだそのような評判を失わずにすむのだろうか？　わたしの過去から現れた四人の女性が死に、検死法廷に――安置台の上であれ、スケッチの中であれ――横たわっているとなれば、なおさら疑わしいではないか。

ガブリエルは口元に無理やり笑みを浮かべた。「これで一週間、こちらのミス・ローズにあなたは傲慢な人だといじめられるのは避けられないな」

フランクはマリエッタにほほ笑んだ。「幸運を祈りますよ。あなたが助けを必要としていることは何であれ、きっとすぐに解決するでしょう。ミスター・ノーブルがかかわってくれれば、問題は必ず解決します」

ずいぶんと信頼されたものだ。わたしはこれまで、ひとつの情報網を作り上げてきた。助けを求めてくる人びとが、かつてわたしが味わった境遇に陥らずにすむように。無力感を覚えずにすむように。ガブリエルは思わず身震いしたが、扉の取っ手をぐっとつかみ、無意識の動きを隠した。過去のすべてが繰り返されようとしている。

彼は大またで部屋を出た。

マリエッタも後ろから続いた。「スケッチから何がわかったの?」

それにマリエッタ。彼女は何もわかっていない。みんなと同じようにわたしを信頼している。自分がその信頼を裏切られる最初の人物になるかもしれない、ということに気づいていない。

「年齢、身体的な特徴、四人を結びつけてくれるものを探してたんだ」それはうそではない。だが、真実の全容でもない。

「それで?」

「全員、ほぼ同じ年齢のようだ。もっと詳しい情報がわかるよう、写しを作って回してもらえるかどうか確認してみようと思う」

そんなことをするつもりがあるのかどうか、よくわからない。被害者の正体はだれにも気づいてほしくない。まだだれも気づいていないという事実が信じられない気はするものの、記憶と重なるあのスケッチを見せてもらえなかったら、わたし自身、犠牲者の身元を確認するのにとても苦労していただろう。殺人犯はわざと身元が特定できないような殺し方をしたのだろうか?

犠牲者について、行方不明になっているとの声をまったく耳にしなかったのはどういうわけだ? わたしが雇った調査員がいったいどこにいるのか、やつが報告すべきことは何だったのか、確かめなくてはなるまい。あの女たちの消息をつかむために、大金を払って雇ったのに。アマンダが結婚した件に関しては、数週間前に報告を受けていてしかるべきだった。

ガブリエルはこぶしを固めた。あの男にはとんでもない額の金を払い、女たちの居所を追跡させた。そうすれば、彼女たちのことを過去を葬り去れる日が来るかもしれないからだ。ただし、女たちのだれかがまた例の悪だくみをしなければの話だが、何をたくらもうが、わたしは金の力で迅速に対処している。だからこそ、彼女たちの中でいなくなった者がいれば見逃すはずはなかったろうし、あいつらは社会からほっぽり出され、一文無しになっていたはずだ。

考えごとに没頭していたため、あの男が目の前に進み出てきても気づかず、足を踏んづけてしまった。

ガブリエルは男の顔が視界に入ると悪態をつき、わきによけた。

「ミスター・ノーブル、どこかへ行くつもりなのか？」

アーサー・ドレスデンは満足しているような、おどけて怒っているような顔をしている。

「やっとわかったのか、ドレスデン？　おめでとう。では、失礼させていただこう」ガブリエルは背後のマリエッタに手を伸ばし、ドレスデンをよけて進もうとした。あとわずか二〇歩行けば、表玄関を出て自由になれる。

捕り手は再び行く手をさえぎった。「もう行ってしまうのか？　それはないよなあ。おまえに話があるんだよ」

「珍しいことを言うじゃないか。だが、われわれを引き留めようったって、それは無理だ。もうおいとまするところなんでね」

「無理だと思うのか？」

「無理に決まってる」ボウ・ストリートの捕り手や戦術を怖がる者もいるだろう。だが、ガブリエルは彼らのおきてを研究し尽くしていた。彼らが守るべき法は熟知している。目の前にいる男にとっては残念なことだ。

ドレスデンは怒りで焼けつくような目を向けた。「おまえにまつわる噂はすべて耳にしているんだぞ。おまえはおのれの欲望のために法律を利用している。人をそそのかして、自分の正義を実行しているんだ。まったく、けしからん。法を軽んじるのは許されない。ノーブル、ずっと目を光らせているから覚悟しておけ」

「あんたに関心を持ってもらえるなんて感動だ。さて、どいていただけるかな？」

ドレスデンはマリエッタに顔を向けた。「あんたは弟を自由の身にしようとしている。そういう気持ちを立派だと思う人間も中にはいるだろう。法の仕組みを妨害するのはどんな気分かね、ミス・ウィンターズ？　それと、ノーブル、これはかなりはっきりしていることだ。裁判の日程を遅らせるべく、ちょっとした画策をしたのはおまえだろう」

「あんたの捜査能力は素晴らしい。そう言わざるを得ない。あんたが捕り手として活躍する土地で、公平に扱われない人がいるとは、実に不可解だ」

「好きなだけ笑えばいいさ、ノーブル。本当にたちが悪いのは、おまえが人の役に立っていると思い込んでいることだ。かろうじて法を逃れ、自分の目的のために正義を混乱させていることだ」

「本当にたちが悪いのはな、ドレスデン、あんたが偽善に満ちた自分だけの世界を信じていることだ」

　ガブリエルがそんなことを気にしていればの話だが、言ってはいけないことを言ってしまったのは一目瞭然だ。というのも、ドレスデンの白い顔が真っ赤になったからだ。「できることなら、この件はすべておまえのせいにしてやる。ミス・ウィンターズ、あんたにも言っておくが、兄上はもうじき弟と一緒にいることになるだろう」

　ガブリエルの手を握っていたマリエッタの手に力が入る。ドレスデンの嫌がらせに、ガブリエルは怒りで体中がうずうずした。

　ドレスデンがマリエッタのほうに身を乗り出した。「あんたが女じゃなかったら、ただちに兄弟の仲間入りなんだがな」

　この捕り手が女性を歯牙《しが》にもかけていないのははっきりしている。だが女性を見くびるのは大きな間違いだ。

「ご立派な洞察力だな」ガブリエルは歩きだし、ドレスデンが行く手を阻んでも、今度はわきへ押しのけ、そのまま歩き続けた。背後で何かが床にぶつかる音がしたのはうれしい限りだった。

　ドレスデンが大声で彼の名を怒鳴っている。

ガブリエルは扉を通過し、階段を駆け下りた。通路を埋め尽くす人込みを縫って大またで進んでいき、マリエッタもあとからしっかりついていく。法廷の界隈にはどんどん人が詰めかけていた。見物人たちは隣近所に伝えられそうな最新のねたを見つけよう、ひとつでもいいからゴシップを仕入れようと躍起になっている。

ふたりはようやく人込みを抜け、飛ぶようにして暗い安全な場所に戻ってきた。この馬車の中にいることがこれほどうれしく思えたことはない。ガブリエルは座席にもたれ、目を閉じた。なんて悲惨な朝なんだ。ひょっとすると、目が覚めて、ビリーのノックに気づいてからの一連の発見はすべて、恐ろしい悪夢にすぎないのかもしれない。

向かいの席から聞こえてくる音で再び目を開けると、マリエッタが唇をぎゅっと結び、両手でドレスをつかんでいた。ガブリエルは手を伸ばし、彼女を引き寄せて隣に座らせ、顎の下に彼女の頭をそっと押し込んだ。彼女が静かにすすり泣いているのがわかる。

「泣かないで。弟さんなら大丈夫さ」

「警察はケニーを釈放してくれないわ」

それについては言うべきことがなかった。はたしてドレスデンの独断で、この殺人事件に新たな解釈を加えることができるのか？　兄弟の共犯と考えるのか、あるいは兄が弟を解放するために犯行をまねたと考えるのか。どちらだろうが関係ない。世論が不利に働けば、兄弟は困ったことになる。陪審は影響を受けるだろうし、判事は誘導尋問をするだろう。

「ケニーを釈放する作戦を開始しよう」

問題は、従僕がマークをうまくかくまってくれたとしても、ドレスデンのでっち上げに裏づけを与えるだけだという点だ。マークは殺人の嫌疑を逃れるために隠れているかのように見えるだろう。ふたりは手錠をかけられ、マリエッタは兄弟をふたりとも失う可能性がある。それに、もしこの恐ろしい疑念、ひどい不安が現実のものとなったら……マリエッタの家族を救うために自分の家族を犠牲にすることができるだろうか？

パズルの形がはっきりしてきた。ぼんやりしていた辺と、丸かった角は消え失せ、今や鋭いとげと、牙のような歯がへりを飾っている。自分がよりによってこの事件に取り組んでいるという事実……。偶然の一致など信じない。わたしのような男は、自ら偶然を作りだし、それを他者に投げ返すのが常だというのに。いったいどうなっているんだ？

「マークが捕まったらどうなるの？」

ガブリエルはマリエッタを強く抱き寄せた。彼女に罪はない。こんな狂乱の中にあって、彼女は無垢な存在だ。だから守ってやらなくては。「きみの弟が逮捕されるという贈り物が差し出されたにもかかわらず、犯人は受け取る気はないと身をもって示したんだ。おそらく、やつはまた人を殺すだろう。その前にマークが捕まっていれば、警察はきみの兄弟に不利になる証拠を何ひとつ示せなくなる」

それも連中がマリエッタに罪を着せなければの話だ。あるいは彼女の代理人として動いているわたしに罪を着せなければ。もし当局がわたしの素性や経歴をつつき回すようになったら……罪をひとつ残らずわたしに着せてくる可能性もある。あるいはわたしの家族に——そうなったら、今とは比べものにならないほど困ったことになるだろう。利口なやり方は、この事件をすっかり放り出してしまうことだ。マリエッタを追い払い、自分の利害関係を守る努力をすることだ。

ガブリエルは目をぎゅっと閉じた。これまで、ありとあらゆる人を助け、情報網を作り上げてきたが、まさかこれだけのことをしてもまだ足りないというんじゃないだろうな？　わたしは罪を償ってきたのだから、これ以上苦しむ必要はない。

「じゃあ、あなたはマークが捕まるようにするつもりなの？」

「そうじゃない。これによってケニーに対する嫌疑が弱まる可能性に賭けてみようということさ。だが、兄上のほうが捕まった場合は、わたしがさっき言ったことに慰めを見いだせばいい。殺人鬼はまだあのあたりにいるのだから」

マリエッタが彼の襟をつかみ、首に顔を押しつけてきた。涙が彼の喉を伝い、その下のシャツにしみ込んでいく。ガブリエルは彼女の髪をなでた。いろいろな考えが衝突している。彼女に対して、この状況に対して、自分は何をすべきなのか。

もし間違ったことをすれば、わたしはまた罪に破滅させられるのだろうか？　わたしはすでに破滅した人間だ。

一六のときからそうだった。

11

マリエッタはキッチンで行ったり来たりしながら、ガブリエルに渡されたメモを読んだ。マークはロンドンのある家に身を隠している。安全だ。少なくとも今のうちは。ただしマークなら、退屈したから、あるいは事の重大さがわかっていないが故に、その家を出ていってしまうとか、ばかなことをいくらでもしそうな気がする。

でも、もしかするとマークもようやくわかってくれたのかもしれない。ハイドパークで散歩道をはずれた、人目につかない場所で落ち合ったとき、兄は意気消沈しているように見えた。そしてその数分後、ガブリエルの従僕とともに姿を消したのだった。

検死法廷をあとにして以来、ガブリエルは不思議なくらい静かだった。マリエッタに対し、皮肉や嫌味はいっさい口にしていない。彼女を抱きしめて慰めてはくれたが、目つきが妙で、焦点が定まっていなかった。今もそれは変わらない。以前の彼が、骨身を惜しまない勤勉な人だとしたら、今の仕事ぶりには、これまでとはまるで違った熱意が感じられる。彼は分厚い本や論文、法律書や小冊子を読むのに没頭しており、至るところにメモが散らばっていた。時間の流れ、日付、頭文字、場所。マリエッタは何枚かのメモを読もうと試みたが、以前のメモが〝わけがわからない〟ものだとしたら、今回のメモの省略した書き方はもう完全に〝謎〟だった。

それと、ふたりはゆうべのことは何ひとつ話題にしていなかった。もっとも、朝あれだけのことがあったので、居心地が悪そうにこそこそ歩き回ったり、自分の気持ちを口にしたりする暇もなかったのだが。

「マリエッタ？」

声がしたほうを向くと、背中を丸めてテーブルに向かっていたガブリエルがこちらをじっと見つめていた。これも今までと違う点。ガブリエルが背中を丸めていることなど、前はなかったのに。いつでも口説いてやるとばかりに体勢を整えているのが常だった。まるで、どこにいようがいつでも立ち上がってわたしを誘惑し、またキスをしてほしいと乞わせることができるかのように。彼を見ていると、やっぱりキスがしたくなる。額に垂れた髪、わたしの目を一心に見つめる緑の瞳、わたしの名を呼びかけるべく開いた唇。

「はい？」

「うろうろするのはよせ」

よかった。これまでと変わらないこともあったのだ。マリエッタは彼の向かい側にどさっと腰を下ろした。「わたし、何かしなくちゃ。何を調べているのか教えてもらえれば、お手伝いできるかもしれない」

ガブリエルは広げた本や書類を見下ろした。「マークを訪ねてみたらどうだい？　彼がおとなしくしているかどうか、外へ出てはいけないと理解しているかどうか、確かめておいで」その声は穏やかで、マリエッタのうなじの毛が逆立った。「馬車で送らせよう。万が一のことを考えて、ものすごく遠回りをして行ってもらうよ。だから、到着するころには馬車から力ずくでも出ていきたくなるかもしれない。夕飯までに戻っておいで」

すべて実に理にかなっているように思える。自分にとって、これほどの気休めはないだろう。「あなたは?」

彼は唇を嚙んだ。「ここに座って、法律文書にじっくり目を通すつもりだ。わくわくさせてくれるような仕事じゃないがね」

「あら、そう」

どうもおかしい。しかしガブリエルはもう書類に目を戻していたし、言うべきことはあまりなかった。確かにマークと話がしたい。兄が安全でいるかどうか確かめたい。

それに、わたしはガブリエルを信頼している。そうでしょう?

「ゆうべ、兄上がどこにいたのか聞き出してくれ。それと、ほかの殺人事件が起きた日付がこれに書いてある」彼が紙切れを一枚よこした。相変わらず穏やかな声。こんなの、ちっとも彼らしくない。「どこにいたか覚えているかどうか確認してほしい。もし覚えていなければ、きみの家に人をやって、思い出すきっかけになる手紙を集めてきてもらわないといけない」

「召使たちはどうするの?」

ガブリエルは傷だらけのテーブルを指でこつこつ叩いた。「ビリーに言って、しかるべき金を払い、しかるべき書類を用意して解雇した」

許可もなくそのような行動を取られたことに腹を立てるべきなのだろう。でもそれはできなかった。

「ありがとう」

彼がわずかに肩の力を抜いたが、それでも、とても緊張しているのがわかる。初めて会ったときの、傲慢で、とてつもなく自信に満ちた男性とは別人のよう。いや、そのような雰囲気はやはりあるし、解き放たれるのを待っている。でも何かが彼を抑えている。

垂れた髪の向こうからガブリエルがこちらを見た。「きみは怒るだろうと思ったんだが」

「そうね。でも、あなたが手を打ってくれなかったら、家に残してきた物がなくなるのは目に見えていたわ。なくなる可能性はまだ残っているかもしれないけど」

自分の大事な物を移しておいてよかったと、あらためて思った。それにケニーの物も。

「錠前屋にできるだけ早く、鍵を取り替えてもらおう」

「ありがとう」

その言葉を口にすると、彼の目が唇の動きを追った。マリエッタは自分の唇に指を走らせた。頭が混乱し、彼に唇を重ねてほしいと思うと同時に、自分の人生が何もかもばらばらになっていくような気がして怖くなった胸をよぎる。安らぎと欲望。

「馬車の御者が右隣の家にいる。行き先は彼が知っているよ。安全のため、きみは知らないほうがいい。御者にわたしのところへ来るように言ってくれ。それから、きみを送っていかせよう」

馬車の車輪の音が通りを遠ざかってから待つことわずか数分、ガブリエルはシルクハットをつかみ、家を出た。そして三〇分後、アルクロフトの屋敷に到着した。

客間で出迎えたアルクロフトは驚いて顔を輝かせた。「ガブリエル」彼はガブリエルにざっと目を走らせた。「なんてひどい顔をしてるんだ」

「まったく、言ってくれるな、ジョン。感謝するよ」

アルクロフトは書斎に来るようにと身振りで示し、ふたりが部屋に入ってから扉を閉めた。

「召使に立ち聞きされたくないんだろう?」

「きみのところの行儀のいい召使といえども、耳や口はついているからな」

アルクロフトが身を乗り出した。「何があったんだ? また殺人が起きたと聞いているが」

「ミドルセックスの殺人鬼の最初の犠牲者はアマンダ・フォレスターだった」

アルクロフトが目をしばたたいた。「レディ・デントリーの昔の仲間か?」

「ああ。それに、二番目の犠牲者はセレスト・ファムだ」

友人は一瞬、何の反応も示さなかったが、やがて自分の机に目をやった。「彼女は暴君だったが、死んだのか? つまり……あんなふうに?」

「そうだ。残念ながら」

アルクロフトは、机の上の紙を一枚、また一枚と動かした。まるでその羊皮紙に答えを見いだそうとするかのように。「まだ言うことがあるんだな」

「ほかのふたりの犠牲者のスケッチも見たんだ。いずれも正体がわかった。三番目の犠牲者はジェーン・モートン。ゆうべ殺されたのはアビゲイル・ウィンステッドだ」

アルクロフトが顔を上げた。「まさか」

「うそじゃない」

友人は壁の肖像画を見た。「最近、アビゲイルと話をしてね。彼女、だれかにつけられていると思っていた。わたしはその話を信じなかったんだ」

それは初耳だ。「彼女と話した？　行方不明だと届けた人間はいるのか？」

「それは疑わしいな。てっきり彼女はもうロンドンを離れたのかと思っていたよ。田舎へ行くと言っていたんだ。ロンドンは安全ではないからということで。もう行ってしまったのかと思っていた。友人と言えるような仲じゃないさ。わたしのところへ来たのは、助けてもらえると思ったからだ」アルクロフトは手に持っていた紙を握りしめた。「報告書は作ってやったが、彼女の話を本気にはしなかった。何かしてやるべきだったな」

ガブリエルは黙っていた。アビゲイルのような女性は、言うことがあまりにも大げさで、発作的に興奮する癖がある。アルクロフトが彼女の話を真に受けなかったのは、別に驚くことでもない。だが、そう言ってやったところで、友人の気持ちは楽にはならないだろう。それはガブリエルも身をもってわかっている。「彼女は何か言っていたのか？　自分をつけ回している人物に心当たりはあったのか？」

「デントリーの召使のだれかだ」アルクロフトが髪に指を突っ込んだので、ガブリエルはほっとした。今の動作で、友人が自分から目をそらしてくれたからだ。さもなければ、緊張で体をこわばらせているところを、目に宿した不安の色を素早く隠したところを見られていただろう。

「そいつの名前を言ったのか？」

「ああ。ジョン、ジョセフ、ジェイコブ……ジェイコブだ！　ジェイコブ……」アルクロフトは唇をぎゅっと結んだ。「報告書の要約があるんだが……。ウォーリーだったかな？　うん、そういう名前だったと思う。従僕だ」

あまりにも大きな、胸が苦しくなるほどの安堵感が体を突き抜けた。

「ガブリエル？」

咳をするふりをして、気を引き締める。「すまん。続けてくれ」

「そいつは、アビゲイルが借りている家の前に再三現れたそうだ。通りの向こうからひたすら見つめていたらしい。とても気味が悪かったと言っていた」アルクロフトはペンを押しつけた。「死んだんだな。四人とも？」

「そうだ」ガブリエルはしっかりした口調で言った。人をしつこくいじめ、たぶらかす女たちの顔が脳裏に浮かぶ。

アルクロフトが顔を上げた。そのとき確かに、友の顔に同情の表情がよぎった。彼は知っている。ガブリエルは背筋がぞっとした。

「ジョン、何を知っているんだ？」

友人は一瞬、不意をつかれたかに見えた。「彼女たちが女性クラブを作り、適当に約束をしたり興味があるふりをしたりして家に少年たちを囲い、いたぶっていたということだけさ」

それだけならよかったのに。その程度ならよかったのに。

「たぶん、その従僕は一種の魅力に感化され、取りつかれてしまったのだろう」アルクロフトが身震いをした。「いったい何がああいう事件を招くことになるのか、想像できるかい？」

何かに取りつかれていた？　それはあり得る。その結果、女を殺すか？　あり得ない。

「でも、これは朗報でもあるんじゃないのか？」アルクロフトが言った。「これでミス・ウィンターズの弟さんを監獄から出してやれるだろう」

「あいにく、この事件を担当している捕り手は手ごわいやつでね。殺人の共犯者として今度はミス・ウィンターズの兄を追っている」

アルクロフトの顔に激しい動揺が色濃く映し出された。「どうしてそんな結論を下したんだ？」

「世間を恐怖に陥れないようにと思って、愚かな行動に出たのさ。世間を恐怖に陥れるという点に関しては、残念ながらマーク・ウィンターズは目下、行方不明だ」

アルクロフトが狡猾そうな目を向ける。「本当に残念なことだ。きみを褒めてやるべきだな」

「その従僕に関する報告書はまだ持っているのか？」

「ああ。そいつの様子や態度に関することが書かれている。ある調査員にやらせたんだが、きみはほかの事件に取り組んでいたし、報告書は届けなくてもいいだろうと思ったんだ」アルクロフトは首を手でさすった。「この件できみを煩わせたくなかったのでね」

ガブリエルは何も言わなかった。

「調査はさせたものの、たいしたことはわからず、わたしは報告書をアビゲイルのもとへ届けさせた。だが、最初の殺人が起きたとき、調査員がその従僕を尾行していたことは確かだ。わたしはプラケン邸の夜会に出ていたのだが、ちょうどそのとき、クラーケンウェルで陰惨な殺人事件が起きたという話が舞い込み、調査員のことを思い出したと記憶している。アビゲイルの住所ならわかるぞ。場所はすぐに見つけられると思うが」アルクロフトは、相変わらずきちんと整理された書類をめくった。「ほら、これだ」

ガブリエルはその紙を受け取った。「ありがとう、ジョン」

感謝しているのは住所のことだけではない。アルクロフトもそれはわかっているらしく、大まじめな顔でうなずいた。「きみなら、そのろくでなしを見つけられるさ」

家路に就いたガブリエルは、その言葉を反復した。

そして、アルクロフトが最後に口にした言葉も繰り返した。マリエッタに話すつもりなのか？

まさか。

犯人はこの男に決まっている。この正体不明も同然の従僕に違いない。自分の家族のだれか、わたしの知っているだれかでも、愛するだれかでもないはずだ。マリエッタの家族のだれかでもない。これでやっと、わたしも彼女も満足できるだろう。ふたりとも、やりたいことは何でも自由にできるだろう。

それを確信できさえすれば。逃げ道や代案をひねり出したい気持ちを抑えることができさえすれば。そんな考えで頭が凝り固まっている。

ガブリエルは無理やりジェイコブ・ウォーリーのことを考えた。自分が捕まえるであろう男、何もかも白状するであろう男のことを。

そうすれば、今夜、勝利を祝うまっとうな理由ができる。今朝、指先から滑り落ちていった主導権を取り戻す理由ができる。

一歩進むごとに、ますます確信が深まった。自分をあざむいているという皮肉には気づいているが、頭のその部分は眠らせておこう。わたしは昔からずっと現実主義者だった。むかむかするほどしぶとく生き残ってきた。弱さや恐れは大嫌いだ。そんなものはとっくの昔に踏みつぶしたと思っていたのに。

怒りがこみ上げてきた。例の従僕を捕まえ、弱い感情は本来眠るべき場所に埋葬してやる。マリエッタとふたりで、ジェイコブ・ウォーリーを見つけ出してやる。

狩りの腕をあらためて磨かなくては。今夜はその仕事を楽しめそうだ。彼は意地悪そうににやりと笑い、通りすがりの女性が息をのんだのも無視した。

マリエッタはキッチンに腰を下ろし、上の空で書類をかき回しながら、ぷんぷん腹を立てている。思っていたよりも早く帰ってくるはめになってしまった。マークは支離滅裂なことをわめいたかと思うと、じっとこちらを見つめるといった具合で、気分のむらに長時間対処できなかったのだ。だから兄には、大人にふさわしい行動を取るようにと言い聞かせ、守るべき規則の一覧を読み上げ、うんざりした気持ちでそこをあとにした。

それに、自分がガブリエルの予想に反して早く帰ってきたのだということも一目瞭然だった。どこにも行かないと言ったくせに。確かに、彼はどこか怪しげに見えた。わたし抜きで調査をしているの？　もし彼がドレスデンに遭遇して、わたしがそこにいなくて助けてあげられなかったらどうなるの？

マリエッタはアンソニーがくれたメモを読んだ。ひとり目の犠牲者の旧姓はアマンダ・フォレスター、とある。社交界ではさほど重要ではない名前として、なんとなく聞き覚えがあるような。ゴシップの提供ばかりしていないで、もっとそういう情報に通じていればよかった。ばかげた考えだけれど。

玄関の扉が開き、ばたんと閉まった。カツカツカツと規則的な足音が廊下をやってくる。やがて、ガブリエルが視界に入ってきた。風に吹かれて乱れた髪、狩りに飢えた暗い目。ついに獲物を見つけたハンターを思わせる。

マリエッタは椅子から勢いよく立ち上がった。「確か、出かけないと言ってなかったかしら？ どこへ行っていたの？ どうして言ってくれなかったの？」

ガブリエルは大またで前に進み、彼女の椅子をわきへ蹴り飛ばした。緊張する間もなく、マリエッタはテーブルの上に仰向けにされており、体の下で書類がくしゃくしゃになっていた。

「いったい――」

再び息をつくかつかないかのうちに、ガブリエルがスカートをまくり上げ、彼女の両脚を押し上げて外に開かせた。そして唇をどこかに押し当てる。ああ、どうしよう。喉の奥を鳴らし、その音がうめきとなって唇のあいだから漏れた。ガブリエルに責めるようになめ尽くされ、マリエッタは抵抗した。彼がまたなめる。何をしているのかと尋ねる暇もなければ、彼がしていることに屈辱を感じる暇もなく、すべての思考が彼の唇がある場所に集中している。気がつくと、紙の束をぐしゃりと握りしめて、首を思い切りそらしており、肩がテーブルから浮いていた。

ガブリエルは彼女の両膝の裏に腕を回し、脚のあいだに頭をうずめた。そして舌を差し入れ、表面の敏感な場所に唇を押しつけ、指で円を描きながら彼女を愛撫した。ああ、なんてこと！ 体が飛び去っていくような、消え去っていくような感じがし、腰が跳ね上がり、手の下で紙が破れた。

マリエッタはテーブルの上であえいだ。脚が震え、額が湿り気を帯びてくる。いったい、わたしはどうしてしまったの？　これはいったい何？

　ガブリエルが彼女を自分のほうに引き寄せ、唇を奪う。強く求めるような、情熱的なキス。マリエッタはわれを忘れ、すっかり満たされ、脚を広げたまま、しがみつくことしかできなかった。彼はキスで彼女の魂を奪い、さらにキスで彼女を再び満たしていく。

　彼はわたしと同じ味がする。そんなふうに考えるのは変だ。ただ、うろたえているわけではないけれど、ガブリエルがしている実に巧妙な行為のせいで、思考がすべて遮断されてしまった。

「マリエッタ、抱かせてくれるんだろう？」

　ぐらぐらしている頭は〝イエス〟のしるしと取られたに違いない。というのも、彼の目に勝ち誇ったような光が宿ったからだ。

「家に帰ってくるあいだずっと、きみのスカートをまくり上げることを考えていた。今日は気持ちが激しく動揺しているんだ。興味深い情報を見つけてね。教えてほしいかい？」

「ええ」頭がまた正常に動き始めた。

「どうやって伝えればいい？　キスの合間にちょっとずつか？」

　ガブリエルは彼女の下唇を吸い、両手を動かしてテーブルに当たっている尻をつかんだ。

「きみを満たしているあいだは、ふさわしいことだけを伝えようか？」

　抱き寄せられると、正気が阻まれた。先ほど彼がむさぼった場所が、ズボンのふくらんだ部分にぴたりと押しつけられている。

「それとも、愛を交わしながら、その手のことについて話すのはぞっとするかい？　まあ、そうだろうな。でも、ふたりの距離はもう縮まっているんだよ、マリエッタ。もうじき、わたしたちはきみの兄弟を自由の身にしてやれるし、これ以上家族の悩みはなくなる」

変なことを言う、とマリエッタは思った。言い方が妙だ。

彼は女性を誘惑する男に戻っている。主導権を握る男。彼を悩ませていたものは何であれ、姿を隠していた。目の奥に潜む影は見えるけれど、鮮やかな緑の瞳は、ありとあらゆる約束をささやいている。

「さっき、何をしたの？」

訊きたいことが競うようにあれこれこみ上げてきたが、口をついて出てきたのはそのひと言だった。

「味見をしたんだよ、マリエッタ。喜んで言わせてもらおう。きみは思ったとおりの味がする。とても濃厚で甘い」

マリエッタはあ然とし、体が熱くなった。ガブリエルと出会って以来、腹部にとらえられていた蝶たちは、ゆうべ一度は追い散らされたものの、前にも増してぎっしりと、色鮮やかになって舞い戻り、羽をいっそう激しくばたつかせながら束縛を逃れようとしている。

「だが、さっきは急いで味見をしたからな。わたしとしたことが。もう一度、もっとゆっくりやってみるべきだろう？　期待にそむきたくないのでね」

「あなたが期待にそむくなんて……」マリエッタは弱々しい声で言った。常に真実を語る彼の目を読み取ろうとしたが、自分の目の前に薄い膜が張られたかのようで、その向こうにある瞳がかすんで見えた。まばたきをして視界をはっきりさせる。ガブリエルの言葉は、人並みはずれた放蕩者の巧みなせりふという感じだったが、目は興奮していた。うそ偽りのない情熱が、冷たい皮肉な表情を和らげていた。

あの巧みな言葉だけでも功を奏していただろう。そう認めることにためらいはない。あんなことを言われたら、どれほど芯の強い女性であれ、自分はこの手の男性の気を引くほど特別な存在だと――それは間違いだったとわかる可能性が高いとしても――信じたくなるだろう。でも、そんな巧みなせりふも、彼の目の表情にはとてもかなわない。マリエッタの胸、喉、頰に火がついた。彼の緑の瞳から焼けつくような熱が放たれ、肌にしみこんでいく気がする。

「よし」ガブリエルはドレスのボタンと留め金をはずし、上半身の身ごろを脱がせながらマリエッタをテーブルの上に仰向けに寝かせた。ドレスが一面に広がり、その真ん中に彼女が横たわっている。

彼はテーブルをぐるっと回り、むき出しになった素肌に触れた。それから、テーブルのへりから身を乗り出し、彼女の右の乳房を覆っている布地の上をひとなめした。

「まだ夕食をすませていないんだ。こんな素晴らしいごちそうは見たことがない」

頭の中の理性的な部分が、自分は痩せすぎでひょろひょろしているし、特別魅力的でもないと告げている。しかし、彼の温かい息が肌をかすめると、頭の残りの部分が金づちで殴られたように鳴り響き、屈してしまった。

「どこから始めたものかな。どこもかしこも、とても美味そうだ」

ガブリエルが乳房に指を滑らせる。マリエッタはその感触をたどりながら胸を上下させた。

「きみのドレス、コルセット、シュミーズ。布地が層になってこすれ合っている。ほら、シルクの布が素肌をなでているだろう？　リンネルが乳首を立たせているだろう？　そこがぴんと立って、触れてほしいとせがんでいるだろう？」

体がとても敏感になり、火がついている。かわいそうに、例の蝶たちは彼女が放つ炎に包まれて燃え上がり、黒焦げになってしまった。まだ残っている布越しに、乳房の外側から先端に向かって彼の指が愛撫していき、マリエッタはその動きに従うかのように、無意識に体をそらした。

「マリエッタ、何をしてほしい？　コルセットをはずしてほしいのかい？　シュミーズを脱がせてほしいのかい？」ガブリエルが耳元でささやいた。彼の指がもう片方の乳房へと移っていく。「乳首を片方ずつ口に含み、堪能してほしいのかい？」

前の晩、自分の身に起きたことがすべてよみがえってきた。興奮し、体の力が抜け、つややかになっていく。

「もし――」

手がひとりでに動き、彼の頬を触り、顔を包み、言葉をさえぎった。「ええ、ガブリエル、何でもして」

マリエッタはガブリエルの頬を優しくなでた。シルクのような手触り。でもほんの少しちくちくする。

ガブリエルのほうに身をそらしたが、彼が反発するように、身じろぎもしないで立っていると気づくのに、しばらくかかってしまった。手はその場でぴたりと動きを止めている。目は閉じていて、顔には見慣れない妙な表情が浮かんでいる。

「ガブリエル？」

彼はみだらな笑みを呼び戻したが、目は笑っておらず、マリエッタの目をじっと見据えている。

「わたしは――」

ガブリエルは目を閉じた。ぎゅっと。

「わたしは――」

彼が目を開けた。緑の瞳に影が差し、翡翠色に変わる。綱でつながれた自制心。一瞬、失いかけたが、全力をつくして再びつなぎ直した自制心、といったところだ。

「望むことをしてほしいと、きみに言わせてみせる」

ガブリエルの手は彼女の腹部をぐるぐるなでていたが、やがてスカートをたどり、その下へもぐりこんだ。意を決し、何か目的があるかのように。何かを追い、強く求めるかのように。彼が満足げに小さくつぶやき、目の色がいっそう暗くなった。

指を丸め、彼女の温かな場所へ入っていく。すべてのものが一体となった場所へ。

「純金の液体のようだ」

ゆうべの経験をする前だったら、こんなことがあり得るのかしらと思っただろう。マリエッタは手の中の紙を握りつぶした。明らかにあり得る。彼の親指があの場所をかすめると、腰がびくんと跳ね上がった。うめきを止めることができない。

「それでいいんだよ、マリエッタ。どうすればきみのうめきが聞けるのか教えてくれ」

わたしは糸でつながれた操り人形《マリオネット》。糸を操っているのはガブリエル。何をしてほしいのか口にするまでもない。体がわかりやすい言葉を語り、出てくるうめきをどうにもできないから。それに、あとでいらいらするはめになるとしても、今は前に感じたような怒りを呼び覚ますことができない。

彼の親指が再び彼女をかすめ、別の指が体の内側の何かに沿って動いている。マリエッタは再びうめき、あえぎ始めた。熱い興奮があまりにも激しくて、どこもかしこも熱い。それに、不意をつかれたゆうべと違って、今回は興奮が強さを増していく。あのうっとりする感覚を目指して。しかし、それも、もはやうっとりする感覚。じれったくて、歯を食いしばるような感覚。馬車がのろのろとしか走ってくれないときのような、あるいは思いどおりに走れない夢の中にいるような感覚。

ガブリエルの唇が触れるのがわかり、脚のあいだを見ると、彼の頭頂部の髪が目に入った。スカートがみだらに腰の周りで束になり、膝頭があらわになっている。彼が何かしているのがわかり、マリエッタはついにはじけた。下腹部がぎゅっと締まり、上半身が浮き上がったかと思うと、再びどさりとテーブルに落ちた彼は愛撫をやめず、マリエッタは震えに襲われながら、あのうっとりする感覚に身を任せた。じれったさが終わりを告げたのだ。

腹部に片手を置き、深呼吸をする。二度目は一度目と少し違っていた。ゆうべ味わった感覚とは違っていたけれど、それでもやっぱり素晴らしかった。前よりもいっそうけだるい感覚が体を乗っ取っている。もうくたくただ。

曲げた膝のあいだから、ガブリエルがじっとこちらを見ているのがわかった。目にはどこか暗い、危険な表情が宿っている。

「きみはもうわたしのものだ、マリエッタ・ウィンターズ」

12

「その妙な男について、もう一度説明して」

マリエッタが相変わらず頬を紅潮させ、少し息を切らしていることに、ガブリエルは満足すべきだったのだろう。しかし、心臓の鼓動があまりにも速くなっていて、できそうにない。あそこで一瞬、自制心を失ったのだ。世界が妙な方向に傾いている。もう二度と、あんな事態を招いてはならない。マリエッタをテーブルに押しつけて奪ってしまおうと思ったが、単に彼女を満足させる計画に切り替えねばならなかった。最初の計画を実行していたら、どうなっていたかと考えると恐ろしい。彼女はわたしの心の片隅を混乱させただろうか？

「先日殺された犠牲者の周囲を、たびたびうろついていたのを目撃されている。そいつの居場所を突き止める必要があるな」

ガブリエルは不安を押しのけた。感情は完璧に抑えている。いつものように。何も変わっていないし、これからもずっと変わらない。

「どうしてそれがわかったの？」マリエッタが詰問する。

「運がよかったんだ。その女性がつけていた物と一致するネックレスが故買屋で売りに出されていた。そのネックレスのことを調べてみたら、ある名前と住所がわかり、ついでに、妙な男が、ネックレスがどうなったかと尋ねていたこと、そいつがいつも犠牲者をつけ回していたことがわかったんだ」

話をめいっぱいでっち上げる。

「それで、二番目と三番目の犠牲者は？」

「ふたりについてはまだ何も聞いていない」それは本当だ。ただし、自分がふたりの名をすでに知っていることは数に入れていない。

「捕り手に伝えるべきじゃない？」

冷や汗が吹き出し、手のわきでこっそり額をぬぐう。「まだだめだ。まず、確かな証拠を何かしらつかまなくてはいけない。さもないと、われわれの言うことなど、やつは信じてくれないだろう」

マリエッタががっかりした顔をした。ガブリエルは叫びたかった。ドレスデンになど、何ひとつ話せるものか。少しでも捜査をされたら……。だめだ。どうして彼女にこの件を話しているのか、自分でもよくわからない。弟には秘密にしておくよう彼女に言っておいたほうがいいだろう。この調査は自分ひとりで続けたほうがいい。

ガブリエルはそれを言おうとした。口を開いたが、何も言葉が出てこない。もう一度やってみた。マリエッタは期待に満ちた顔をしている。

「それで？」

「何でもない」

この状態は健全とは言えない。彼女をそばに置いておきたい、置いておく必要があるという、この気持ち。なぜそう思う？　大勢いる知人の中で、ほかのどの女性よりもわたしの心を読めそうだからか？　彼女とやり合うのが好きだからか？　あの消え去ることのない、いまいましいほどの才気のせいなのか？

マリエッタが何だと言うんだ？

そこまで魅力的ではないじゃないか。

ガブリエルの頭は、みだらな欲望に包まれたマリエッタの顔を、これでもかというほど思い浮かべていた。彼女がどんなふうに感じたかを。あれほど美しいものを見たことがない。

マリエッタはあまりに頑固だ。

ガブリエルは人につけこまれる弱い人間が嫌いだった。だから彼女の才気が気に入っている。

彼女は主導権を握りたがっている。

頭の中でつぶやく声が聞こえなくなった。

「ガブリエル？」

「何だい？」

「この一分間、ひと言もしゃべってないじゃない。まるでコイでも観察するみたいに、わたしのことを見ているし」

彼はすぐさま表情をぬぐい去った。

「本当にその男だと思っているの？　裏切り者の従僕がやったと思う？」

「教わった住所を調べ、何が見つかるか確かめてみるべきだろう。その従僕については何も発見がないかもしれない。だが、被害者がそいつにつけられていたと思っていたのなら、何かわかるかもしれない」

ガブリエルは手っ取り早く話をでっち上げていた。アルクロフトの名前は出さずにおいたし、自分に関することも、家族に関することも当然、話さなかった。

これまでずっと、ジェレミーを守ってきた。いざとなれば、ジェレミーが捕まる前に自分が身代わりになるつもりだ。その考えに疑問の余地はない。紛れもない事実だ。あらゆることから弟を守ってみせる。

ガブリエルはマリエッタの目をじっと見つめた。彼女が最初からわたしの中の何かを燃え立たせたのは、結局のところ、何の不思議もなかったのではないか？　弟を思う彼女の気持ちは、すべてを――自衛本能さえも――凌駕している。

「いつ調べに行くの？」

「明日の朝になってからだ。昼間の光を利用しよう。今行ってもランプやろうそくの光に頼るしかないし、それはやめたほうがいい。近所の人間に気づかれるかもしれないだろう」

「どうやって中に入るつもり？」

「それは任せておけ」

ガブリエルが六番地の家の扉に何か細工をしているあいだ、マリエッタは少々あたふたしながらあたりを見回していた。ふたりに注意を払う者はだれもいなかったが、街角の新聞売りに〝不法侵入だ〟と叫ばれ、指差されている気分だった。

扉がかちゃっと開き、ガブリエルが中に入っていくと、一気にほっとした。慌ててあとに続き、彼が扉を閉める。

「どこでそんな技を覚えたの？」

「有能な召《サーヴァ》――」ガブリエルは使った道具をいじり回していたが、やがてそれをたたんだ。

「有能な紳士《サー》は鍵のこじ開け方を心得ているものなんだ」

「ちっとも答えになってないわ」

ガブリエルは残忍な笑みを浮かべた。「つまり、そういうことだ」

マリエッタはそれには反応せず、玄関広間を探索する彼についていった。そこにはテーブルがあり、未開封の手紙と鍵の束が載っている。

「召使はどうしたのかしら？」

「解雇されたんじゃないか？」ガブリエルは鍵を取り上げた。「執事が家の鍵を残していくのは妙だ。召使仲間に接触して、何か知っている者がいないかどうか確かめてみよう」

召使の噂話のありがたみについてとやかく言える立場ではない。マリエッタは招待状をかき回し、いくつか見慣れた名前があることに気づいた。「アビゲイル・ウィンステッドは社交界の一員だったわ。ここにある招待状を見る限り、目立つ存在ではなかったみたいだけど、多少は有力なつてがあったのね」

彼女はうんざりして、金線細工《フィリグリー》を施した招待状に指で触れた。「一週間前、ショザーズ家はわたしたちに招待状を出さないことに決めたのよ」

「社交界が、ゴシップを直接仕入れるのを遠慮したとは驚きだ」

「あら、最初は聞きたがったのよ。最初の二日は、たくさん人が訪ねてきたわ」マリエッタは招待状を放り投げた。「でも、わたしたちに臨席を賜りたいと思っている人はもうひとりもいない。少なくともまだいないわ。もっとも、ケニーが裁判にかけられれば、招待状を多少受け取っても驚きはしないけど。わたしたちがどんな有様か見たいのでしょう」

「皮肉屋とは、実に愛すべき性格だな」

「現実主義者よ。あなたなら区別がつくはずでしょう」

ガブリエルは同感だと言わんばかりに鼻歌をうたい、未開封の手紙をさらに探し回った。

「書き物机があるかどうか見てみよう」

犠牲者の書き物机は居間にあった。螺鈿《らでん》細工を施した、マホガニーの美しい箱が置いてある。マリエッタがふたを開けると、ごちゃ混ぜの紙の束が出てきた。まるでだれかが宝くじを買っては、それを放り込んでおいたかのようだ。それから本の角が手に当たり、紙の束に埋もれていた革表紙の日記を発見した。

「何を見つけた？」ガブリエルは書類がきちんと積まれたテーブルを調べている。

「日記」

ガブリエルが急に頭を上げた。「個人的な日記か？」

表紙に刻まれた頭文字からすると、そのようだ。「そうみたい」

「見せてごらん」

マリエッタは彼の手の届かないところへ日記を引き寄せ、表紙を開いた。

一八一三年一月二日、L・DとC・FとJ・MとA・FとT・Rとわたしは、思う存分楽しいことをしようと決めた。クラブを結成したのだ。できる限り慎重にやらなければいけない。わたしたちは――。

手から日記をひったくられ、一瞬、息が止まった。「失礼ね。返してちょうだい」

ガブリエルはマリエッタの手が届かないところへ日記を掲げ、ページをめくった。彼の目を何かがよぎる。何かを探しているらしい。

「ガブリエル！」

ページが次々とめくられていく。マリエッタはとても上品とは言えない格好で手を伸ばし、椅子に上ってまで日記を取り戻そうとした。だが、ガブリエルはそれを遠ざけるばかり。

マリエッタはその椅子に座り、腕組みをした。永遠にも思える時間が流れ、彼はようやくページをめくるのをやめた。

「ただのくだらない個人の日記だ。一八一五年以降は何も書かれていない。彼女の心配事に関係する書簡が取ってあるかどうか、調べる必要がある」

マリエッタは手を差し出し、日記を要求した。ガブリエルが一瞬、動きを止め、それを投げてよこす。マリエッタはふんと鼻を鳴らし、日記をかばんにしまった。なぜそうしたのか自分でもよくわからない。でも、あとで読みたかったのだ。それから、ばらばらになっている紙をめくり始めた。ガブリエルも隣に腰を下ろし、紙片をひと握りつかんだ。ふたりで書類をかき回し、メモと手紙と請求書をより分けていると、彼のぬくもりが体のわきにしみ込んできた。マリエッタは彼にもたれかかった。

ケニーが投獄されてさえいなければ、女たちが殺されてさえいなければ、今していることはすべて、ちょっとした冒険に思えただろう。

「たくさんの人にお金を借りていたのね」マリエッタは部屋を見回した。「ここにあるメモから判断するに、火の車だったはずなのに、家は設備が整っているわ」

「分不相応な生活をしていたんだ。きみの兄上にはおなじみの状況だろう」

マリエッタは傲慢そうにガブリエルをじろりとにらみ、書類に目を戻した。

執事を交代させなくては。何をすべきかほとんどわかっていない。昔なら、屈服させ、ご奉仕させてくださいと犬のように請わせていただろうに。

「彼女、ずいぶん……手厳しい人みたい」

「つまり、こういう発言がってことかい？　〝メイドはばか《トゥイット》だ。来週、宝石泥棒の濡れ衣を着せてやろう〟」

マリエッタはガブリエルをにらみ、彼が手にしているメモを読もうと、紙のへりを持って引き下ろした。「本当にそんなことが書いてあるの？」

「いや」

メモには食料品店で豆を買うと書かれていた。マリエッタは彼の脚をひっぱたいた。「危うく信じるところだったわ。そういう言い方のメモを何枚も読んだところだったから」

「今のやつ、なぜ思いついたと思う？」

「おばかさん《トゥイット》だから」

「だまされやすいんだな」ガブリエルがほほ笑むと、マリエッタの中にぬくもりが広がった。彼女がもう少し彼のほうに身を傾け、ふたりは引き続き、書類を読んだ。

ガブリエルが勝ち誇ったような声を上げた。「例の従僕、ジェイコブ・ウォーリーの住所が書いてある。彼女は調査員を雇っていたんだ」手にしている書類をめくっていく。「ほら、調査報告書が何枚もある」

マリエッタはちょうど目を通していた一枚を掲げた。そこには、二週間前の水曜日にその従僕がしたことが記されていた。「そうね。ここにもいくつか書いてある。どうやら従僕は本当に彼女をつけ回していたようね。さぞかし怖かったに違いないわ」

ガブリエルは気さくな感じで彼女に肩をぶつけた。「手紙を全部まとめるんだ。持って帰ろう」

「だれかに気づかれたらどうするの？」

「すべて目を通したら、わたしが戻しに来る。召使たちはもういない。あまり難しくはないはずだ。さっき賃貸契約書を見た。この家は今月いっぱい借りてあるようだ」

マリエッタはうなずき、手当たりしだいに紙の束をつかんでかばんに押し込んだ。

「家の中を見て回りたい。ほかに何か見つかるかどうか確認しよう」

見てわかったのは、どうやらアビゲイル・ウィンステッドは潔癖症で変わり者らしいということだけだ。家のほかの物にはひとつ残らず彼女の几帳面さが発揮されており、文具箱があれほどごちゃごちゃしているのがいっそう妙に思えた。

大型の衣装だんすをのぞいてみると、厳格な女性が持っていそうにない物がいくつか見つかった。別の世界に属するさまざまな大きさの道具が、レディは決して着ないであろう衣類にうずもれている。いや、兄弟を解放すべく奮闘しているレディは着ないと言うべきだ。マリエッタは頭の中で訂正した。

「こういう〝道具〟が欲しいのなら、ひとつ見繕ってあげよう。でも、きみはきっと、彼女のお下がりでは受け取ってくれない」彼はマリエッタの耳元で低くささやいた。

「何に使う物なのかもわからないわ」

ガブリエルがマリエッタの向きを変えて自分のほうに引き寄せた。ふたりの体は満足げに、ぴったりと触れ合っている。「教えるのは簡単さ」彼があたりを見渡した。目には暗い光が宿っている。「だが、ここではだめだ」

「つまりそれが、わたしの質問に対する答えなのね。あなたは性的な興味を探求することばかり考えているのでしょう？」マリエッタは小声で言った。だが、なぜそうしたのかわからない。完全にふたりきりだというのに。

「ああ、まったくそのとおりさ」ガブリエルはひそかに、にやりと笑った。

家の中に、ほかに重要なものはほとんどなかった。過度に整理整頓された雰囲気は、ふたりの仮の住まいに漂う質実剛健な雰囲気よりもなぜか脅迫的に思えてしまう。マリエッタはそこを出られるのがうれしかった。ガブリエルが鍵の束と招待状を手に取り、玄関の扉に鍵をかけた。鳥たちが不協和音を奏でながらにぎやかにさえずる中、ふたりは小道をたどり、通りを戻っていった。

「アビゲイル・ウィンステッドのこと、どう思う？」ガブリエルが尋ねた。

「わからないわ」マリエッタは彼を見た。「あなたはどう思うの？」

ガブリエルはしばらく黙ったままだった。ふたりは、褐色砂岩《ブラウンストーン》の壁や美しいれんがを使った建物の正面《ファサード》、植木鉢や飼い葉桶《トラフ》から垂れ下がる色鮮やかな花々の前を通り過ぎた。

「ひたすら、ひとつのことに執着する性格」

マリエッタは売り子用のボンネットをかぶった頭をかしげた。「ええ、わたしもそう思う。だから、自分をつけ回す男のことばかり考えていたのでしょうね」

「ああ」

「彼女はその男の足取りを追っていたのかしら？」

「たぶん。しかし、彼女は自宅から離れたところで殺された。この住所からもかなり離れている」ガブリエルは、ふたりが集めた書類が入っているかばんをぽんと叩いた。「なぜだ？」

マリエッタは首を横に振った。「書類に何か手がかりがあるんじゃないかしら」


夕食後、マリエッタはアビゲイルの日記を持って二階の小さな客間に陣取った。肘掛け椅子がふたつ、フラシ天の長椅子がひとつ置かれたこの客間は、ほかの部屋と違って、こぢんまりした居心地のよさがある。ガブリエルは外出したが、いつ戻ってきてもおかしくない。日記は彼の部屋から取り戻してこなければならなかった。どうしてあそこにあったのかわからない。わかるのは、彼がこれをくだらない日記だと思っていたということ。でも見つけ出さずにはいられなかったのだ。

日記は物語のように展開していく。マリエッタの目は優美な字体に釘づけになった。日記は魅惑的かつぞっとさせる内容だった。


新しい子が入った。彼はとても魅力的。わたしたちは小さな復讐者と呼んでいる。この前の子より怒りっぽいし、覇気がある。なんと、わたしたちのことを脅迫者だと思っているらしい！　わたしは笑った。だって、それは真実以外の何ものでもないもの。それでも、彼には教えるべきことがたくさんある。L・Dが彼を見るときのあの目つき。みんながそうしている。彼は美しい。王冠を飾る宝石のよう。

肩を触られた気がした。その手は喉をなで、顎の下をたどって頬に触れた。夢中になるあまり、彼が階段を上がってくる足音も耳に入っていなかったのだ。この二日間そうであったように、彼の手の感触に身を任せ、ページをめくる。すると、そこには一週間後の日付が記されていた。

彼はこれまで目にしただれよりも美しい。それに反抗的。これ以上反抗的な召使を見たことがない。きっと母親によからぬ考えをあれこれ吹き込まれたせいだろう。あるいは、ほかの召使があんなふうに彼を猫かわいがりするせいかもしれない。彼は自分の身分を忘れている。

でも、そういうところに、とても人の気をそそるものがある。もし、この小さな復讐者が、顔は美しいものの、温和で意欲的な、こぢんまりまとまった子だったとしたら、わたしたちが彼をこれほど大事な存在に思えたかどうかは疑わしい。かわいいだけの子はたくさんいるけれど、わたしたちの興味を絶やさぬようにすることはできない。彼らは例のおもちゃにも反応が鈍いし、それでいてうんざりするほど意欲的で、お里が知れる。まるで犬みたいだ。わたしたちの小さな復讐者とは大違い。

それに、彼のいちばん素敵な部分は目の表情だ。こちらの要求に応じなければ、自分の立場や家族がどうなるかを思い出すと、彼の目は決まって激しく燃え上がり、報復してやると語るのだ。まるで灰になっても消えない埋《うず》み火、永遠の呪い。わたしたちを破滅へと導く鍵を握っているのは自分だと思っているなんて、面白いじゃないの。わたしたちのお株を奪って破滅させてやろうと思っているなんて。


類に触れていた手が動きを止めた。「何を読んでるんだ?」つかんでいた日記をひったくられたが、マリエッタはそのまま自分の手をじっと見つめていた。「アビゲイル・ウィンステッドの日記か? どこから持ってきた?」

「あなたの部屋のナイトテーブルよ。それを言うなら、日記はわたしのかばんに入れてあったでしょう! あなたこそ、どうやって取ったの?」

「書類は全部、きみのかばんに入れてあった。さっそく目を通し始めていたんだよ」

「もう、この日記は用なしなんでしょう」マリエッタは手をひらつかせた。「こっちに渡して」

「こんなくだらないもの、読む理由がない」ガブリエルが日記を振った。目が暗い翡翠色になっている。

「悪いけど、わたしの意見は違うの。これを読むと、亡くなった女性の心を恐ろしいほど見抜くことができるのよ」

「ああ、こう見抜けるだろう。彼女は死んだ。日記は一〇年以上も前のものだ。もっと最近の文書に目を通せよ」

「でも日記には、だれかが彼女を殺したいと思った理由がたくさん書いてあるわ」

ガブリエルが一瞬動きを止め、マリエッタはそれを、続けろという合図と解釈した。

「彼女たちは……つまり、この六人組の女性は堕落した人たちだったの」マリエッタは声を落とし、身を乗り出した。「男性を食い物にしていたのよ。自分より若い男の子たちを思いどおりに利用していたの。詳しくは書かれていないけど、読めば読むほど、はっきりとわかってくる」彼女はさらに声を落とした。まるで隠された秘密をばらしているかのように。

「男性を性の奴隷にしていたんだと思う」

「性の奴隷？　性の喜びを味わったばかりの女性にしては、ずいぶん品のない意見だな」

「からかうのはやめて。これは深刻な問題よ。あの人たちは、悪いことをするために若い男性を利用していたの」

「利用していた？」彼は面白がっているようだが、目の表情には何かが感じられ、マリエッタは思わず座ったまま身じろぎしてしまった。「たいていの男は、六人の──と言ったかな？──女性に利用してもらえたら、わくわくするんじゃないかと思うがね」

マリエッタは唇を噛み、再び日記を見下ろした。「わたしにはわからない。まるで喜んで利用されていた犠牲者もいたかのような言い方ね。でも無理強いされていた人も何人か──」

「犠牲者？」ガブリエルは耳障りな笑い声を上げた。「そういう言い方をすると、たいていの人間から笑われるだろうな。その若い男の子たちというのはいくつだったんだ？」

頭の中でページをめくる。「一六から二〇歳《はたち》」

「普通の一六歳の男なら、六人の女性にいきなり襲いかかられたところで、襲われたとも思ってなかっただろう」

「そんなの信じられない。つまり、男性は利用されても気にもしないということ？」

「やる気満々な六人の女に、だろ？」

「女性にやる気があるかどうかなんて関係ないわ。あんな虐待をしている人たちならね！」

「彼女たちは卑劣な醜い魔女なのか？」

「そうじゃないみたいに聞こえるけど。いったい何が違うのかしら？」

「じゃあ、普通の一六歳の男なら大喜びしていたとでも言えばいいのか？」

マリエッタは腕を組んだ。「ひどい人ね」

「大半の男性が言うであろうことを口にしているだけさ」

「どうでもいいわ」マリエッタは手を伸ばし、日記をひったくった。「ここに出てくる男の子にはその気がなかったみたいなの。でも彼女たちは無理強いした」そしてページをめくっていく。「彼を愛称で呼んでいたの。反抗的だから復讐——」

ガブリエルは彼女の手から力ずくで日記を取り上げ、部屋の反対側に投げつけた。日記は板張りの床にどさっと落ちた。「あんなもの、読むのはやめろ」

「いやよ！」

ガブリエルはマリエッタのうなじに手を滑らせ、そっと愛撫した。ふたりの視線が絡み合い、ガブリエルは体を前に倒した。マリエッタも身を傾ける。ふたりの唇が重なり、彼女はその感触を楽しんだ。柔らかな、力強い感触を。

体はすでに反応していた。興奮がわき上がり、ぞくぞくする感じが押し寄せている。彼はわたしを抱くだろう。わたしはそれを許してしまうだろう。身を任せるのはとても簡単。つまり、わたしには抵抗するすべがないということ？

マリエッタはゆっくりと彼から離れた。「最後まで読みたいの」

「だめだ」

「だめ？」憤りを示すことができるかどうかやってみる。「そんなこと言わせないわ」

「言わせない？」完全に挑むような緑の瞳が、マリエッタを椅子に釘づけにした。「このつまらぬ任務を依頼された最初の晩に、何でも言うことを聞いてもらうと伝えたと思ったがな。わたしに助けてほしいのなら」

「裁判のために必要なことならよ」マリエッタはうそをつき、唇を噛んだ。あのときの会話ははっきり覚えている。彼の言うとおりだ。でも、あのときは彼を恐れていた。安心感があると、人の振る舞いはなんて変わってしまうのだろう。

「絶望は全面的降伏をもたらす。いいかい、きみはあのとき降伏したんだ」ガブリエルはマリエッタの顎を上に向け、喉に指を走らせた。「しみのついたドレスを着て、痩せこけた体で。きみは絶望的な目をしていた」彼の手がうなじをなでる。

「きみはすでに強かったし、気性が激しかった。だが、食べ物とくつろぎと安心感は、きみにさらに多くのものを与えてきた。そのおかげで、きみの記憶が消えていないことを願うばかりだ」彼の手が彼女の髪をすき、後ろに倒れた頭を支える。「この仕事が終わるまでずっと、わたしの言うとおりにしてもらうと伝えただろう。わたしの言うことは何でもだ。確か、きみは同意した」

記憶はまったく損なわれていない。安心感が議論を続ける度胸をくれた。「あなたの言っていることはむちゃくちゃだわ。わたしの弟の話をしてるんでしょう。兄と弟の話をしてるのよ。もし事件に関係ないと思ったとしたら、わたしが頭のいかれた女性の日記を手当たりしだいに読んで時間をむだにすると思う？」

最後のひと言は、力強い唇にとらえられてしまった。焼けつくようなキスをされ、マリエッタはガブリエルのほうにさらに近づいた。彼の言うとおりだ。わたしには拒めない。食べる物に加え、ここにはくつろぎと安心感がある。とても力強い感覚だ。おかげで、今度ばかりは自分が強くなった感じがした。無力ではないと思えた。

彼がそばにいると、これまで感じたことがないほど安心する。それは恐ろしい考えではないかしら？　すでに主導権を握っている男性に、そんなふうに気持ちをゆだねるなんて。たとえ、くだらない日記について言い争っているときだとしても――。

マリエッタは体を引き、自らを押し込むように再び椅子に座った。巧みなキスで、考えていたことはすべて一掃された。わたしは操られている。彼はいとも簡単に女性を操っている。その言葉が自分にも当てはまることを、いつ忘れてしまったのだろう？　悪魔そのものである彼に対し、友情でも芽生えているというの？　「やらせたくないことがあると、あなたはいつもわたしを誘惑する！」

「ずいぶん簡単そうに言ってくれるじゃないか。わたしが指をぱちんと鳴らしたら、きみは誘惑されるのか？」ガブリエルの顔にはいら立ちと何かが交じり合っている。罪悪感？

「あなたのキスでよ！　近づいてきて、燃えるような目で見るのもそう」考えていたことが急に口をついて出てきたかと思うと、どんどん勢いを増していった。「あなたは、わたしを支配しようとしている。まったく。わたし自身の感情のせいで、物事がこんなに複雑になってしまったってこと？　わたしは大丈夫だと思っていたのに」

マリエッタは少しヒステリックになっていた。いろいろな考えが錯綜し、安全網は一気に目がほどけていく編み物のように破れてしまった。

ガブリエルは半ば目を閉じ、暗い顔をしている。「きみは自分が何を言っているのか、ほとんどわかってないんだ」

「自分が言っていることぐらい、ちゃんとわかってるわ。あなたは女性を誘惑するのが上手。とんでもなく上手よ。それは認めてあげる。あなたにノーと言った女性は何人いたの？　ほとんどいないでしょうね。そうに決まってるわ！」ヒステリーが徐々に激しくなり、制御不能になっていく。「それに、ひとり残らず、自分の選択にとても満足していたはずよ。でも、わたしは、あなたになんか支配されるもんですか！」

「面白い」ガブリエルはマリエッタの周りをぐるぐる回っている。「つまり、支配する側になりたいがために、喜びを我慢すると言うんだな？」

「ほら、またお得意の手練手管で優位に立とうとしてる」欲求不満が押し寄せてヒステリーに追い討ちをかけ、マリエッタは後ろを通る彼を見ようと首を伸ばした。「何が気に入らないのか知らないけど、どうして普通にできないの？」

彼女の前でガブリエルが立ち止まった。口元が引きつり、目にはゆがんだ笑みが浮かんでいる。この笑み、自己嫌悪の眼差しに何かが感じられ、マリエッタは口にしたばかりの言葉をひったくって取り戻したくなった。体の中を異常なエネルギーが流れ、頭がくらくらし、意識を失いそうな気分だったにもかかわらず。

「確かに、なぜ普通にできないんだろうな？　実にいい質問だ。わたしもたびたび自問している」

彼は背を向けた。「明日の朝にまた」打ち解けた感じでありながら、ていねいな短い言葉。まるで執事が女主人に話しかけているかのようだ。

廊下の向こうで彼の部屋の扉が、彼女を締め出すようにかちゃんと鳴り、そのときようやく、彼が日記を持っていってしまったことに気づいた。

13

マリエッタはまっすぐ前を向き、ガブリエルをちらちら見ないようにしている。売り子の格好で遅れまいとしながら歩いていると、スカートがばさっ、ばさっと音を立てた。かたかた通り過ぎていく馬車を眺めるふりをしながら彼を見る。斜めに照りつける太陽が横顔をとらえ、顔の半分が輝き、半分が陰になっている。

イーストエンドとの境目に足を踏み入れると、街の風景は薄汚い灰色へと変わっていった。ガブリエルは再び波止場の労働者の格好をしていたが、以前見られた気取った様子はきれいさっぱりなくなっていた。

彼は、ふたりが出会ったころの冷たい人間に逆戻りしてしまった。マリエッタはなんとか目をこすらないように頑張っている。ゆうべは悲惨だった。それに孤独だった。ぐちゃぐちゃに混乱した頭で、いら立ちや裏切られた気持ちと戦っていた。どうして急に、ガブリエルはほかのどの男性とも違うなどと思ってしまったのだろう？

わたしは不当なことをしているの？　そう考えたら、何度も寝返りを打ってしまった。部屋を出ていったときの彼の目の表情を思い出すだけで、ぼう然としてしまった。でも、彼はわたしに何かを与えてくれるべきだった。何を考えているのか理解させてくれるべきだった。さもないと、わたしは利用されているという気持ちを持ち続けることになる。ここで今日の仕事をやり終えたら、勇気を奮い起こし、感情を表に出さずにいる彼に向き合い、尋ねてみよう。

通りに沿って番地の数字が徐々に増えていき、ふたりはようやく、さえない三階建ての建物の前にやってきた。アビゲイルのメモに書かれていた住所はここ。

汚い下宿屋だ。階段や手すりの透き間や割れ目に、紙くずや食べ物が散らばっている。ガブリエルが大またで階段を上がり、マリエッタも後ろから続いた。彼はノックをしようとしたが、振り上げたこぶしが木の厚板に当たる間もなく、扉が開いた。

そこに立っていたのは顎の下に長い傷跡がある男。外出しようとしていたことは一目瞭然だ。男は口を開け、何か言おうとした。おそらく〝失礼〟とか〝ごきげんよう〟といったたぐいの言葉だろう。ガブリエルは相手の言葉を受け止めるべく首をかしげ、男を通してやろうと体をほんの少し動かした。

そして、ふたりの目が合った。

一瞬、時間が止まる。

うなじの毛が逆立ち、マリエッタは倒れないようにバランスを取った。突然、絵を飾る細い梁《はり》の上に立たされてしまったかのように。

男が素早く動いた。建物の中に飛び込み、扉をばたんと閉める。ガブリエルが突然走りだし、男を全速力で追いかけた。ぼう然とするマリエッタ。あの法廷弁護士たちと対決したときに体を貫いた感覚がよみがえり、再び全身を流れていく。スカートをぐいと引き上げ、できる限りの速さでふたりのあとを追う。ある角を曲がったちょうどそのとき、男が開いたどこかの窓から身を投げて逃げていくのが目に入り、息をのんだ。と同時に、ガブリエルも勢いよく窓を乗り越えていった。マリエッタは右に、それから左に目をやった。一方に何の変哲もない閉まった扉がある。

一秒でも惜しむようにしてノブをつかみ、力ずくで押し開ける。すると、ふたりの男が地面から起き上がる姿が目に入った。先に走りだしたのは見知らぬ男。ガブリエルは前方にくるりと一回転し、再び全速で走りだした。ごみ箱が倒れ、洗濯物が洗濯ばさみからもぎ取られる。ヨークシャーテリアが一匹、短い脚を必死で動かしてふたりを追いかけたが、男たちが小さな毛のかたまりに追いつかれる危険はまったくなさそうだ。

マリエッタも慌ててふたりを追ったが、まったくの役立たずと言ってよかった。男たちのあとを追い、彼らのかかとに向かってキャンキャン吠えている犬といい勝負だ。ガブリエルが素早く手を動かし、マリエッタはその合図に従った。通りの先がU字路になっている。男たちはすぐ彼女のほうに戻ってくるだろう。U字路をさえぎる建物の向こうにふたりが姿を消した。マリエッタは血まなこになってあたりを探し回り、いちばん重そうな物――ごみ箱のそばにあった不格好な石を手に取った。

身を隠す場所がまったくない。前をよぎるはずの男の目に、おとなしそうな女だと映ることを願うばかりだ。U字路を曲がったふたりが再び姿を現した。ガブリエルが男に迫っている。しかし、男は驚くほど機敏だった。もっとも、たいていの従僕は機敏なのだ。男がまっすぐこちらに向かってくる。マリエッタは目を丸くして急いで後ろに下がり、石を持った手を後ろに引いた。猛スピードで迫ってくる男に石を投げつける。男が素早く身をかわし、マリエッタの胴をつかむ。彼女は地面に叩きつけられた。だが、何事も起こらない。何の音も、何のにおいもしない。目の前の映像が静止している。次の瞬間、目の前が揺れた。ガブリエルの顔が現れ、唇が動いた。

ふーっ。マリエッタはあえいだ。大きく口を開けて深呼吸をする。ガブリエルの手に腕をつかまれたのがわかったと思ったら、彼は再び走っていってしまった。マリエッタは片手で腹部を押さえ、かなりぼんやりしながら考えた。あの蝶たちもとうとうつぶされてしまった。永遠に。

間もなく、ガブリエルが悪態をつきながら戻ってきた。マリエッタの前にしゃがみ、腹部に置かれた手をどける。わき腹を素早く押され、彼女はあえいだ。彼はさらに胸、腹部、わきの下をつついたり、押したりしている。マリエッタはあまりにもぼう然としていて何も言えず、訊かれたことに答えるのがやっとだった。

「大丈夫だ。まあ、あざは間違いなくできてるだろうな。よくもこんなことを……。でも、どこも折れてないようだ。よかった」

ガブリエルはマリエッタを抱え、立ち上がらせた。彼の目から冷たさは消えうせ、何か狂気のような表情が取って代わっていた。「さあ、ウォーリーの部屋を調べよう。やつは判断力を失っている。また戻ってくるかもしれない。今、このまま帰ったら、二度とチャンスはない」

ガブリエルはマリエッタを抱きかかえ、先ほどの下宿屋に向かって来た道を戻っていった。ウォーリーの部屋の扉は鍵がかかっていたが、ガブリエルは素早く開けてしまった。ほかの下宿人が何人か、ぶらぶら通りかかったが、だれも何も言わなかった。いい隣人たちだこと。

部屋は暗かった。ガブリエルはマリエッタの腕をつかみ、彼女を導いて中に入った。再び自分に触れ、気遣ってくれる彼のことを、どう考えればいいのかわからない。ガブリエルは扉を閉め、カーテンを開けた。マリエッタは室内の装飾をよく見てみた。寝室は陰気な感じがするとしても、ごく普通だった。強く好奇心をそそる物は何もない。

机の上には羊皮紙の束。壁際に積み上げてあり、てっぺんに木炭が数本載っている。近づいていくと、未完成の女性のスケッチが目に入った。検死法廷にあったスケッチに描かれていた女性のひとりにとてもよく似ている。

「ガブリエル、これを見て」そのスケッチをわきにどけたが、残りの羊皮紙には何も描かれていなかった。机の上には木炭の跡があり、前の壁にも少ししみがついている。

ガブリエルは何も答えない。

「ガブリエル、ウォーリーは被害者のだれかの絵を描いていたみたい」マリエッタは振り返って言った。

彼はそこに突っ立ったまま、食器棚の中をじっと見つめていた。取っ手をつかんでいる手の関節が白くなっている。「きみの言うとおりだと思う」ようやく返事があった。

マリエッタは駆け寄り、彼の肩越しにあたりを見回した。窓から入るわずかな光で、食器棚の内側三面にびっしり貼られたスケッチの数々が目に入った。女性たちの顔がこちらを見返している。ビラ、メモ、新聞の切り抜きもある。〝ミドルセックスの殺人鬼を逮捕！〟と書かれたもの。日付や時間。名前や場所の一覧。床のあちこちに、短くなったろうそくがかたまりを作っている。頭のいかれた人間が作った、間に合わせの祭壇といったところだ。

「信じられない」

「確かに」

壁に貼られた物のあいだには、ハンカチやレースの端切れがピンで留めてある。

「これは何なの？」

「被害者から取った物だろうか？　わからないな」

マリエッタは何をどう言えばいいのかわからなかった。すべてがあまりにも奇怪に思える。

「ろうそくをつけよう。どこかに――ああ、あった」

やがて不気味な炎が床を照らし、スケッチに邪悪な影を投げかけた。スケッチはかなり――ベールをまとった謎めいた女性でさえ――真に迫った描き方をしており、かえって異様さが増して見える。女たちの目がふたりを見下ろしているかに思え、マリエッタは震えを覚えた。まるでアビゲイルの日記に入り込み、この女性たちに裁かれている気分だ。ろうそくの明かりの妙な効果で、ガブリエルの顔がうっすら黄色に染まっている。マリエッタは背後に素早く目をやった。背を向けているときにウォーリーがふらっと入ってくるなんて願い下げだ。

それから、スケッチを見た。そのほとんどは、目と体のほかの部分で成り立っている。横顔や正面から見た顔が布で覆われていたり、動物が顔の一部分を隠していたりするスケッチもいくつかあった。「ここにあるのは四、五人分の女性のスケッチね。もっとあるのかもしれないわ。ひとりだけ、かなり年が上に見えるけど、もしかすると、ウォーリーの母親かしら?」

「さあ」ガブリエルの口調はぶっきらぼうだった。「そうかもな」

「この顔、見覚えがある」マリエッタは横顔が描かれた女性の絵に触れた。「正面から見た顔はないかしら? だれだかわかる?」

ガブリエルは身をかがめた。「わからない。たぶん、街角に立ってる女だろう」そっけない言い方だ。「凶器らしき物はないか? いずれの事件でも、凶器が見つかっていない。ということは、犯人はどの犠牲者にも同じ凶器を使っていると思うんだ。記念品として取ってあるんじゃないか?」

マリエッタは戻って机の引き出しを確認し、ベッドの下や枕の下も探してみた。この部屋にある物は何に触ってもけがれてしまう気がして、スカートに両手をこすりつけた。「何も見当たらない」

ガブリエルはまだ食器棚の中をじっと見つめている。

「何なの？」

彼が振り向いた。「何でもない」

「どうすればいいのかしら？」

彼は開いた窓に目の焦点を合わせている。何も反応がない。

「ドレスデンに首を突っ込まれたくないのはわかるけど、彼は少なくともケニーとマークのほかにも容疑者がいることを認めるべきでしょう」

ガブリエルはマリエッタには目もくれず、沈黙を続けている。

「ケニーを自由の身にするには、ドレスデンが必要なのよ」

彼はようやく目を合わせた。驚いたことに、そこには怒りが見て取れる。どうして怒るの？　おまけに怒りはもっぱらわたしに向けられている気がする。わたしが何をしたというの？

「反対なの？」おずおずと訊いてみる。

ガブリエルは窓のほうに向き直った。「これは全部、持って帰れるだろう。ただし、全部持っていることがばれるとまずいな」まるで自分に語りかけるような言い方だ。

「持って帰るですって？　ドレスデンに見せる前に？　そんなことをしたら、わたしの家族へ向けられた疑いがいっそう強まるだけよ。ドレスデンはここで証拠を見るべきだわ」

「そうしたら、やつはわれわれの調査に割り込んでくる」

「ドレスデンはとっくに、わたしたちが捜査に割り込んでいると考えているわ。ガブリエル、わたしたちにはドレスデンが必要なの。あなたのほうがよくわかっているでしょう」

ガブリエルがマリエッタをじっと見つめる。わずかの時間が、彼女には人生でいちばん長く感じられた。彼はノーと言うつもりなのだろう。ドレスデンをここに連れてくるつもりはないのだろう。

絶望が胸を貫いた。それは彼の目を見ればわかる。身じろぎもせずにいる様子を見ればわかる。いや、結局は逮捕するだろう。兄弟はふたりとも裁判にかけられて、有罪の判決を下されてしまう。

ガブリエルが目を閉じた。「ドレスデンを連れてこよう」

ぼう然とするあまり、マリエッタは一瞬、口がきけなかった。とてつもない安堵感が体中に広がっていく。もちろん、連れてきますとも。それが唯一、道理にかなっているもの。彼がそうは思っていないだなんて、考える理由がないでしょう？　それでも、数秒前はそのつもりがなかったと断言できる。

「効果があるかもしれないし、ないかもしれない。だが、彼が証拠を見ざるを得ないことだけは確かだろう。つまり、一連の罪を犯した可能性が最も高いのはこの男だという証拠だ」

「それでもドレスデンは、わたしたちがうそをついていると思うかしら？」

「ああ」ガブリエルは袖口をいじり回している。自分では気づいていないのだろう。「しかし、きみの弟を助けるうえで、ささやかな前進にはなるかもしれない」

この証拠があっても、ドレスデンはわたしたちの言うことを信じてくれないかもしれない。マリエッタは食器棚の中をぼんやりと見つめた。

ガブリエルが近づいてきて彼女の顎に触れ、顔を自分のほうに向けさせた。「一か八かだ」彼はしぶしぶ言った。道理にかなったことをしているどころか、まるで、きみに大幅に譲歩してやっているんだぞ、と言わんばかりだ。「ドレスデンをつかまえよう」

彼はふたりの男に途方もない額の金を払い、自分が戻ってくるまで、この部屋にだれも入れてはならないと厳しい指示を与え、戻ってきたときに報酬を倍にしてやると伝えた。これで戻ったときに部屋が手つかずのままになっているのはほぼ間違いないだろう、とマリエッタは思った。そのうえガブリエルは、ここに住んでいる男を見つけて捕まえておいてくれたら、さらに金額を倍にしてやると条件をつけ加えた。

それからふたりは外に出て貸し馬車を呼び、ボウ・ストリートへ出発した。

ふたりが入っていくと、ドレスデンは額の中ほどまで届くくらい眉を吊り上げた。驚いたことに、彼はこちらの話を聞いたのち、虚勢はほとんど張らず、一緒に下宿屋までやってきた。とはいえ、馬車に乗っているあいだ、ガブリエルのほうに何度も推し量るような目を向けていた。それを見てからは、マリエッタもドレスデンの振る舞いにそれほど驚かなくなった。彼は敵に近寄り、監視しているだけなのだ。

捕り手の態度はかたくなだったものの、下宿屋で男の部屋と食器棚を調べたとき、彼の顔には真剣な表情が浮かんでおり、マリエッタはとても満足だった。彼は目にしたものをひとつ残らず頭の中に記録している。険しい顔をしたかと思うと、いら立ちをあらわにするなど、さまざまな表情が交錯している。

「最初からおまえらがでっち上げたってこともあり得るだろう」ドレスデンはつっけんどんな言い方をした。

「かもな。このあたりの人間に訊き回って真相を突き止めるかどうかは、あんたしだいだ」

ガブリエルはよそよそしい顔で答えた。

「人に捜査の干渉をされるのは好きではない」

ガブリエルは帽子を持ち上げ、背中を向けた。「事件の解決はあんたに任せるよ」

「ノーブル、いずれおまえを捕まえてやるからな」

「ああ、あんたならきっとやるだろう」

ガブリエルはマリエッタを導いて下宿屋の外に出ると、興味津々な住人たちの目の届かないところまで歩いた。

マリエッタは彼の腕を握りしめた。「絵に描かれていたほかの女の人たちに警告すべきだわ。まだ生きている人たちに言わなくちゃ」

ガブリエルは口をすぼめ、目を細めた。

「似顔絵を配って歩けというのか？　どうやって彼女たちを見つける？　特に、例のベールの女性はどうするんだ？」

彼は顔をそむけ、道を見下ろしている。「スケッチはドレスデンの手にある。あの女性たちを見つけるのは彼の仕事だ。あいつは頑固な男だが、信頼できる手がかりを与えられれば、たいてい仕事はやり遂げる」

「でも――」

ガブリエルが歩きだし、マリエッタは慌てて追いかけた。「もう〝でも〟はごめんだ。きみとわたしは引き続きジェイコブ・ウォーリーを捜す。あの女たちのことはドレスデンに任せろ。われわれが心配すべきは、きみの弟を解放することであって、あの女たちのことじゃない」

彼の歩幅が大きくなり、マリエッタは遅れを取った。「でも――」

「ミス・ウィンターズ？　マリエッタ・ウィンターズ？」

マリエッタは足を出しそびれた。体は立ち止まろうとしたが、心は立ち止まってはだめと叫んでいる。

「マリエッタ・ウィンターズでしょう？」腕をつかまれて振り返ると、うれしそうにはしゃぐ遠い親戚、フェリシティ・ターケイクの細めた目に遭遇した。ぴったり合ったボンネットが日よけになり、彼女は光に邪魔されずマリエッタの姿を見ることができた。「やっぱり、あなただわ」

「そうよ」マリエッタは売り子の衣装のスカートをつかまないようにした。

「まあ、うそみたい」フェリシティが声を上げた。「ねえ、あなた、商売をするようになったの？　救貧院まで行くところとか？　例の弟さんのために、最後の祈願をしているの？」

「話はそれだけなら失礼するわ」

「あと一五分もかからないわよ」フェリシティはにやにや笑った。「あなたが耳にしていないことを教えてあげる。あなたたち、社交界で噂になってるわよ。あなたやお兄さんや弟さんの話で持ちきり。意地悪よねえ」

「あなたはそれを大いに楽しんでいるんでしょう」

「あら、当たり前じゃない。あなたたちのことは全員、好きじゃなかったもの。わたし、お母様に、わたしにふさわしい行事の招待状を全部もらってちょうだいとお願いしているところなの。これですっきりするわ。あなたが社交界と縁が切れたとわかってどんなにうれしいか、伝えることができるんですもの」

「あなたのよい行いはきっと報われるでしょう」

「ベントンはすぐにでもわたしに求婚してくれるわ。きっとそうなるわよ」フェリシティはボンネットのへりをひらつかせながら、陽気に言った。

　この数週間で事態がすっかり変わったのでなければ、そんな話は疑わしい、とマリエッタは思った。「ベントン卿があなたを選ぶ見込みはほとんどないでしょうね。ダイヤモンドみたいに素晴らしい人ならもらってくれるでしょうけど、あなたはダイヤモンドにはほど遠いもの」

　フェリシティは目を細めたが、笑みを浮かべ続けた。「あなたが知っているのは模造ダイヤなんじゃないの？　マリエッタ、あなた、求婚されたことあるの？　それに、最近、招待状はいくつ届いたの？」

「ゼロよ」マリエッタは落ち着いた声で答えたが、内心、落ち着いてなどいられなかった。

「あなたも、よくわかっているとおりにね」

「ええ、わかってるわ」フェリシティは満足げに言った。「最近の新聞は読んだのかしら？　あなたが売春婦になったと書いてあったのよ」そしてマリエッタの全身に目を走らせた。

「喜んで、記事のとおりだったと伝えてさしあげるわ」

「レディがそんなみだらな言葉を口にするとはな」

マリエッタはぎくっとした。少しのあいだ、ガブリエルのことを忘れていたのだ。フェリシティにつかまったとき、彼は何歩か前を歩いていた。フェリシティもびくっとし、話しかけてきた人物がだれなのか確かめるべく、ボンネットをかぶった頭を後ろに向けた。

フェリシティが口をぽかんと開ける。歯車が回転してフェリシティの口元が引っ張られ、輝くばかりの笑みが浮かぶ様子を、マリエッタは観察した。ガブリエルは最高の人……これまで出会った中で最高の男性だ。それはフェリシティにとっても同様だと思ってまず間違いない。「これはこれは、申し訳ございません。あなたのおっしゃるとおりですわ。この知人は、わたしのいちばん悪いところを引き出す傾向がございますのよ」

「いつも自分のしたことを人のせいにするのかい？」

フェリシティがまた口をぽかんと開けたが、今回は前とは別のたぐいのショックだったらしい。「何とおっしゃいました？」

「行儀が悪いのは、知り合いがきみのいちばん悪いところを引き出すからだと言ったよな」ガブリエルが身をかがめ、マリエッタはフェリシティの頬が赤く染まるのを見た。彼が近くにいるせいでもあり、彼が口にした言葉のせいでもあるのだろう。「自分が取った行動の責任を、ほとんど取ってないんじゃないのか？　きみは普段から行儀が悪くて、その言い訳をしているだけなのかもな。おれにはそう聞こえる」

「わたしの礼儀作法に問題などありませんわ！　わたしは社会の上位にいる人間なんですよ」フェリシティは両手でスカートをなでつけると、あらためて笑みを浮かべて彼を見上げた。「ちゃんと申し上げておきますけど、わたしのマナーは完全に受け入れられるものです」

「だれに？」

笑みが消え、フェリシティは目を丸くした。「ミス・ウィンターズ、よろしければ、こちらの方を紹介してくださらない？」こんなにうろたえているフェリシティを見るのは初めてだ。

マリエッタは肩をすくめた。「ミス・ターケイク、力になれないわ。知らない人なのよ」

「男の人と一緒に歩いてたじゃないの？」フェリシティはガブリエルをしげしげと眺めた。

「ああ、きっと別の人だったのね」

「また彼女を売春婦呼ばわりするつもりなのか？　きみは本当にレディなのか？」

「わたしの父はキルデン男爵です！」

「聞いたことのない名前だな。外国人?」

「アイルランド人です!」

ガブリエルは何も言わず、偉そうにふんぞり返っている。

「どうして、わざわざあなたとなんか話をしているのかしら! 何の価値もない人間なのに」どうやらフェリシティは彼の顔は無視し、その服装、波止場の労働者の格好に目をつけたらしい。しかし残念ながら、頰は相変わらず輝いているし、ガブリエルに対してはもうとっくにばかなまねをしてしまったのだ。「それにあなた」今度はマリエッタを指差した。「うちに助けを求めに来たりしないでちょうだい」

フェリシティはさっさと行ってしまい、ガブリエルはその様子を見守った。マリエッタは彼を見つめた。

「助けを求めるのに、きみが真っ先に他人を選んだ理由がわかったよ」ガブリエルが見返してきたが、目の表情は読み取れない。「さあ、うちへ帰ろう」

14

マリエッタは再び『タイムズ』をめくった。ウィンターズ兄弟が共謀して人を殺しまくっていることについて、たくさんの記事や意見が載っている。ほとんどは、フェリシティが得意になってしゃべっていた話と同様、不愉快な内容だったが、兄弟を有罪とするのは疑問だとはっきり述べている記事もところどころに見受けられた。それらの記事には、ふたりがどこかのパーティや行事に出席していて、女性を殺しに行くことは不可能だったという事実が述べられていた。好意的な記事の大半を執筆している記者は、ナサニエル・アップホルトだ。

結局のところ、すべては世論の影響力に流されることになるのだろう。そして、あと数日で裁判が始まってしまう。時間はあまりない。

マリエッタはキッチンにこそこそ目をやり、ガブリエルが——例によって音も立てず——ひょっこり入ってきてはいないかどうか確かめた。先ほど猫が歩いていく音が聞こえたけれど、床をひっかく足音のほうが彼の足音より大きいくらいだ。新聞の山の下から例の日記を引っ張り出す。彼の部屋からまた持ってきたのだ。今回は扉の後ろに隠してあった。部屋をさんざん探し回った末、危うく見逃すところだった。賢い人ね。

Ｌ・Ｄの夫が今夜戻ってくる。おかかえの召使と護衛も一緒だ。Ｌ・Ｄは、小さな復讐者に絶対黙っているようにとあらためて言い聞かせておく必要があると言う。危険な夜になりそうだ。たったひと言で、わたしたちのクラブはもろくも崩壊してしまうかもしれない。でも、そうなれば、小さな復讐者の家族は破滅を免れない。完全に破滅。徹底的に苦しめてやれるなんてうれしい話だ。

小さな復讐者にこれほど魅了されていなければ、彼の華麗な目に宿る苦痛を見ようとするだけに留めていたかもしれない。人が転落していくさまを見るのはとても楽しい。そうしていると、母から常々言われていたことを思い出す——人はわたしたちの気まぐれに仕えるために生まれてきた。つまり、わたしたちはすべての糸をより、利用し、切り離すために生まれてきたということ。だれも気づかないうちにチェス盤が動くということだ。

マリエッタは指に髪をくるくる巻きつけながら読み続けた。あまりにも恐ろしくて、面白いと思ってしまうほど。これは全部、だれかが実際に考えたこと。

裏口の扉が開いた。椅子に座ったまま勢いよく前に乗り出したので、カップに入った水をテーブルの右端にこぼしてしまった。慌てて新聞の山の下に日記を押し込むと、前を向いて、思いつく限りの何食わぬ顔をする。

「マリエッタ、パイの盗み食いでも目撃されたみたいな顔じゃないか」

ほっとして、肘をテーブルについた。「ああ、よかった。ジェレミー、ここで何をしているの？」

「ぼくの大好きな兄上と、大好きな依頼人さんがどうしているかと思って寄ってみたんだ」

ジェレミーは愛嬌のある笑みを浮かべ、向かい側に腰を下ろした。

マリエッタは片眉をすっと上げた。「なるほどね。兄弟は彼だけなんでしょう？」

ジェレミーが急に首をかしげ、顔に笑みが広がっていく。「はぐらかしてるな。話をはぐらかしてるよ」

マリエッタは新聞を引き寄せた。日記の続きを読みたくてたまらない。読めるのはガブリエルが留守にしているときだけだし、今はちょっと出かけているにすぎない。彼はいつも決まって日記を見つけ出し――どうやって見つけるのかわからないが――また隠してしまうのだ。燃やさずにいるのは意外だけれど、彼はわたしから日記を隠すことにひねくれた喜びを感じているらしい。

「調査の進み具合はどう？」ジェレミーが椅子にもたれた。その様子は兄をほうふつさせたが、もっと若々しい、気取った雰囲気が感じられる。

ジェレミーが長居をしそうだとわかったからには、日記を隠す方法を考えねばならない。日記は彼のすぐそばにある。危険だ。「怪しいと思われる男を見つけたの」

「本当に？　だれ？」

マリエッタは彼の前に散らばっている新聞に、念入りに視線を走らせた。ひょっとすると、これを動かせば……。

「デントリー邸の召使よ」

ジェレミーが座っている椅子の脚が床にがたんと当たった。これも兄を思わせる。「何だって?」

マリエッタはその音で顔を上げた。「あら、あそこの召使のこと、よく知っているの? ああ、そうね、あなたはあの地域に住んでるんだったわよね?」「ああ」

ジェレミーは口元を引き上げたが、笑みが引きつっている。この件について、ガブリエルはあなたと話をしているんだと思ったのよ」

マリエッタは顔をしかめた。「何も言うんじゃなかったわ。

ジェレミーは手をひらつかせた。「ぼくは留守にしてたんだ。先週はほとんど。話してくれないか? どうしてデントリーの召使がかかわっているんだい?」

マリエッタの胸にかすかなためらいが広がった。ジェレミーのことは好き。でも彼は妙な行動を取っている。ただ、それを言うならガブリエルも一緒だ。この事件を調べていると、妙なことばかり考えてしまう。

「その男は、最近殺された犠牲者をつけ回していたの」

ジェレミーは一方の脚を上下に揺らし始めた。「最近殺された犠牲者がだれかわかってるのかい? 新聞には書いてなかったけど」

「ガブリエルが故買屋を通じて突き止めたの。その女性の――」マリエッタは、アビゲイルをとてもレディとは呼べなかった。「ネックレスについて」

「ネックレス?」ジェレミーが喉をごくりと鳴らした。「面白い。実にガブリエルらしいよ。パズルのピースをさっさと組み立ててしまうんだからな」

マリエッタは眉をひそめた。「ジェレミー、大丈夫?」

「きみがそんなことを言うもんだから、ちょっと気分が悪くなってきた。被害者の名前は知ってる?」

マリエッタは唇を噛んだ。ためらいが率直な不安へと変わっていく。「ガブリエルから何も聞いていないのなら、あなたとこの話をしていいのかどうかわからないわ」

ジェレミーは肘をついて身を乗り出してきた。真剣そうな丸い目。絶望したようにしかめた顔。彼を見ていると本当にケニーを思い出してしまう。ただし、ジェレミーのほうがちょっと賢いし、ハンサムだけれど。「頼むよ、マリエッタ。ガブリエルはぼくを守ろうとしてるんだ。やめてもらいたいんだよね。兄さんは――」

新聞が盛り上がった部分でジェレミーが一方の肘を滑らせた。彼がそこに視線を落とし、新聞をわきにどけると、隠していた日記が顔を出した。「これは?」

「ああ、何でもないわ」マリエッタはそわそわしながら、日記を取り上げようとした。だが、その前にジェレミーが表紙を開いてしまった。マリエッタは彼の顔が曇っていく様子を見守った。「きみたちが追っている召使はだれなんだ? どうして追っているんだ?」

「ジェレミー――」

「マリエッタ、頼むよ」

「ジェイコブ・ウォーリー」

ジェレミーが彼女をじっと見つめた。「それで、きみはそいつがやったと思ってる？」

マリエッタは手の下にある紙をいじり回した。「だれかがやったんでしょうけど、それはわたしの弟でもないし兄でもないわ。このジェイコブ・ウォーリーは殺された犠牲者に捧げる祭壇を作っていたの」

「何を作ってたって？」

「絵やメモが飾られた、ある種の祭壇よ。まるで、頭のいかれた男が、自分が殺した相手に恋をしてしまったって感じだったわ」

嫌悪感を覚えたのか、ジェレミーは口をゆがめた。「祭壇？　彼女たちのために？　気色悪いな」

またしても、マリエッタには理解できない何かが部屋に漂っている。「そうね。人を殺して祭壇にまつるなんて、いったい何を考えているのかしら？」

ジェレミーは、そういうことじゃないんだとばかりに目をしばたたいた。

「これはどこで手に入れたんだい？」彼が日記を掲げる。

「その女性の家よ。ぞっとする内容なの。彼女はひどい人よ」マリエッタは手を差し出した。

彼はじっとしている。「ジェレミー？」

「こんなの、読むべきじゃない」

マリエッタはじれったそうに手を動かした。「ええ、わかってますとも。そのせりふ、前にもさんざん聞いたわ。返してちょうだい」

相手がじっとしているので、手を伸ばし、日記を取り上げた。

そのとき、玄関の扉が開く音がした。マリエッタはびくっとし、新聞の山の下に再び日記を押し込んだ。ジェレミーが片眉を吊り上げる。

ガブリエルがキッチンに入ってきて、ぱたっと足を止めた。「ここで何をしてる？」

「ごきげんよう、兄上」

「大学に戻ったと思ったがな」

「休暇を取ったんだ」

「何だって？」ガブリエルは厳しい声で言った。

「来学期は戻るよ。万事うまくいけばね」

「どういうことか説明しろ。何がうまくいくっていうんだ？」

「ぼくの研究課題。ずっとやらなきゃと思っていたことがあるんだ」

「どんな課題なの？」マリエッタが尋ねた。

「だめだ」わずかながら、ガブリエルがおびえているように見えたのはこれが初めてだった。顔つきが変わり、表情には何か恐ろしいものが見て取れる。「大学に戻れ。馬車で送らせるからな。それに、学生監と話をする」

「いやだよ」ジェレミーが立ち上がった。「ぼくはロンドンにいる。兄さんにはぼくを操ることはできない」

「できるとも。おまえは大学に戻るんだ」

「来学期にね」

「今学期だ」

「いやだ」

「いやじゃない」

マリエッタは立ち上がり、部屋を出ていこうとした。

ガブリエルが彼女を指差した。「座ってろ」

マリエッタは腰を下ろした。が、すぐに立ち上がった。命令に従ってしまった自分に腹が立つ。「どうしてジェレミーの言い分を聞いてあげないの?」

「言い分などどうでもいいからさ。こいつは今日、大学に戻るんだ」

ジェレミーは傷つき、決意を固めた顔をしている。「戻らない。無理強いするなら、もう兄さんとのつきあいはこれっきりだ」

マリエッタは、ガブリエルの顔に打ちひしがれた表情がよぎったことに気づいたが、それはたちまち鉄の仮面の陰に消え去った。「なら、おまえへの仕送りはこれっきりだ」

ジェレミーが口を開いた。次に両者のいずれかが何を言おうと、飛び出すのは容赦しがたい言葉であろう。マリエッタにもそれが感じ取れた。ふたりが喧嘩腰になっていることは、目に宿る光や姿勢にありありと表れていたからだ。

マリエッタはジェレミーを制して、ガブリエルのほうを向いた。「どうしてそんなことを言うの？　ジェレミーの課題が何なのか訊いてみればいいでしょう」

「そんなもの、知りたくもない」ガブリエルの目に映る苦痛と、ジェレミーの目に映る苦痛と、どちらが悲惨なのかよくわからない。

「ああ、そうだろうね」ジェレミーが言った。「兄さんは、自分が心配したくないだけなんだ。何もかも無視するのが兄さんのやり方さ。無視していれば、心配は消えるかもしれないもんな」テーブルの上の新聞を手で払いのけ、紙面が床に散らばった。傷だらけのテーブルにまだ残っていた新聞の下から、日記の角がのぞいている。

どこかで水がぽたぽた落ちる音がする。三人が全員、日記を見つめた。日記はそこにたたずんだまま、三人を見返しているだけだ。

「マリエッタ、なんてことを！」ガブリエルが新聞の山から日記をぐいと引き上げ、紙がさらに散らばった。彼は怒って部屋を出ていき、階段を上がった。日記をどこかに投げつけたらしく、大きな音がした。

ジェレミーとマリエッタの目が合った。「さよなら、マリエッタ」

「ジェレミー、待って」

しかし、彼はもう扉を開けており、外に出て勢いよく扉を閉めた。

マリエッタは沈み込むように椅子に座り、目の前に散らばった新聞を見た。

ガブリエルが戻ってきて、調理台に鍋をがたんと置いた。その中へまずスプーンを突っ込み、次に別の容器をテーブルに置く。いろいろな材料を鍋に入れ始めた彼の背中を、マリエッタは麻痺したようにただじっと見つめた。

ガブリエルが鍋をかき混ぜ、肘が小さな円を描いている。「今夜はイーストエンドへ行く」声は完全に落ち着いていた。まるで都合の悪いことなど何ひとつ起こらなかったかのように。スプーンは鍋肌をこすらず、音など立ててはいないかのように。

「え？」

「ジェイコブ・ウォーリーがそこで目撃されているんだ。やつを見つけられるかどうか確かめに行こう」

「ジェレミーはどうするの？」

彼の肩が緊張する。「どうするって？」

「このまま何もしてあげないつもり？」

「ああ。わたしはジェイコブ・ウォーリーを捜しに行く」

「だめよ！　ジェレミーのこと、どうにかしてあげなきゃいけないでしょう？」

「きみには関係ない」

「あなたが関係あることにしてしまったのよ。わたしの目の前で言い争ったんだから。わたしに〝座ってろ〟と言ったんだから」

ガブリエルはずっと鍋をかき混ぜている。

「あなたはジェレミーを傷つけたのよ」

「マリエッタ……」威嚇するような声だ。

マークとはしょっちゅう言い争ったけれど、兄はいつもケニーやわたしとは少し距離を置いていた。今、こうしていると、ケニーと言い争ったときに近い気がする。ガブリエルの顔を見ていると、先ほどのジェレミーの顔を見ている気分になる。

「でも――」

スプーンが鍋の底に当たった。「よしてくれ！」ガブリエルは肩を丸めた。「きみは何もわかってないんだ。頼むから放っておいてくれ」

マリエッタの唇が開く。これまで彼に〝頼むから〟と言われたことは一度もなかった。

「わかりました」彼女は穏やかに言った。

それから、ガブリエルの隣に行き、タマネギを手に取って皮をむき始めた。彼がわずかに肩の力を抜き、マリエッタはそれ以上、何も言わなかった。

その酒場は薄暗く、いかがわしそうな人間であふれていた。クラーケンウェルにある酒場はどこも騒々しくて下品ではあったが、少なくとも、この店に漂う、あからさまに脅されているような感じはしなかった。常連客のうさんくさそうな目、素速い手の動き。マリエッタはポケットに入れてきたピストルを触った。ずいぶん前に学んだ教訓がようやく必要となるときがきたのかもしれない。

ガブリエルが硬貨を一枚テーブルに投げ、マリエッタがそれに気づく間もなく、エールが二杯、ふたりの前に置かれた。彼女はどうにか笑顔をひねり出した。このエールも店と同じように見える。うさんくさい。液体の表面に何か浮いているが、その正体は突き止めたくない。

ジョッキを運んできた男が肩にタオルをかけ、テーブルの前に立っていた。ガブリエルが手を差し出し、男と握手をすると、ふたりのあいだで金属の光がきらりとよぎった。

「人を捜してる。あんたぐらいの背丈の男だ。髪は茶色、瞳の色は青。顎の下に長い傷跡がある」

「知ってるかもしれん。そいつに何の用なんだ？」

「こちらはやつの妹さんでね。やつが二週間、帰ってこないもんだから、家族がひどく心配してるんだ」

マリエッタは男の目の表情を読んだ。相手の言ったことなどひと言も信じていないのだろうが、かといって、それを気にしているようにも見えない。

「もめごとは家族を心配させるよな。昨日、あんたが言ったのとそっくりなやつが来てたよ。デニースとしゃべってた」男は、ぴったりしたドレスを着た女性を指差した。「それから、急いで出ていったがね」

ガブリエルは男にもう一枚、硬貨を渡した。男がデニースのところまで歩いていき、彼女に何か言った。

ガブリエルが身を乗り出してきた。「マリエッタ、わたしの目は何と言ってる？」

マリエッタは反射的に体を引き、彼を見た。目は愁いに満ち、鮮やかな緑色をしている。

「興味をそそられているって言ってるわ」

「おいおい、マリエッタ、きみはうとくなっているな」眼差しに少し挑むような表情が加わった。

マリエッタはつばを飲み込んだ。「わたしにキスするつもりだって」

彼の口元にゆっくりと笑みが浮かぶ。「ずっとよくなった」

「でも、その必要は――」

彼の唇が彼女の唇を軽くかすめ、彼の舌が彼女の舌をせがみ、彼の手が彼女を抱き寄せる。ガブリエルは決してまごついたり、慌てたりはしないのだ。常に支配し、常に自信に満ちている。

ガブリエルが体を引き、マリエッタは手足に震えを覚えた。巧みな作戦ひとつで、彼はわたしを骨抜きにできる。冗談じゃないわ。燃えるような情熱にあおられ、マリエッタは心を決めた。ガブリエルのシャツの前をつかみ、ぐいと前に引き寄せた。彼に教わったことをすべて実行する。彼を引き寄せ、自分は体を引きながらキスをする。

マリエッタは激しく息をしながらガブリエルを解放した。彼がマリエッタをじっと見つめる。目を丸くし、緑の瞳の奥に動揺が見て取れる。

「あたしにまだ用があるのかしら？　あんたが話したがってるってロジャーが言ってたけど、ほかのことがしたいみたいだね」マリエッタの右側で声がした。

ガブリエルは声を無視し、マリエッタを見続けた。目は普通の大きさに戻ったが、表情は読み取れない。

マリエッタはジョッキをつかみ、見つめ返した。

ガブリエルは無理やり目をそらし、横にいる女に座るよう身振りで示した。デニースが腰を下ろす。「ほかの女もちょっと味見してみたいんじゃない？　お相手してあげてもいいけど」そう言ってげらげら笑った。

「ゆうべ、傷跡のある男と話したそうだな」ガブリエルは歯切れのいい声で言った。

デニースは相手を見定めている。「うん、ここに来てたよ。うちに連れてった」

「自分の部屋に連れてったのか？」

彼女が肩をすくめた。「なかなかよさそうだったから。ごく普通だったね。でも、たいがいそんなもんだろう？」ガブリエルに素早く目を走らせる。「もうちょっと変わったやり方が期待できそうなときもあるけどね。そういうことなら、おふたりさんのあいだに割り込ませてもらっても別に構わないよ」

マリエッタは目をぱちぱちさせた。

「そいつについて何か話してくれないか？　終わったあと、やつはどこへ行った？　どこに行くとか言ってなかったか？」

「終わったら、すぐ出ていった。たいがいの客はそう。今夜、また来るって言ってたよ。約束しといて守らないのは彼が最初じゃないけどね」デニースが肩をすくめた。

「やつは変わったことをしなかったか？」

「あたしのことをずっとアビゲイルって呼んでた。それと、〝おれを悪い子と呼んでくれ〟って頼まれた。だから鞭でぶってやったんだ。面白かったね。また続きをしようって約束したのにさ」デニースは再び肩をすくめた。「何て名前で呼ばれようが、お金がもらえる限り、あたしはあまり気にしない。鞭で叩くのもなかなか性に合ってたしね」

「鞭で叩いたの？」マリエッタはこれ以上ぞっとすることがあるのかどうかわからなかった。「おやおや。そういうのが好きな男もいるんだよ。あんた、どっから来たの？」デニースはマリエッタをじろじろ見つめ、目を細めた。「ああ、あんたも例の女たちの仲間なんだね。冒険を求めてスカートをまくり上げてるってわけか」また肩をすくめる。「だとすれば、そのアクセントは隠したほうがいいかもしれない」

ガブリエルは、にわかに硬くなったマリエッタの太ももを強く握りしめた。「ありがとう」デニースに硬貨をこっそり渡す。

「あたしに用があるなら、いつでもここにいるからさ」デニースはずるそうな目でふたりを見て、ぶらっと去っていった。

　ふたりは酒場を出た。ガブリエルが悪態をつく。

「やつは、わたしたちがここに来るとわかってたんだ」

「もしかすると、そろそろ街を離れたほうがいいと思っただけかもしれないわ」

「いや。彼女が話してくれたようなことをもっとしたいとすれば、その機会を逃すはずがない。調査員の報告書にはあんなこと、書いてなかったな。ウォーリーはなぜか、わたしたちがやってくることを知ったんだ」

「これからどうするの？」

「ロンドンを離れていなければ、やつは姿を現すだろう。それにドレスデンも行方を追っている。街の通りには監視が置かれるはずだ」

「じゃあ、ケニーの裁判は遅らせてくれるのかしら？」

ガブリエルは顔をゆがめた。「いや。ケニーが裁判を切り抜けられるよう、十分な証拠を用意しないとだめだ。コールドバスに行ってこないといけないな。最新の書類をオスカーに渡しておこう。そうすれば彼がケニーに書類を持っていってくれる。きみの弟が最新のファッション以外のことに注意を向けてくれるのを願うばかりだ」

マリエッタはベッドの下をのぞいた。日記を探し出す時間は一〇分かそこらしかない。ガブリエルはいつだって、素早く能率的に仕事を終わらせる。それに、オスカーが冗談を言って時間をむだにしないことは確かだ。

ガブリエルの部屋の中で、日記は決まって彼の身の回りの物には触れない場所に置かれている。まるで、自分の持ち物の中に隠すのは耐えられないと言わんばかりに。一度は、うっかり彼の持ち物を調べてしまった。どれも彼のにおいがした。温かみのある、守ってもらえそうなにおいだった。

マリエッタはかがみ込み、木の床に頰を押しつけて、サーペンタイン・チェスト（正面中央部が張り出し、左右がへこんだ、ヘビのような曲線を描くたんす）の下をのぞいた。あった！　膝が当たっている床板がキーキー音を立てる。奥まで腕を差し込み、革の表紙の端っこをつかみ、床に滑らせる。大きな日記帳を開くやいなや、マリエッタはそこに書かれた言葉に病的と言ってもいいほど没頭した。

夏のあいだ、わたしたちは新しい場所へ移動する。彼に会えなくなるのはつらかろう。彼がふと漏らすうめき声（あの甘い響きを思い出すだけで、どれほど体がうずくことか！　近ごろではめったに聞けなくなってしまったけれど）を耳にできないのはつらいし、平然とにらみつける彼の眼差しから離れているのもつらい。でも、ここを離れるあいだ、新しい候補者を迎える。わたしたちの小さな復讐者とは似ても似つかないけれど、十分遊ばせてもらえるだろう。新しい段階へ進むためのじれったい道のりだ。それだけのことをする価値があるのかどうかわからないけれど、C・Fは彼には絶対に価値があると言っている。

わたしたちの小さな復讐者に、その新しい子を紹介できるかもしれない。何もかもうまくいくはずだ。A・Fは野生の子馬を鞍に慣らす前から、自分のやり方でこの子を刺激してみたいと思っている。わたしには新人の眼差しにすでに反抗の色が宿っているのがわかる。彼は世界の上に立っていると思っているけれど、すぐに悟るだろう。すべての上に立っているのはわたしたちなのだ、と。

足音でわれに返り、マリエッタは日記をチェストの下に押し込むと、急いで立ち上がり、その場を離れた。

ガブリエルが入ってきて、彼の視線がたちまち彼女を襲った。「こんな退屈な寝室に、こんなお美しいお方がいらっしゃるとは」

マリエッタはできる限りほがらかな笑みを浮かべた。

「また日記を探していたんだろう」

マリエッタは何も言わなかった。彼がチェストのところへ歩いていき、その上に帽子を放った。それから、くるりと向きを変えるとチェストに寄りかかり、カフスをはずしながら彼女を見つめた。

「抗議の言葉も出ないのか？ それはショックだ、マリエッタ」

いやいや笑っているふりをするのはやめた。「どうして？ わたしの目的はもうわかりきっているくせに」

「だが、裏の理由がわからない」

マリエッタは腕組みをした。「興味があるからよ」

「頭のいかれた女の取りとめもない話にか？」

「いかれてないわ。それほどには。普通じゃないだけよ」

邪悪な笑みが彼の顔つきを美しく彩った。「普通の人間なんて、ほとんどいない」

欲求不満がつのる。「わたしにはその日記を読まずにいる理由がないわ。わたしは大人の女よ。あらゆるものからわたしを守ることはできないでしょう」

「わたしが守ろうとしているのは、きみじゃないかもしれない」ガブリエルが言った。もう片方のカフスをはずしながら、あまりにも何気なく。おかげでマリエッタは意味を理解するのに、頭の中で彼の言葉を反復しなければならなかった。

「だれを守るつもりなの？　日記に出てくる人たちのことは何も知らないんでしょう」

彼が一歩、近づいた。「知っていると言ったら、きみは何と言う？　日記に出てくる人間を全員知っていると言ったらどうするんだ？」マリエッタの周りをぐるぐる回っている。彼女はこれをやられるのが大嫌いだった。思いどおりにできなくなり、自分が取るに足りない人間になった気分にさせられるからだ。

「あなたはうそをついていると言うわ」

「わたしの言うことを信じないのか？」

「あなたは何かうそをついてる。今のことにしろ、最初からわたしに言わずにいたことにしろ」

「ああ」ガブリエルは彼女の首筋を手でたどった。「ではマリエッタ、簡単には許してもらえないんだな？」

「そうよ」人を許せないのは彼女の弱点であり、これまで克服できたためしがなかった。

「きみはいまだにマークを許せないんだろう。というより、両親のことも、ケニーのことも、自分のことも許せない」

　マリエッタは体をこわばらせた。「自分を許すも許さないも、そんなことをする理由がないもの」

「理由がない？」

「あなたは話をそらしている。日記のことで、何か知ってるんでしょう？」

「ふむ。それはあり得る。ひょっとすると、日記に出てくる人物はほぼ全員知っているかもしれないな」

　ガブリエルを見ようと身をひるがえしたが、彼はなぜかマリエッタの背後にぴたりと張りついており、唇が彼女の耳を軽くかすめた。

「わたしが知っていたら、きみはどうする？　あの女性たちを殺したのがだれか知っていて、きみの弟を釈放させないことに決めたとしたらどうする？」

　大砲から発射されたときの衝撃は、きっとこんな感じだろう。「えっ？」

「きみは裏切られた気分になるだろうか？　マリエッタ、きみはわたしにまんまとだまされたのか？」ガブリエルの手が体のわきを滑り落ち、彼女を抱き寄せる。

「何ですって？」マリエッタは小声で言った。それしか口にできなかったようだ。

　彼の唇が首に触れる。「マリエッタ、わたしにだまされてしまったのかい？」

　パニックに陥りつつも、不意にはっきりした思いが貫いた。「あなたは、どうしようもないろくでなしだわ」マリエッタは慌てて彼から離れた。「わたしを試してるのよ。どうしてこんなことをするの？　わたしはまだ信用してもらえないの？　わたしはわけもわからずあなたにひたすら従ってこなかたすら従ってこなかったかしら？　処女だって捧げたでしょう！」

「わたしが、わけもわからず、ひったかしら？　ひたすら従ってくれる人間を求めているのか？」ガブリエルの目は暗く、不可解だった。彼女を見つめ、試している。

「そんなの、わからないわ」マリエッタは叫びたかった。出ていきたかった。彼に何の権利があるというの？　本当に下劣な男。

「あの酒場でのキスだが……あれは何のまねだったんだ？」

「何のまねかですって？　いつもわたしにああいうキスをするのはあなたじゃないの！　よくもそんな……いったい……どうして……いつわたしが……ああもう！」マリエッタは衝動に屈した。「この仕事が終わったら、わたしを精神病院に入れてやろうと思ってるんでしょ。あなたは一緒に仕事をする人、全員にこういうことをするの？　きっとオスカーにはしてるわね。あの人、少し腰が引けているように見えるもの。アンソニーやフランクやクラリスやミセス・ロゼールはどうなの？」

「彼らには何もしてないよ」このろくでなしは、ずうずうしくも面白がっているらしい。

「じゃあ、わたしは幸運なのね？　うれしいわ。じゃあ、いったいどっちなのかしら？　あなたは、わたしを試しているの？　それとも日記に出てくる人物を知っているの？」

ガブリエルは顔をそむけ、置時計のほうを見た。「もちろん、きみを試してるのさ」

「試してばっかり。このあとは……いったいどうなるのかしら」

彼はチェストのへこみに寄りかかり、シャツを脱ぎ始めた。マリエッタから目を離すことなく、ひとつ、またひとつと、ボタンをはずしていく。「このあと?」

マリエッタは信じられないほど美しい瞳と視線を交わし続けた。「ケニーが釈放されたあとよ。あるいは――」唇をぎゅっと結ぶ。「ケニーが釈放されなかった場合」

「その場合、わたしたちのあいだに何が起きるかと訊いているのかい?」

「そうよ」

ガブリエルはマリエッタをじっと見つめた。それから身を乗り出して彼女の髪を耳にかけてやり、耳たぶに指を絡めた。「それもきみが決めることだ。わたしは何も約束しない。できないんだ。だが、きみをわざと傷つけたりはしない。女性の純潔を神聖視する者もいる。自分なりの理由で、わたしはそれがそこまで重要だとは思わない。女性が実際に純潔かどうかよりも、本人の選択をより尊重する」

「そんなにたくさんの女性と寝たの?」

彼の目に影が差す。「きみの視線から読み取れる数ほど多くはないよ。自分の好みに合った女性にはたいがい喜びを見いだすが、喜びをもたらしてくれる相手を見つけるのは大変なんだ」

「じゃあ、カーラはどうなの?」この数週間、ずっと訊きたいと思っていた。

彼は面白がっているらしい。「きみのメイドか? まさか、まったく好みじゃない」

マリエッタは、メイドが満足げな声を出していたことを思い出した。彼がたくさんの情報を集めていたことも。

「ああ、でもきみはわたしの話を信じてくれないんだな」ガブリエルはマリエッタの顎を上に向けさせた。「わたしには本当だと証明するすべがないし、今の段階では証明を試みる理由がほとんどない。しかし、確かきみには、わたしの心を読み取ってみろと求めたはずだ。そして、きみはとても立派にやってのけていた」

マリエッタはガブリエルの目を見つめ、そこに燃えるような情熱と真実を読み取った。

「この努力の結果が何をもたらすかはよくわからないかもしれない。だが、挑戦をやめることはないさ」

彼の唇が重なった。ほんの一瞬だけ。

「これからも挑戦してみるかい？」

「ええ」マリエッタはささやいた。頭が混乱し、体がほてる。ガブリエルを理解したかった。彼がそばにいると感じられるくつろぎと安心感が欲しかった。彼が欲しかった。

主導権は放棄しなければならない。それはとても些細なこと。とても重大なこと。

ガブリエルは素早く服を脱ぎ、マリエッタの服も脱がせ、四柱式ベッドの支柱に彼女を押しつけた。そのまま彼女をなだめるように揺らし、じらしている。

ガブリエルは前と同じように主導権を握った。毎回そうだ。彼女をじらし、あざけっている。マリオネットの糸をきつく引っ張り、反応を求めているのだ。そして、マリエッタの体は喜んで反応を返した。

ガブリエルが彼女をベッドに寝かせ、ふたりは完全にひとつになった。「マリエッタ、今、わたしの目の中に何が見える?」ガブリエルがゆっくりと彼女の中に押し入っていく。マリエッタはまともに考えることができなかった。目を開け、焦点を定めているのがやっとだ。

「マリエッタ、何が見える? さあ、お仕置きをさせないでくれよ」ガブリエルが体を引き、自身の先端だけが包まれた状態で、彼女の入り口でゆっくりと円を描いている。彼の下になっているマリエッタは両手でシーツを握りしめており、彼に抱きつくことも、彼を無理やり自分の中に戻すこともできずにいる。

「この素敵な茶色の目が何を見ているのか知りたい」ガブリエルは素早く突いた。ほんの途中まで。マリエッタは息をのみ、喉からかすかに声を漏らした。「さあ教えてくれ、かわいいマリエッタ」彼がなだめるように言う。

彼はわたしに何を言わせようとしているの? 今なら何でも言ってあげる!

ガブリエルが奥まで押し入ってきた。シーツの上のほうまで突き上げられ、全身がうめき声を上げる。マリエッタは彼の首に一方の手を巻きつけ、うなじを覆うなめらかな黒い髪をすいた。すると、彼は動くのをやめてしまった。これも別の形の責め苦だ。マリエッタは動こうとしたが、ガブリエルは下半身で彼女を釘づけにしていた。両手に全体重をかけて体を支えており、腕の筋肉がこぶになり、硬くなっている。そのため、マリエッタの上半身は自由が利くものの、下半身を動かすための軸となる部分は完全に支配されていた。

マリエッタは内側で彼をきつく締めつけた。必死で何でもしようとし、残された唯一できることを直感的に実行したのだ。しかし彼はすっかり動かなくなってしまった。マリエッタは再び締めつけた。さらにもう一度。締めつける力はだんだん弱くなっていったが、必死な気持ちはどんどん強くなり、彼にわれを忘れさせたい、再び彼を動かしたいと願った。

ガブリエルは身をかがめ、マリエッタの耳元でくっくっと笑った。腰を回し、彼女に締めつけることを忘れさせている。「きみは行儀の悪い女だ、マリエッタ・ウィンターズ。その行儀の悪さにはご褒美をあげなきゃいけないな。だが、きみはまず、わたしの質問に答えるべきだ」

彼は再び深く突いた。一瞬、視界が闇に覆われ、マリエッタは口を開いて無言の叫びを上げた。彼は自身がほぼ外に出るほど体を引いた。マリエッタの体にうずきが走る。それはとても強烈で、危うくお願いだから早く終わらせてと言ってしまうところだった。お願いだからこのまま続けて、もっと欲しいと懇願してしまいそうだった。

ガブリエルの舌が乳首を力強く愛撫した。ざらざらした頬がマリエッタの喉、頬をかすめ、唇がそのあとをたどって彼女の開いた唇を覆う。マリエッタは彼にキスをし、彼を抱き寄せた。手は相変わらず彼のうなじの髪に覆われている。ガブリエルの舌が口の中へ攻め込み、マリエッタを求めた。その動作に合わせて彼が体の奥へ少し滑り込んできたので、マリエッタは再びきつく締めつけようとした。

ガブリエルが唇を引きはがし、マリエッタはいつの間にか鮮やかな緑の瞳に見入っていた。

これまで目にしたよりもずっと輝きを増している。彼女のわずか数センチ上にあるその瞳は、あまりにぎらぎらしていて、見ていられないほどだった。

「欲望が見えるわ」マリエッタは唇をなめた。どこもかしこも、彼の味がする。「それに、わたしにはまだ理解できない秘密が見える」

「そうか。ほかには？」

マリエッタはそこで目にしたものが何か、言いたくなかった。もし間違っていたら、恥ずかしくてたまらない。「友情？」

今や、彼はただ面白がっているだけに見える。

「連帯感？」

ガブリエルが口元をゆがめた。身をかがめ、吐息がマリエッタの耳をかすめたかと思うと、彼は耳たぶをそっと吸った。「面白い。ご褒美が欲しいかい？」

マリエッタの心臓の鼓動が再び高鳴った。「ええ」

ガブリエルが中へ入ってきた。そっと突かれ、マリエッタの神経に火がついた。彼は再び動いた。ゆっくりと、徹底的に、彼女のずっと奥にある場所を攻撃している。マリエッタの頬は燃え上がり、喉がかっと熱くなった。もうじき達するという素敵な感覚がどんどん近づいてくる。あと一分もかからないだろう。

「きみはこれが気に入ったのか？　うねるような波を待っているのかい？　それとも、いつも酒場のテーブルでしているみたいに終わらせてしまいたいのかい？」

マリエッタがガブリエルを再び締めつけ、彼の目に一瞬、激しいものが燃え上がった。彼女に何ひとつ言わせる機会も与えず体を引き、勢いよく、深く突く。もう一回。さらにもう一回。マリエッタは何かをうめいたか、言ったか、叫ぶかしたと同時に宙に舞い上がった。彼女を満たし、刺激し続ける彼を包んだまま、熱に浮かされたように痙攣している。

そして思った。もしかすると……もしかすると、わたしはばかなことをしたかもしれない。恋に落ちてしまったかもしれない。

15

扉がばたんと閉まる音で目が覚めた。その途端、ガブリエルの部屋の天井が視界に入ってきた。階下の廊下を勢いよく歩いていく足音が聞こえ、隣の枕に目をやると、そこにはだれもいなかった。騒々しい人の声と、何かが床にぶつかる音がし、マリエッタは化粧着をはおって階段を駆け下りた。

驚いたことに、キッチンにはジェレミーとアルクロフトがおり、ガブリエルの前を行ったり来たりしていた。ふたりがそんなふうに動いていても、うろうろしているのはガブリエルであるように見えた。

「これは深刻なことになったな、ガブリエル」アルクロフトが言った。

「ジョン、そんなことはわかってる」ガブリエルが嚙みつくように答える。

マリエッタは部屋の入り口で身構えた。怖くて訊けなくなりそうだ。「何があったの?」

途端に、アルクロフトとジェレミーが彼女のほうを向いた。ガブリエルはこちらを見なかったが、マリエッタには確信があった。彼はわたしの存在にとっくに気づいている。いつものことだ。

アルクロフトはすまなそうな顔をしていた。「また人が殺されました。被害者は上流階級の人間です」ガブリエルをちらっと振り返り、もう一度マリエッタと目を合わせる。「ロンドンは大騒ぎですよ。あなたのご兄弟に向けられた疑いは弱まりつつありましたが、望みは完全に消滅しました。人びとはふたりを縛り首にしろと叫んでいる。ミス・ウィンターズ、裁判が始まりそうだし、まずい事態になりそうです」

「ジョン、なんてことを！」ガブリエルはとげとげしい声で言った。

「彼女は知るべきだろう、ガブリエル」

「被害者はだれ？」マリエッタは部屋の中へと進んだ。床の冷たさが足にしみ込んできたが、何も感じない。感覚がなくなっている。

「アナスタシア・ラーゼン」

ピンクの鳥がマリエッタの頭をぱたぱたよぎっていった。彼女なら知っている。よく知っているわけではないけれど、とにかく知っている。状況が少しずつ見えてきた。

「それで、みんな、マークのせいにしているのですか？」

「ほかに責める相手がいませんからね。だれもほかの名前を口にしない」アルクロフトの顔に同情を示すようなしわが刻まれた。

「ジェイコブ・ウォーリーはどうなの？」

「手堅く、実務的に書類を用意しなければなりません。こっそり、しかるべき人の耳に入れ、あらためて夜警をやる気にさせ、ドレスデンにもっとやつを追わせるように仕向けるのです。

まだチャンスはありますよ」その瞬間、マリエッタはアルクロフトを抱きしめたくなった。

ジェレミーは床の一点を見ているが、目がうつろだ。ガブリエルは弟のうなだれた頭をじっと見つめている。

「なぜアナスタシア・ラーゼンが？」ほかに言うことがない。マリエッタは両手で化粧着をぎゅっと握った。

ジェレミーが口を開いた。が、ガブリエルが大げさにさえぎった。

「わからないんだ。着替えておいで」

不愉快ではなかったものの、彼の声はきっぱりとしていて、議論は耐えられないと訴えている気がした。他を寄せつけないよそよそしさが感じられる。こんな朝を迎えることになるとは思ってもみなかった。

マリエッタが何か言う間もなく、ガブリエルが彼女を見た。一瞬目を閉じ、再び開いたときには、そこに苦悩の表情が読み取れた。「頼むよ。急がないといけないんだ」

アルクロフトとジェレミーが驚いたように顔を輝かせた。マリエッタはうなずき、急いで階段を上って二階へ戻った。


アルクロフトがひゅーと口笛を吹いた。「惚れてしまったんだな」

ジェレミーが目を細め、同感だとばかりにうなずく。

「そんな話をしている暇はない」ガブリエルはふたりが訊きたそうにしている話題をわきへ

押しのけた。「教えてくれ。いったい何が起きている？　どんな悪影響が出そうなんだ？」

「案の定、上流階級の連中は逆上している」アルクロフトが言った。「犠牲者全員の身元がわかったら、もっとひどいことになるだろう。時間がない。皆じきにわかってしまうさ。責めを負うべき男を捕まえないと」

ガブリエルは弟に目を向けずに言った。「ジェレミー、馬車を呼んできてくれ」

ジェレミーは振り返って兄を見ることもなく、大またで部屋から出ていった。

その姿をアルクロフトが見守っており、ガブリエルは不安になった。友人は、どういう事態になっているのかちゃんとわかっているのではないだろうか？「例の従僕を捕まえよう」

アルクロフトが真剣な目をして言った。

「あの従僕は関係ない」自ら認めるのは、ナイフで肌をえぐられる気分だ。「彼を捕まえたら、無実の人間に有罪宣告をすることになってしまう」

「無実の人間？　確かなのか？」アルクロフトが射るような目で尋ねた。

ガブリエルは散らかった書類を見つめた。「包囲網はどんどん厳重になっている。探す場所はひとつしか残されていない。実際には二カ所だが」

「きみは間もなく、決断せざるを得なくなる。きみを導くのは正義なのか？　だれかを守りたい気持ちなのか？　それとも復讐心なのか？　きみは、ずっと重んじてきた高潔さを犠牲にするつもりなのか？」

「わたしを導いてきたのは常に正義だ」ガブリエルはかろうじてその言葉を口にした。

「ときには復讐こそが正義になることもある」

「復讐は果たした。血を流すことなくやってのけた」

「しかし今、きみは別の選択肢に遭遇している。きみが重んじているものを犠牲にしなくてはならないのだろう。きみがそのいまいましい高潔さを手放すことができれば――」

ガブリエルはテーブルをばんと叩いた。「わたしにはそれしかない。それしかなかったんだ」

アルクロフトが身を乗り出した。「きみには正義がある。きみが思っているような結果になるとは限らないさ」

ガブリエルは相手をじっと見つめた。アルクロフトは同情してくれるが、何もわかっていない。友人とこの件を議論すると思っただけでぞっとする。アルクロフトは特権を与えられ、人から尊敬され、気楽な人生を送っている。わたしが抱える葛藤や絶望は決して理解できないだろう。

ジェレミーも、あの最初の数年間は身を潜めて過ごしたものの、その後は特権的な生活を送ってきた。弟には何でも与えてきたのだ。それに、彼が事態に気づくことがないよう努めてきた。だれも守ってくれる者がいなかったので、自分が弟を守ろうと努力してきたのだ。

「きみが思っているような結果になるとは限らない」アルクロフトが繰り返した。

かつてガブリエルは、あなたは何も気づいていないと言って父親を責めた。目と鼻の先であのようなことが行われていたというのに。実の息子が窮地に陥っていたというのに。父親は責められても決して反論しなかった。背筋をしゃんと伸ばし、控えめに自分を抑えている様子は、ガブリエルがののしったとおりだという十分な証拠だった。父親との関係はいつも儀礼的で、いくぶん緊張感があり、その状態は決して修復されることがなかった。しかし、ジェレミーにはそのような緊張感はない。ちょくちょく父親のところを訪ねているし、その間にいろいろなことをいくらでも発見していた可能性がある。

「わたしが思ったとおりの結果になりそうだ。面白くはないがな」

ウィステリア・パークにあるその屋敷の様子は、まさにガブリエルが予想したとおりだった。フリルだらけで、ピンク色で、ぴかぴかしている。まるでピンクに染め抜かれた鳥が、かごの中で翼をばたつかせているかのようだ。フリルがあるもの、ピンク色のものは大嫌いだ。見るとアナスタシア・ラーゼンを思い出してしまうから。だが彼は今、アナスタシアの人形の王国の真ん中に立っている。

幸いにも、召使たちは留守だった。新しい主人に呼ばれて会いに行き、この屋敷に残るか、ほかを探すか見極めているのだろう。だが、いつまでも留守にするわけではあるまい。それに詮索好きの訪問者がやってくる危険もある。すでに扉は二回ノックされている。急がなくては。

「どうしてアルクロフトとジェレミーは一緒に来なかったの?」マリエッタが引き出しをかき回しながら尋ねた。

「ふたりには別の仕事をしに行ってもらった。あとで落ち合うことになっている」

ガブリエルはジェレミーの顔をろくに見られなかった。これほどおびえた気持ちになったのは初めてだ。弟にずばり訊くしかないのだろう。責めを負うべきはおまえなのかと訊きさえすれば、答えがわかる。ジェレミーが真実を語っているかどうかは、表情、口調、声の感じでわかるはずだ。

答えなどちっとも知りたくないと思っていた。ここ二件の殺人に関して言えば、その間のジェレミーの所在は不明だった。恐怖で息が詰まり、残り三件については確認したくもなかった。もう何年にもわたり、真の恐怖とはごぶさたしていたのに、まるで古い友人が訪ねてきて、長居を決め込んでしまったかのようだ。

弟は彼の生きがいだった。これまですべての年月をかけて守ろうとしてきたのだ。今になって弟を失うなんて、とても受け入れられない。

「あの人、いつもピンクを着ていたけど、ここまで取りつかれていたとは気づかなかったわ」マリエッタがアナスタシアの持ち物をより分けながら言った。

ガブリエルはよく見てみた。「何を調べてるんだ?」

マリエッタが肩をすくめた。「下着よ」

女ってやつはわけがわからない。

「なんでまた?」

「女性の中には、男性が見そうもない場所に大事な物を隠す人がいるの。だから、ここなら何かあるんじゃないかと思って。それはともかく、わたしたち何を探しているの？」

「彼女とジェイコブ・ウォーリーを結びつける物だ。変わった物なら何でもいい。ありあまるピンク以外のものだがな」

その後、さらに一〇分調べたところでマリエッタが叫んだ。「日記を見つけたわ」

冷たいものがガブリエルの背筋にしみ込んでいく。「わたしが見てみよう」

マリエッタは日記を胸にぎゅっと押しつけた。「だめ。今度は、彼女は卑劣な女だから、なんて言い訳は使えませんからね」

使おうと思えばもちろん使える。だがアナスタシアと自分を結びつける言葉は口にするものか。ガブリエルはマリエッタが最初のページをめくる様子をじっと見つめた。「一八一〇年。アビゲイルよりずっと前に日記を書き始めているわ。何か関係があるわけじゃないけど。〝わたしは、ある女性のグループに加わるのは自分にとって都合のいいことであろうと気づいた。グループを率いているのは、セレスト・ファ——」

階下でがしゃんと音がし、ふたりはくるりと振り向いた。

「ここにいろ」心臓がどきどきしているのは、彼女が読み上げた文面のせいでもあり、突然の物音のせいでもある。この悪夢は二度と終わらないのか？

マリエッタは、部屋を出ていくガブリエルを見守った。おそらく召使が戻ってきたのだろう。ふたりがここにいるわけをどう説明すればいいのか？　わたしにはわからない。ガブリエルは、どんな召使いでもうまく扱えると断言していた。それに、わたしが知る限り、ほかのだれよりも彼が上手にできることがひとつあるとすれば、それは人に魔法をかけ、自分の考えに従わせてしまうことだ。

マリエッタは手にしている日記を見下ろした。ある女性たちがグループを結成していた……。体に寒気が走る。手当たりしだいにページを聞き、最後までめくってみた。

ジェーンとわたしは、新しい子を入れることに賛成ではない。モートン氏はこの子のことを知っているし、何か告げ口されれば、わたしたちは全員、窮地に陥るだろう。つながりが多すぎるもの。しかも危険なつながり。わたしたちはあまりにも傲慢に、あまりにも無頓着になっていたのかしら？　でも、アマンダは心をくすぐられるようだ。つまり、わたしたちがこれからやれそうなことを思い描くと。わたしたちの小さな復讐者とあの子が一緒にいるところを想像すると。

ああ、何てこと。ふたつの日記はつながっている。

わたしたちの小さな復讐者の素晴らしい目に影が差すさまを見るのは——。

だれかの手に口をふさがれ、マリエッタは背の高い、がっしりした体に後ろ向きで引き寄せられた。「その日記を渡してもらえるかな?」耳元でささやく声。

目の前にあるものすべてが、水晶のように透きとおり、冷たく固まった。顎の下に傷跡のある男の姿が頭をよぎる。今、自分をつかんでいる男の雰囲気とは相反するものがあるが、男の顔を見ることができない。男の手が彼女の手から素早く日記を奪った。「助かったよ、ミス・ウィンターズ。きみのおかげでこいつを取り戻せた」

喉元にナイフを、あるいはわき腹に銃を突きつけられているのかどうかもわからず、マリエッタはできるだけじっとしていた。すると、口をふさいでいる手で顔を横向きに引っ張られた。「きみの忠実なる守護者についてだが、きみの知らないことがたくさんあるのだよ。やつがしようとしていることについてもだ。あいつが最後にどんな選択をするのか、ぜひ見てみたい」

男に突き飛ばされ、マリエッタは顔からベッドに倒れ込んだ。とてつもない恐怖が体を駆け抜ける。急いで前に進み、身を投げるようにしてベッドの反対側に回った。肩から床に落下し、身を守るべく急いで膝をついて体を起こした。だが、そこにはもうだれもいなかった。黒っぽいズボンの裾が続き部屋の扉の向こうへ消えていき、裏階段を下りていくかすかな足音が聞こえてきた。マリエッタは、おぞましいピンクの上掛けをねじるように両手でわしづかみにしている。

「マリエッタ? 何をしてるんだ?」

はっと振り向くと、寝室の入り口にいるガブリエルが目に入った。息を切らしているようだ。

「男がいたの。その男がわたしを捕まえて、日記を取り上げて、こう言ったの――」

しかし、ガブリエルはもう彼女の前を駆け抜け、続き部屋の扉の向こうへと走り去っていた。裏階段を勢いよく下りていく足音が聞こえてくる。マリエッタはこそこそあたりを見回し、部屋の片隅に背中を押しつけて待った。しわくちゃになったベッドの上掛けの、自分がつかんでいたためにできた生地のへこみをじっと見つめながら。

数分後、再び姿を現したガブリエルは髪が乱れ、いらいらした様子だった。「もういなくなっていた」

マリエッタは手のひらに交差するしわをしげしげと眺めた。

「どんな顔をしていたかわかるかい？　そいつはきみに話しかけたのか？」

「ずっと、わたしの後ろにいたの。小声でしゃべってた」マリエッタは手のひらの線をたどった。「日記を見つけてくれて助かったって言ってたわ。ガブリエル、アビゲイルとアナスタシアは関係があるの。同じクラブの一員だったのよ」

肘をつかまれ、体を引き上げられるのがわかった。手で顎を上に向けられ、ふと見ると、彼の目が探るようにこちらを見つめていた。

「あの男が殺したんだわ」マリエッタは小声で言った。視界に映る緑の瞳が揺れている。

「あの男、わたしを捕まえたのよ」

ガブリエルの腕がマリエッタを胸に抱き寄せた。「今はわたしがきみを捕まえているだろう」

マリエッタは馬車の中で自分の体を抱きしめた。このときばかりは、馬車に乗ってきてよかったと思った。「あの人、どうしてわたしを放してくれたんだと思う？」

ガブリエルは彼女を見つめた。「ふたつの日記に関連があるなら、ケニーが殺されなかったのと同じ理由だろう。つまり、やつが傷つけてやろうと思っている人間だけが犠牲者になるということだ」

「あの人、こう言ったの――」マリエッタはドレスの生地を握りしめた。「あなたが最後にどんな選択をするのか、ぜひ見てみたいって」

馬車の揺れ以外の動きは見せていなかったとはいえ、彼の体がぴたりと静止した。

「どういう意味だったのかしら？」マリエッタはガブリエルを見つめた。さまざまな感情が彼の目を吹き抜けていく。

ガブリエルが身を乗り出した。「マリエッタ、きみはわたしを信じているのか？」

ドレスをつかんでいる手をさらに丸める。彼を信じているか？　全面的に信頼している。もし彼までわたしを裏切るのなら、自分には何が残されているのかわからない。「ええ」

ガブリエルはマリエッタの一方の腕をなで、握りしめている指をゆるめて、自分の手を握らせた。それから、もう片方の手も同じように握らせた。

マリエッタはされるがままに抱き寄せられた。ガブリエルが彼女の首、顎の輪郭、唇にそっとキスをする。彼はわたしの気をそらそうとしている。でも、今この瞬間、そんなことはどうでもいい。何も考えたくない。彼が差し出してくれるものをただ受け取りたい。

ガブリエルが馬車の天井を五回叩いた。馬車が角を曲がり、家とは逆方向へ進んでいく。

マリエッタは膝に乗せられ、彼をまたいでいた。舗道の丸石の上で馬車が揺れ、その振動がふたりの体をかすめていく。ガブリエルはドレスを乱暴にまくり、自分のズボンの前も素早く開いた。マリエッタの体はもう準備ができている。彼がその中に押し入り、彼女を満たしていく。マリエッタはガブリエルに激しくキスをし、彼は彼女の腰をつかんでさらに引き寄せた。

もしガブリエルがわたしを裏切ったら……。でも、まさか、彼にそんなことできるわけがないでしょう？　ばかげた不安が、威嚇をするヘビのように頭をもたげている。ガブリエルは彼女の奥深くにある素晴らしい場所を突いた。何度も何度も。こんなときに、信頼や裏切りについて考えているなんて、わたしは何をしているの？　わたしは彼を雇った。彼を訪ねていった。彼はずっとわたしのものではないかもしれないけれど、今はわたしのもの。

ガブリエルに首を攻められたマリエッタは、頭を少し後ろに倒し、彼のうなじを覆う髪をわしづかみにした。そして、ふたりは石の舗道を行く馬車のリズムに合わせて進んでいった。彼はマリエッタが望んでいるまさにその場所を攻め続けている。眠気を誘うような、重く熱い感覚に襲われ、マリエッタは必死であのめくるめく頂点を目指した。ピンク一色だったアナスタシア・ラーゼンの人形の家には吐き気を覚えたし、肌がむずむずした。殺人犯の手の感触は恐怖以外の何ものでもなかった。でも、全部ガブリエルに洗い流してもらおう。次々と波が訪れ、いやなものを清めていくけれど、疑問の答えはやってこない。

マリエッタは目を閉じ、ガブリエルに正気を吹き飛ばされるがまま、彼の頭をわしづかみにして引き寄せ、なめらかな髪に向かって苦しげに息をした。その直後、ガブリエルもあとに続き、ぐずぐず残っていたいやな感覚が洗い流されていく。

マリエッタはビロードの座席の背に額を載せた。麻酔にかかったような弛緩《しかん》した感覚と活力が入り混じり、彼女を包み込んでいる。「アナスタシアの日記には、きっと何か大事なことが書かれていたのよ」

ガブリエルが彼女の下で身をこわばらせた。「本当に、今その話がしたいのか?」

マリエッタはビロードに向かってほほ笑んだ。彼の表情はわからない。だが、彼が困っているのは疑いの余地がなかった。「それは違うわね」

ガブリエルの全身の力が抜ける。「聞き込みができそうな場所がいくつかある。そこを回ってから、きみを家に連れて帰ることにしよう。一週間、歩けないようにしてやるからな」

マリエッタは市場を通り抜けた。髪をきちんとまとめ直し、服も元どおりに整えた。ガブリエルは、今にも倒れそうな露店で小間物を売っている老女としゃべっている。それまでに少なくとも一〇人の商人に声をかけたが、マリエッタが一緒にいると、だれひとり話をしようとしなかった。ずいぶん、いいとこのお嬢さんなんだな。ある商人からそう言われた。

ガブリエルには、きみは商売に向かないとからかわれた。冗談ではなく、認めざるを得ない。マリエッタはそう思い始めていた。女性ならだれだってわたしの代わりはできる。彼のあとをついて回り、酒場から酒場へと渡り歩けばいい。大半の女性は、わたしよりはるかにうまくやってのけるはず。自分より低い階級の人たちに慕われるようにしようにも、わたしの歯切れのいいアクセントはほとんど役に立たないし、自分より上の階級の人たちからは、ひどく嫌われている。

わたしはまったくの役立たず。それに、ひどく涙もろくなっているように思える。

マリエッタはため息をつき、ある露店のへりから垂れ下がっているチェックのスカーフに触れた。ガブリエルに目を走らせると、例の老女が彼に何か渡していた。彼のような男性が異なる階級社会をいとも簡単に行ったり来たりできるなんて、信じがたい気がする。最初にただにっこりほほ笑むだけで――いや、信じがたいことではない。彼はまず自らの魅力で人を引きつけ、知性と努力で成功を収めてきたのだろう。

天賦の才能に恵まれた人。星の祝福を受けた人。

けれども、ガブリエルの目に宿る暗い影は、彼がときどき隠そうとする表情は、別のことを物語っている。わたしには突き破れなかった影。いったい――。

そのとき、腕をつかまれたかと思うと、露店の裏に引っ張っていかれ、派手な露店の列の背後にある狭い路地に連れ込まれた。

ジェイコブ・ウォーリーが目の前に立っている。真剣さと狂気が入り混じった青い瞳。

　マリエッタは後ずさりした。

　ウォーリーが近づき、マリエッタは逃げ出そうと身構えた。彼が両手を上げる。「逃げないでくれ」声がしゃがれていた。ゆうべ聞いた声とは違う。それに身長も少し低い。ゆうべの印象より小柄だ。あまりがっしりしていない。

「逃げるに決まってるでしょう？　あなたは五人の女性を殺した人よ」

　彼は目に涙を浮かべた。「やってない。そんなこと、頼まれでもしない限り、絶対にするもんか」

「頼まれる？」この男は頭がいかれている。いかれた人を見たことがあればの話だけど。

「規則には従う。必ず従う。それがとても大事なんだ。ミス・ウィンステッド、ミセス・ファム、それにレディ――」

　路地の入り口でカラスの群れが鳴いた。ウォーリーが首を横に振る。「もうひとり殺される。その次はあんただ。やられる前にあいつを殺すべきだ」

　激しい恐怖が体を貫いた。「何ですって？」

「ノーブルはあんたを殺す。ほかの女性を殺したように」

　マリエッタは口をぽかんと開けた。「あなたは頭がどうかしてる」

　ウォーリーが身を乗り出したので、マリエッタは壁に背中を押しつけた。「わたしの《マイ》・ご主人様《レディ》たちが……死んでしまった。あいつのせいだ。あいつは、あのレディたちを憎んでいる。復讐をしたがっている。やつが最後のひとりを殺すのを止めなくては。メリッサンド。みんなのリーダーだ」

マリエッタは息をすることができなかった。逃げてと叫ぶ自分がいるが、もうひとりの自分が、恐怖に魅入られたように男をじっと見つめている。彼はまるでアビゲイルのひねくれた日記のよう。主人を殺したくせに、逆に主人を恋い慕う犠牲者を気取っている。

「とにかく、やつを殺さなくては。それしかない。わたしも殺してやろうと思った。しかし、警戒が厳重で外部からではだめだ。内部の人間がやるしかない。あんたがやるんだ。それしかない。メリッサンドを守らなきゃいけないんだ」

「メリッサンドって？」

しかし、ジェイコブ・ウォーリーは消えていた。いつの間にか露店の向こうに姿を消し、ただの記憶と化していた。思い出したくもない記憶。

そして一瞬のち、同じ場所に暗い目をして、ガブリエルが立っていた。「マリエッタ？」

彼女の中で急に何かがわき上がった。新たな不安と、ぐずぐず居座っている欲望だ。

「何？」

「どうしてまた、こんなところにいるんだ？　危ないだろう」ガブリエルが市場のほうを身振りで示すと、マリエッタはただ黙って彼のあとについていき、人でごったがえす場所へ戻った。

どう反応すればいいのだろう？　質問をする？　真実を告げる？　彼を責める？

「ちょっと、ひと休みしようと思って」

心はもう決まっていた。だからうそをついた。

ウォーリーの言葉が頭を取り囲み、遠慮がちに、それでいて何度も攻撃を仕掛けてくる。ミセス・ファム。アナスタシアの日記にはセレスト・Fという名が出てきた。アビゲイルの日記にはC・Fという名があった。かつてセレスト・ファムは社交界では恐れられる女性だったのだが、やがて何かに駆り立てられるようにして田舎に引っ込んでしまった。もう何年も社交界の行事には出ていない。

マリエッタがふたつの日記にはつながりがあると言おうとしたとき、ガブリエルはそれに誘惑で応えた。ふたつの日記の重要性を示す歴然とした証拠があるにもかかわらず、その件をわきへ押しのけた。そして、彼女はそれを許した。彼があとでまたその話題に戻ってくれると信じて。

日記。あれを読まなきゃ。今すぐ。

「わたし、うちに戻るわ」マリエッタはできるだけ平然と言った。「ここにいても、あなたの足手まといになるだけだし。ケニーの答弁に必要なメモをまとめておかないといけないから」

「その手の書類は、わたしがもう準備しておいただろう。きみもあれでいいと言ったじゃないか」彼の目は判読不能になった。

マリエッタはにっこりほほ笑んだが、これには努力が必要だった。「もう一度、目を通して、記憶を引っ張り出す助けになるメモを書いておこうかと思ったの。あの子、緊張すると言葉をつっかえてしまうのよ。何を言うべきかちゃんと思い出せないといけないでしょう」

鋭い緑の目がじっと観察している。ガブリエルが唇を結び、マリエッタは一瞬、彼に抱きしめられるのではないかと思った。「好きにすればいい。馬車で帰りなさい。わたしはあと一時間ほどで戻る」

マリエッタは軽く頭を下げ、急いでその場をあとにした。この疑念を和らげるには、もっと慎重を期するべきなのだろう。でもそれよりもただちに飛んで帰らなければいけないと思い、足を動かした。

馬車ががくんと揺れて出発したとき、ガブリエルがこちらをじっと見ているのがわかった。さっきはこの馬車の中で……。マリエッタは首を横に振り、柔らかなクッション、ビロードのような毛布から手を引っ込めた。ここからでは彼の目の表情は読み取れないが、顔つきが暗い。なじるような顔。残忍な顔。かつて見せてくれた恋人のような顔ではない。まるで別人。思いどおりに女性を誘惑できる人。

アナスタシア・ラーゼンの家にいたのはジェイコブ・ウォーリーではない。別の男だ。それにあのとき、ガブリエルは走ってきたのか、息を切らしていた。どこから走ってきたのだろう？

恐怖に縁取られた、漠然とした疑念が心にしみ込んでいく。

馬車が通りを進んでいく。馬たちは、期待に応えて迅速に彼女を送り届けるどころか、日曜日の小旅行を楽しみたいらしい。マリエッタは外に出て先に走っていこうかと思ったが、馬は彼女を思いとどまらせるぎりぎりの速度で進んでいた。

午後が終わってしまわないうちに、馬車を乗り換える必要があるかもしれない。

馬車が家の前で建物のほうに寄っていくと、マリエッタは馬が完全に足を止める間もなく飛び出した。御者が大声で何か言ったが、ただ手を振り、玄関の扉をぎこちなくいじり回した。鍵を押し込み、三回目の試みでようやく開けることができた。それから階段を駆け上がってガブリエルの部屋に入り、例のチェストの下をやみくもに手探りした。あった。

かき寄せるように日記を床に滑らせ、急いでページを開く。


一八一三年一月二日、L・DとC・FとJ・MとA・FとT・Rとわたしは、思う存分楽しいことをしようと決めた。クラブを結成したのだ。


C・Fはセレスト・ファム。A・Fはアマンダ・フォレスター。J・Mに関しては、確かアナスタシアの日記にジェーン、ミスター・モートンという名前があった。つまりジェーン・モートン。ではアナスタシアは？　A・Rというイニシャルが見当たらない。マリエッタはもう一度、確認した。T・R。そういえば、以前だれかがアナスタシア・ラーゼンをターシャと呼んでいるのを耳にしたことがある。T・Rだ。

殺された女性は全員このクラブのメンバーで、日記のあちこちに名前が登場する。そしてガブリエルは、わたしからその日記を遠ざけておこうと必死になっていた。わたしが日記を読んでいるところを目撃するたびに不機嫌になった。女性たちが例のお気に入りの男性を見つけたくだりを読んでいたときは、激怒と言ってもいいほどの反応を見せた。華麗な目をしたたぐいまれなる美少年……。

マリエッタの手から日記が滑り落ち——

ガブリエル。大天使《アークエンジエル》。復讐者《アヴエンジヤー》。

——ばたんと床に落ちた。

16

心臓の鼓動が止まった。止まっているのがわかる。というのも、家の中がしんと静まりかえっているから。何も動いていない。何の音もしない。自分の心臓の音さえ聞こえない。

どうしてこんなことが――。

いったい何が――。

こんなの、あり得ない――。

トントントン。

マリエッタは木の床の上でくるりと振り向き、チェストに肘を激しくぶつけてしまった。扉を叩く弾んだ音が玄関から聞こえてくる。

ガブリエルだったらどうしよう？　脈が一気に激しくなり、心臓が再び全速力で動きだした。肘の痛みが麻痺すると同時に、だんだん息が切れ、頭がくらくらしてきた。

トントントン。

違う。ガブリエルなら猫のように音もなく、そのまま入ってくるだろう。わたしは扉に背を向けてしゃがんだまま殺されていたかもしれない。マリエッタは床から立ち上がり、おそるおそる戸口を抜けて廊下へ出た。視界に階段が現れ、手すりをつかんで足を踏み出すと、彼女の苦悩がこだまするかのように、キーと板がきしむ音が響いた。扉を叩くとすればだれだろう？

トントントン。

ミセス・ロゼールとクラリスは鍵を持っている。ジェレミーも持っていそうだ。メイフェアの本宅からやってきた召使なら――ある召使が鍵を持ってくるのを忘れたと話しているのを耳にしたことがあるし――ノックをせずに入ってこられるはず。

ひょっとすると、ジェイコブ・ウォーリーがガブリエルからわたしを引き離したうえで、殺しに来たのかもしれない。いや、それは筋が通らないだろう。アナスタシアの家にいたのは彼ではない。体格が一致しないもの。それはともかく、彼はあの路地でわたしを殺そうと思えばできたはず。それに、ジェイコブ・ウォーリーが無実にしろ、そうでないにしろ、ガブリエルには……。ガブリエルにはあの女性たちを殺すもっともな動機がある。

彼は日記に出てきた人たちを知っていると真実を語った。それから、あとになって、きみを試したのだとうそをついた。そのときは、思わせぶりな態度でごまかす代わりに、わざと挑発的な言い方をしたのだろうと思った。

わたしはガブリエルの目を見ていなかった。クラブに入っていた女性たちのことは知らないと言ったとき、彼は顔をそむけていた。その態度こそが、あの場で真実を語っていたに違いない。

きみは裏切られた気分になるだろうか？　マリエッタ、きみはわたしにまんまとだまされたのか？

ああ、どうしよう。マリエッタは目を閉じた。

トントントン。

ガブリエルにはあの女性たちを殺すもっともな動機があった。彼があの人たちを知っていると言ったのだとすれば、つまり——。

「ガブリエル、開けなさい」冷たい威厳のある声が言った。「いるのはわかっている。こっそり出ていくつもりだな。床がきしむ音が聞こえるぞ」

決心がつかず、マリエッタは階段のいちばん上で思案した。勝手口からこっそり出ていくこともできるけれど、外にいるのがだれであれ、扉がもうひとつあることを知っていたらどうしよう？　ほかにも人を連れてきていたら？

マリエッタは心を決めた。これが安全策だ。自分の部屋へ行き、ピストルを確保し、窓を開ける。そこが通りに面していることに短く感謝しながら。

窓枠から頭を突き出し、玄関の階段を見下ろすと、かっちりした地味な服を着た背の高い男性が、すでにこちらを見上げていた。彼女の肩から上にあるものをひとつ残らず目録にしているかのようだ。マリエッタはまたしても感謝した。召使用の服を着替えずにいてよかった。これなら、ただのメイドに見えるもの。

窓から頭を出しているだけではあるけれど。

「ミスター・ノーブルは今、お留守です。市場へおいでになれば見つかりますわ。では、ごきげんよう」

マリエッタは頭を引っ込めようとした。

「待ちなさい」男性はその場から動いていなかったが、目を細めていた。「きみはだれだ?」

「メイドのフェリシティです」遠い親戚の名前をちょっと拝借。

「きみはメイドではない」

「間違いなくメイドです」マリエッタは顎をつんと上げた。

「間違いなくメイドではない。そこから下りてきなさい。さもないと、たとえきみのしゃべり方や物腰がメイドより上品でも、礼儀がなっていないと決めつけることになるからな」

激しい怒りが押し寄せたが、それを力ずくで抑え込む。ばかなまねをしてプライドを打ちのめされたくはない。「今、あなたとお話ししたくありませんの。ミスター・ノーブルをお訪ねになるなら、後日、あるいは少し経ってからにしてください。あるいは、ご自分で捜してください。では、ごきげんよう」

窓枠から頭を引っ込め、心臓が二〇回鼓動を打つまで待つ。再び窓越しに外を見ると、男の姿はなかった。マリエッタは旅行用のかばんをつかみ、震える手で服をかき寄せた。持ち物をすべてまとめるには時間がかかりすぎる。全部持っていくのはあきらめなければならないだろう。

自分の身の回りの物をちらりと見る。手紙、贈り物、ロケット、形見。だめよ、思い出のある物は持っていかなくちゃ。形だけの物は置いていくしかない。それから、持ち運べて金銭的に価値のある物だけを素早く手に取った。

涙が出そうで目がちくちくする。だめ。まだだめよ。泣くのはあと。どこか安全なところに落ち着いたら――下宿屋か、ガブリエル・ノーブルという名前を一度も耳にしたことがない人の家がいいだろう――涙を流してもいいことにしよう。それから、どうするか考えよう。

荷造りには五分と決め、時間になると、旅行かばんの留め金を締めて階段を目指した。日記は肩にかけたもうひとつのかばんの中にしっかり入っている。あとはキッチンにある書類をこのかばんに詰め込めるだけ詰めていこう。

あと五分。危険を冒せる時間はそれだけだ。家に戻ってきてから、すでにあまりにも長い時間を費やしてしまった。ガブリエルはいつ戻ってきてもおかしくない。きっと玄関から入ってくるだろうから、わたしは勝手口から外へ出よう。

マリエッタはキッチンに入り、テーブルまで行って、まずひとつかみ、書類をかばんの中に押し込んだ。もうひとつかみしようとしたそのとき、人の声がして手が止まった。

「手を上げなさい。今すぐ」

振り返ると、玄関の階段にいた男が暗がりに立っていた。マリエッタはピストルをしまっておいたポケットに手を入れた。

「動くな」暗がりから姿を現した男は、すでにピストルを手にしている。

マリエッタはテーブルを背に後ずさりをした。男は背筋を伸ばし、堂々たる足取りで近づいてくる。まるで、こんな虫はつぶしてやろうかと言わんばかりに、彼女を念入りに見つめながら。

マリエッタは唇をなめた。「どうやって中に入ったのですか?」帰ってきたとき、玄関の鍵をかけたのは確かなのに。それに、物音もしなかった。

男は平然とピストルを構え、じっと立っている。「鍵を使った。きみは何者だ? 何を盗もうとしている?」

かすかな安堵が駆け抜ける。この人が家の中にいるのは、わたしを追ってきたからではない。ただし、わたしは泥棒だと思われている。哀れな立場であることに変わりはないようだ。

「わたしはミスター・ノーブルに雇われているただのメイドです。お掃除をしているところなのです」

男は片方の眉を吊り上げた。「ガブリエルは身の回りの物や書類の山をだれにも触らせない」そう言って、テーブルを指差した。「さあ、もう一度、質問に答えてもらおうか」

時間のむだだ。ガブリエルはいつ帰ってきてもおかしくない。「おいとまさせてください」マリエッタは両手を広げた。「ほかの物には触りませんから。かばんに入れたのは、全部わたしの持ち物です。誓います」

日記に関しては拡大解釈かもしれない。でも、ほぼわたしの物よ。

「なぜ、そんなに急ぐ? きみの正式な名前は何だね、フェリシティ?」男の声には威厳があると同時に、なだめるような調子が感じられた。まるで彼の中の一部分は自分を抑え、一部分は相手に敬意を表しているかのようだ。

「フェリシティ・ローズと申します。弟が困ったことになっておりまして。すぐに行ってやらないといけないのです」

最後のふたつは完全に真実だ。

「座りなさい」

マリエッタは肩をいからせた。この人はピストルをかなり上手に扱えそうだけれど、わたしを撃ちはしないだろう。彼にはどこかまっすぐで高潔なところがある。

かつてガブリエルに抱いた印象と同じだ。

マリエッタは考え直す間もなく足を踏み出していた。「行かなければいけないのです。では、ごきげんよう」

「今、そのかばんに押し込んだ書類はきみの物ではないだろう。出しなさい。今すぐに。出ていきたいというきみの要望について検討するのはそれからだ」

ここから逃げられるなら、書類を置いていくだけの価値はあるだろう。事件に関する事実はわかっているし、ケニーが裁判で答弁するために必要な書類はもう本人に渡してある。自分の命を賭けてまで追加の記録を持っていくことはない。マリエッタはうなずき、書類を引っ張り出してテーブルの上に急いで放り投げた。

「まだ何か入っているだろう。出しなさい」

「わたしの日記だけです。それはこの部屋に来る前から持っていました」

つかんでいたかばんを取り上げられ、大きな手が素早く日記を取り出した。男が表紙をめくり、顔に得体の知れない表情がよぎる。マリエッタはポケットから自分のピストルを取り出した。

男が顔を上げ、目に驚きの表情が宿ったのもつかの間、すぐに隠れてしまった。「つまり、本当に武器を持っていたのだな。きみのような、どこの馬の骨ともわからない人間が武器を持っていようとは思ってもみなかった」

「ええ、そうでしょうね」マリエッタは身振りで日記を示した。「それをかばんに入れて返してちょうだい」

わたしには日記が必要なの。唯一の手がかりだもの。暗号が解けたのだから、この中にすべての答えがあるのはわかっている。

たちまち男のピストルが再び彼女のほうに向けられた。「われわれは袋小路にはまったようだ、ミス・ローズ」

ああ、いまいましい、なんて素早いのだろう。「そうね」

「どうやってアビゲイル・ウィンステッドの日記を手に入れた？」

驚きに続いて強烈な恐怖が訪れた。その瞬間、マリエッタが抱いた感情はそれだけだった。

「中に名前は書いていないのに。どうして彼女の日記だとわかったの？」

「わたしがわからないのは、きみが何者で、なぜここにいるかということだ。もっとも、どちらの答えも予想はついてきたがね」

男が口にした思いがけない事実と、彼の存在がもたらす恐怖は、目の表情によって少しばかり帳消しになった。その目に表れているのは、おおむね好奇心だ。

「わたしにはその日記が必要だし、ここを出ていく必要があるの。お願いよ」

「ウィンターズ家の息子と関係があるのだな。ミス・マリエッタ・ウィンターズとお見受けしたが。きみにはご両親の面影がある」

ピストルを安定させる間もなく、持つ手がかすかに震えた。「わたしの両親をご存じなの？」

「いや。しかし一度、お会いしたことがある」

「あなたはだれ？」マリエッタは小声で尋ねた。

「ただの執事だ。というより、執事だったと言うべきかな。執事は死ぬまで執事だ」

それを聞いたら、妙に納得がいった。彼の気取った態度や物腰。しゃべり方。堂々としていて、批判的。相手に敬意は示すものの、尊大だ。

マリエッタは再び唇をなめた。「だれの執事をしている、じゃなくて、していたの？」

「わたしはデントリー邸で執事をしていた。デントリー卿の個人執事だ」男は照準を定めたまま、小さく会釈をした。

デントリー？　マリエッタは急いでテーブルの向こうに回り、男が近づけないようにした。

男は眉をぴくりと動かした。「何か不都合でも？」

「デントリー家の執事ですって？」マリエッタはややヒステリックに笑った。「どうしてガブリエル・ノーブルを知っているの？」

男の顔に何かがよぎった。「なるほど」慎重で控えめな声。あきらめたような響きが感じられる暗い声だ。

「あなたは何を知っているの？」マリエッタは片手でかばんを、もう片方の手でピストルをしっかりつかみ、扉のほうへじりじり近づいていく。この家を出たいという衝動が、日記を手に入れたいという気持ちを突然、上回ってしまったのだ。

そのとき、玄関の扉がかちっと鳴った。恐怖が駆け抜ける。ガブリエルが帰ってきた。

「きみがわたしのことを何も知らない、ということはわかる」男が言った。

マリエッタは最大限の努力をしてヒステリーを抑え、扉を開けて飛び出そうと身構えた。

「知るわけないでしょう」

「ガブリエル？ マリエッタ？ ぼくが何を発見したか、信じてもらえないだろうなあ」

ジェレミーの声を耳にし、マリエッタはほっとしてくずおれそうになったが、次の瞬間、彼も信用できないのだと気づき、再び緊張した。

ジェレミーのハンサムな顔が視界に入ってきた。彼はぴたりと立ち止まり、執事を見つめた。「ここで何をしてるんだい？」

「わたしがここにいるのは、おまえたちが何に首を突っ込んでいるのか見極めるためだ」

「何でもないよ」ジェレミーは早口で言った。「田舎へ戻らなきゃだめじゃないか」

執事が片眉を吊り上げた。「そうは思わん」

マリエッタは手を伸ばし、彼が持っている日記をひったくった。その途端、ふたりの男性がくるりと彼女のほうを向く。

「どうぞ、おふたりでとことん話し合ってちょうだい。では、ごきげんよう」マリエッタは再び扉に近寄った。

「マリエッタ、なぜピストルなんか持ってるんだ?」ジェレミーが尋ねた。「ふたりとも、どうしてピストルを持ってる? いったいここで何があったんだ?」

「何も心配することはないわ」マリエッタは自由になるほうの手を振り、日記を握りしめて、もう一歩、後ろに下がった。

「ミス・ウィンターズ、それを持っていってはいけない」執事がまっすぐ腕を伸ばした。

マリエッタは無理やり声を落ち着かせた。「持っていくわ」

「それって?」

執事は一瞬ためらった。「日記だ。だが彼女のものではない」

ジェレミーが身をこわばらせた。「じゃあ、アビゲイル・ウィンステッドの日記?」

思いどおりにならないいら立ちと、ばからしさでマリエッタは叫びたくなった。秘密やうそばっかり。「必要なのよ。弟が釈放されたら送り返すわ。約束する」日記を胸に押しつけたが、ピストルはしっかり構えていた。「だれにも言わないから」と小声で言う。「彼のことは何も言わずにすむよう、わたしにできることはするわ。わたしはケニーを釈放させたいだけなのよ」

ふたりの射るような視線がマリエッタを釘づけにした。

「ケニーを釈放させたいだけで——」彼女の声が途切れた。

「どういうことだ？　彼のことは何も言わずにすむよう、わたしにできることはする？」マリエッタは首を横に振った。執事は目を細め、ピストルを下ろした。「ミス・ウィンターズ、今度はきみのほうが優位に立っているな。いったいどういう意味なんだ？」

「彼のことは巻き込まない。ケニーが釈放されさえすれば、わたしたちは消えるから」ああ、どうしよう、マーク……。兄のことまで考えが及ばなかった。兄はガブリエルにかくまわれている。わたしがいなくなったとわかれば、ガブリエルは腹を立てるだろう。それに、彼のほうがわたしよりも先にマークのところに着いてしまう可能性もある。そうだ、ブローチがある。これと交換で貸し馬車を雇おう。きっとうまくいく。みんなで大陸へ逃げてもいい。あるいは植民地へ。そこで再出発すればいい。何もかもあきらめて。

「だれを巻き込まないというのだ？」執事が尋ねた。そういえば、わたしはこの人の名前を知らない。

ジェレミーが青ざめた顔をして、唇をぎゅっと結んでいる。彼は知っているに違いない。

マリエッタは首を横に振った。「言えないわ」扉のほうにやや近づくと、執事がピストルを少し上げた。

「それを言うまで、きみを行かせるわけにはいかない」

「だめよ。彼を巻き込まないって言ったでしょう。だから言わないわ」

「言いなさい」

マリエッタはずっと首を横に振り続けている。こうしていれば、いずれ相手もわかってくれるだろうとばかりに。

「いや、マリエッタ、その人に教えてやれ」後ろにあるキッチンの扉を振り返ると、つかんでいたピストルをもぎ取られた。ガブリエルがそこに立っていた。扉の端に寄りかかり、腕を組み、指先からピストルをだらりとぶら下げている。「きみがだれを疑っているのか教えてやれよ」

17

「ガブリエル！」ジェレミーの声は妙だったが、マリエッタはそちらを向けなかった。目の前にいる男性をじっと見つめることしかできない。彼はやっぱり勝手口から入ってきた。自分を大ばか者呼ばわりする気力さえ起きない。

ガブリエルは動かなかったが、視線をマリエッタの背後に移した。彼女が窓から頭をのぞかせたときに見た、執事の視線の動かし方によく似ている。「あんたを見て驚いてるわけじゃない」彼は執事に言った。

マリエッタはゆっくりとガブリエルから遠ざかり、ほかのふたりからも遠ざかった。反対側の隅へ行こう。出口はすべてふさがれている。武器もない。背後を手探りし、ナイフを探す。ピストルの弾に抵抗するには、あまり役に立たないだろうけど。

「それは当然だ」執事が言った。「すぐわたしに知らせるべきだっただろう」

ガブリエルは一方の眉をすっと上げた。「あんたの指図を受けなくなってからずいぶん経つんだ。あえて言わせてもらうが、あんたに知らせる必要はまったくなかった」

指図を受ける？　マリエッタは執事の顔をよぎる表情を観察した。承認と苦悩。

「ジェレミーが手紙を送ったんだろう」ガブリエルが言った。

「手紙をもらうまでもなく、新聞を読んでわかった。

ガブリエルは返事の代わりに首を傾けた。「ああ、きっとそんなところだな」

「おまえはわたしが現れるとわかっていた」

「それはわたしにはどうにもできなかったことだ」

「わたしに知らせようと思えばできただろう」

今度ははっきりと苦悩が感じられた。実際、執事は全身から高貴な苦悩をにじませている。

「その必要はなかった」ガブリエルは何の注意も払っていないかのように、投げやりな態度で戸口に寄りかかった。「何を知らせるべきだったんだ？　わたしはあんたを除外した。責めを負うべき人物ではないとして」

除外した？

執事は深呼吸をし、背筋を伸ばした。「なるほど。おまえの思いやりには感謝しないにしても、信頼に対しては感謝すべきなのだろう」

ガブリエルが首をかしげた。彼と目が合い、ナイフを手探りしていたマリエッタは凍りついた。「これぞ紛れもない、呪われた集会だな。まともな市民らしく、座って話し合おうか？　それとも撃ち合いでも始めるか？」

執事がピストルを下ろす。ジェレミーがそわそわしながら場所を移動し、腰を下ろした。

執事も席に着く。ガブリエルはまだ戸口に寄りかかっていた。「さて、マリエッタ、きみはどうするんだ？」

「撃ち合いをするにも、わたしはピストルを持てそうにないし」マリエッタは敵意を込めて言った。

「ああ、持てないとも。それは許すわけにはいかないな。さあ、座るんだ。何も恐れることはない。この家に人殺しはいないからな」ガブリエルの笑みはあまり友好的ではなかった。歯を見せてあざ笑っている。いわれのない裏切りと痛みを感じながら。

マリエッタはぎこちない足取りでテーブルまで歩いていき、ほかの三人からできるだけ離れた場所に座った。それから、ガブリエルが空いている席に着いた。

「これは喜ばしい場面じゃないか」

「ガブリエル――」

「うれしい再会だろう？」ガブリエルは執事の言葉をさえぎった。

マリエッタは注意深く三人を見た。ジェレミーは相変わらず異常なほど青ざめた顔をしている。ガブリエルは彼らの心を痛めつけに来た邪悪な悪魔のようだ。執事は感情を見せず平然としている。ほんの少し眉をひそめている様子は、ちょうどガブリエルが――。

時間が凍りついた。

「わかったんだろう？」

「ガブリエル、彼女はそっとしておいてやりなさい」

マリエッタはどちらに言われたことも頭に入っていなかった。

「だめだ」ガブリエルは声を荒らげた。「ここに入ってくる前に何があったかわかっているし、話も聞こえていた。質問に答えてもらおうか、ミス・ウィンターズ」

「この人は、あなたのお父様」マリエッタはぼんやりと言った。「デントリー邸とあなたを結びつける人物。だからあなたは、頻繁にあのお屋敷を訪れていたんだわ。だから、ジェイコブ・ウォーリーの正体に気づいたのでしょう。あなたは彼と一緒に働いていた」

「つまり、ただの召使。きみの言い方はそう答えているように感じられたのだが」ガブリエルの口調はなめらかで、暗く、危険だった。

テーブルの反対側でジェレミーがもそもそ動いた。名前もわからない執事は相変わらず平然としている。しかし彼もガブリエルをじっと見つめており、マリエッタはその顔にわずかながら、とがめるような表情が浮かんだことに気づいた。

「いいえ、そんなことは言っていません」

「ふむ。言う必要がない場合もあるからな」

少しばかり、怒りが背筋をはい上がった。「どんな身分にいようが、他人の人生をもてあそぶことは許されないわ」

「その意見には断固反対だ」ガブリエルは目を半分閉じ、椅子の背にもたれた。「人は身分の影響をもろに受ける。身分の高い人間がどれほど他人の人生をもてあそべると思っているんだ？」

「ひどい話」

「そう眉をひそめないでくれよ。社会での地位が高ければ高いほど、人は多くのものを持ち逃げできる。身分の低い人びとを所有し……」ガブリエルの目が暗くきらりと光る。「何もかも自分のものにする」

空気がだんだん薄くなり、マリエッタは息苦しくなってきた。「違うわ」

ガブリエルが――これほどの魅力を持つ、美しくも恐ろしい人が――身を乗り出した。

「いや、マリエッタ、違うもんか」

「ガブリエル」執事が怒鳴った。「いい加減にしなさい」

「父さん、わたしの家では、あんたは客人だ。前にも言ったとおり、もうあんたの指図を受ける必要はない」ガブリエルの目には、やや険悪な表情が宿っている。「いずれにせよ、あんたもわたしの言うことにたいして関心を示してくれたわけじゃない」

執事は姿勢を正したが、マリエッタには――執事のことをまるで知らないにもかかわらず――ガブリエルが彼の胸を見事に撃ち抜いたのだとわかった。「おまえの母親とわたしは――」

「この件で母の話は持ち出すな」ガブリエルの声は憎悪に満ちている。「もし、あんたがわたしたちを――」

蒼白だったジェレミーの顔が赤くなった。「ガブリエル、あれを父さんのせいにするわけにはいかない――」

「そうなのか？　なぜいけないんだ？」

「公平じゃないよ」

ガブリエルが片眉を吊り上げた。「公平？　実に面白い」

マリエッタは考えた。今もあの位置に立っていたら、こっそり抜け出せていたかしら？

そんな彼女の心を読み取ったかのように、ガブリエルの目が語りかけてくる。

「妙なことを考えるなよ」

「行かせて」かろうじて聞こえる声だ。

ガブリエルの目の周りの皮膚が引きつった。「だめだ」

「お願いだから」

彼の目に何かが光り、すぐに消えた。「わたしに訊くことがあるだろう」楽しげと言ってもいい口調だ。

「ないわ」

「いや、あるはずだ。マリエッタ、わたしに訊いてくれ。さあ、今すぐ訊くんだ」

ガブリエルはピストルをつかんでいる手に力をこめた。マリエッタのピストル。彼女が使おうとしていたピストル。視界の片隅に、一本の糸で支えられているクモの巣のへりが見えた。掃除をしたのに見逃していた。そのもつれた糸が今、ほかのすべてのものと同様、ほどけていく。

彼のことは巻き込まない。

結局、こうなってしまった。父親よりもマリエッタに腹が立つ。これといった理由もないのに。彼女にはわたしを信頼する理由がない。わたしはわざと彼女に情報を与えなかったのだから。それでも、マリエッタの反応には裏切りめいたところがある。まずわたしに確かめることもなく、罪を犯したのかと尋ねることさえしなかった。この女性と知り合ってやっと一カ月。そのあいだ、彼女とほとんど一緒に過ごしてきた。そうさ。だが、彼女は人生という名の馬車についた小さなしみにすぎない。それなのに……それなのに。

マリエッタはいっそう唇を強く結んだ。「いやよ」

「本当にいいのか？　それとも、自分の頭が想像したことを何でもかんでも信じていたいだけなのか？　弟を自由の身にしてくれることなら何でも信じたい。そうなんだろう？　なぜウォーリーを追い回す？　夜警に——いや、もっといいのはドレスデンに——ほかの人間を差し出すことだってできるだろう。ドレスデンが嫌っているやつを差し出さないのか？　上流社会の連中は、成功を収めたしゃくにさわるやつが破滅し、成功をなかったことにするのを見たくてたまらないのさ。しがない執事と家庭教師の息子がな。そいつを差し出せば、上流社会についたしみ、すなわち、わたしを取り除ける。成り上がり者がまたひとり排除されるというわけだ」

「頭がどうかしてるわ」

「少しはそうだろうな。きみの言うことを何でも信じていたのだから、確かにどうかしている」皮肉。激しい怒り。

マリエッタは唇をぎゅっと結び、目にいっぱい涙をためている。「だったら、ふたりともどうかしてるんじゃない？　わたしも、あなたに対して同じことを感じているもの」

ジェレミーと父親がキッチンの扉を閉め、去っていくふたりの足音が家中に響いた。この瞬間、ふたりの存在はなくても困らないし、求められてもいない。

「わたしのもとへやってきたのはきみだ」

「それに、あなたを信頼できる人だと思っていたわ」

「いや、思ってなかった。きみの態度はかたくなで、とげとげしかった。だれも信頼していなかったんだ。わたしたちの関係を書き直すのはやめてくれ」

「わたしたちの関係？　そんなもの、あるのかしら？　あなたは、わたしを思いどおりに操っているみたいだけど。自分に好都合なら、いつでもうそをつくし」

「自分に好都合なことをしないのなら、ほかに何をしたってあまり意味がない」

ガブリエルは、マリエッタの顔に激しい怒りが広がる様子を観察した。赤と白がまだらになって色味と深みが加わり、だいぶ前から月並みだと思わなくなっていた顔つきが、生気と覇気に満ちた表情へと一変した。

「あなたは、自分にさえうそをつく」

「そのほうが都合がよければ」

「一〇個でも一〇〇個でも、よい行いをすれば罪の埋め合わせになると思っているの？」

「それは犯した罪による」

「そうなの？　それがあなたの正当化のしかたなのね？」

「だれもがやっている方法だ。マリエッタ、きみも弟を釈放するために罪を犯してきただろう？」

「ええ、でも、どれも承知のうえでやったことよ。やましいところはないなんて、自分をあざむいたりはしなかった。とても重要な情報をあなたに知らせずにおくようなことはしなかったわ」

「きみは、とても重要な情報など持っていなかった」

「でも、あなたは持っていた」

「きみに関係のある情報は何もない」

「関係あったのよ。あなたが強姦されたと知ることがね！　死んでしまった、まさにあの五人の女性に強姦されてたのよ！」

沈黙が空気を引き裂いた。

ピストルを握りしめている指が痛む。「それで、きみの質問は？　今、訊くつもりなんだろう？」

彼女の荒い息遣いが部屋を満たした。妙な感じがする。はたして、わたしはまた息が吸えるのだろうか？

「あの女の人たち。知ってたんでしょ。あなたには、あの人たちを殺したいと思うまっとうな理由があった」

「それでは質問になってない」

マリエッタの胸が何度も上下する。訊くつもりはないのだろう。現実離れした妙な感覚がガブリエルを支配する。前にもこういう感覚を味わったが、そのときは逆の立場だった。ジェレミーに訊くことができない、弟の答えを耳にするのは耐えられない、逃げることしかできないという、あの感覚。

「あの人たちは、あなたを強姦《レイプ》した」

ガブリエルはその言葉が大嫌いだった。〝レイ〟という耳障りな音。尖らせた唇から〝プ〟という音が出てくるさまが大嫌いだ。

「それは疑問の余地があるな。前にも言っただろう」頭の中、胸の内に漂うむなしさと必死に戦いながら、なんとか軽やかな声を出そうと努力する。

「疑問の余地なんかないわ。アビゲイル・ウィンステッドが自分でそう書いているんですもの」

「頭のいかれた女が書いた、取りとめのない話のことか？」

「いかれた女？　そうかもしれないわね。取りとめのない話？　それは違うと思う」

「きみはあの日記を信用しすぎている。取りつかれてるんだ」

「無理もないでしょう。そこに書かれているのが自分とずっと一緒にいて、自分の横で寝ている人のことなのだから」

「そういえば、わたしたちはベッドをともにしていたんだっけな」

怒りとばつの悪さで、彼女の顔が赤くなった。「あの日記には、わたしの注意を引く何かがあるとわかっていたわ。読むべきことがあるってね」

ガブリエルはうわべだけの無関心を装い、その下に恐怖と怒りを沈めた。「きみがそこまで強情だったとは気づかなかった」

苦悩も自己嫌悪も、自分が意図したようにはうまく隠せない。

マリエッタが彼のほうに手を伸ばし、すぐに引っ込めた。無意識のうちに慰めようとしたものの、次の瞬間、意識的にその気持ちをぬぐい去ったのだろう。

ガブリエルは苦々しい思いで、にやりと笑った。「いいかい、きみの慰めは必要ないんだ」

マリエッタが息を整えて落ち着こうとする様子をじっと見つめていたら、よけいに腹が立ってきた。彼女が深呼吸をする。「あの人たちがしたことは間違っているわ」

「哀れみはごめんだ。そんなものは必要ない。それを言うなら、きみにしてほしいことは何もない」悲惨なほど意地の悪い言い方だ。

マリエッタはうつむき、震える手を落ち着かせ、背筋を伸ばした。「わかりました」

「それで、ミス・ウィンターズ、きみの質問は?」ガブリエルは嚙みつくように言った。

マリエッタは彼と目を合わせた。「あの女の人たちを殺したの?」

ガブリエルは何拍か待った。「わたしでないとすれば、ほかにだれかいるのか?」

マリエッタが唇をきつく結んだ。「それでは答えになってないわ」

「だが、ノーと答えれば、きみが責めるべきろくでなしがいなくなってしまう。もしイエスと答えたら、きみはどうするつもりなんだ？」

「質問しろとせがんだのはあなたでしょう。さあ、答えて」

「じゃあ、教えてくれ。最後のふたつの殺人について、わたしはいつ実行できたというんだ？」

マリエッタは散らばった書類を見た。「わたしが寝ているあいだにこっそり抜け出して、アナスタシア・ラーゼンを殺したのかもしれない」

「わたしは、そんなに人目を忍ぶのがうまいのか？」

「ええ、信じられないくらい。あなたが受けたしつけを考えれば、その理由がすっかり理解できるわね」

「しがない召使だからな」

マリエッタはテーブルをつかんだ。「そういう意味で言ったんじゃないわ」

「そうか。だがマリエッタ、そのうちやっぱり考え直そうと思うかもしれない。今の言葉はまさにそういう意味さ」

「わたしが言いたかったのは、あなたは音もなく歩き回ることに慣れている人だってこと。他人を煩わせない人だってこと」

「われわれは身分が上の人間を決して煩わせるわけにはいかないんだ」

マリエッタががっかりしたように眉をひそめる。その瞬間、ガブリエルはほとんど同情を覚えなかった。かんしゃくに襲われて息が詰まりそうになり、その気持ちを一気にぶちまけることしかできそうになかった。

「あなたはそういう目でわたしを見ているの？　自分は人より優れていると思っている人間だと見なしているの？」

「違うのか？　きみは自分のほうがマークよりましだと思っている。不運なケニーよりましだ、両親よりましだ、間違いを犯す知人たちよりもましだと思っている。そして、批判的でとげとげしいものの言い方で、自分の評判を傷つけている」

容赦のない言葉がすらすら出てくる。マリエッタの表情を目にしたガブリエルは、自らの苦悩以外の何かを感じざるを得なかった。おまえは彼女を傷つけている。そう思い知らされるものはすべて、容赦なく頭の外へ押しのける。彼女は上流階級の人間だ。彼女はわたしを傷つけた。気遣うふりをした。

なぜ、そこが問題だと思い込んでしまったのか？　なぜ、マリエッタはわたしを気遣ってくれたのかもしれないと疑いもせずに信じ込んでしまったのか？　**わたしにはそんな価値はない。けがれた男なんだ。**

「マリエッタ、何も言うことがないのか？」

彼女が顎を上げた。「もちろん、あなたの言うとおりよ。わたしは批判的。とげとげしいこともたまには言う。でもうそはつかないわ」

「絶対に？」

「わたしは率直でいるほうがいいと思ってるの。たとえ気がきかなくて、態度がとげとげしくなっても」

「実に爽快だ」ガブリエルはまじめくさった顔で言った。

「どうやって、わたしをここに来させたの？　どうやってロックウッドを説得し、わたしを自分のところへ来させるようにしたの？」

自分の力ではどうにもならない、心をかき乱される感覚が上から襲いかかってきた。

「どうもしていない」ガブリエルは手短に言った。「きみは自分の意志で、わたしのところへ来ることを選択した。それもわたしが仕向けたことだ、と言い張るなら別だがな。わたしがきみの意志を打ち負かしたことがあったか？」身を乗り出して視線を下ろし、首を傾ける。

「きみがしたくないことを無理やりやらせたか？」

マリエッタの目が険しくなった。「ガブリエル、あなたは自分の性的な魅力も利用している。わたしはすぐに気づいたわ。それから逃れるのはなかなか大変。あなたは素敵だもの。素敵すぎるのよ。あなたの先生たちは教え方が上手だったのね」

怒り、恐怖、もっとひどい何かが腹の中で渦を巻いている。この勝負で自ら汚れ役を買って出ようとしているのは、彼だけではないようだ。

「知らなかったの？」マリエッタが尋ねた。「意外だって顔ね。怒っているようにさえ見えるけど」目を細めてそっけなくほほ笑んだが、彼女の顔には残酷な満足感にも似たものが表れている。「教わった駆け引きは使っていないなんて、まさか本当に思っていたわけじゃないでしょう？　使っているからこそ、よけい自己嫌悪に陥るのよ」

ガブリエルはその場に凍りついた。

「そう思ってはいなかったのね？」彼女の声には驚きが感じられた。「じゃあ、あなたが自己嫌悪に陥る理由、相手の反応に露骨に反発する理由は……何だと思っていたの？」声にこめられた残酷な満足感は哀れみに変わったが、声は再び険しくなった。「どうなの、ガブリエル？」

「きみは自分の言っていることが何もわかってない」

「あらそう？」マリエッタが笑った。が、その声にユーモアは感じられない。「何もかも、はっきりわかったのよ。あなたが何者だったか気づいたときに。日記に書かれている少年がだれなのか気づいたときに。アビゲイル・ウィンステッドはあなたのことをよく知っていたんでしょう」

ガブリエルはテーブルから日記をひっつかんだ。「わたしのことを知っていた？　彼女は何もわかっちゃいなかった」それを壁に思い切り投げつけ、本の背がつぶれる音がした。「彼女が知っていたのは、少年たちをぞっとさせる方法だ。わたしのことは何もわかっていなかった」

マリエッタがつばを飲み込み、目を伏せた。ガブリエルは妙な音を耳にし、次の瞬間、それが自分の荒い息遣いだと気づいた。

「ガブリエル、あの女の人たちを殺したの？」

「今は殺しておけばよかったと思ってるさ！　だが、どうしてわたしが、あいつらからそこまでの影響を受けなければいけないんだ？　わたしはあいつらを破滅させた。生かしたまま破滅させたんだ」

　マリエッタにはショックだったらしい。顔にそう書いてある。だが今はどうでもいい。ガブリエルは急に立ち上がった。彼女のピストルをテーブルに放り投げ、下敷きになった木の実がつぶれた。「出ていけ。それがきみの望みならな。お金持ちのお嬢さんも貧乏になって、ぼろぼろってわけだ。きみの弟を刑務所から出してやったら、もうこれっきりだ」

　ガブリエルはどうやって部屋を出たのかわからなかった。


　彼が扉をばたんと閉め、マリエッタは怒りの涙をぬぐった。扉が激しくぶつかったため、錠前がかたかた鳴った。彼女はピストルの握りをぐっとつかみ、台無しになった書類が散らばる、むき出しのテーブルの上を滑らせた。その下で、砕けた木の実が跡をつけていく。

　日記は部屋の片隅に落ちていた。形がゆがみ、ぶざまな姿で。まるで無力に見える。だが悪意を抱き、怪我を負ったふりをして、獲物を待ち構えている。不幸にしてそばでにおいをかぎまわる者は、鋭い顎にとらえられ、嚙み砕かれてしまう運命だ。

　残忍で恐ろしい。

　マリエッタはテーブルから離れ、日記のほうへよろよろ近づいた。しばらくじっと眺めたのち、指でつまみ上げ、かばんに放り込んだ。

　キッチンはしんとしている。薄気味悪いほど。マリエッタは立ち尽くした。今度ばかりは何の計画もない。何をすべきかわからない。向かうべきものがない。

静寂を縫って、物音が聞こえてきた。押し殺したような人の声。さらに別の声が加わる。遠くで人が何やら話し合っているが、閉じかかった扉で声がくぐもって聞こえる。

マリエッタはいつの間にか扉の前にいた。節の目立つ木の扉を見つめる。この家のほかの部屋へと通じる扉。オーク材に手を置いたが、手が自分のものではないような、妙な感じがした。その手で扉を押した。ここから逃げるための扉ではない。

それから声に導かれて廊下を進み、階段を回って、扉の西側にある小さな控えの間へ。四人の声が聞こえてくる。マリエッタとガブリエルがキッチンにいるあいだに、機能不全に陥った家族にアルクロフトが加わっていた。

「……ウォーリーはまだそのへんにいる」アルクロフトが話している。

「ウォーリーではない」執事が言った。彼の名前はいまだにわからない。

「でも、父さん――」ジェレミーが訴える。

「父の言うとおりだ」怒りが去り、ガブリエルの声は暗く、不気味なほど落ち着いている。

「ウォーリーはあの女性たちを崇拝していた」

「だったらよけい、あいつを判事のところへ連れていくべきだろう」とアルクロフト。「どうも、おかしいな」

「ぼくもそう思う」ジェレミーが早口で言い添えた。

沈黙。

「やっぱりそうか」ジェレミーの声は緊張し、苦悩に満ちていた。「ぼくがやったと思ってるんだ」

「そんなわけないだろう」しかし、ガブリエルの声はあまりにもそっけない。

マリエッタは何かに喉を締めつけられた気がした。腹の奥から熱気球が浮き上がってきたら、こんな感じだろう。

「うそだ」

「ジェレミー――」

「マリエッタに犯人だと思われて腹を立ててるんだろう。でも、兄さんだって、やったのはぼくだと思ってた。それをどう説明するんだ？　ぼくは血を分けた兄弟だ。兄さんの弟さ。なのに、ぼくが犯人だと思ってるんだろう？」

「そんなこと思って――」

「兄さん、ぼくは殺してない」ジェレミーの言い方は突然、とても穏やかになった。兄と同じように。「過去を消し去るためなら、ぼくは喜んであいつらを片づけていたさ。まさかぼくが知っているとは思わなかっただろう？　ぼくが見ていたとは思ってなかったんだ。あいつらからぼくを守ってくれたのがだれか、ちゃんとわかってる。兄さんが思っているよりたくさんのことを知ってるんだよ。父さんは――」

「この人には何の権利もなかった」すべての言葉に激しい怒りが混じっている。

「――何も言う必要がなかった。ぼくが父さん以上にわかっていたから。彼女は一度、ぼくに近づいてきたんだ。知ってたかい？」

「だれが？」ガブリエルの声は憎悪に満ちていた。

「レディ・デントリー」

レディ・デントリー。L・D。マリエッタの体に震えが走った。L・Dの夫が今夜戻ってくる。おかかえの召使と護衛も一緒だ。L・Dは、小さな復讐者に絶対黙っているようにとあらためて言い聞かせておく必要があると言う。

彼の父親は、デントリー卿のおかかえの執事だった。舌の奥に苦いものがこみ上げ、マリエッタは口に手を当てた。

「あいつを殺してやる」

「当然だよね。彼女を殺せば完璧だもの」ジェレミーの皮肉がかろうじて耳に届き、マリエッタはぞっとして吐き気を覚えた。現実が……日記に登場する少年はガブリエルだったという現実が、本当に襲いかかってきた。

「あのメンバーの中で、残っているのは彼女だけだ」

「彼女はぼくに指一本、触れることができなかった。一週間後、ぼくらはあの家を出ていったから。兄さんの計画はうまくいった」ジェレミーの声は疲れていて、辛辣な響きがある。「兄さんはずっと盾になってくれた。苦痛を全部引き受けてくれた。ぼくを自由にしてくれた」

「そもそも、あんなことはあってはならなかったんだ」執事の声は自己嫌悪に満ちている。

「だが起きてしまった。もう、そんなことはどうでもいい」ガブリエルは次から次へと悪態をついた。実に独創的に。みだらな言葉がたっぷり一〇秒は続いた。「こうなったら、しかたがない。悪夢が現実になってしまった」

「しかたないって？」

「アルクロフト、デントリー邸へ行けるよう段取りをつけてもらいたい」

「何だって？」

「あの女が次の標的になることは明らかだ」

「それで、彼女を救うつもりなのか？」

ガブリエルはずっと黙っている。マリエッタは部屋全体に広がる衝撃を感じ取った。ガブリエルの顔が見られたらよかったのに。

「兄さん、とてもそんなことは――」ジェレミーが言いかけた。

「わたしも一緒に行こう」アルクロフトが申し出る。

「だめだ。きみはここにいてもらいたい。裁判を遅らせるために。マリエッタの弟には――」ガブリエルの言葉でマリエッタの視界がかすんだ。「もう一日必要なんだ。できればもう二日。ジェレミー、おまえにはアルクロフトの手助けをしてもらいたい」

「でも――」

「ガブリエル、わたしが一緒に行こう」執事がきっぱりと言い、その場の空気が静まるのがわかった。「あの屋敷へ足を踏み入れるのなら、アルクロフトに何ひとつしてもらう必要はない。わたしがついていけばいいだけのことだ」

「それは――」

「おまえの拒絶は認めない。親の人生において、子供の言いなりになるのは一度でたくさんだ」

「わたしはもう子供とは言えない。それにあれ以来、一度ならず、あの女には会ってるんだ」

「それでも、おまえだけで行かせるわけにはいかない」

またしても長い沈黙。

「好きにすればいい」感情を抑えたような、淡々とした声。

椅子が引かれる音、床を進んでいく足音が聞こえてきた。マリエッタは急いでキッチンへ戻った。

その直後、戸口にアルクロフトが現れた。彼女を見て驚いた顔をしている。「ミス・ウィンターズ」

背後にジェレミーの顔が見える。「マリエッタ、出ていったのかと思った」

玄関の扉が閉まる音がした。ガブリエルと父親が、やるべき仕事をしに出かけていく。あのクラブで陣頭指揮を執っていた女性に会うために。彼を虐待した女性を救うために。

「出ていくもんですか」マリエッタはジェレミーと目を合わせた。「わたしに手伝えることを言って」

18

「ほとんど自分の耳が信じられなかったけど、本当にやってきたのね」

すらりとしたブロンドの女性が扉の向こうからやってきたが、ガブリエルは何も言わなかった。冷淡な、面白がっているような目が彼をじっと見つめ、頭の先から足の先まで視線を走らせた。

「ガブリエル、あなたを見ているとそそられるわ。この前、会ったときと同じように。あれからどれくらいになるかしら？　もう一年？」

「そんなところだ」

「相変わらず、無口なのね」彼女は椅子を覆う錦織《ブロケード》の布地を手でなでながら軽く笑った。

ガブリエルはだるそうに壁に寄りかかり、彼女をじっと眺めた。怠惰な姿勢とは相反し、警戒心を高めている。マリエッタに関するありとあらゆる感情を心のずっと奥へ押し込める。こんなときでなければ、いとも簡単に使える武器なのに。「あんたとおしゃべりをする理由がまったくわからない」

「まあ、ガブリエル」彼女が近づいてきた。「旧友にその口のきき方はないでしょう」

「メリッサンド、あんたはとても友人とは言えない」

「あらあら。さあ、お座りなさい」

ガブリエルは彼女が机のほうへ移動するのを待ってから壁を離れた。彼女は机にたどり着く数歩手前でくるりと回転し、優雅に彼のほうを向いた。手を触れられるほど近くにいる。ガブリエルは彼女の策略をぴしゃりと払いのけたい衝動を押し殺した。

「ガブリエル、あなた、この前会ったときから成長したかしら？」

「会った？　この前、あんたは、わたしのタウンハウスにこっそり入ってきて、少しはかまってくれと懇願したが、あんたはあれを〝会った〟と言うのか？」

メリッサンドの口からふっと笑いが漏れた。目が一点を見つめ、きらきら輝いている。

「あなたはいつだって、わたしのお気に入りだったわ、ガブリエル」

調子のいい女だ。

「素晴らしい追跡をさせてくれたのは、あなただけ」

「あまり追跡された覚えはないがな」

「追跡というのは、必ずしも物理的な意味で〝追う〟とは限らないの」メリッサンドは長い完璧な指で彼のシャツのボタンを軽く叩いた。「そんなのは、あまりにもありふれている。違うのよ。常に満足を与えてくれるのは感情的な要素のほう。本当の意味で人格が試されるの。最後に屈するのはだれか、とね」

メリッサンドはガブリエルを包囲するように歩き始めた。だが、彼は前に進み、彼女の机の向こうに回り、彼女の椅子に腰を下ろした。それからぼんやりと書類をひとつかみし、両足を机のへりに載せた。

メリッサンドが唇をすぼめるのがわかった。彼女は大またで机に歩み寄り、反対側の椅子に座った。「ちゃんと教えたでしょう、ガブリエル」

「陰謀を企てる女になる方法をか？　まあ、全部あんたの手柄にさせるわけにはいかないな。だが、持っていきたければどうぞ」ガブリエルは書類の上で片手をひらつかせた。

「ちゃんと教えてあげたのに、お行儀が悪くなってしまったのね」

「実際のところ、仲間にはどんな精神的暴力を働くのか教えてくれないか？」

メリッサンドの笑みがひきつった。「さすがは復讐に燃えるかわいい天使」

ガブリエルは意識して筋肉の緊張をゆるめた。メリッサンドの笑みが満足げな表情に変わる。

「あんたは本当に、その名に恥じないことをした。セレストとジェーンとアビゲイルを破滅させ、ターシャを酒に走らせ、アマンダをロンドンから追い出した。わたしを破滅させることができず、きっと、いつもいらいらしていたんだろうな」

メリッサンドは客用の椅子にゆったりともたれた。まるで椅子の背がビロードでできているかのように。だが椅子の背にはビロードではなく、わざとごつごつしたむきだしの木材を好んで使っている。客を居心地悪くさせておけるなら何でもいいのだ。「〝とどめの一撃〟、〝女の悪魔〟。あなたにそんなふうに呼んでもらって、いつもうれしかったわ。あなたは、ますますわたしに腹を立て、アビゲイルにもそれ以上に腹を立て、セレストをいらいらさせた。セレストはあなたにもっと愛してもらうために、いつも新しい拷問のしかたを考えていたわね」彼女は優しくほほ笑んだ。「セレストはいつも頭がちょっといかれていたのよ」

「彼女だけじゃないだろう？」ガブリエルは冷ややかな笑みを浮かべ、手に握りしめた書類をぱらぱらめくった。請求書、手紙。ああ、トムという男宛の書きかけの手紙がある。調査をして、トムが何者か、それに何歳なのか確認しなくては。くそっ、わたしの調査員は行方がわからなくなっている。偶然の一致にしては、ずいぶん長いこと行方知れずではないか。

メリッサンドは相変わらずほがらかな笑みを浮かべている。「ええ、彼女だけじゃないと思う。ジェーンは今も病院送りの半歩手前ってところだわ」

「半歩どころか、ジェーンは土深く埋葬された」

彼女の表情は一瞬、凍りついたが、すぐにもとに戻った。「まあガブリエル、ずいぶん悪い子になったこと」それから、素早く机の上を見渡した。

ガブリエルが片眉を吊り上げる。「何かお探しかな、メリッサンド？」

彼女がドレスの腹部を手でなでつけた。体つきは非の打ちどころがない。昔からずっとそうだった。

「いいえ、何も」

「身を守るための武器が見当たらないのか？　その毒舌があれば大丈夫なんじゃないのか？」

かつての自分なら、彼女の顔によぎる不安を目にし、心躍らせていただろう。だが、今はもううんざりしている。それに腹立たしい。

「セレストからはしばらく音沙汰がなかったんだろう？　というより、アマンダや、いとしいアビゲイルとも音信不通に違いない」

「何をたくらんでいるの、ガブリエル？　あなたこそ、本当に、その名に恥じないことをしようとしているんじゃないの？　ここにいるときは、いつもそれを不愉快に感じているのかと思っていたわ。あなたには、あまりにも貧しくて、絶望的で、そうでもなければ気に留める価値もない哀れな人間を助けようとする癖があったにもかかわらず」

ガブリエルは机の上で足首を交差させた。「おやおや、ここではあまりゴシップを耳にすることがないようだな、レディ・デントリー？　ロンドンでは、アナスタシアは新聞にも大きく取り上げられていたんだがね」ガブリエルは机の書類をかかとで引き寄せて斜めにし、気乗りがしない様子でそれに目を通した。「最近の新聞も読んでいないのか？　さてはデントリー卿がついに、あんたのしていることに気づいたんだな？」

「そうだったらいいのにと思っているのはあなたでしょう、ガブリエル」メリッサンドは髪をなでつけていたが、ガブリエルには、彼女がこっそり部屋に目を走らせ、何か助けになるものはないかと探しているのがわかった。彼女は決してばかではないし、無力とはほど遠い女だ。優美な顔立ちと大きな目をしているにもかかわらず。「わたしの夫は、妻のことより政治的な陰謀のほうがずっと気がかりなの。わたしが社交界のお仲間ととことん寝てやろうと決めたとしても、夫は気づきもしないでしょう」

「つまり、まだ実行していないということか？」ガブリエルはショックを受けたふりをした。

「それはがっかりだ」

メリッサンドが身を乗り出した。「若い男だけよ、ガブリエル。もっとも、あなたのことはいつだって特別扱いしてあげるわ。認めるのはしゃくだけど、あなたは確かにたぐいまれな人ですものね」ガブリエルは、彼女が身を傾け、首をかしげて、自分の顔がいちばんよく見えるようにするさまをじっと観察した。

吐き気がした。この仕草には見覚えがある。彼自身、やったことがあるからだ。人の周りを包囲するように歩き回り、同じことをされたら逆襲するすべを学んだのと同じように。それに気づいたとき、心の奥底で何かが吐き気を催した。ほかにも身に覚えのある特徴や仕草がつぎつぎと頭をよぎっていく。

「次の標的はあんただ、レディ・デントリー」

彼女は椅子の肘掛けをぐっとつかんだが、平静を装おうとしている。「ガブリエル、だからここにいるのね。あなたは昔から、こういう芝居がかったことをする才能があったわ」

「あんたの〝寵愛〟を受け、そのせいで苦しんだであろう男たちの名前をすべて知る必要がある」

メリッサンドが凍りつき、丸めていた指がほどけた。「愛しいガブリエル」彼女が笑った。陽気な笑い声には安堵感が漂っている。「わたしを助けに来てくれたのね。ああ、なんて素晴らしいこと。皮肉な運命ね。つらいわ。ものすごく。かわいそうなアビゲイル。亡くなったんですって？　哀れだわ。生きていれば大いに楽しめたでしょうに」

椅子に座っているには、すべてのエネルギーを費やさねばならなかった。メリッサンドをじっと待たなくては。彼女を見殺しにすることだってできる。黙って当然の報いを受けさせればいいんだ。

「リストを出してくれ、レディ・デントリー」

彼女は椅子にもたれた。ほっとして強気になったのか、持って生まれた自信が顔をのぞかせた。「でも、せっかくここに来てくれて、一緒にいるのだし、わたしたち、旧交を温めるべきじゃないかしら。時間はいくらでもあるんだから」

ガブリエルは机の上に書類を放り投げた。「待てるのは一〇分だ。一〇分たったら出ていく。あんたが生きようが死のうが、どうでもいい」

メリッサンドが一方の眉を吊り上げた。「じゃあ、もうここへは来てくれないのね」

「あんたのために来たんじゃない」

彼女がほほ笑んだ。「ご存じかしら？　わたしたちが世話をした若者の中で、あなたは舞い戻ってこなかった数少ない男性のひとりなのよ」

「それはどうも疑わしい」

「もっと多くのものを求めて戻ってきた人もいるわ。わたしたちのやり方のとりこになってしまったってね。ここで自殺をするために戻ってきた人もふたりいたの。あれはある種の声明だったのかしらね？　わたしたちに対する妨害行為？　わたしへの妨害かしら？」メリッサンドは手をひらつかせた。「もう、本当にめちゃくちゃだったわ。デントリー卿はいい顔をしなかったし」

「知っていたのか？」

「ふたりが首を吊ったってことだけよ。それ以上は何も知らないわ」メリッサンドは机を身振りで示した。「それに、手紙もあるでしょう？　ほかの人たちからも一度にたくさんもらうのよ」

机の隅に封をされたままの手紙の束が載っている。ペーパーナイフはどこだ？

メリッサンドが手をひらつかせた。「去年の夏以来、ペーパーナイフが行方不明なの。だからトムを来させて、手紙を開封させているんだけど」彼女の唇が曲線を描く。「見つからなくて何よりだわ。トムが舌でどんなことをやってのけるか、あなたも見るべきね。あら、そんなふうににらまないでちょうだい、ガブリエル。トムは二二よ。もう十分大人だから、あなたのばかげた基準は満たしているわ」

ガブリエルはいちばん上にある手紙を指で開封した。

「あなたの弟さんは、もうすぐその年齢になるんじゃないかしら？　ジェレミーは昔からとても見込みがあったわ」

「メリッサンド、あんたは賢いのがいちばんの取り柄だ」ガブリエルは穏やかに言った。「ジェレミーについてあとひと言、何か言ったら、わたしがミドルセックスの殺人鬼に代わって、最後の仕事をやり遂げることになる」

何か言い返してくるだろうと期待しつつ、メリッサンドにこびへつらう崇拝者からの手紙の一行目を読んだ。反応がないので目を上げると、彼女は顔面蒼白になっていた。ガブリエルの背筋にかすかな不安が走る。彼は手紙を読み終えたが、最後の一行を読み終えるころにはもう、彼女の顔に多少、血の気が戻っていた。

メリッサンドは指を震わせ、片側の髪に手を滑らせた。まるで、ありもしない巻き毛をなでつけようとしているかのように。「どんなリストが必要だと言ったかしら？」

ガブリエルは羽根ペンをくるくる回しながら、椅子の背にもたれた。「さっきまでとは打って変わって、ずいぶん素直じゃないか。恐れをなしたとわたしに思わせることになるぞ。メリッサンド・デントリーが恐れをなした、とね」

「態度に気をつけなさい、ガブリエル」メリッサンドは穏やかに言った。実際に感じているよりも平静を装っているのは一目瞭然だ。

「おいおい、メリッサンド、ここで主導権を握っているのはあんたじゃない」

「過去を暴露されたくなくても？」

「あんたに見つかった二〇歳のとき、わたしは脅しをきっぱりはねつけた。もう、そんなものは通用しない。ああ、あんたの言うとおり、暴露してもらおうじゃないか。わたしは、あんたがご親切にも〝提供〟してくれたものを受け取った。一六歳の少年が？　そんなことだれが信じるもんか」苦々しさと嫌悪感で体がひきつり、両足を右にずらした。そして笑みを浮かべる。主人から学んだお決まりの笑みだ。当てこすりと狡猾なたくらみに満ちたほほ笑み。「この物語の中で、あんたを倒錯者にするのは実に簡単だ。共謀者が全員死んでしまったのだからなおさらさ」

「わたしたちの日記が――」

ガブリエルは感じてもいない落ち着きを見せようと努力しながら、手持ちぶさたに羽根ペンを再び回した。「残っているのはあんたの日記だけだ。はたしてそれで何がわかるのか？おそらく、だれも信じやしない。あんたの妄想の産物だということになれば、信じてもらえる可能性はほとんどないだろう」

メリッサンドが唇をぎゅっと結んだ。信じがたいほど美しい顔が不安と怒りでゆがみ、いら立ちを示すしわが現れた。

ガブリエルは机の上に羽根ペンを放り投げた。「もう、こんなのは、うんざりだ。いくら〝お友達〟の死について何も知らないと言ったって、その反応から判断するに、ミドルセックスの殺人鬼の噂を耳にしていることは明らかだ。こんなおびえた顔を見るのは初めてだよ、レディ・デントリー」

「あなたはきっと、この瞬間を楽しんでいるんでしょうね」

ガブリエルは頭を後ろに傾けた。「確かに、そう考えるのが当然だろうな」

頭の中では相変わらず暗い考えが渦を巻いていた――自分は今まさにマリエッタに責められたことをやっている。大嫌いな駆け引きを用いている。「さあ、リストをもらおうか」

メリッサンドは羽根ペンを手に取り、インクにつけた。「ロンドンから戻ったらあなたがいなくなっていて、とても失望したわ。あれからクラブはもう、前と同じというわけにはいかなくなってしまった」

「何よりだ」

「あなたの父親の態度も変わってしまった」

ガブリエルは何も言わなかった。

「彼があなたと弟を逃がす手助けをしたんじゃないかと、ずっと疑っていたの。だから彼を罰したわ。そうすると言ったでしょう」

「父は自分がしたことの結果を甘んじて受け入れた」ガブリエルは父親との会話、父親の苦悩を思い出した。そして、自分自身の悔しさと怒りを新しい標的に向けた。いまだに心の中には、ここに留まらなかったこと、父親の苦悩を救えなかったことにぞっとしている自分がいる。ふたりの子供の身代わりになるべく、ひとりが犠牲になったのだ。

「彼はわたしがじかに接触できない人物だった」意外にも、メリッサンドはおかしくもなさそうにほほ笑んだ。「わたしにはちょっと無愛想でね。夫に近すぎる存在だったのよ。わたしよりもはるかに頼りにされていた」苦々しげな言い方だ。「それでもわたしは……彼が居づらくなるようにしてやった。そういうのはとても得意だから」

ガブリエルは何も答えず、手紙の山から次の一通を指で開封した。

「あなたはいつも面白かった。まるで王族みたいに振る舞っていたわね。母親から得た知識をたっぷり蓄えていて、父親の神秘的なところをすべて受け継いでいた。屋敷の周りで、身分の低い人間から高い人間に至るまで、ありとあらゆる友達とつきあっていたし、女性はひとり残らず、あなたに魅了されていた。魅惑的な王子様よ。あれ以来、あなたのような人にはお目にかかっていないわ」

ガブリエルは手紙を読み続けた。わかっている。メリッサンドが嫌悪することがひとつあるとすれば、それは無視されること。彼女の夫はその事実にまったく気づいていなかった。だから、妻を軽んじると、決まって運が傾く理由にも気づいていないのだ。

「ジョンはお元気？一年近く、お目にかかっていないけど。今もとても親しくしているの？あなたたちが離ればなれになれるなんて、驚くべきことよね」

彼女は我慢の限界に達しつつあるとわかり、ガブリエルは少し餌を投げてやることにした。危険な動物に餌をやるのは、まったく賢明とは言えない。檻の向こうから、餌をやった人間にまで食いついてくる傾向があるからだ。「ジョンは元気だ。自分で本人に訊けばいいだろう」

「あなたがここに置かれ、わたしの言いなりになっているあいだ、遠くの学校にいたのよね。つらかったに違いないわ」メリッサンドはリストを書き続けている。「彼はデントリーの監督下にあった。あなたの父親と同様、手出しのできない存在だった」

ジョンは幸運だったのだ。「召使や村の少年がたくさんいたから、そこから選べただろうし、あんたは困らなかったはずだ」

「どうかしら。それで、殺人犯はだれなの？」メリッサンドが少し元気になった。話題が変わったせいなのか、彼が返事をしてやったせいなのか。

「そんなこと、どうしてわたしにわかるんだ？」

「あなたは何でも知っているからよ、ガブリエル」

何でも知っているわけじゃない。自分のことさえはっきりわかっていないのに。「だったら、なぜわたしがリストを要求することになったと思う？」

「病的な好奇心のせいかしら？　わたしの哀れな犠牲者たちを助ける手段を探しているのかしら？」

「わたしは同情するのが下手でね。とにかく自分にできることをした。それがあんたのクラブをつぶすことだった。同情心には欠けるが、妨害と復讐はとても得意なんだ」

「同情心に欠ける？　哀れな人たちをあれだけ助けておきながら？　ずいぶん面白いことを言うわね。償えるとでも思っているの？　安らぎが得られるの？　そうじゃないことを願うわ。わたしの努力はすべて水の泡」彼女の目がきらりと光った。「お気に入りの作品が破壊されたのよ。悲しくてたまらなかったわ」

「それは手柄を独り占めしすぎだろう。アビゲイルのほうがずっと恐ろしかった」

ガブリエルは彼女の目に火花が散る様子を見守った。「ガブリエル、あなたは大うそつきね。でも、許してあげる」

「わたしはあんたを許す気にはなれない」

「残念だわ」メリッサンドは机の向こうから紙を押してよこした。「これがリストよ。ひどく短いでしょう。犠牲者、とあなたはみなしているようだけど、この人たちの大半はとても楽しんでいたわ」

「首にロープの跡をつけた連中は特にな」ガブリエルは机をひっかくようにしてリストを取った。「お目にかかれて、楽しゅうございました。いつものことながら」

「もう行ってしまうの？　ここに残って、わたしを守ってくれるんじゃないの？」

夫に注目してもらえないときはいつもそうだ。遊んでくれる相手が欲しくてたまらないのだろう。

　ガブリエルは片眉を吊り上げた。「犯罪防止に行ってまいります、レディ・デントリー。それがいやなら、あんたは自力でどうにかするしかない。ご主人に事情を知らせたほうがいいんじゃないのか？」

　メリッサンドが唇をぎゅっと結んだ。

「だめなのか？　では、これにてお別れを言わせていただこう」

　ガブリエルがキッチンへ行くと、父親がいた。召使たちとしゃべっている。父親は彼女との対決の場に自分もいたいと言ったが、ガブリエルはきっぱり断っていた。父親を伴っていけば、弱みを見せることになっただろう。それは受け入れられなかった。

　父親は、どうだったかと尋ねはしなかったが、歩きながら息子の背中に一瞬手を置き、すぐに下ろした。それでも、その仕草にガブリエルの胸はぬくもりと恥ずかしさでいっぱいになった。いやしくも自分の父親を責めてしまったという恥ずかしさ……。

「ガブリエル、何がわかった？」

父親にリストを渡すとき、いろいろな名前が目に飛び込んできた。なじみのある名前もあれば、よく知らない名前もある。やるべきことはたくさんあるし、接触すべき人も大勢いるが、時間があまりない。

「このうちのふたりは、わたしが最後に確認したところではロンドンにいた」父親が言った。「デントリー卿が明日、戻られるから、わたしから話をしてみよう」

父親は今もあの男との関係を保っている。

ガブリエルは一瞬ためらった。デントリー卿を引き入れるとなると、事は複雑になるだろう。「わかった」

ロンドンへ戻る道のり、ふたりはほとんど黙っていたが、久しぶりに打ち解けた気分を味わった。いつものふたりは、温かい言葉を交わしたかと思うと衝突する、の繰り返しだったのだ。

屋敷へ通じる私道に到着し、父親とはそこで別れた。「例のふたりについては、わたしがよく調べておこう」

「じゃあ、のちほどまたここで」

ガブリエルは別宅の中へ大またで入っていった。ジェレミーとジョンは仕事をすませてくれただろうか？　だれもいない家に自分の足音が響き、だれもいない階段を上がっていく。

マリエッタのいない家。彼女はどこかほかの場所にいる。人殺しであるわたしがいないどこかに。こらえていた感情という感情がもつれ合いながら、せき立てられるようにしてこみ上げてきた。怒り、苦悩、裏切り、切望、恐れ。彼はひどく乱暴にクラヴァットを引っ張った。メイフェアの屋敷と近侍のもとへ戻るべきだった。なぜ、ここに来てしまったのか？

前はわたしを嫌っていなかったとしても、今はきっとマリエッタはわたしを嫌っている。突き刺すような言葉。残酷な言葉。わたしは自分の痛みや激しい怒りをもてあまし、それをねじ曲げて彼女にぶつけた。以前、彼女も同じことをしたとはいえ、やはりいやな気分になる。許せることではない。

なぜ、ここに来てしまったのか？

ガブリエルは首からクラヴァットをはぎ取ると、自室のサイドテーブルに放り投げ、続けてシャツのボタンをはずし始めた。着替えをしようと下着用の戸棚を開け、サイドテーブルの上にかかっている鏡を見て凍りついた。

「マリエッタ」

19

ガブリエルはゆっくり戸棚を閉め、振り返った。マリエッタは隅に置かれた椅子に座っていた。両脚をそろえて横に流し、膝の上で手を組み合わせている。落ち着いたレディといった雰囲気だ。ただし、右足が神経質そうにぴくぴく動いているのを別にすれば。

「ガブリエル」

彼は戸棚に寄りかかり、マリエッタから顔をそむけることなく、カフスをいじり回している。「遠くへ行くことにしたのかと思っていたよ」

「確かにここを出たわ。ジェレミーとアルクロフトの仕事を手伝うためにね」

ガブリエルは彼女をじっと見つめた。何が起きているのか、自分がどこにいるのかよくわからない。気持ちを閉じ込めておく檻を造っておいたが、解き放たれた感情は、その土台をずたずたに破壊してしまったらしい。おそらく永遠に。

「戻ってきたの」

「わかってる」ガブリエルはカフスボタンを慎重にサイドテーブルの上に置いた。急に動いて、せっかく追い詰めた獲物をびっくりさせ、逃がしてしまいたくはないと思っている狩人のように。

「ほんとに？」

ガブリエルはもう片方のカフスに触れた。このときばかりはまったく自信がなかったし、どう答えればいいのかもわからなかった。

「あなたがあの人たちを殺したんじゃないってこと、わかってるのよ、ガブリエル」

「それはよかった」彼はもう片方のカフスボタンを慎重にはずし、それもサイドテーブルに置いた。相変わらず、彼女と目を合わせたまま。「いつ、わかったんだ？」

「今朝、キッチンでみんなの話し合いが終わるころには」話し合いという表現は少しずれている。「そのあと、別の部屋であなたが話していることが聞こえてきて」

「立ち聞きしていたのか？」

彼女の右足がぴたりと止まった。「ええ」

ガブリエルはうなずいた。「だが、それではきみがまだここにいる理由の説明になっていない。きみは、この家から遠ざかっていたかったのだろう」

「それに、あなたも、わたしに離れていてほしかったんでしょう」

「きみが現れるはずがない理由が二倍になったな。マリエッタ、なぜここにいるんだ？」

彼女にいてほしい。でも、目をつぶるわけにはいかない。このままにしておくわけにはいかないんだ。ガブリエルは期待し、恐れた。こんなことを訊いたら、彼女は部屋から出ていってしまうのではないか？

「謝りに来たの。最後にあんなこと、言ってしまったから。あの……あの人たちのことで。殺したのはあなただと思ってしまったから」

ガブリエルは高価なシャツの最後のボタンをはずし終えると、肩をすくめ、左右片方ずつ袖を引き下ろした。「実際、わたしはかなり疑わしい立場にあった」淡々とした落ち着いた声を出し、マリエッタの謝罪の最初の部分ははぐらかして、最後の部分に答えることにした。「きみに信じてもらえると期待してはいけなかったんだ」

「わたしのこと、たいした女じゃないと思ってるんでしょう。わかってるわ」彼女は背筋をしゃんと伸ばし、ずっと彼と目を合わせている。

「それどころか、きみはかなり並はずれた人だと思っている」ガブリエルはうつむき、下着をつかんだ。

「え？」

「きみはかなり並はずれた人だと思う」アンダーシャツを脱ぐ動作を利用して顔を隠す。むき出しになったのは腰までだったが、今や表情だけでなく、それ以外のものもさらけ出している。これほど無防備な気分を味わったことがない。

「よくわからないわ。あなたはわたしのこと、批判的でとげとげしいって言っていたと思ったけど」マリエッタの喉が少し上下した。その様子で、彼女が神経質になっていることがわかり、ガブリエルの気持ちは静まった。

彼はシャツをわきに放った。「そういう性格と、ほかの性格が組み合わさって、きみをなおさら並はずれた人にしているんだよ。それは確かだ」

「わからないわ」

「きみは、わたしが他人に対して自分の性的な魅力を利用していると言っただろう」ガブリエルは話題を変え、戸棚に寄りかかって、ズボンのボタンを触っている。

「本当だもの」マリエッタが小声で言った。彼女の体は逃げようと準備を整えている。いや、ガブリエルを逃がすまいとしていると言うべきか。

「そいつはとても役に立つ武器でね。自由自在に使いこなせるようになった」ガブリエルはいちばん上のボタンに指を滑らせた。

「でも、今は自由に使える武器がほかにたくさんあるわ。だから、それは使いたくなければ使わなくてもいいのよ。もし、その武器があなたを悩ませているならね。それに、わたしにはわかる。悩ませているんだなってことが」

何かが彼の心に鳴り響いた。興奮か。いらいらが高まっていく。「きみは相変わらず、わたしを観察し、わたしの目を読んでいる。喜ぶべきか、心配すべきかわからないが」

「あなたが何を考えているかによるわ」

「ああ、そうなんだろうな」

ガブリエルはボタンをはずし、二番目のボタンに手を移した。

「ガブリエル、わたし――わたし、やっぱり調査を手伝いたいわ。出ていけと言われたのはわかっているけど……」マリエッタは自分の手を見つめた。「これを言うのがどれほど大変か、あなたにはわからないでしょうね」

「それがきみの望みなら出ていけと言ったんだ」

マリエッタが顔を上げた。「あなたはわたしのこと、貧乏でぼろを着るようになったお金持ちのお嬢さんだと言ったのよ」

彼女の目に苦痛の表情が見て取れ、ガブリエルはその痛みを和らげてやりたいと思ったが、正直なところ、それができず、じっとしていた。「違うのかい？」

彼女が口をきっと結び、優雅に立ち上がった。「とてもお世辞とは言えないわね」

「貧乏でぼろを着ているという局面を一変させるのに、きみならたいして時間はかからないだろう。もともと生まれついた境遇に戻れるさ」

「それは大いに疑わしいわ」

「わが身に降りかかった境遇を乗り越えてきたという事実は、きみが逆境に負けない人だという証拠だ」

マリエッタは彼の顔を探るように見つめた。「あなたは、人のそういう部分を評価するのね？」

「ああ。だから、そうであろうとする人を助けるんだ。逆境を乗り越えようと猛烈に頑張る人間を助ける」

「それで、わたしには……そういう激しさがある……と思ったの？」

ガブリエルは、マリエッタの薄汚れた格好に気づいた。ボンネットは傾き、ドレスはしわだらけで、裾が泥で汚れている。まさに、彼女がやってきた最初の晩と一緒じゃないか。従来の意味とは違うが、彼女には美しいと思える何かがある。肩の線や、決然とした表情、わたしに対する体の反応のしかた。それに、マリエッタの体に対するわたしの反応のしかた。彼女がそばにいるとき、彼女がしゃべるとき、わたしはどう感じているのか。それはどこか漠然としている。身なりや決意を超えた何か。本質的な何かだ。

ガブリエルは頭を後ろに傾けて戸棚にもたせかけた。「今も思っている」

マリエッタが唇を濡らした。「どうして？」

「きみはわたしを信じるのか？」

彼女は目を細めた。「あなたこそわたしを信じるの？」

「市場で何があった？」

彼女の手がスカートをつかむ。「偶然、ジェイコブ・ウォーリーに会ったの」

ガブリエルは腕組みをした。そんなことではないかと思っていた。あのとき、マリエッタの目は何かを語っていた。ひとりで家に帰すとは、ばかなことをした……。必要な情報を手に入れてすぐ自分も家に戻り、キッチンのほうへ回ったのだ。何か変だとわかっていたから。

「それで、やつはきみに何を言ったんだ？」

「人殺しはあなただって。彼の大切な人、メリッサンドが次の標的で、その次はわたしの番だろうって」

暗い考えが頭の中を蛇行していく。「やつの最愛なるレディ・デントリーは確かに次の標的だ。だが、きみはきっと、リストのどこにも載っていないだろうな」

「もしかすると、あれはわたしを怖がらせる手段だったのかもしれないわ」マリエッタはスカートをぎゅっとつかんだ。「効果はあったわね」

「やつはなぜ、きみが次に狙われると思ったんだ？ 何か言ってたか？」不安がよぎる。

「言ったことはそれだけよ」

ガブリエルは前に進み、彼女の顎に触れ、目に映るものすべてを見られるよう、顔を上に向けさせた。「やつは何と言ったんだ？」

マリエッタは彼の目に釘づけにされたまま、つばを飲み込んだ。「とにかく、わたしがあなたを殺さないとだめだと言ったわ。さもないと、わたしが殺されるって」

「ほかには何も言わなかったのか？ 話に出てきたのはわたしだけだったのか？」彼は膝をしっかり閉じた。

「ええ」

ガブリエルは手を下ろし、一歩下がったが、手そのものは、彼女に触れていることをあきらめたくはないようだ。彼は下着用の戸棚を開いた。「兄上がいる家に連れていってあげよう。跡をつけられないようにするために、一時間かけていくことになるが。今すぐ荷物をまとめるんだ」

「何ですって？」

ガブリエルは残りのボタンをはずし、ズボンをだらりとさせたまま、新しいアンダーシャツに手を伸ばした。すると、腕をつかまれた。その手は彼を無理やり振り返らせようとしている。シャツが床に落ちた。

「どこへも行くつもりはないわ」

彼はそのままマリエッタのほうを向いた。彼女の指が肌に焼印を押している。「きみが標的にされている可能性もあるんだぞ」

「そんなの、おかしいわ。わたしは何も関係――」

ガブリエルは腕に焼印を押している手をつかんだ。ぞくぞくするような妙な恐怖が体を駆け抜ける。「そんなことはどうでもいい。わたしたちが相手にするのは、まともな精神状態の人間ではないんだ。仮にもウォーリーがかかわっているとすれば、やつはきみを標的にしかねない」

「でも、ウォーリーがやったんじゃないって言ってたじゃないの」

「だからといって、彼が渦中にいないということにはならない。怒りの対象をきみに向けたらどうする？　わたしに危害を加えるのではなく、きみを傷つけることにしたらどうするんだ？」

彼女の茶色の瞳に動揺の表情が見て取れ、ガブリエルはみぞおちが締めつけられた。「いやよ」

「いやじゃない。さあ、荷造りをするんだ」

マリエッタは腕組みをし、なめらかな長い首を彼のほうに傾けた。「わたしは出ていかない」

「英雄を気取っている場合じゃないんだ。きみは自分の弟を助けた。わたしたちは、罪を負うべき張本人を捜し出す。週末までにきみたち家族はまた一緒にいられるようになるし、きみも心配がなくなるんだ」

マリエッタは彼の胸を強く突き、指先をそのままむき出しの素肌につけている。「あなたのもとを離れないわ」

「だめだ」

「あなたのほうが、わたしよりずっと危険な状態にあるのよ」彼女の指は胸をほんの少しどったのち、体のわきに下ろされた。

「危険だと言ったたって、これまでとたいして変わらないさ。わたし自身、もう危険人物ではなくなったようだし、なおさらすることはない」

マリエッタはうつむいた。「ああ、ガブリエル」

彼は身をかがめてアンダーシャツを拾った。これ以上、彼女を見ていたくなかったのだ。

「あんなことを言って、本当にごめんなさい」

「どうってことない。事実ではなかったのだから」ガブリエルは無理やり陽気に言った。

「きみの前でひざまずくべきはわたしのほうだ」

マリエッタは、シャツに腕を通そうとしている彼を止めた。「ええ、事実ではなかったわ。どうか、そばにいさせて」

彼女の目に、とても興奮した激しいものが感じられ、ガブリエルは自制心を失いそうになった。

「あなたは、あの人たちとはまったく違う。あなたが身につけたであろう振る舞いの数々は……うわべだけのものよ。そういう振る舞いに乗じてひどい態度を取るようなことはしないわ。大事なのは意志でしょう。行動を裏で支える意志が大事なの。ずるい策略ではなくて、喜びがなくてはいけない。あなたの目を見つめると、わたしにはわかるのよ。本当のあなたが」

ガブリエルはシャツを投げ捨てた。それからマリエッタを引き寄せ、唇を重ね、向きを変えて彼女を壁に押しつけた。マリエッタは脚を浮かせ、彼のふくらはぎをかかとで押し、引っかかっていたズボンを床に落とした。ガブリエルは水たまりから出るように片方の脚を抜き、それを彼女の脚のあいだにうまく押し込んだ。太ももに乗せてなで上げると、彼女は喉の奥で、なんともそそられる声にならない叫びを上げ、彼の髪に手を差し込み、唇をとらえて自分のほうに引き寄せた。ガブリエルは彼女のわきから背中へと片手を滑らせ、ヒップをつかんだ。それから彼女の背中を壁に押しつけつつ、腰を抱き寄せて自分にこすりつけた。

スカートを巧みにめくり、太もものあいだに指をもぐり込ませると、マリエッタは熱く濡れており、彼の手に自分を押しつけてきた。ガブリエルはそのまま人差し指を滑らせた。ああ、彼女は燃えている。すっかり準備を整えている。今望むのは、マリエッタの体が永遠に木の壁の一部と化してしまうほど、彼女を強くそこに押しつけることだけだ。再び指を差し入れ、中で指先を丸め、その音を耳にしたら、ますます正気を失いそうになった。

「お願い、お願い」

だれが言っているのかよくわからなかったが、ガブリエルは手を上げ、マリエッタの頬に触れた。そしてぴたりと体を重ね、彼女を壁に押しつけたままぐいぐいと引き上げた。彼女が自分の上に滑り落ち、先端にしっかりはまるのがわかる。髪と喉に顔をうずめ、さらに突き上げると、途切れ途切れに、吐息混じりの叫びが耳に響いた。

ガブリエルは体を引き、さらに強く、さらに奥まで突いた。なんて素晴らしい、なんてもどかしい感覚。欲しいものはすぐそこにある。あともう少し先まで行きたい。行かなければ。マリエッタを抱き寄せ、壁から離れる。彼女がわれを忘れたような、焦点の定まらない目をして、彼の首に手をかけてきた。そのまま急いでベッドに向かい、マリエッタを押し倒して、上に身をかがめた。それから、足は床につけたまま、彼女の中へ攻め込んだ。ああ、そうさ、これこそわたしが求めたもの。マリエッタが頭をがくんと後ろに倒し、ふたりのあいだにあるドレスがくしゃくしゃになって、みだらに広がった。彼女のかかとが腰に回ったと同時に、ガブリエルは体を引き、できる限り深く、奥まで突いた。

マリエッタがうめき、ベッドが揺れ、世界は再び妙な具合に逆さまになった。彼女はガブリエルを足で引き寄せ、両腕を伸ばし、彼を自分のほうへ導こうとしたが、やがて手を下ろし、ベッドの上掛けと汚れたドレスをつかんだ。ガブリエルを包み込んでいる彼女の体が脈打ち、強烈な波が打ち寄せてくる。彼は激しく、狂ったように突き続け、ついに叫びを上げたが、だれの声なのかもわからなかった。それから、自分でもこんな力があったのかと思うような勢いで彼女の中へ突き進んだ。

マリエッタの脚がわきに落ち、ガブリエルは彼女の上に崩れ落ちた。深く、苦しそうに息をしていると、彼女の胸や口からも同じ息づかいが響いてきた。

ガブリエルはベッドにはい上がり、一緒に彼女を引き上げた。膝の下では上掛けと台無しになったドレスがしわになっており、ドレスをつかんで引き下ろすと、それまで放っておかれた胸があらわになり、視界に飛び込んできた。

マリエッタは目の焦点が定まらないまま、ぼんやりとドレスを引き上げようとしたが、彼は体でそれを阻止し、前かがみになってむき出しの肌にキスをした。彼女の呼吸が一瞬、止まる。

「甘美なマリエッタ、いや、驚くべきマリエッタ。きみの新しい名前はそれにしたほうがよさそうだ」

ドレスのフリル越しに乳房の先端がのぞき、ガブリエルはそこに舌をはわせた。マリエッタは彼の後頭部をつかみ、指で髪をすいている。

ガブリエルは片肘をついて体を起こし、一方の膝を上げて彼女のドレスを取り除いた。彼女は身動きせず、彼は温かいものが体を流れていくのを感じた。彼女を抱え込み、ベッドの上のほうへぐいと移動する。マリエッタが体を丸めて抱きついてきた。何かが彼の体を勢いよく駆け抜けていく——欲望、献身、解放。

「きみは数日、兄上と一緒にいるべきだと思う。それ以上、長くはかからないだろう。そんな予感がする」

「もし、わたしが拒んだら？　マークと一緒にわたしを監禁する？」

ガブリエルは彼女の髪を指ですいた。「しないよ」

「じゃあ、どうするの？」

「殺人犯を見つけ出し、きみの弟を解放する」

言葉にできない問いがふたりの周りに響き渡った。そのあとは？　しかしマリエッタは何も言わず、彼の腰骨を手でしっかりつかんでいる。ガブリエルも同じく、何も言わなかった。守れないかもしれない約束は口にできない。

明日は明日だ。どうなっているかわからない。今日はとてもつらい一日だったから、明日、自分がどうなるのか、彼女がどうなるのか、いや、ふたりがどうなるのか心配している余裕はない。考えるべきことではあるけれど、じっくり考えたいとは思わない。

しかし、言うべきことは確かにある。「レディ・デントリーがリストを書いてくれた。そこに載っているロンドン在住の人間の居場所を、父が突き止めようとしている」

「話は……どうだったの？」マリエッタの声はためらっているようでもあり、怖くてすくんでいるようでもある。

「彼女は普通だった。親切だったよ」

「あなたに何も……しなかった？」

ガブリエルは不気味に笑った。「何もできるわけないだろう」

「そうね」

マリエッタは何も言わなかったが、彼女が知りたくてたまらない、訊きたくてたまらないと思っていることがガブリエルにはよくわかった。「マリエッタ、何が知りたいんだ？」

彼女はガブリエルの腕に手を滑らせた。「どうして、始めたの？」

「始めたって、何を？」

「こういうこと」

ガブリエルはマリエッタの脚を二本の指でたどり、彼女が息をのむ様子を楽しんだが、それ以上続ける間もなく、指をつかまれてしまった。

「そうじゃなくて。どうして、こんな活動をするようになったの？ あなたがしてくれることに対して、人が一万ポンド払ったり、将来、三つの望みを聞くまでになったいきさつは何だったの？」

ガブリエルは彼女の体のわきに手を走らせ、天井をじっと見つめた。そんな質問をされるとは思っていなかった。こちらの質問に答えるほうが楽なのか、難しいのかわからない。本題に入る瀬戸際のところでもてあそぶような話題ではないか。

「最初から一万ポンドもらったり、望みをかなえさせたりしていたわけじゃない」

マリエッタは何も言わず、彼が続けるのを待っている。

「きみもきっとそう推察したんだろうが、わたしはデントリーの屋敷から逃げ出した。ジェレミーを連れてね」ガブリエルは努めて陽気な声を出そうとした。「わたしたちは、しばらくロンドンに身を潜めていた。金はまったく持っていなかったが、わたしたちにはつてと、経験で得た知恵があった。わたしはまず笑顔と、さまざまな階級の人間とうまく接するための知識を武器にした。それに、死に物狂いになると、また違った知恵がいろいろと生まれるものなんだ。デントリー邸でも、その後の生活でも、とても役に立った」

言葉の端ばしに暗さは漂っていたが、声は前よりも軽くなり、息苦しい感じは薄れていた。

「わたしは何度か人の世話をしてあげた。互いに助け合えそうな人たちを引き合わせる、といったことをね。そういう才能がどれほど役に立つか、その才能をどう生かせばいいのかわかったのは、あとになってからのことだ」ガブリエルの指が彼女の腰をかすめた。「そのころにはもう、少しばかり金を稼げるようになっていたし、つてもたくさんできていた。わたしは一か八か、金を払う余裕がありそうな男に五〇ポンド請求してみた。払ってくれたよ。それがきっかけだ。そして、わたしはひたすら前進した。ひたすら上を目指したんだ」

彼の指がマリエッタの腹部をかすめていく。

「やがて、難なく必要なだけ金を請求できるようになった。わたしにはしかるべき人脈があり、たいていのことはやり遂げられたし、発見できた」

「お金を払ってくれる依頼人はたくさんいるの？」

「ああ。いちばん裕福な連中だけだがね」

マリエッタは肘をついて体を支えた。「金額を下げれば、依頼人がもっと増えるでしょう」

「わかってる」

「そうしたらいいんじゃない？」

「金には困っていない。自分は有能だと証明しても、まだ余るほど金はある」ガブリエルは自虐的な笑みを見せた。「それに、わたしのもとには、あまりにも多くの人がやってくる」

マリエッタは彼のわき腹に触れた。「あなたは、お金を払う余裕がない人のほうに関心があるのね。労働者階級の人たちに」

「ああ」

「どうして、わたしの依頼は引き受けてくれたの？」

ガブリエルはしばらく何も言わなかった。「単に人を利用する側の観点から見て、きみの場合、どんな状況でも周囲に溶けこめそうな外見が強みになるとわかったんだ。たとえお上品な口のきき方で損をすることがあってもね。それにきみの決心は固かったし、誠実さが感じられた。興味をそそられたんだ。弟さんの状況にも興味をそそられた。わたしがそう思うであろうとロックウッドはわかっていたに違いない」

「ロックウッドには何をしてあげたの？」

「自分で訊くべきだ」

「あの人はあなたに似てる。だれにも借りを作りたくないと思っているところがね。でも、お財布の紐はお父様にしっかり握られているのよ。あなたが何をしてあげたのかは知らないけど、お金は父親が払ったのでしょう？」

ガブリエルは答えず、マリエッタの肋骨に指をはわせた。彼女が身をそらし、彼の手が乳房をかすめた。

「あなたの噂、どうして耳にしなかったのかしら？」

「大勢の人が助けを求め始めた。仕事は追いつかないし、そうかといって、だれかを仲間に引き入れるほど他人を信用してはいなかった。だから、紹介があった場合だけ引き受けるようにしている。何かと人に見られているからね、そのほうがこっそり仕事を進められて万事都合がいいんだ」

「どうして、わたしを紹介したのがロックウッドだとわかったの？」

「名刺は一枚一枚違う。微妙な違いだが、偽造を防ぎ、紹介者の身元を確認するには、いちばんいい方法なんだ」

「あなたも楽しんでいるんでしょう？　策略や、はらはらどきどきを楽しんでる」

ガブリエルはかすかにほほ笑んだ。「そのとおり」

「引退しようと思うときが来たら、どうするつもり？」

「ジェレミーに譲るだろうな」ガブリエルは口ごもった。「あるいは、ジェレミーの子供のだれかに。あいつが子供を持ったらだが」

「自分の子供についてはどうなの？」

「ジェレミーのほうが結婚しそうだろう？」寝返りを打ったので、ガブリエルは彼女を見下ろす形になった。

「確かにそうね」

ガブリエルはマリエッタの髪に手を差し入れ、頭を枕のほうに傾けさせて喉にキスをした。

「マリエッタ、知りたかったことはそれだけかい？」

何もかも知りたい。この男性が人に利用されていたなんて、とても想像できない。わたしは少年時代の彼を知らなかった。彼が結婚に関心がないというのは驚くには当たらない。それなら、どうして胸に穴が開いた感じがするのだろう？

ガブリエルが首にキスの雨を降らせると、マリエッタは指を丸めて上掛けをつかんだ。

「わたし、知りたいのよ……。過去に……何があったの？」

ガブリエルが枕に寄りかかり、マリエッタはぐいと引き寄せられた。頬が彼の胸に押しつけられ、あの目を見ることができない。彼の胸が上下している。「何が知りたいんだ？」

「あの人たちは……どうして、あなたと関係を持つようになったの？」

彼の指が動揺したように彼女の腰を動き回っている。「最初は目に留めてもらって、まんざらでもなかった。レディ・デントリーはだれよりも柔らかな金髪の持ち主だと思っていたから。最高級のダイヤのように美しかった」

マリエッタは自分のくすんだ茶色の髪に注目した。彼の胸に広がるコケのようだ。

「多少経験はあったものの、屋敷の執事を父に持つ身では、女性との交流は制限される。メイドは皆その気になっていて、いつもぱちぱち目配せをしていたが、父が厳しくて、階下の召使と関係を持つことを黙認してはくれなかった」そこで声の調子が変わった。「だが、主人が暮らす階上のことに関しては、父には当然、なすすべがなかった」

マリエッタはガブリエルの胸に頰ずりした。

彼の指先が彼女の腰をとんとん叩き続ける。「レディ・デントリーは、あの危険な冒険を、のちにわたしがしたようなやり方で始めたんだと思う。にっこりほほ笑むことから始めたんだ。最初は、求めに応じてやってくる村の男たちを相手にしていた。しかし、その気のある男たちには、復讐心や力強さや自分を抑えようとする意志はまず見いだせない」腰を叩く調子が取り乱したように激しくなり、指先が上掛けのほうへ引き下がっていく。

「自ら進んで口説かれた者は、こびへつらう男と化し、何の挑戦もしてくれなかった。だが、あるときレディ・デントリーはひとりの若者に出会い、解決策があると気づいた。若者は村の娘とぜひとも結婚したいと思っていたので、レディ・デントリーの誘いをきっぱりはねつけた。彼女は若者をものにしなければならなかった。だから彼を破滅させ、村の娘も破滅させ、先へ進んだ。みだらに新たな獲物を求めたんだ。彼女は強い若者を求めていた。彼女が強いた状況で、選択の余地がなくなってしまった若者を好んで求めた。彼女自身、結婚に選択の余地がなかったので、まさに同じような状況を強いたんだ。完全に支配下に置き、相手が服従すればするほど、惨めな思いをすればするほど、彼女は満足だった」

マリエッタは再びガブリエルの胸に頰をすり寄せた。

「彼女は、同じような趣味を持つ女性をほかにも何人か仲間に加えた。うぬぼれが強いか、身持ちの悪い女たちだ。そして、小さなクラブを作った」

「それから、あなたが……」

マリエッタの頬の下で彼の胸が何度か上下した。「最初、わたしは標的ではなかった」背後で時計がカチカチ時を刻んでいる。三〇秒間、部屋に響くのはその音だけだった。

「だが、彼女を拒絶したあの日、わたしの運命は決まった。彼女はのちにこう言ったよ。ジェレミーが来なかったら、わたしのことなど気にもかけなくなっただろうとね。母が友人を訪ねて街へ出かけているあいだ、弟があの屋敷に一週間泊まったことがあったんだ。わたしは、レディ・デントリーが当時はまだ八歳だったジェレミーを見つめ、あらためてわたしを見直す様子を目にした。略奪者のような、あまりにも確信に満ちた目だった。わたしはその瞬間、悟った。弟をあんな目で見ているのだから、彼女は二度とわたしを相手にしないだろう、とね」彼が笑った。いやな笑い方だ。「うぶだったな。デントリー卿が各地にある地所を回る旅に出かけ、父はそれに同行した。父が視界から消えるとすぐ、彼女はわたしと……取引をした……」

「取引？」

「恐喝だ」

マリエッタはほかに何も言わず、ガブリエルが自分をつつき続けるのではなく、話を続けてくれるのを待った。

「ジェレミーは無事だった。それが何よりも大切だったんだ。今もそうさ」

「でも、あなたは無事じゃなかった」

「かなり魅力的な女性を六人、相手にする。そのうちのふたりは最高の部類に入り、ひとりは超一流の女性だ。それは、あらゆる若者、いや、あらゆる男性の夢なんじゃないのか？」

「まさか」

冷ややかな笑いが漏れ、彼の胸が震えた。「一六歳の肉体の反応は、必ずしも心と一致するとは限らない。残念なことだが」

マリエッタは何と答えればいいのかわからなかった。「そんなに長いあいだあの屋敷にいて……ようやく出ていこうと決心させた原因は何だったの？」

「そんなに長いあいだ、あんなことを許しておいて？」

マリエッタは体をずらし、ガブリエルの顔を見ようとしたが、彼の腕に押さえつけられてしまった。「そんなこと言ってないでしょう」

「母が死んだんだ」彼の声はとても低く、かろうじて聞き取れる程度だった。「ジェレミーはあの屋敷に住まざるを得なくなりそうだったが、そんな事態を許すわけにはいかなかった。それに、クラブの女性たちの様子が……どうも変だったんだ。何が変なのかわからなかったが、以前とは違う、強烈なものが感じられた。彼女たちの目に何か違う表情が宿っていた。わたしは頭に血が上り、いくつかのことをうっかり父に話してしまった。母は亡くなって彼女たちの力は及ばなくなったし、父も自分だけでうまくやっていこうと思えばできたんだ。でもわたしは、ジェレミーを危険にさらすわけにはいかなかった」

「お父様は――」

「わたしが手がかりを与えたら、父はたちまち、それがどういうことか理解した。わたしが荷造りをしているのを見つけ、持っている金をすべてくれた。残念ながら、たいした額ではなかったが。ジェレミーとわたしはその晩、屋敷を出た」

「あの人たちは、あなたたちを見つけようとはしなかったの？」

「そりゃあ、したさ。あのときの彼女らの顔、怒りは想像もつかない。だが、召使の情報網が隠れ蓑になってくれることもあるんだよ。前にも言ったとおり、わたしたちはロンドンに身を潜めた。まずはジェレミーの世話をしながら、半端な仕事をすることから始めた。あるとき、少しばかり怪しげな仕事のチャンスが舞い込み、わたしはその機会を利用して大もうけをした。そしてようやく、あいつらをつぶし、復讐を果たせるだけの金を稼ぐようになり、貸しのあるつても十分できた。そして、主に金銭的、あるいは社会的に復讐してやったんだ。街の至るところで、あいつらから金を搾り取るか、似たような方法で破産させるかのどちらかでね。そのほか何でも……」彼は手をひらつかせた。

「とても勇気があったのね」

「勇気などまったく関係なかった。危機を乗り越えただけさ」ガブリエルは彼女の背中を物憂げにたどっている。

「あの人たちは、あなたを見くびっていた」

「上流階級の人間はたいがいそうさ。きみも復帰したら、用心するべきだ」

「復帰はできそうにないわ」

「弟さんが解放された途端、みんな両手を大きく広げて迎えてくれるさ。きみは社交界で噂の的だ。望むものは何でも手に入るだろう。それを素早くひったくりさえすればね。社交界はとりわけ気まぐれだからな」

「わたしが気まぐれな運などつかみたくないと思ったら？　そのせいで、わたしはずっと無力なままだったのよ」

　ガブリエルが緊張した。「チャンスがやってきたらものにする。常にだ。それに、社交界はきみの目の前にやってくる。結婚の申し込みがひとつ、いや五つあっても、わたしは驚きもしないだろう。主導権を握れるときは握るべきだ。さもないと、きみは他人の気まぐれに振り回されることになる」

　マリエッタは唇を噛んだ。「わたしは今、あなたの気まぐれに振り回されているの？」

　ガブリエルの腕がどけられたので、マリエッタは解放され、頬の向きを変えて彼の目をじっと見つめた。「そうだと思うかい？」彼は答える代わりに質問をした。

「ええ、そうだと思う」ガブリエルが体を起こそうとし、マリエッタは彼の胸に片手を押しつけた。「あなたの気まぐれがいやというわけじゃないけど、わたしは自分の思いどおりにしたいのよ。自分の人生や行動は、自分で支配したい」

　ガブリエルの目が判読できなくなった。マリエッタは一瞬、彼を見失ったと思った。その一秒が二秒になり、突然、彼の目は再び用心深い表情に切り替わった。彼がこれまでずっと見せびらかしてきた、やや警戒するような表情がうかがえたが、そこにはマリエッタには読み取れない別の表情が存在した。信頼？

「じゃあ、きみが望むものは何か教えてくれ」ガブリエルが言った。「わたしに見せてくれ」

マリエッタは目をしばたたいた。「あなたに教えることは……何もないわ」

「ないのかい？　さあ、教えてくれ、マリエッタ。わたしの目が認めないことを、この体にやらせないでくれ。きみの意志に従わせてくれ」

「でも……」マリエッタは唇を噛んだ。「でも、それは――」

「だめだ。意志が大事だと言ったんじゃなかったのか？　わたしがこの身をきみの手に預けたら、きみはわたしを大事にしてくれると信じているよ」

衝撃、愛、何かとてつもなく素晴らしいものが腹部を凍りつかせたかと思うと、喉にこみ上げてきて、マリエッタは息が詰まった。

「きみは社交界に復帰するだろう。そうすれば状況は変わる。でも今夜は……今夜はきみのものだ」ガブリエルは片手でマリエッタの頬をなで、彼女が身を預けてくると、その動きをとらえたが、不意にやけどでもしたかのように自分の手を素早くどけた。「わかるかい？　わたしには難しい。主導権を握ろうとするのが習慣になっている。その癖を取り払ってくれ」マリエッタの下で彼が動いた。「わたしを解放してほしい」

愛してほしい。

マリエッタが手を伸ばしてきた。その手は重みがあり、震えている。この瞬間、すべてが頂点に達しようとしていた。

20

ガブリエルは、手を伸ばしてくるマリエッタの目をじっと見つめた。彼女は何をするつもりなんだ？　長い指が、畝《うね》のような腹筋、胸の平らな筋肉をならしたり、引っ張ったりしながら体の上を動き回っている。それから、足首の毛に触れ、膝の裏から太ももへとなで上げ、そこで一瞬、動きを止めると、すでに興味津々で活気づいているものを包み込んだ。

マリエッタは手と指先でその表面をなで回している。目を細めて意識を集中していたが、ガブリエルの下腹部に素早く視線を投げ、再び彼と目を合わせた。

「これは気持ちがいい？」

「ああ」彼女の指はなめらかだった。触れ方が少し優しすぎるが、それは当然だろう。最初から荒っぽくされるより優しくされたほうがいい。

そのとき、意を決したような視線が彼の目をとらえた。

「きみは何もする必要はないし――」

彼女の舌が先端に触れた。その感覚に、ガブリエルはベッドから落ちそうになった。

確かに、大胆な勇気はマリエッタの抜きん出た特徴だ。しかし、これまでベッドをともにした女性のほとんどは、このような行為を避けたし、こういうことをされても彼が動転することはなかった。あまりにも感情をさらけ出してしまった。顔にはっきり書いてあるだろう。すっかり自制心を失った。この行為で、これほど頂点に近づいたことは一度もなかった。

マリエッタはどんどん大胆になり、彼のあらゆる部分を探り始めた。ガブリエルは彼女の頭のてっぺんを優しく見つめた。彼女がこんなことをするのは初めてだと知らなかったとしても、最初のためらいがちな動きを見れば一目瞭然だったはずだ。だが、大切なのはこの思いだ。つまり、彼女が――。

ああ……。

彼女が先端部に唇を滑らせ、舌がその下の敏感な部分を軽くかすめていく。おそらく、偶然さ。たまたま、その場所を見つけただけだろう。腹部が浮き上がり、前よりも大きく弧を描く。ガブリエルは呼吸を落ち着かせようと試みた。マリエッタがいったん動きを止め、ランプの明かりで金色を帯びたかすみのような髪の向こうから、じっとこちらを見上げている。彼女のこのような姿はみだらで美しく、この手の奉仕をされているときはたいてい眠っている好奇心の回路をしっかり刺激してくれた。しかし、この回路の発明者はほかならぬマリエッタだ。それは――。

ああ……。

二度目は偶然ではない。彼女が舌を押し当てている。触れ方はためらいがちながら、力強い。まさしくそれが問題だった。彼の肉体はいまいましくも、またはっと息をのみ、反応した。マリエッタは三度目を試みた。前よりも強い触れ方で、自信を持って。そして、彼が聞こえるほどの大きさで息を吸い込んだとき、彼女は自分が触れている部分に前よりもいっそう意識を集中させた。

ガブリエルの強固な意志、自制心が耳から少しずつしたたり始め、体中の血が下半身へ流れ去るその勢いで外に押し出された。どうやらマリエッタは彼が感じる場所や反応のしかたをひとつひとつ目録に載せたのち、動きを体系的に組み合わせて、新しい動き方を見つけ出しているらしい。とはいえ、そのあとに続く行為は常に、彼を見て、彼の反応に基づいて決めている。

これこそ、今まで出会ったどの女性にも欠けていた要素だ。ほかの女性は皆、自分の欲望をガブリエルに残らず満たしてもらうことですっかり満足していたが、彼を満足させたいと心から望む者はひとりもいなかった。彼を飛び上がらせ、動かし、うめかせるにはいったい何をすればいいのか、学びたいと思う女性はいなかった。

マリエッタはガブリエルのことがわかっている。彼の反応をきちんと判断できるほどよくわかっている。そして、もっと知りたいとありとあらゆる意思表示をしてくる。

マリエッタがすべてを口に含むと、彼の口から聞きなれない声が漏れた。彼女は端から端まで、上へ上へと舌をはわせ、先端をくわえ、唇でそこを愛撫している。

ガブリエルは頭の中で彼女の名前を何度も繰り返した。そして三〇秒もすると、その名前が何度も口をついて出てきた。

マリエッタが動きを速めた。まだ試していない技と、すでに成功を確認している技を組み合わせている。彼女のその姿は……ああ……。

ガブリエルは枕に頭を押しつけずにはいられなかった。口から漏れるうめきを止められなかった。呼吸が荒くなり、腹から自身の先端にかけて、体がらせん状に動いてしまう。表情を隠し、叫びを抑えるために腕で顔を覆う。あと一歩で戦いが終わるというところで、彼をくわえていた唇が急に離れ、顔を覆っていた腕が払いのけられた。

「それはやめて」

ガブリエルはぱちっと目を開けた。「えっ？」わけがわからず、彼女をじっと見つめる。テムズ川沿いを上流から河口まで走ったかのように息を弾ませながら。

「あなたを見ていたいの」

マリエッタを見つめることしかできない。

彼女は唇を嚙み、上掛けに片手を置いて体を支えている。「あのとき、あなたがどんなふうに見えるか――」空いているほうの手で円を描きながら、つやつや輝く唇を歯でそっと嚙んでいる。

ガブリエルはにやりと笑った。体の興奮は、抑制できる状態まで治まってきている。「あのときって？」

マリエッタが当てつけがましく彼を見る。

「具体的に言わなきゃだめだろう、マリエッタ」笑いがこみ上げてきた。

マリエッタが目を細め、次にわかったのは、彼女の唇が彼を包み込み、ほぼすべてを口に含んだ、ということだった。体がひとりでに後ろに傾き、ガブリエルは笑いを嚙み殺した。彼女は唇を引き上げながら、彼の裏側に舌を強く押し当てている。ガブリエルは思った。ひょっとすると、世界が終わろうとしているのかもしれない。

マリエッタのほうに手を伸ばしたが、ぴしゃりと払いのけられた。それから彼女は指と指を絡め、その手を彼の頭のわきに押しつけた。「ねえ、あなた、わたしが主導権を握っているって言わなかったかしら？」

今の動きで、マリエッタはガブリエルの上に乗った。少し跳ねるようにして体を浮かせると、ふたりの下半身がつながった。彼の細胞という細胞が彼女を求めており、そのような完璧な形でつながっているわけではなかったが、ふたりはその状態に近づいていた。あともう少しだ。マリエッタが彼の体を見下ろし、髪が彼の喉をくすぐっている。彼女が何を目にするかはわかっている。彼は完全に屹立《きつりつ》していた。きらきら光り、上向きにぴんと伸びている。マリエッタが再び視線を戻したとき、ガブリエルには彼女の知識、欲望が見て取れた。それは素早く向けられた目から濡れた唇に至るまで、ありとあらゆるところに記されている。マリエッタが右脚を彼の脚の向こう側にするりと移したので、彼にまたがる格好になった。熱くなった彼女の内側に沿って体を滑らせると、彼女が素早く息を吸い込む声がかろうじて聞こえてきた。彼自身の息遣いが荒くなり、彼女の息遣いをほとんどかき消していたからだ。少し

マリエッタが繰り返し息をのむ中、ガブリエルはゆっくりと彼女の中に滑り込んだ。少し

ずつ、じらすように。彼は歯を食いしばり、できる限り奥まで腰を押し込んだ。彼女の奥を突き上げたい、彼女を泣かせたい、わたしの名前を叫ばせたい、彼女をもう一度自分のものにしたいと、体が絶叫している。

マリエッタは彼の頭を人質のように両手で抱えたまま、相変わらず体をこすりつけている。彼女の頬がバラ色に染まっているのを見たら、確信が持てなくなった。彼女はこれ以上、だれをじらそうというのか？　一回の動きでふたりは完全にひとつになり、ガブリエルはあと少しだけマリエッタを突いた。彼女がはじけるように頭を上げると、彼は無邪気な表情を浮かべた。マリエッタは瞳を輝かせ、ガブリエルのほうにもう少しだけ沈み込みながらキスをした。ガブリエルもキスを返し、腰をわずかに押し込んだ。注意を引かない程度にほんの少しだけ。マリエッタがたじろいだ。

「だめ、だめよ、ガブリエル。わたし、あなたのハーレムでいちばんになるつもりなんだから」彼女は身をかがめ、かつてガブリエルが何度もしたやり方で彼の耳たぶをなめた。なんと！　彼女はわたしがしたことにひとつ残らず注意を払っていたのか？　わたしが用いた、人をその気にさせる手練手管をすべて使って応戦しているではないか。「罪深い夜を三回以上、過ごしたいの」

マリエッタが腰を回すように動かした。ううっ。わけのわからない言葉が口をついて出た。彼女は自信で輝いている。自信、情熱、それに、あえて名前をつける勇気が出ない感情を発散させている。誘惑にいちばん効きそうな材料を混ぜた飲み物のようだ。

腰を回しながらさらに体を沈めると、彼女の肌にぱっと赤みが差した。開いた唇から漏れる柔らかな吐息。ガブリエルの手を放し、自分の手を彼の肩の向こう側に置いている。

「わたしに触って」

マリエッタの口がその言葉を言い終わらないうちに、ガブリエルは手を伸ばし、親指で円を描きながら彼女の乳房をなでた。すると彼女は体を激しく動かし、なおいっそう腰を沈めた。それから、少しだけ体を引き上げると、彼を包んでいる内側の筋肉が収縮した。

「ああ、マリエッ……くそっ……」

彼女がまた締めつけてくれなかったら？　そんなこと、あってたまるか。

ガブリエルは歯を食いしばり、目を細めた。ふたりがつながっている部分に片手を下ろし、指で下からはじくように触れ、同時にマリエッタの乳首を愛撫する。彼女ははっと息をのみ、彼の上で完全に体を沈めた。

はたして、彼女の収縮する筋肉、彼を包んでいる温かな濡れた感触ほど素晴らしいものを味わったことがあっただろうか？　それに、彼女の荒い息遣いほど素晴らしいものを耳にしたことはない。

「ずるい」それは実際に口にした言葉というより、息が漏れたと言ったほうが近かった。

ガブリエルはマリエッタの左右の膝に手を置き、これ以上、彼女に触れないようにした。

「このほうがいいのかい？」彼女の唇に向かってささやいた。

マリエッタはガブリエルにキスをした。たっぷりと、濃厚に。それから、体を後ろにずらして彼の上に座り込んだ。何度かためらいがちに動いたのち、満足のいくリズムを見いだした。そのリズムに彼の腹筋は緊張し、手は彼女の膝をわしづかみにした。マリエッタは体を揺らし、持ち上げ、馬乗りになった状態で目を閉じ、自由奔放な妖精のように顎を上げている。全身がバラ色に染まり、肌がつやめいている。頬は燃えるように輝き、情熱で重くなったまぶたは閉じている。正気の男なら、この女性を地味とは言わないだろう。これほどさまざまな感情を喚起させる、華やかな女性にはお目にかかったことがない。

体の上でマリエッタが動き、そのたびに乳房が揺れる。ガブリエルの目の前で熟したサクランボのようにぶら下がっている。乳首が顎をかすめ、彼はそれを唇でとらえた。マリエッタがうめき、頭を下げて彼に額を重ねると、その周りを髪の毛がカーテンのように覆った。動く速度がどんどん不規則になる中、彼女が腰を落とし、彼をすっぽり包み込んだ。だが次の瞬間、腰を押しつけて震えながらも、彼の唇に向かって体を引き上げた。まるで、どちらをもっとしてほしいのか決心がつかないかのように。ガブリエルはマリエッタの唇をむさぼった。彼女が口を開け、頭をがくんと後ろへ倒す。何よりも美しい。彼女はわたしが求めるものを与え、わたしが必要とするものを奪っていく。

ガブリエルはマリエッタの太ももを両手でなで上げ、その手を乳房のわきまでもっていくと、今度は彼女の腰をつかんで引き下ろし、できる限り奥まで自分を押し込んだ。もう服従するふりなどするものか。対等な関係に戻るんだ。それがふたりのあるべき姿だろう。彼はマリエッタが体を引くたびに彼女の腰をつかんで引き下ろし、狙うべき場所を目がけて自分の腰を突き上げた。彼の腕の中でマリエッタは乱れた。まさに望みどおりだ。しかしガブリエルは、自分が引き起こし、支配している彼女の反応をただ満喫するのではなく、自らの反応も満喫した。彼女が与えてくれるなめらかな、締めつけられる感触。耳の中で響く、不鮮明な声。彼女の反応がもたらすみだらな至福。彼女はそのために生まれてきたかのように感じてくれている。彼のために生まれてきたかのように。主導権争いから生じたものではなく、互いの欲望、相性から生み出されたものがそこにはあった。

マリエッタはガブリエルの耳から頬へと唇を動かし、彼の口をとらえ、激しくキスをした。彼の唇を強く吸い、彼のうめきを飲み込み、とりわけ深く腰を沈め、回転させた。

「ガブリエル、わたし――」彼が弧を描くようにマリエッタを突き上げると、彼女は一瞬天を仰ぎ、顎を上げて息をのんだ。両手を彼の肩に置いて姿勢をまっすぐに保っている。彼女がガブリエルの目を見つめた。茶色の瞳は、欲望と激しい感情ですっかりくすぶっていたが、何も理解できなくてかすんでいるというのではなかった。「ガブリエル、わたし――」

ガブリエルはマリエッタの唇をとらえ、頬を両手で包み、髪に指を差し入れた。しかし、天を仰がせたり、首を傾けさせたりはしなかった。彼女の顔をそむけておこうとか、自分の目を見られないようにしておこうとか、そんな策略はなしだ。頂点に達するわたしを、そのときわたしの顔に浮かぶ表情を隠すような策略はいっさい使うものか。それが彼女に力を与えるのだから。ふたりの体がひとつになり、目と目が合った。やがて、ふたりはばらばらになったが、そのときもガブリエルはけっして目をそらさず、それはマリエッタも同様だった。

ガブリエルはアビゲイルの日記を手に取った。触るのもいやだったが、マリエッタはすべての答えがこの中にあると思っているし、日記が見つかって以来、彼もそれが事実であろうとなぜかわかっていた。だから日記を処分できなかったのだ。だからこれに目を通すことができなかったのだ。

手元にはレディ・デントリーがくれたリストの写しがある。あとは日記をよく調べ、名前をひとつひとつ確認しながら自分の記憶と照合するだけだ。矛盾する点はないか、だれかを殺人に走らせる原因となったであろう出来事に言及している記述はないか、確かめなければならない。

ページをめくるのは気が進まなかったが、とにかくめくり始めた。ある召使の名前を確認する。さらにもうひとり。村の少年がひとり。夏にやってきた客人がひとり。自分のことが書かれた部分までくると、ページをめくる手が速まった。ここは読むまでもなく覚えている。

ページをめくりながら、ふと手が止まった。マリエッタはこの日記の大部分をすでに読んでいる。おそらくわたしがいないときに読み返し、わたしに関する記述を探し回っていたのだろう。彼女はそのすべてを知っているのに、まだここにいる。まだわたしと一緒にいる。

ガブリエルはページをめくった。やっとの思いで、ペンで書かれた文字に目を通す。マリエッタは哀れみを見せないようにしながらも、共感を示してくれた。彼女に対する気持ちはもう強くなってる。しかし、ふたりは未知の世界へ通ずる最後の坂を滑り落ちているような気がしてならない。

わたしは自分がばらばらにならぬよう、いつもその方法を探していた。もしかすると、自分の傷跡を隠してくれる人物を必要としているだけなのかもしれない。

自分に関する記述ばかり調べていたので、危うく見逃すところだった。時刻を告げて鳴り響く時計の音が、ようやくぼう然自失の状態から引き戻してくれた。

彼はそのページに指を押しつけた。頭の中であの声がこだまする。……ちょうど去年の夏のことさ。相変わらず、ひどく不愉快で……。

胃がぐっと締めつけられる。妙なことに、安堵の兆しがかすかに見えてきた。ようやく答えが出た。二度と日記に目を通さずにすむし、悪夢を終わらせることができる。だが、これは新たな悪夢の始まりにすぎない。

ガブリエルはこぶしでテーブルをどんどん叩いた。それから、おまけとしてもう一度。

マリエッタが部屋に駆け込んできた。脅威のもとを探すかのように、その場を見渡している。「ガブリエル?」

「だれが犯人かわかった」ガブリエルは険しい顔で言った。

マリエッタはあ然とし、彼をじっと見つめた。

彼はメモを書き始めた。「父とジェレミーとジョンはどこへ出かけている?」

「リストに名前があった人物に当たっているところよ」

「よし。三人が戻ったら、計画を話し合おう」

「犯人はだれなの？」

「みんなが集まったら話すよ」

マリエッタが不満を口にしかけた。ガブリエルは手を前に伸ばし、キスで彼女の目的を妨げようとしたが、急に思いとどまった。

その代わり、彼女の頬に触れ、柔らかな肌を親指でさすった。「もうすぐだ。こんなことはもうすぐ終わる」


マリエッタは不安だった。理由はわからない。もしかすると、悪夢が最高潮に達しようとしているからかもしれない。もしかすると、ガブリエルがまだ話してくれていないことがあるからかもしれない。少なくともその事実を隠してはいないけれど。あるいは、彼が先のことを何ひとつほのめかさなかったからかもしれない。この事件が終わったあとのことを何も……。


ジェレミーとアルクロフトとガブリエルの父親は昼ごろ戻ってきた。一同はキッチンのテーブルを囲んだ。ガブリエルはぴりぴりした様子で行ったり来たりしている。

「リストに目を通し、一致する人物をひとり見つけた。ある厩舎で雇われている男だ。レスター・フルーム。アビゲイルの日記にそいつのことが書かれていた。名前が出ていたわけではないが、レディ・デントリーが自分で全員の名前を書き出し、そのリストにそいつの名前が載っていた」

「レディ・デントリーが自分の日記に出てくる人物の名を全部書き出したかどうか、どうしてわかるんだ？　彼女はそんな無謀なことをするたぐいの人間にはとても見えないよ」とジェレミー。

　ガブリエルがうなずいた。しかし、肩が前よりも緊張している。「彼女はそれをねたにわたしを脅した。リストを渡す前にな。もちろん、ばかげたことさ。だが、彼女は犠牲を払うだけの価値はあると思っている。彼女にとっても、それが状況を把握する手段だからさ。彼女の机を調べていたとき、日記の最初のほうのページを見たんだ。確かに、名前、日付、ことの詳細が書かれていた。先を読む前に日記は返してやったが、明日また彼女を訪ねるつもりだ。わたしの疑念を確かめるために」

「ただ頼めば、彼女が日記を見せてくれるとでも思っているのか？」ガブリエルの父親が疑い深げに尋ねた。

「いや。たぶん、うまく話をでっちあげる必要があるだろう。彼女をちょっといい気分にさせて、そこにつけこんでやる。そうすれば、最後には見せてくれるだろう」ガブリエルは肩をすくめた。「それに、もしだめなら奪ってやる。日記をドレスデンに差し出して、こんなことは終わらせてやる」

「自分の名前が傷ついてもいいのか？」アルクロフトが尋ねた。顔に動揺の色が広がっている。

　ガブリエルは一度だけうなずいた。決意を固めたかのように。「喜んでこのチャンスをものにしてやる」

アルクロフトがゆっくりとうなずく。「わかった。わたしも力になろう。そんなことは承知だろうが」

「ああ」ガブリエルの声は穏やかだった。「わかっているよ」

「わたしも力になるわ」マリエッタが言った。

全員が彼女に目を向ける。

「明日、わたしも一緒にデントリー邸へ行きます」

ガブリエルはゆっくりうなずいた。

「では、全員で行くことにしよう」父親が言った。「そして、レスター・フルームを見つけ出す」

ジェレミーとアルクロフトもうなずき、話は決まった。いよいよ、そのときがやってくる。

ほかの三人が出ていってから、まだ一〇分も経っていない。ガブリエルは三人が帰る前にひとりひとりと個別に話をしており、マリエッタはそのあいだに書類を整理した。あれ以来、ガブリエルはじっとしていることができず、キッチンのテーブルをこつこつ指で叩いていた。書類はテーブルの上にぶちまけたままだ。彼が顔を上げた。「デントリー邸に行かなくては」

「え？ 今？ みんなで明日、行くんじゃなかったの？」

「そうだ。だが、わたしは今、行く必要がある」

マリエッタはしばらく黙っていた。「今日、何か動きがあると思っているのね？　明日まで待てない何かが」

「そうだ」

彼女はうなずいた。「一緒に行くわ」

ガブリエルは首を横に振った。「危険であるばかりか、もし、きみを目にしたら、レディ・デントリーはきみを滅ぼすことを使命にするだろう」

「どうして？」

彼は顔をそむけた。「そういう人なんだ」

「どうにかするわ。とにかく、わたしも行く」マリエッタは軽く笑った。「もう、そう簡単にわたしを追い払うことはできないわよ」本当にそうであることを願うばかりだ。

二〇分と経たないうちに、ふたりはガブリエルの馬車に乗り込み、ロンドンを出発した。

マリエッタは身震いした。ほんの一年前に読んだ詩を思い出したのだ。わたしはついに、よこしまな魔女と対面する……。

21

デントリー邸に到着すると、ふたりはそのまま広々とした書斎へ案内された。ガブリエルは名刺を出す必要がまったくなかった。部屋の片側にはきらきら輝くガラスがはまっており、もう片側には本が並んでいる。それに、骨董品が飾られた陳列ケースや台がところどころに置かれている。

淡いブロンドの女性が前に進み出て、ふたりを迎えた。マリエッタは以前、社交界の集まりでその女性を目にしていたが、話をしたことは一度もなかった。社会的な地位はレディ・デントリーのほうがずっと上だったし、彼女は社交界のほかの女性とは距離を置いたところで自分を際立たせ、行事があるたびに美貌を見せつけていた。つまり、かけ離れた存在。人造宝石とは区別された、冷ややかに光るダイヤモンドだ。

レディ・デントリーはマリエッタをちらりと見て、さっさと存在を否定した。が、たちまち視線を戻すことになった。マリエッタの腰に添えられたガブリエルの手に。ガブリエル自身に。そしてマリエッタに向けた冷ややかな目を細め、突然悟った。彼は警告を発しているのだ、と。

「これほどだれかを守ろうとするあなたを見るのは初めてだわ、ガブリエル。こちらの小スズメさんは、もっと注目してあげてもよさそうね」

「ミス・ウィンターズに触れるのをわたしが許すと思っているなら、あんたも年々衰え、頭が鈍くなってるんだな、レディ・デントリー」

彼の口調に思いがけず、ぞくぞくする感覚がマリエッタの体を駆け抜けた。

レディ・デントリーがほほ笑んだ。感じのいい笑みだったが、その裏にはまったく逆の不誠実さが感じられ、かえって恐ろしかった。

「さあ、こちらへ。お茶とビスケットをどうぞ」彼女がテーブルを手で示した。

マリエッタは、レディ・デントリーが席に着いてから椅子に腰を下ろした。そしてギリシア神話の女神ペルセポネの教訓を思い出した。冥界で出される食べ物は決して口にしてはいけない（ペルセポネはそれを食べてしまったため、冥界の王に嫁ぐはめになった）。

レディ・デントリーは薄笑いを浮かべて紅茶をひと口飲んだ。「今日がその日なのね、ガブリエル？　わたしは残酷に殺される運命なのでしょう？　あなたは、わたしを助けに来てくれた白馬の騎士」

ガブリエルは最初から緊張していたが、それは今も変わらない。彼を強く抱きしめてあげられたらいいのに、何でもいいから、してあげられたらいいのに。だが、マリエッタは膝に載せた手を握りしめるだけだった。

「騎士が急にドラゴンを助けることにしたのだとすれば、あんたの言ったとおりだ」

レディ・デントリーが笑った。軽い、陽気な笑い声。「ああ、なるほど。それもそうね、ガブリエル」彼女の目が、満足そうにじっと見つめている。「でも、あなたはここにいる。戻ってきてくれた」

ガブリエルは椅子の肘掛けを指で叩いた。「あんたなら、そう解釈するだろうな。こっちは今のところ、冗談を言うつもりはないんでね」

レディ・デントリーの目が冷淡な表情に変わり、視線の矛先をマリエッタへ向けた。「自己紹介をしていただくべきじゃないかしら」

マリエッタが応じる間もなく、ガブリエルが口を挟んだ。「レディ・デントリー、わたしたちはただ、この件を終わらせるためにここにいるんだ。マリ……ミス・ウィンターズが、あんたとお近づきになりたがっているとは思えない」

彼のぶしつけな言葉に、レディ・デントリーの冷ややかな口元がほころんだ。マリエッタは、その笑みに満足と怒りが一体化したものを見て取った。

「確かに、そうかもしれないわね、ガブリエル。でも、わたしたちはここにいる。それに、このお芝居をどう演じればいいか手引きしたいと言ったのはあなたでしょう。さあ、さっさと準備してちょうだい。そのあいだ、わたしはミス・ウィンターズとおしゃべりをしているわ」

ガブリエルは面白くもないと言いたげな顔をしている。

「あらあら、ガブリエル、あなたのお友達だって、自分の身ぐらい自分で守れるわ。そうでしょう、ミス・ウィンターズ？」

マリエッタはうなずいた。扱いにくい人間や、かんしゃくにどう対処すればいいのかわからず、これまでずっとマークとうまく接することができなかった。たとえレディ・デントリーのほうが地位が上で、意地の悪さにいっそう磨きがかかっていたとしても、不安を見せるわけにはいかない。

どうやらガブリエルもマリエッタの気持ちを理解したらしい。それに、これまで観察してきたからわかるのだが、自分の問題はまず本人に対処させてからでなければ、彼は絶対に口出しはしない。これはガブリエルがたくさん持ち合わせている素晴らしい長所のひとつだ。彼は立ち上がり、暖炉のほうへ歩いていった。レディ・デントリーも立ち上がり、マリエッタにもそうするよう身振りで示すと彼女に腕を回した。「さあ、ミス・ウィンターズ、窓から庭をご覧になって」マリエッタは導かれるまま窓辺に向かったが、絞首台へ歩いていくときはこんな感じがするのかしらと思わざるを得なかった。

熱よけのついたてを調べながら、ガブリエルが横目でこちらを見守っているのがわかった。彼はついたての前にしゃがみ、縁越しにこちらを見ている。

「この時季はアザレアが美しいの。それに、バラも見事でしょう。あなたは園芸をなさるの、ミス・ウィンターズ？」レディ・デントリーの声はとても低く、広々した部屋の反対側まで届きそうになかった。しかし、だからといって、ガブリエルが盗み聞きするのを防げるものでもない。彼は低い音まで見事に聞き取れる耳の持ち主なのだから。

「ごくごく人並みですわ、レディ・デントリー」

「メリッサンドと呼んでちょうだい。ガブリエルの親しいお友達なのだから、他人行儀はいけないわ」

「ミスター・ノーブルはあなたをレディ・デントリーと呼んでいます」

「ミス・ウィンターズ、彼はあなたと交わっているときにもそんな呼び方をするの？　叫び声を上げ、あなたの深さを測りながら？　それはちょっと堅苦しくないかしら。ねえ、ミスター・ノーブル、あなたのあれはとても大きいのでしょう？」

マリエッタはその場を離れようとしたが、レディ・デントリーにしっかり腕をつかまれていた。

「でも、デントリー卿はわたしのことをレディ・デントリーという呼び方しかしないのよ。腹立たしいわ。そう思わない？　そんなよそよそしい呼び方をするなんて」

マリエッタはこの駆け引きが何を意味するのか突然理解し、もがくのをやめた。「レディ・デントリー、あなたは嫉妬しているのでしょう」

「そうよ、ミス・ウィンターズ。あなたがわたしの小さな復讐者と寝ているから、ひどく嫉妬しているの」その呼び方が目の前の唇から流れ出てくると、マリエッタは吐き気を覚え、再びかんしゃくがこみ上げてきた。「彼が小さいというわけではないわ。小さいもんですか。彼はその分野では、とても素晴らしい才能を発揮するの。いいえ、あらゆる分野で秀でているわ。だから、わたしの嫉妬はとどまるところを知らない。一六歳の彼は魅力的だった。今はとてもセクシーでそそられる。彼を自由にしてあげるべきよ」

「自由にする？」

「彼はあなたのとりこになっているもの」マリエッタは疑念を顔に出さずにはいられなかった。レディ・デントリーが軽やかに笑った。「わかっていないのね。なんて素晴らしいんでしょう。そのほうがいいわ。あなたたちの関係は弟さんが釈放されるまででしょう――わたしが苦労して作ったリストに誤りがなければの話だけど。それ以上は絶対に続かないわ」

確かにそうだとわかっていても、マリエッタは訊かずにはいられなかった。「なぜ、そう思うんですか、レディ・デントリー？」

彼女がまた笑った。「あら、なぜって、そんなのわかりきっているじゃないの。あなたは階級にしろ身分にしろ、あらゆる点で彼より二段階も上にいる人なの。あなたが彼の心をずたずたにしてくれることを願っているわ。そうすれば、彼がわたしのもとへ戻ってきてくれるかもしれないし」

「それはあなたの妄想よ」

「そうかもしれないわね。でも、今のわたしにはそれしかないの」レディ・デントリーはマリエッタの腕をつかんでいる手に力をこめた。

気がつくと、マリエッタはレディ・デントリーから解放され、ガブリエルの横にいた。監獄でケニーの手から逃れたときと同じくらいあっという間の出来事だったが、それも今となってはずいぶん昔のことに思える。

レディ・デントリーは優美な指を口に入れて吸い、ぽんと引き抜いた。「ひどいわね、ガブリエル」

「もう、こんなのはうんざりだ。願わくは、あの殺人犯がとっとと姿を現して、あんたの悪ふざけを止める手間を省いてくれるといいんだがな」

かすかに口笛が響いた。ガブリエルが机に近づけておいたついたてのほうを身振りで示す。

「マリエッタ、ついたての裏に隠れるんだ。レディ・デントリーは机のところに座って」

マリエッタはすぐさまついたての裏で頭を引っ込め、レディ・デントリーが椅子のほうへぶらぶら歩いていく様子を見守った。しゃんと伸びた背筋と緊張した肩だけが、彼女の不安を隠している。

ガブリエルがマリエッタの隣にしゃがみ、ふたりはしばらく待った。一分。二分。部屋は静まりかえっており、レディ・デントリーは、このままおとなしく意識を集中させていないといけないのかしらとさえ思っている。さらに一分が経過した。マリエッタがガブリエルに何か言おうとしたそのとき、扉が開いた。

その人物が部屋に足を踏み入れ、暗がりから光の中へ顔が現れる。マリエッタは自分の目が信じられなかった。

ジョン・アルクロフトが部屋に入ってきた。ガブリエルは、マリエッタがはっと息をのむ音を耳にした。ジョンはふたりが隠れているほうへ注意を向けたが、やがて視線を戻し、椅子につんと澄まして座っているメリッサンドを見て目を細めた。

「レディ・デントリー」

「ジョン」

ガブリエルは立ち上がろうとするマリエッタを引き戻し、じっとしていろとばかりに彼女の肩に腕を回した。

「この前、あなたが訪ねてきてから一年近くになるわねえ、ジョン。ここは嫌いなのかと思っていたわ」

「大嫌いさ。これは予想外の訪問だ。あと一週間待つつもりだったが、事情が変わって、やむを得ず来るはめになった」

ジョンがふたりのほう、それからレディ・デントリーのほうへ歩いてきたが、机に載っている日記を目にして突然足を止めた。なめらかな革と悪意に包まれた日記だ。彼は唇をぎゅっと結んだ。「ガブリエル」

「ジョン、わたしを愛称で呼ぶことにしてくれたの？　なんて思いやりがあるのかしら。でも、そのあだ名を選んだのはどうかと思うわ」レディ・デントリーが言った。

ガブリエルは無言で女をののしった。相手をからかったところで、この状況はよくならない。

「沈黙か」ジョンは怒って言った。目が敵意で輝いている。「ガブリエル？　どこにいる？　机の下か？　彼女の前でひざまずいているのか？　まったく、頭にくる」

ガブリエルはマリエッタの肩をぎゅっと抱きしめ、ついたての裏で立ち上がった。

「ああ、やっぱりいたか。隠れる場所としては好ましい選択だ。そこなら少なくとも、彼女の存在に我慢ならなくなったら火の中へ身を投げるという選択肢があるからな」

「ジョン」

「マリエッタもいるんだろう」ジョンがついたてに目をやると、へりから彼女の頭がのぞき、ガブリエルは毒づいた。ジョンが満足そうな顔をする。「これでそろったな」

「ジョン、こんなことをしなくても――」

「それは違う、ガブリエル。わたしはやるべきだと思っている。どうしてわかった？　いつわかったんだ？」

「さっき。アビゲイルの日記を読んだんだ。わたしと直接関係がある、ほかの人物に関する記述をな。それで、わたしがこの屋敷を出ていったあとに起きた出来事を知った。それから、きみがいつだったか、去年の夏にここを訪れたと言っていたことを思い出した。彼女からペーパーナイフの話を聞いていたんだよ。あのペー――」ガブリエルはいきなりレディ・デントリーのほうを手で示した。「そのころからペーパーナイフが見当たらないという話を聞いていたんだよ。あのペーパーナイフならよく覚えている。ぞっとするほど大きなやつだった」ジョンの左手、袖から突き出ている金色の先端に目をやる。「それで、気がめいったが、何もかも納得がいった」ガブリエルは声を落とした。「あいつらは、きみも餌食にしていたんだな。ちっとも知らなかった」

「ああ、わかってるよ、ガブリエル」ジョンは胸をふくらませてから深く息をつき、背筋を伸ばした。

ガブリエルはマリエッタから一歩離れて、ふたりのあいだに距離を置き、彼女をその場にとどまらせた。「何か言ってくれてもよかったじゃないか。きみはあのクラブについてよく知らないふりさえしていた」

「何を言えばよかったんだ？　きみはあそこにわたしを置き去りにした。わたしの盾になってはくれなかった」

ガブリエルに切り裂かれるような痛みが走った。「知らなかったんだ。あいつらがきみに手を出していたなんて、思いもしなかった。彼女が、それはできなかったと——」

「手を出したんだ」怒りに駆られたジョンが嚙みつくように言った。レディ・デントリーは鼻で笑ったが、椅子の肘掛けをつかんでいる手の関節が白くなっていた。「きみがいなくなる一週間前だった。最初はふざけて大騒ぎしているだけかと思ったんだ。何が起きているのかわからなかった。いやがる男がいるわけないよな？　六人の女性が自分の上であえいでいるんだから。だが、あいつらは、別のお楽しみを計画していた。こそこそ話しているのを聞いてしまったんだ。そのときの顔つきも見た。例の日記を読んだのはずっとあとのことだが、そこにもあいつらがわたしときみのために計画したお楽しみが書かれていた。というわけで、きみが出ていってすぐ、状況は一変した。わけがわからなかったが、突然、あれは単なる週末の悪ふざけではなくなってしまったんだ。わたしは、あいつらの手中に落ちた。逃れることができなかった。ガブリエル、きみはわたしを置き去りにしたんだ」

「ジョン、すまなかった」ガブリエルは小声で言った。「知らなかったんだ」

「無事だと知らせてもくれなかったじゃないか」

ガブリエルはつばを飲み込んだ。ジョンの非難をどうかわせばいいのかわからない。「わたしはロンドンに身を潜めていた。召使仲間の人脈に守ってもらい、やがて世の中で頭角を現すようになった。ついに、あり余るほどの力を手に入れ、あのような連中を相手にできるようになったんだ」

ジョンが前へ進み出た。威嚇するような一歩ではなく、友人としての一歩だった。「もちろん、きみは立派なことをした。きみがどんな行動を取ったかわかったとき、それはもう誇らしい気分だった」

ジョンの目にうそ偽りはなかった。レディ・デントリーは、こんなときに相も変わらず人を人とも思わない態度を見せた。「ガブリエルはいつだって立派なのよ。あなたは今ひとつ期待に応えてくれなかったけど」

ジョンがペーパーナイフをすっと手に握り、その先端が刃《やいば》と化した。レディ・デントリーに一歩近づく。ガブリエルは、自分も喜んで彼女のあばら骨の透き間にナイフを突き刺してやっただろうと思ったが、ふたりのあいだに割って入った。

「ジョン」

ジョンは立ち止まって首をかしげた。ナイフは再び、袖から先端が見えているだけの状態となった。「きみがここに現れることは予期しておくべきだった。ひどく慌ててしまったよ。

わたしのほうが判断を誤った」ジョンの目が何かを語っている……。

「マリエッタのところへロックウッドを差し向けたのはきみだったんだな」

ジョンは空いているほうの手で、レディ・デントリーの客用の椅子の背をばんと叩いた。

「そのとおり！　ガブリエル、ずいぶん時間がかかったな」

「わたしに知ってほしかったのか」

ジョンは椅子のへりに腰かけた。そのおかげでレディ・デントリーが視界からさえぎられ、彼はほぼ緊張を解いたかに見える。「きみは信じられないほど素晴らしい精神力があるし、しかるべき選択をするこつを身につけている。今回の調査に関しては、感情が判断力を鈍らせているが、そういう不利な条件があっても、きみは理解してくれるだろうと思っていた。きみも協力してくれるとね」

「協力？」

「きみもわたしと同様、復讐をする権利がある。われわれは、女たちにへつらうあのウォーリーを排除しなければならない。もちろん、ほかの倒錯者もすべて。先週、きみがウォーリーを殺してくれるだろうとかなり期待していたんだがな」

「どうやって？」

「何を言ってる？　どうやってウォーリーを殺せばよかったのかってことか？　ああ、方法などいくらでもあったはずだ」ジョンは眉をひそめた。「あそこにマリエッタがいたから、やる気が若干そがれたんだろうが、屋根からうまく突き落とせば、あいつを正常に戻してやれたんだ」

「まさか。どうして、あんなことができたんだ？　彼女たちを……殺したのか？　あんなやり方で？」

「実に簡単だった。それに、かなりの達成感も満足感も味わった」ジョンはガブリエルの肩越しに相手を見つめ、目を輝かせた。「奥様《マイ・レディ》、支配権を握っているのはだれだと思われますか？」

レディ・デントリーは答えない。それだけで十分だった。

「ジョン、復讐なら別の方法でもやれただろう。あるいは、先へ進むこともできたはずだ」

「先へ進む？」ジョンが笑った。「きみがしたように？　次から次へと依頼の解決に没頭し、困っている人たちを助けるのか？　きみも復讐をしたじゃないか、ガブリエル。あいつらに不利に働く依頼には、わたしも何度か手を貸してやったんだぞ。もっとも、きみはまったくわかっていなかったがな」

「どうして、わたしが何をしているかわかったんだ？」ガブリエルはそれを一晩中考えていたのだった。

ジョンが鼻で笑った。「みんな、うんざりするほどきみのことをしゃべっていたし、新聞もきみの話題で持ちきりだった。きみの動機を導き出すのは別に難しくもなかったさ。わたしは大きな望みをかけた。きみがあいつらを滅ぼす道を歩み始めたときは特に。それにあのクラブをつぶしたときは、わくわくした。あのころは、きみを敬愛していたよ。ふたりで、あいつらをこの世から駆除できると思って大喜びした」彼の目にだんだん苦悩の色が表れる。

「だがきみは、あいつらを社会的、金銭的に破滅させるにとどまっていた。腹立たしくて、この手できみを殺してやろうかと思った」

ジョンの目に憎しみが宿っているのがわかった。それに敬愛も。自分がどちらにおびえているのか、ガブリエルにはわからなかった。「殺せばよかっただろう?」

「ガブリエル、きみを殺すわけにはいかなかった。なんだかんだ言っても、まだチャンスはあったからな。それに、わたしには時間があった。計画や策略を練る時間。きみの気持ちを変える時間が」

「ジョン、なぜ、わたしの気持ちを変えられると思ったんだ?」

「きみの調査員が行方不明になっているだろう?」

唐突に話題が変わり、ガブリエルは一瞬びっくりしたが、すぐに事の次第が理解できた。

「きみが金を払ってお払い箱にしたんだな」

「かなりの出費になったがね。だが、きみのためにはこのほうがいいんだ。信頼を裏切るような人間は雇っておかないほうがいい。それに、きみには気づかないままでいてもらう必要があった。きみが最初の計画に賛成しそうもないことはわかっていた。だが、もう少し時間を与えて、わたしのもくろみが十分理解されれば、つまり、きみが犯人は弟だと思ってくれれば、と考えたんだ。わたしは、ジェレミーがきみの周辺で怪しい行動を取ってくれるよう、この事件についてぎりぎりの情報を与えておいた。確かに、正しい理由とは言えないが、こうすれば事態が違って見えるんじゃないかと思ったんだ」

ガブリエルは怒りで一瞬、息が詰まった。「違って見える？」

「もっと受け入れやすくなるってことさ。心を引かれ、正当化される。きみはジェレミーを治安判事に引き渡そうとはしなかったはずだ」

「人生とは妙なもので、確実にうまくいくと思われた悪事でも清算をしてくれるんだ。わたしがジェレミーを突き出そうが突き出すまいが、もし彼が罪を犯したのなら、いつかは罰せられることになる」

「きみが罰を与えるんだろう。自分の正義のために。だが、弟が裁判にかけられて吊し首になるのを許しはしなかったはずだ」

「ジョン、わたしはきみのために同じ努力をする」ガブリエルは静かに言った。

「今、彼女を殺そうと思えば殺せるんだぞ、ガブリエル。ふたりで一緒に」友人の顔に浮かぶ、真剣な、訴えるような表情があまりに異様で、ガブリエルは後ずさりしないよう踏ん張っていなければならなかった。

「わたしがすると思っているんだろう。きみの復讐を終わらせるのに手を貸すと」

「それがわたしの希望だ」ジョンはナイフの刃の裏側に手を滑らせた。「笑えるな、希望を持つなんて。復讐を成し遂げるのは簡単だ。正義もしかり。友情もしかり。だが、希望はとても貴重なものだ。かなうかどうかは運に任せるよ。きみが無知のままでいるか、わたしに手を貸すか、わたしを破滅へと導くかによる」ジョンは射るような眼差しで、ガブリエルを完全に見据えている。「ガブリエル、きみはわたしの兄弟なのか？　それとも敵なのか？」

「ジョン、わたしはきみにとって、生涯の兄弟だ」みぞおちが痛む。喉、そして心も。「しかし、この件においては、きみの敵だ」

ジョンは歯を食いしばった。何か表情を作ろうとして口元をゆがめたが失敗し、唇を真一文字に結んでいる。「わかった。その場合、今はかなり間の悪い瞬間ということになるな。せめて、横にどいてくれないか？」

ジョンはマリエッタをちらっと見た。まるで、彼女がまだ部屋にいると突然気づいたかのように。「きみの弟さんは解放されるだろう。アビゲイルの死によって、そうなるようにしたつもりだ。弟さんを捕まえておく本当の理由はなくなるからな。それに、いざとなれば、われわれはウォーリーを突き出すことができる。今週は、やつがあちこちでガブリエルの追跡を逃れられるよう手を貸していたんだ。ずっと関心を持ってもらえるように。ずっとやつを追いかけてくれるように」

「うそよ」マリエッタがささやいた。

「おいおい、マリエッタ、うそじゃないとわかっているはずだろう」

「ジョン、彼女には手を出すな」ジョンは手にしているナイフを隠そうともしない。

ジョンがかすかにほほ笑んだ。「ガブリエル、彼女はきみにぴったりだ。彼女を傷つけたりはしない」そして、机の向こうに目をやった。「しかし、頼むからわたしの邪魔はしないでくれ」

整えている。

「ジョン、そういうわけには――」

「だめだ、ガブリエル！　わたしをがっかりさせないでくれ！」

ガブリエルはジョンを止めるべく、体勢を整えた。相手は目を大きく見開いている。飛びかかろうとして身をかがめると、ジョンは険しい目をして口を固く結んだ。彼も戦う体勢を整えている。

そのとき扉が開いた。全員の目がそちらを向く。デントリー卿が部屋に入ってきた。その後ろにはガブリエルの父親とジェレミーの姿が。扉の向こう、あるいは奥の部屋で一部始終を耳にしていたのだろう。たぶん。

最後にアーサー・ドレスデンが入ってくると、ガブリエルはこぶしを握りしめた。事の成り行きを見届ける人物としては、招かれざる立会人だ。

ジョンが後ずさりをし、ペーパーナイフを持つ手をわきに下ろした。「デントリー卿」

「ミスター・アルクロフト、きみにはとても失望している」

「わたしもよ、ミスター・アルクロフト」レディ・デントリーが言った。身の安全を確保したと思ったのか、ドレスをなでつけ、立ち上がろうとしている。暗い六つの目が彼女をじろりとにらみつけた。ドレスデンの表情は読み取れない。「あなたを招き入れてしまったのだから、やっぱり人からどう思われても――」

「黙りなさい」デントリー卿の声は一本調子だった。「きみの問題は後回しだ」

彼女は後ずさりし、陳列ケースにぶつかった。

「わたしが説明を――」

「黙れと言ったはずだ」デントリー卿が怒鳴った。

レディ・デントリーは見てはっきりわかるほど縮み上がっている。目は見開かれ、その奥に一筋の興奮が見て取れる。ガブリエルは口元をゆがめた。

「デントリー卿」ジョンが言った。「どうか、ご理解いただきたい――」

「ミスター・アルクロフト、わたしは自分が耳にした事実に……腹が立っている。妻にも腹が立っているが、それでも彼女を傷つけることは許さん」

レディ・デントリーが笑みを浮かべた。取り澄ましたかすかな笑みだ。

「しかしだ、わたしは妻を好きに罰することができる」感情のない目が彼女に向けられた。

「それに、今度ばかりはそれなりのことはしたいと思っている」

レディ・デントリーの顔から笑みが消えた。

「きみはこの家に次から次へと問題をもたらしてきたな、レディ・デントリー。だが、それは些細なことだと思っていた。父親のほうのミスター・ノーブルが暇を取ったとき、突然の退職はどうもきみのせいらしいとわかっていた。しかし、わたしには負い目があったから、退職を許可した。もっと気をつけてきみを見張っておくべきだったと思う」

「ええ、とにかくわたしに注目しているべきだったのよ」レディ・デントリーは苦々しそうに嚙みついた。

ガブリエルは、夫婦のやり取りにはまったく口を出さなかった。マリエッタが彼の手をそっと握り、彼はそれを強く握り返した。

「それだけはするべきだったようだな」部屋にいるほかの人びとは、もの言わぬ傍観者だ。

「きみがデントリーの名を汚したことは遺憾だ」

レディ・デントリーが笑った。狂ったように、耳障りな声で。「そんなの、たいした手間じゃなかったわ。それに楽しかった」彼女はガブリエルとジョンに目を走らせた。「いつもね」

デントリー卿の顔は依然険しく、むっつりしたままで、何の感情も見せていなかった。だが、一方の手が木綿更紗《チンツ》張りの椅子の背をぐっと握っていた。「この報いは受けてもらうからな、レディ・デントリー」

「わたしの名前はメリッサンドよ」

「こちらはボウ・ストリートの捕り手だ、レディ・デントリー」デントリー卿はドレスデンのほうを手で示した。「ミスター・ジェレミー・ノーブルの案内で、ロンドンから来られたのだ」

ジェレミーは身をすくめ、ガブリエルにすまなそうな顔を向けた。

「一部始終を耳にしておられる。だから、わたしはひどく困っているのだ」デントリー卿は指で椅子をこつこつ叩いた。「どうしたものかな?」

「あなたがどうしようと気にしないわ」妻が言った。ガブリエルは、これほど苦しげな彼女を見たことがなかった。完全に打ちのめされた様子で、敵意に満ちた冷たい笑みを浮かべている。

「それはそれは。だが、きみは気にしていると思う。そのうえ、わたしが気にするのだよ。これ以上、きみにわたしの名を汚されることは断じて許さん」デントリー卿はしばらく黙って椅子を叩いていた。厳格極まりない無情な男の顔に、ひとつの感情が目いっぱい表れている。「きみの最大の関心は、自分が逮捕されるかどうかだろうから、すぐに教えてやろう。というのも、わたしは、きみの残りの人生を相当……不愉快なものにしてやろうと思っているからだ」

レディ・デントリーの顔が真っ青になった。ガブリエルがマリエッタの手をぎゅっと握り、これでいいんだとばかりに残酷な表情を見せる。

デントリー卿は、部屋にいる人びとの顔を見回した。「問題は、今どうするかだ」

「彼はミドルセックスの殺人鬼だ。法の裁きを受ける必要がある」ドレスデンはジョンを見て目を細めた。

その言葉に、部屋にいた全員が身をこわばらせた。ガブリエルが目を閉じる。これでは自分たちの秘密がすべて世間の知るところとなってしまう。予防策を講じてはあったが、この状況は彼の計画よりも完全に大ごとになっている。このままでは一挙にロンドン中に知れ渡るだろう。新聞という新聞に記事が載り、市民がひとり残らず噂をするようになる。そしてジョンは……。

「だめ。そんなこと、してはいけないわ」マリエッタが前に進み出た。「お願い。この件は

しまう」

「ガブリエルに任せてあげて」

ドレスデンが目を細めた。「ノーブルに任せる？　きみらのこともそうだが、わたしはノーブルも信用していない。彼はきっと、みんなが部屋を出た途端、アルクロフトを逃がしてしまう」

「ガブリエルはウォーリーのことをあなたに伝えたわ。捜査に協力するため、わざわざ自分の秘密を危険にさらしたのよ」

「わたしの捜査に協力したわけじゃない。自分が調査を進めるためにそうしたんだ」

「違うわ」マリエッタは首を横に振った。「わからないの？　あれで彼は自分を追い込んだのよ。あなたは賢い人でしょう。情報の断片をすべて寄せ集めたうえで、ジェレミーと一緒にここに来た。なぜ、そうしようと思ったの？」

ドレスデンが唇を引き結んだ。「それは取るに足りないことだ。ノーブルが殺人犯を引き渡してくれるなどと安心していられるわけがないだろう？」と言って、親指でアルクロフトを示す。「こいつは彼の生涯の友人なんだぞ」

「まだわからないの？　こういったことはすべて、ガブリエルがいたからこそ、あなたの知るところとなったんでしょう。彼はあなたになら教えてもいいと思ったのよ。一か八か、賭けてみたの。あなたは堅苦しくて、いつも背筋をしゃんと伸ばして芝居がかった態度を取っているけど、本当は立派な人だろうと思ったのよ」

ドレスデンは不意をつかれ、ぎょっとしている。その瞬間、ガブリエルはマリエッタの言葉に共感するしかなかった。彼女が熱弁をふるっているあいだ、口元がゆるまないようにしているしかない。

「それと、デントリー卿」マリエッタがそちらに顔を向けた。「ガブリエルは奥様のことを人前ではまったくしゃべっておりませんし、あなたが気づいていらっしゃらなかった部分についても話しておりません。彼を信じて、この件はこのままお任せください。どんな筋書きになるにしろ、どうか賛成してあげてください」

デントリー卿が少し首を傾けた。

「きみのためなら、ノーブルが正しい行いをすると思っているんだな?」ドレスデンはマリエッタを見て目を細めた。

「彼はこれまでずっと正しいことをしてきたわ」マリエッタは率直に言った。「だれも傷つけていない。そうしようと思えばできたときでも。だからわたしは彼を信頼しているの。みんなそうよ」ジェレミーと父親に目をやり、再びガブリエルに視線を戻す。「それに、裏切られた人もいない」ガブリエルを見つめる茶色の瞳は美しく澄んでおり、降り注ぐ春の雨のように彼の罪を洗い流していく。その衝撃で、彼はふらつきそうになった。「お願い」

部屋全体が息をのんだかに思えた。

ドレスデンが目をぎゅっとつぶった。「わたしは、人が法律をいい加減に扱うのが気に入らないんだ。正義をいい加減に扱うのがいやなんだ」

「いいえ、いい加減に扱うのとは違うわ。正義が別のやり方で守られるようにチャンスを与えるのよ。罪のない人たちが傷つくのを防ぐために」

ドレスデンが部屋を見渡した。「罪のない人たちとは？」

「わたしの弟もそのひとりよ」

「ミスター・アルクロフトが勾留されて、弟さんの容疑が晴れれば、傷つくことはまずないだろう」ドレスデンの目尻がほんの少しゆるんだ。

「罪のない人はほかにもいるわ。レディ・デントリーと――」マリエッタは口をへの字に曲げた。「彼女のクラブに利用された人たち」

ドレスデンの目つきがさらに少し和らぐと、マリエッタは一歩前に出た。「お願い。あなたは法律が字句どおり実行されることを望んでいるのでしょう。それはわかっているけど、このままのやり方では、あの被害者たち、つまり、あの少年たちはけっして正義を手にすることができないの」

「殺された女性たちはどうなるんだ？」

「正義が行われないとは言ってないわ。ただ……ガブリエルに任せてほしいのよ」マリエッタはもう一歩前へ出て、手を広げた。「お願い」

わたしをここまで信じてくれるのか。わたしが何をするかわかってもいないのに。ジョンを逃がしてしまうかもしれないのに。親友を、血を分けた兄弟も同然の親友を……あの扉から出ていかせてしまう可能性もあるのに。マリエッタは、ケニーが責めを負うのをわたしが許すはずがないと信じている。今のこの局面に限っては、許してしまうほうがずっと楽だというのに。

「ミスター・アルクロフトは裁判を受け、罰せられなければならない」ドレスデンが言った。ジョンは捕り手を見てはいない。ガブリエルを見つめている。ガブリエルはじっと見つめ返しながら、次から次へとひたすら計画を練った。ジョンは首をかしげ、疲れた目をガブリエルから離さず、やがてうなずいた。

苦悩が胸を引き裂いた。ガブリエルは一歩前に進み、マリエッタの横に立った。「そうだな。わたしがジョンを連れていく」かろうじて聞こえる程度の声で言い、咳払いをした。

「だれか、ロープと男性用の召使の服を持ってきてくれ」

「なぜ、そんなものが――」

ガブリエルが片手を上げて制した。「事を運ぶのが楽になるんだ」

マリエッタは当惑して顔を上げたが、だれもガブリエルの言葉に応えない。デントリー卿が言われたものを取りに姿を消した。

「ジョン、そのペーパーナイフ」ガブリエルが手を差し出した。ジョンが手を開くと、その上に長いナイフが載っていた。彼は凶器をしばらく眺めていたが、やがてそれをガブリエルに渡した。ガブリエルは内ポケットにそっとナイフをしまった。冷たい鋼が肋骨に押し当てられる。

「もし裏切ったら、おまえを破滅させてやるからな」ガブリエルの背後で、ドレスデンが落ち着き払った低い声でささやいた。

「わかってる」

デントリー卿が戻り、ガブリエルは上着と飾り気のないシャツ、ズボン、靴をジョンに渡した。「これを着るんだ」

「監獄行きの土産ってわけか?」ジョンが尋ねた。「ありがたいな」

彼は借り物の衣服を身に着け、懐中時計をはずして新しいズボンのポケットに入れようとした。

「だめだ。その懐中時計」ガブリエルは手を差し出した。「あと、印章つきの指輪《シグネットリング》も」

ジョンは片方の眉を吊り上げたが、言われたものをはずし、ガブリエルに渡した。「略奪する気か?」

「いや。預かっておく」ガブリエルはそう言っただけだった。

ジョンは目を細めてガブリエルの目を探り、うなずいた。「いいだろう」

「行こう」

一同は数珠つなぎの状態で外へ出た。ドレスデンとガブリエルの父親が先頭に立ち、ガブリエルとジョンが両わきをジェレミーとマリエッタに挟まれる形で真ん中を歩き、レディ・デントリーがきまりが悪そうに夫の腕をつかんでしんがりを務めている。ドレスデンとガブリエルの父親が左右に分かれ、ガブリエルは自分の馬車に乗り込んでから、中へ入るようジョンに身振りで示した。すると、目を大きく見開き、唇を噛んでいるマリエッタの姿が目に入った。

ガブリエルは彼女から目をそらし、ドレスデンに向かってうなずいた。捕り手は暗い顔をして肩をこわばらせている。法を司る人びとが、ガブリエル自身が抱く灰色の視点ではなく、もっと明確に、白か黒かで世の中を見る必要があることは理解している。それでも、ドレスデンが融通を利かせてくれればありがたい。

「馬で来たのか？　帰りにどこかで一杯やってけよ」ガブリエルが言った。ドレスデンが目を細め、中にいるふたりに視線を走らせる。ガブリエルは考えた。やつは飲みに行くだろうか？　それとも、万が一のことを考え、あとからついてくるだろうか？

おせっかいな召使がいても見られぬように、父親がこっそりとロープを渡してくれた。彼らは邸宅の分厚い壁の内側、ふたつの部屋にすべての秘密を閉じ込めたのだ。召使たちは相変わらず、何もわかっていない。ガブリエルは両手を出せとジョンに身振りで示した。ジョンはまたしても眉を吊り上げ、言われたとおりにしたが、その目は観念したような、取りつかれたような表情をしていた。ガブリエルはロープで両手を縛った。

ジェレミーを見ると、彼もジョンと同様、取りつかれた目をしていたものの、おぼつかない表情の向こうには力強さが潜んでいた。ガブリエルは弟の目をじっと見つめてうなずき、その一瞥《いちべつ》で伝えられるだけのことをすべて伝えた。悲しみ、謝罪、愛、信頼……。ジェレミーは一瞬、顔をほころばせたが、すぐにうなずき返し、胸を張って頭を上げた。

マリエッタが扉をつかんだ。「ガブリエル」彼に身を乗り出してもらおうと、小声で呼びかける。「馬車の中で彼があなたに何かしたらどうするの？」

「そんなことはしない」砂時計の砂がするする落ちていく。ガブリエルは自分の計画を明かすことができなかった。マリエッタは名誉がいかなるものか理解している。あとで話せばわかってくれるだろう。わかってもらわなければならない。

「でも――」

「しないよ。またあとで」ガブリエルは彼女の頰に触れた。「何もかもうまくいくさ」

そうとは限らない。だが、そう信じなくてはならないのだ。

一同がひとりずつ、馬車から離れた。ガブリエルは扉を閉め、馬車の天井を叩いた。車輪が私道を進んでいく。いまわしい記憶と不幸な住人が暮らす美しい屋敷から遠ざかっていく。

ジョンは無言のまま、手首を縛っているロープを見つめている。ガブリエルはどこを見ればいいのかわからなかった。窓の外に目をやり、血のように赤い、燃えるような夕日に視線を向け、殺人犯であり、犠牲者でもある友を見つめ、そのわきで手つかずのまま置かれている、何の害もなさそうな包みを見た。

「ガブリエル、どうして、あれ以上追及しなかったんだ？　どうして、きみはそんなふうになれた？　どうして、わたしのようにはならなかった？」

午後の一件で、ふたりはだれが見てもわかるほど疲れきっていた。ジョンは何か考え込んでいるらしく、その声は穏やかだった。

ガブリエルは窓越しに過ぎ去っていく景色を見つめた。「ジョン、それはわからないな。

ただ、あの女たちにはどうしても勝たせたくなかった」それから、友に目を移した。「あいつらの目的はわたしたちを破滅させることだった。そんな目的、達成されてたまるかと思っていた」

「わたしは弱い人間だと思うか？」ジョンが顎を突き出した。その瞬間、彼はずっと彼らしく見えた。

「いや。きみは道を誤ったんだろう。できれば――」ガブリエルは目をそらした。「わたしのところへ来てくれればよかったのに。つまり――」

「ガブリエル、きみが残ってくれてもくれなくても、きっと関係なかった」ジョンの声は淡々としていて、前よりもいっそう考え込んでいるように感じられた。相手が何を言うつもりなのか正確に推し量ろうとしている。「アビゲイルの日記、読んだのか？　時期的にきみと重なっている部分があっただろう？」

「少し読んだ」

「じゃあ、関係なかったということがわかるはずだ。きみがまだあそこにいたら、もっとひどい事態になっていた。もっとも、さっきはそうではないと言ってしまったが。きみにはわたしを救えなかった。もうとうの昔に、きみを責めるのはやめたんだ」ジョンは自分を卑下するように笑った。「それでも、夜になると責めてしまうことがある。だが、みんな完璧な人間にはなれないだろう」

「だれもなれないよ」ガブリエルは静かに言った。「だれもなれない」

夕暮れが迫る中、馬車はブラックフライアーズ橋の敷石の上を揺れながら進んでいく。ふたりは黙って座っていた。

ガブリエルが天井を叩いた。「捕り手はついてきているのか?」

「いいえ、一〇分ほど前に馬車から離れ、先に走っていきました。それ以来、姿は見ておりません」

ガブリエルはうなずき、握りしめていた指を急に伸ばした。

「どこへ行くつもりだ?」ジョンが尋ねた。頭を後ろに倒し、目を閉じている。「コールドバスか? ニューゲートか?」

ガブリエルはゆっくり首を横に振り、友を見守った。「グレヴィル・ストリート」

ジョンの目がぱちっと開く。彼はそのまましばらくガブリエルを見つめ、やがてうなずいた。「そうか」声が和らいだ。「ありがとう、ガブリエル」

「あとはデントリーとドレスデンがなんとかしてくれる。それは、わたしが確認しておこう」

ジョンは背筋をしゃんと伸ばし、右脚のほこりを払った。「わたしはどこへ行けばいい?」

「大陸だ。きみは旅を続けるあいだにイタリアを気に入って、そこに何カ月か滞在する。数週間ごとにデントリー卿とわたしに手紙で様子を知らせてくれ。万が一、消息を聞かれたら、社交界の人びとにはきみの冒険の経過を知らせることにしよう。イタリアできみの安否を尋ねる人間が出てきたら、フランスなど、ほかの土地へ移るんだ」

ジョンがうなずいた。「わたしの財産は？」

「一年したら、きみは悲惨な事故に遭い――」

「乗馬中の事故がいいな。馬で出ていってそれっきりなんて、わたしにぴったりだと思わないか？」

ガブリエルはうなずき、膝の上で握りしめている自分の手を眺めた。「確かに、ぴったりだ」

「書類は整っている。一年したら、問題はなくなるのだな。とにかく、きみにすべてを任せたよ」ジョンは穏やかで、気味が悪いほど落ち着いている。「厩舎の面倒を見てもらえないだろうか？　馬と調教師の世話をよろしく頼む。素晴らしい雌の子馬がいるんだ。確実にニューマーケットで勝てる。あの馬をレースに出すか、ふさわしい買い手に譲ってもらえればありがたい。もしわたしのことを気にかけてくれるのなら……」

「ジョン、気にかけてるさ」

彼は喉をごくりと鳴らすと顔をそむけた。「わかってる。すまない、ガブリエル」

「ジョン、いいんだ。わたしこそ、すまない」

馬車が速度をゆるめた。ひづめが重たい音を立てて止まり、車輪の音がやんで馬車は停止した。

ジョンが顔を向けた。「ガブリエル、マリエッタはきみにぴったりだ。わたしも気に入ったよ。彼女を手放すようなばかなまねはするんじゃないぞ」

「ジョン、手放すしかないんだ。自由にしてやることでしか与えられない愛もあるんだよ」

ジョンはガブリエルをじっと見つめ、縛られている手を上げた。「本音だな」

ガブリエルはためらった。本当にロープを切る気になれるのかどうかわからない。ひとたびジョンを縛りつけているものを切ってしまえば、それでおしまいだ。ガブリエルはナイフを取り出した。体の一部が言うことを聞かなくなったかのように手を伸ばし、ロープを切った。ジョンの膝に渦を巻いたロープが落ち、そのまま床に滑り落ちる。

ふたりはしばらく見つめ合った。ガブリエルはジョンに木炭をひとつ渡し、大きなものがふたつ入った布包みを彼の膝にどさりと置いた。ジョンは手のひらに木炭をこすりつけてから、頬、額、鼻に筋をつけた。さらに、耳と首、シャツにも塗りつける。正体がばれる原因となりそうなところはすべてだ。

「この手もどうにかしなくちゃいけないだろう」ジョンはくだけた調子で言った。

「ああ」

「宿無しって感じがいいかもな。どこかに強くぶつけて、すり傷を作らないと。力仕事ひとつしたことがない手を荒らさなきゃならない」卑屈な笑みが浮かぶ。

ガブリエルは何も答えなかった。

ジョンはやるべきことを終え、シャツのしわを伸ばした。無意識の動作だったのだろう。

「これでどうだ?」

ガブリエルはうなずいた。何も言葉が出てこない。心臓が止まりそうだ。

ジョンはしばらく彼を見ていた。永遠とも思える時間が流れていく。「じゃあな、ガブリエル」

「さよなら、ジョン」なんとか声を絞り出し、ささやいた。「心安らかに過ごせるといいな」

ジョンが笑った。懐かしいほほ笑み。昔に戻ったかのようだ。彼がイートン校に進学し、ふたりが離ればなれになる前、あの屋敷で、のんきに遊んでいたころに戻った気がする。

「ああ」ジョンはそう答えただけだった。

ジョンが両手を差し出し、ガブリエルはそこに包みを置いた。中に入っているものがぶつかり、カチャカチャ鳴っている。ひとつは重たいもの。もうひとつは薄いもの。

ジョンが素早く手を伸ばし、ガブリエルはあっという間に抱き寄せられた。しっかりと、何かを約束するかのように。それから、ジョンは体を離し、馬車の取っ手をつかんだ。「さよなら」

そして行ってしまった。

ガブリエルは座り、向かいの席をじっと見つめていた。御者に出発の合図をすることができない。

馬車は指示がないまま走りだした。ジョンがこれほどの困難を味わったことがないのは明らかだ。ガブリエルは馬車の動きに身を任せ、前後に揺れている。馬車が角を曲がったそのとき、遠くで銃声が響いた。

振り返る必要はない。この目で確かめる必要はない。わたしは友を信じている。ガブリエルはぞっとするような笑みを浮かべた。それがいちばん大事なことではないのか?

22

ミドルセックスの殺人鬼、死亡！　先の犯行現場でピストル自殺！　すべての犯行に使われた凶器のペーパーナイフがポケットから見つかった。……デントリー邸の召使、デドワード・スミスという男が狂気に駆られ、犯行に及んだと思われるが、身体的な識別は不可能。アーサー・ドレスデンが犯人を発見し、懸賞金は自分のものだと主張している。ドレスデンが語った話の一部始終は四面に掲載……。デントリー卿の証言により、ケネス・ウィンターズは裁判で無実が証明され、ついに釈放された！　ウィンターズ兄弟に対する起訴はすべて取り下げられたのだ！　デントリー卿より和解金の支払いが提案され……。当局の声明は六面に……。ロンドンは喜びにわいている！　街は再び安全を取り戻し……。

「ジョンが犯人だと、デントリー邸へ行く前に教えなかったことを怒っているのかい？」

マリエッタは新聞の号外をわきにどけ、ガブリエルを見た。彼は胸の前で紅茶の入ったマグカップを持っており、立ち上る湯気が渦を巻いて顔を取り囲んでいる。初めて会ったときと同様、美しい顔。いや、もしかすると、今のほうがもっと魅力的かもしれない。そんなことがあり得ればの話だけれど。

「いいえ。もしアルクロフトが犯人だとわかって、あなたがそのことを話していたら、わたしは絶対に黙っていられなかったわ。違った行動を取っていたでしょうね」

ガブリエルはうなずき、マグカップに目を落とした。まるでその中にある答えを探るかのように。「今夜、出ていくのか?」

マリエッタは唇を濡らした。気持ちがあやふやで、心臓がどきどきしている。「借りている家にマークとケニーが戻っているの。近所の人たちがお祝いのプレゼントを持って、続々とやってくるんだってケニーが言ってたわ。招待状もあふれるほど届いているらしくて。みんな、さっそく噂がしたくてたまらないのよ」

「騒ぎが収まるまで、ここにいてくれていいんだよ」

「ありがとう。でも、戻ったほうがいいかもしれないわ。わたしがいなくて、ケニーが困るといけないから」最後に言ったことは、どちらかと言えば疑問だ。ガブリエルはここにいてくれと言うかしら?

「それに、ここにいるところを目撃されないほうがいいしな。みんな、きみはどこにいたんだろうと思っているかもしれない。田舎の友人のところにいたことにすればいい。きみの短気な親戚が何を言おうが、それで通すんだ」

マリエッタはほほ笑んだ。わざとらしい作り笑いだ。「ええ」

「万が一、証人が必要になったら、この一カ月のきみの居場所について口裏を合わせてくれそうな知人がいる。ウィンザーに住んでいる夫婦だ。いい人たちだよ」

「ありがとう」

「感謝などしないでくれ。頼むから」

沈黙。

「荷造りを手伝おう」

荷造りにはほとんど時間はかからなかった。ひと月前と比べれば、まったくかかっていない。まるで、ふたりの別れをせかすために時間が飛ぶように過ぎていったかのよう。今もひと月前も、荷造りをするのがひどく怖かった。あのとき感じた心の痛みとはずいぶん違うけれど、今もやっぱり心が痛む。

気がつくと、マリエッタは階段の下にいた。手にかばんを持って。

「ひとりで行くのがいちばんいいだろう。ひとつかふたつ先の通りまで御者に送らせるよ。そこで貸し馬車をつかまえればいい」ガブリエルが硬貨を数枚、マリエッタの手のひらに押しつけた。燃えるような感触。「ほかの荷物はあとで送る。持ち主がわからない馬車で」

「ありが――」マリエッタは気持ちを最後まで伝えることなく、慌てて言葉を切った。沈黙が玄関に広がっていく。「あなたは――」

「わたしなら大丈夫だ」

マリエッタはうなずき、かばんをいっそう強く握りしめた。

ガブリエルは前に身を乗り出し、彼女の顎、頬に触れ、耳の後ろにこぼれている髪をすいた。それから、彼の唇が重なった。とても優しく、それでいてしっかりと。温かくて、うっとりしてしまう。彼が体を引き、ふたりの下唇は最後の瞬間までつながっていようとしたが、とうとう名残惜しそうに離れた。

「幸運を祈ってるよ、マリエッタ。きみなら大丈夫だ。わたしが言ったことを忘れるんじゃないぞ」

思いやりのある若い男を見つけて結婚するんだな。収入が十分あって、賭け事をしない男、きみを大事にしてくれる男と結婚するんだ。

それは、ガブリエルではない人。結婚して、一緒に家庭を築ける人。わたしが愛していない人。

でも、その人はわたしを負担には思わないだろう。わたしの申し出をばつが悪そうに断らなくていいし、いつかわたしのことを愛してくれるようになるだろう。

「元気でね、ガブリエル」

マリエッタは馬車に乗り込んだ。

「これはもう古いでしょう？　ぼろよりかろうじてましってところだわ」ある女性が、もうひとりの女性に言った。美しいドレスを見せびらかしており、それが流行の最先端をいく新しいドレスであることは一目瞭然だった。ふたりは大勢の招待客の中に溶け込んでいる。

マリエッタは舞踏場をのぞき込んだ。しばらく化粧室にいなければならなかったのだが、そのときでさえ、ふと気づくと、あれこれ知りたがる人たちに声をかけられていた。隣人よりも先に、ありとあらゆるいかがわしいニュースを仕入れようとしているのだろう。その晩の盛り上がりは最高潮に達していた。新たに好奇心をそそるねたやゴシップが生まれ、社交界は幸福感にあふれている。彼らの大のお気に入りである、悪名高き一族が仲間に加わることになり、うれしくてたまらないのだ。

　マリエッタは入り口で一瞬、立ち止まった。自分を迎えるべく扉が大きく開かれている。中では人々がさまざまグループを作っており、いずれも彼女を喜んで迎えてくれそうだ。まるで子牛皮紙《ベラム》に書かれたおとぎ話のよう。マリエッタは次から次へとダンスに誘われ、いったん誘いを断って足を休める必要に迫られたのだった。不思議な夢を見ているみたい。おとぎ話は素敵だけれど、指先に触れる感触はもの足りない。

　横のほうで、女性がふたり、椅子に座っておしゃべりをしている。「ウィンターズ家は、シャストモア公やギヴェット伯爵やキルデン男爵の遠縁に当たるんですって。素晴らしいご親戚よね」

　もうひとりの女性がうなずき、マリエッタは顔をそむけた。当然のことながら、世間は今になってウィンターズ家の親戚筋を思い出している。都合のいいときに思い出すのだ。砂漠のように干上がってしまった招待状は、今や銀のトレーにあふれている。社交界の人びとは、スキャンダルをひとつ残らず暴きたくてたまらないのだろう。ウィンターズ家は失脚したにもかかわらず、意気揚々と戻ってきたのだから。

マリエッタはマークを見た。相変わらず痩せこけているが、ケニーのようにやつれてはおらず、周囲の人びとに愛想を振りまいている。隣に立っているケニーは、六週間前にこの状況だったら様子が違っていたろうに、今は居心地が悪そうな顔をしている。片やマークは、デン社交界のふところを離れたことは一度もなかったかのように振る舞っていた。まるで、デントリー卿の厚意により、ずっと昔からかなりの財産があったのだと言わんばかりだ。マリエッタは兄弟のほうへ進んでいった。

「……わたしが言ったのは、まさにそういうことだよ、クランドン。六のぞろ目に賭けちゃいけない！」

彼を取り囲む人びとが笑った。だが、マリエッタはそのジョークをもう六回も耳にしており、いつかだれかが、たいして面白くもないと気づいてくれるのを待っていた。

「ああ、妹のミス・ウィンターズだ。妹に会ったことはあったかな、プルフィールド？」

伯爵がまだだと答えると、兄はさっそく紹介した。「魅力的」「感じがいい」「堂々としている」……。これまで言われたことのない形容詞が続いてくれれば、自分もまんざらではないと思うようになるのかもしれないけれど……。

「ふたりにちょっと話ができたらと思っていたんだけど」マリエッタは兄弟に向かって言った。

ほかの男性たちはすぐに遠慮をしてその場を離れた。マークは慌てているらしい。「何をしてるんだ、マリエッタ？　ほかの家の庭に獲物を追い立ててどうする？」

「やめて。わたしはそんなこと望んで――」

「すでにふたりから結婚の申し込みがあったんだぞ。あと四人、順番を待っている。だが、プルフィールドをその気にさせて、ほかの候補者を抹消してもいいかと思っているんだ。わが妹が伯爵夫人だ。考えてもみてくれよ。もちろん、ほかの男たちも利用しよう。それでプルフィールドの求婚を促してやるんだ。もし、もっと大きい魚が引っかかったら、そのときは、そっちをすくい上げることにしよう」

「マーク――」マリエッタが言いかけた。

「わかってるさ、わたしはだれよりも素晴らしい兄貴だ」

「そうじゃなくて。なぜ、こんなことをするの？」

マークは半ばいら立った、半ば混乱した表情を浮かべている。ケニーは居心地が悪そうな顔をしていたが、このとき初めて、喧嘩の兆候を目にしても逃げ出さなかった。肩をそびやかし、足をしっかり踏ん張っている。うなだれているところは直さなければいけなかったが、マリエッタは一気に誇らしい気分になった。ケニーもようやく大人になろうとしている。

感謝すべき人物はわかっていた。ガブリエルが彼に影響を与えたのだ。弟に根性を叩き込み、一本芯の通った人間にしてくれたのだろう。釈放された数日後、ケニーは彼のもとを訪ね、別人になって戻ってきた。

「チャンスがすぐそこにあるんだぞ。つかまなきゃだめだ」マークもこのときばかりはマリエッタの表情を読み取ったに違いない。というのも、信じられないとばかりに声の調子が変わったからだ。「まさか、結婚したくないなんて言わないでくれよ。ここには良縁がたくさん転がってるじゃないか。しかも、堅実な縁談だ。わたし自身はプルフィールドの求婚を待つべきだと思うが、何週間か誘いをかけてみて、きみがもう十分だと思えば、そのほかの候補者を選ぶべきだろう。まあ、それもいいさ。皆、現金を持っているからな。いい親戚を持っている者ばかりだ」

「お金の話もしたいと思っていたの」

「そうなのか、マリエッタ？　女性がそういうことを心配する必要があるとは思えんがな。いつも言っているだろう。特別に小遣いをあげよう」マークは気前よく言った。「それで新しいボンネットかリボンを買うといい」

「マーク、むだ遣いを続けるわけにはいかないのよ」

「そんなことないさ。わたしには資金がある。そうだろう？　デントリー卿は実に思いやりのある方だ」

「ガブ――」マリエッタは咳払いをした。「ミスター・ノーブルが、資金を管理するための会計士を雇ってくださったのよ。和解金と賠償金は四半期ごとに支払われるの。むだ遣いをしていたら、すぐに一期分の限度額に達してしまうわ」

「そうなったら、残金を担保に金を借りるさ。どうってことはない」

彼女を守っていた盾を怒りが押しのけていく。「何も学ばなかったの？　また一文無しになってしまうでしょう。人様の恩にすがって、没落することになるわ」

「だからこそ、きみはプルフィールドと結婚すべきなんだ。ラッチングでもいい。あのふたりなら、われわれに常に資金を提供してくれる。妻の家族を飢えさせはしないだろう」

「兄さんって、本当に信じられない人ね。わたしは――」

ケニーが顎を上げ、片手で制した。「姉さん、兄さんと話をさせてほしい」

マリエッタはケニーをじっと見つめた。視界の片隅で、マークも同じように弟を見ているのがわかった。喜びと誇らしい満足感が体を駆け抜けていき、彼女はゆっくりとうなずいた。

「いいわよ、ケニー。ありがとう」たとえマークに道理を説くことができないとしても、ケニーがそうしようとした事実にショックを受け、兄は少なくとも数分間は黙っているはずだ。それに、もしかすると、マークを説得することができるのはケニーなのかもしれない。「わたしはもう失礼しようと思っているの。馬車はここに戻すようにするわ」

ケニーがうなずいた。マークは相変わらず面食らった顔をしている。口をぽかんと開け、長い顔がよけい長く見える。マリエッタは満足げな笑みを浮かべ、くるりと向きを変えて外に出た。好意を寄せてくる人、ゴシップ好き、求婚者をうまくよけながら。例の求婚者たちが気に入らないというわけではない。マークの候補者リストには、実直で立派な夫になってくれそうな若い男性もひとりいた。

でも、どの人もガブリエルではない。どの人もわたしのものではない。それに、無理に頑張るとか、何かをごまかしたりたくらんだりするとか、自分が何を言ったか常に気をもむとか、そういう努力をするのはもううんざり。ガブリエルはいつも馬に乗って突進していく完璧な騎士ではないかもしれない。でも、彼はわたしのもの。心の奥底でそう実感している。だから彼にそれを知らせに行こう。

マリエッタは御者に行き先を告げた。相手の表情も、この御者が彼女を降ろした場所は自宅ではなかったとだれかに話すかもしれないという事実も無視して。馬車が動いた。車輪が回りだし、ひづめが音を立て、目的地へ徐々に近づいていく。

馬車が停止するやいなや、マリエッタは外へ出た。「舞踏会場へ戻ってちょうだい。わたしは大丈夫だから」御者の手にコインを押しつけ、向きを変える。背後で馬車が走り去った。もし目的が達せなかったら、貸し馬車を拾わなくてはならないだろう。

でも、うまくいくはず。うまくいくようにしよう。

マリエッタは背筋を伸ばし、歩道を堂々と進んでいく。

ガス灯のぼんやりした明かりに照らされ、ライオンがくわえている真鍮の丸い取っ手がかすかに光った。その上から獰猛な黄色い目がじろりとこちらを見下ろしている。おまえにそんな度胸があるのかどうか疑わしいとばかりに。マリエッタ・ウィンターズは金属の取っ手にかけた震える指をぐっと丸め、思い切って扉をノックした。

玄関に出てきたのは大柄な男性だった。今回は明かりのおかげで本当に執事だとわかった。厳格そうで戦闘体勢は取っているが、落ち着きを保っていられる人のようだ。執事は、マリエッタの外套、靴、顔、髪へと目を走らせた。玄関の広間で時計のチャイムが鳴り、夜の一一時を告げた。いかにエチケットを拡大解釈しようと、人様の家を訪ねるには時間が遅すぎる。

「何か？」

「ミスター・ノーブルにお話があります」今度はしっかりと、落ち着いた声で言えた。

「ミス・ウィンターズでいらっしゃいますね？」

マリエッタは目をしばたたいた。「はい」

「ミス・ウィンターズ、申し訳ございませんが、ミスター・ノーブルは、今夜は外出しております」執事は彼女の背後に目をやった。「馬車でお宅まで送らせましょう」

深く激しい失望が襲った。「わかりました。ありがとう」

前に乗った覚えのある馬車に送られ、マリエッタは借りているタウンハウスに戻った。ガブリエルはほかの依頼者と一緒に、ロンドンのどこかにいるに違いない。もしかすると、新しい女性と会っているのかもしれない。

そんなことを考えるのは耐えられない。

家に入り、執事に挨拶する。新しい執事だ。再び雇うことになった唯一の召使、ジェニーが玄関で彼女を追い越していった。夢見るような、焦点が定まらない目をしている。マリエッタは首を横に振った。ジェニーは働き者だけど、ときどき、ほんのちょっぴり気がふれたようになってしまう。

寝室は閉まっていた。扉を開けて中へ滑り込み、鏡台のほうへ向かう。ジェニーはきちんとランプをつけておいてくれたのね。マリエッタは手袋を脱ぎ、うなじに手を伸ばしてネックレスの留め金をはずそうとした。鏡の中で何かが動き、彼女はそこに映ったものをよくよく眺め、じっと立ち尽くした。

これでジェニーの様子も、ランプがついていたことも説明がつく。

マリエッタはネックレスを鏡台に置いた。それから再び戸口まで戻ると、扉を静かに閉めてふたりを中に閉じ込め、背後の扉に手を広げて寄りかかった。

ガブリエルがベッドに座っている。周囲には書類が散らばっており、彼は枕の山に寄りかかっていた。目の下に暗いしわが刻まれていても、とても素敵に見える。

「マリエッタ」

「ガブリエル、ここはわたしの寝室よ。わかってたでしょう」

「白状すると、前にも入ったことがある」

ぞくぞくする感覚が貫いた。前回彼がここに来たときに味わった感覚とはまったく違っている。ふたりの協力関係が始まったあの晩とは違う。

「どうやって入ったの？」

「きみの召使たちを買収した」

「まあ、そんなのほとんど不可能でしょうね。あなたが雇ってくれたのは、きちんとした召使だと思ったけど」

ガブリエルはゆっくりと体を起こすと、腰と肩をぐいと動かし、ベッドの柱のひとつに寄りかかって腕を組んだ。「金額を二倍にして買収したんだ。だから、わたしがここに五分いようが、五時間いようが、彼らはきみの兄弟にも、ほかのだれにも何も言わないさ」彼の目に一瞬、感情がよぎる。必死で隠そうとしている彼のもろさが垣間見えた。「きみの哀れな召使たちは、雇っている男に負けないくらいまともだとは思うがね。きみは雇い主の人物照会をするべきだったかもしれないな」

彼を見ていると、とてもそそられる。髪が目にかかり、そこに宿る表情はどこまでも用心深い。弱さと強さが見て取れる。

「今するべきかも。徹底的に調べるべきよ」

ガブリエルがほほ笑んだ。目に見えてわかる安堵感と、獲物を狙う男の貪欲さが結びつき、官能的な唇全体が上向きに曲線を描いている。

「それがいちばんいい。お茶でもどうかな？」ガブリエルはサイドテーブルに置いてあるティーセットを示した。そこですっかりくつろいでいたことは明らかだ。

「結構よ」マリエッタは髪を留めているピンをはずしながら彼のほうに近づいていく。「もうさんざん、いただいたから」

「きみは少なくとも、あともう一時間、スミサートンのところにいる予定だった」

マリエッタは片方の眉をすっと上げて相手を見返した。これで二度目だが、うまくいくかもしれないという漠然とした感覚が胸をよぎっていく。「わたしの予定を常に把握しているの？」

「もちろん」

「わたしの予定はわかりきっているとばかりの口ぶりね。どうして、そんなことを知ろうとするの?」

ガブリエルは眉を吊り上げた。「わたしは自分の研究意欲を大事にしているんだ」

「それで、最近のわたしについて何がわかったの?」

「きみはいくつも結婚の申し込みを受けている。しかも良縁だ。兄上はある伯爵との結婚を望んでいる」

「そうよ。今夜、その伯爵に会ったわ」

彼の目に何かがよぎった。嫉妬だ。マリエッタの鼓動が速まった。

「その伯爵の身辺をざっと調べてみた」ガブリエルは片方の腕を指で叩きながら言った。「総合的に見て、悪い選択ではない。ジェレミーがロンドンでやると言っていた本当の研究課題は、たまたま脚が二本ついていて、くすくす笑う生き物だったのだが、その研究のために、彼があるディナー・パーティをうろついていたら、例の伯爵に会ったそうだ。なかなかいい男だと言っていたよ。わたしの報告書の内容も同様だ。酒や賭け事はほどほどにたしなむ。きみにずっとぜいたくな暮らしをさせてあげられるほど、たくさん金を持っている。レディたちの報告によれば、見た目も悪くないらしい。別の候補者も――ラッチングだったかな?――選択肢としてはまずまずだ」

マリエッタは彼の前で足を止めた。「そうね。どちらも悪くない候補者だわ」

「きみはどちらを選ぶんだ?」

あともう数センチ前に出る。「どちらを選ぶべきだと思う？」

「ああ、でもそれはわたしが決めることではない」

最後にあと一五センチほど近づき、顔を上げる。「あなたの意見を訊いているの。それだけよ」

ガブリエルが手を握りしめ、関節が白くなった。「きみに意見を言うつもりはない」

マリエッタが半ばまぶたを閉じて体を押しつけると、ガブリエルは反射的に腕を下ろして、ぴったりと抱き寄せてくれた。「じゃあ、わたしの本命をキスで決めるべきよね？」

ガブリエルが強く唇を押しつけ、マリエッタも激しく、襲いかかるようにキスを返した。

「きみが恋しかった」彼はマリエッタの口に向かって言った。

彼女はほんの少し体を引いた。「わたしも恋しかった。あなたのことが心配で――」

ガブリエルは再びキスをした。「わかってる。話はあとだ」

彼はそのまま向きを変え、マリエッタをベッドに押し倒した。マリエッタは背中で書類をこすりつけており、肘をついて体をそらした。

「もうその書類の山の中からは何も見つからないだろうな」ガブリエルの声はかすれている。

まるでキスを続けながら一五キロも走ってきたかのように。彼はマリエッタにのしかかった。

がっしりした、とても素晴らしい感触。マリエッタも体を押し返した。熱い体温を感じていたい。

「ええ、それは無理よ……」ガブリエルが片方の乳房を解放し、その先端を吸うと、マリエッタは背中を弓なりにそらした。「とにかく見つからないわ。認めなさい」

「絶対、見つからない」

ガブリエルは彼女のスカートをまくり上げた。幾重にもなった布地がふくらみ、ふたりのあいだで束になっている。彼はマリエッタの体を指でなで回し、彼女を身もだえさせる場所をぴたりと探し当てた。彼女の中にこっそり指先を入れて、その道をたどっていくと、彼女はもう準備を整えていた。彼がその体を歌わせ、燃えるような思いと欲望が結びついていく。

ふたりの体がひとつにつながり、彼女が喉を詰まらせた。

ガブリエルの指が髪をすき、鮮やかな緑の瞳が彼女の目を見つめる。マリエッタは彼の目をのぞき込み、そこに表れている正直な感情を読み取った。欲望、慎重さ、愛。

「ほかの人はいらない」

「彼らはきみにふさわしい暮らしを与えてくれる」

「とんでもない」マリエッタは首を横に振った。「そんなもの、ちっとも与えてくれないわ」

「マリエッタ、わたしは執事と家庭教師の息子だ。とてもきみに――」

マリエッタはガブリエルの唇に指を押し当てた。「あなたを愛しているの」激しい動揺が彼を貫いていくのがわかった。その動揺に駆り立てられるかのように彼がほんの少し突き上げると、マリエッタはやっとの思いで自分を抑えた。「ほかの人はだれひとり、わたしに愛を与えてはくれないわ」息を切らしながら言う。「あなたが結婚を望んでいないのはわかってる。そんなことは期待して――」

今度はガブリエルが彼女の唇に指を押し当てた。「そうは言っていない。わたしは慎重に言葉を選んだんだ。きみが望んだとおりのことをするまっさらなチャンスをあげたかった」

「わたしは、あなたが欲しい」

「本気なのか？」

「完全に本気よ」

ガブリエルがほほ笑んだ。魅力あふれる茶目っ気たっぷりな笑み。マリエッタの脈がさらに速まり、彼の目に幸せそうな光が宿ると、心が舞い上がった。それから、ガブリエルがずっと奥まで入ってきて、ふたりは互いに目をそらすことなく、ともに体を動かしながら頂点を目指し、ついにその境界線を越えた。

ガブリエルがベッドから書類を押しのけ、散らばった紙が板張りの床に静かに落ちていく。彼はマリエッタを温かい毛布のように抱き寄せ、彼女も彼にしがみついた。

「わかってるだろうな？」ガブリエルは陽気に言った。「わたしが一度、何かをすると約束したら、きみは絶対にわたしから逃れられないんだぞ」

「そうなることを期待しているわ」

「よろしい」ガブリエルはマリエッタの背中を指でたどった。「では、例の罪深い夜を三回過ごすという約束についてだが……」

訳者あとがき

日本初登場、アン・マロリーの『甘い囁きは罪な夜に』（原題 Three Nights of Sin）をお届けします。二〇〇二年、処女作がアメリカ・ロマンス作家協会ゴールデンハート賞の最終選考に残ったことで編集者の目に留まり、デビューを果たした作家です。現在までに九作品を発表。本作品は六作目に当たり、二〇〇八年のＲＩＴＡ賞にノミネートされました。では、物語の内容を少しご紹介しましょう。

舞台は一九世紀初頭のロンドン。両親を亡くしたのち、ウィンターズ家の三きょうだいは経済的に窮地に陥っていました。追い討ちをかけるように、末の弟ケニーが、女性ばかりを狙った連続殺人事件の容疑者として逮捕され、世間からもつまはじきにされてしまいます。弟の無実を証明すべく調査をしようにも、人を雇う費用はもう残っていません。長男のマークは飲んだくれで頼りにならず、ヒロイン、マリエッタはわらにもすがる思いで、知人から紹介されたガブリエル・ノーブルという男を訪ねます。ガブリエルは人びとの様々な依頼を受け、問題を解決している人物なのですが、費用の払えない相手に対しては、彼の三つの望みをかなえ、恩返しをするとの条件で依頼を引き受けていました。どんな望みをかなえるはめになるのかもわからぬまま、マリエッタは条件をのみます。そして、調査にも協力するため、彼の別宅に移ることになりました。そのほうが人目を避けて行動できるからです。ただし問題がひとつ。その家には執事も召使もいません。つまり、ひとつ屋根の下で彼とふたりきりで過ごさねばならなくなったのです。

ケニーの逮捕後も殺人は続き、検死法廷に出向いたガブリエルは、被害者の遺体やスケッチを見て凍りつきます。さらに、ある被害者の家で発見した日記を読み、恐怖と不安にさいなまれていきます。連続殺人の犠牲者は全員、あるクラブのメンバーだった女性たちでした。しかも彼の過去――人には言えない過去――に大きくかかわっている女性たちだったのです。ということは、犯人は……。事件の真相が世間に明らかになったら、自分や家族はどうなってしまうのか？　友人の情報から有力な容疑者が浮かび、決定的証拠を見つけても、事件を担当するボウ・ストリートの捕り手に知らせることを渋るガブリエル。そんな彼に、マリエッタは不審を募らせていくのですが……。

本作品はミステリー仕立てになっており、殺人事件の調査が進むにつれ、謎めいたガブリエルの過去や人間関係が少しずつ明らかになっていきます。作者本人の説明によれば、彼女の作品にはすべて、ミステリー、陰謀、冒険の要素が入っており、本作品にも、それらの特徴は顕著に表れています。また、物語の構想を練るうえで「階級間の対立」が重要なモチーフになっているのだとか。たとえば本作品の場合、ガブリエルは上流階級の人間（特に女性）に反発を抱いており、マリエッタに傲慢な態度を取り続けますし、彼とともにロンドンの暗部に足を踏み入れたマリエッタは、上流階級特有のアクセント丸出しでしゃべるため、酒場や市場でからかわれたり、無視されたりします。その一方で、弟を助けるために捨て身で頑張るマリエッタ（彼女にとってはまさに冒険！）に、ガブリエルは徐々に惹かれていきます。マリエッタも、ガブリエルの態度に腹を立てつつも、彼と一緒にいれば自分は安全だと実感するようになります。こうしたふたりの気持ちの変化、階級や身分を越えて、心を通わせていくさまは、この物語の読みどころのひとつと言えるでしょう。また、常に冷静で気持ちを隠しているガブリエルと、貴族のお嬢様ながら毒舌で、思っていることがつい顔に出てしまうマリエッタの対比には、暗い雰囲気の中にあっても、くすりとさせられます。

マロリーは子供のころからかなりの読書家で、それに加えて、アクセサリー作り、陶芸、バイオリン演奏など、多彩な趣味を持ち、もともと「クリエイティブ」なことが大好きだったそうです。なので、いつかは書きたいとの夢を実行に移したときも、物語作りは思ったほど難しくはなかったと述べています。描写力を高めるために、公園を行き交う人たちから、家族や友人、テレビに映っている人物に至るまで、ありとあらゆる人間を観察し、五感を駆使して文章にしていく訓練を日ごろから実践しているそうですが、読者の皆さんにも、その成果を本作品でじっくり味わっていただきたいと思います。

二〇一〇年一〇月

ライムブックス

甘《あま》い囁《ささや》きは罪《つみ》な夜《よる》に

著　者　アン・マロリー
訳　者　岡本千晶《おかもとちあき》

2010年11月20日　初版第一刷発行

発行人　成瀬雅人
発行所　株式会社原書房
〒160-0022東京都新宿区新宿1-25-13
電話・代表03-3354-0685　http://www.harashobo.co.jp
振替・00150-6-151594
ブックデザイン　川島進(スタジオ・ギブ)
印刷所　中央精版印刷株式会社

落丁・乱丁本はお取り替えいたします。
定価は、カバーに表示してあります。
 ISBN978-4-562-04396-5　Printed in Japan